LSJ EDITIONS

Les Croz :
Le collier ensorcelé
Tome 2

LSJ EDITIONS
La saga des Croz

Linda Saint Jalmes

Les Croz :
Le collier ensorcelé
Tome 2

LSJ EDITIONS
La saga des Croz
Roman

~ <u>Les romans de l'auteur disponibles chez LSJ Éditions</u> ~
(Brochés, numériques et audios en cours)

<u>La saga des enfants des dieux</u> (fantastique, aventure, pour adultes) :

1 – Terrible Awena (disponible en audio)
2 – Sophie-Élisa (disponible en audio)
3 – Cameron
4 – Diane
5 – Eloïra

<u>La Saga des Croz</u> (fantastique, aventure, pour adultes) :

1 – La malédiction de Kalaan
2 – Le collier ensorcelé
3 – Val' Aka

Passion Flora (mini-roman érotique, pour adultes)

Les bêtises de Lili (tout public, humour, anecdotes)

The Curse of Kalaan (traduction en anglais US du tome 1 des Croz)
Romances Fantastiques : Nouvelles – édition 1
<u>Trois nouvelles</u> : Second Souffle, Le Naohïm de Noël, Le prix d'un nouveau monde.

<u>La saga Bhampair</u> **(fantastique, dark)**

Bhampair : 1 - Aaron Dorsey
Bhampair : 2 – Lune Noire *(en cours de préparation)*

LSJ ÉDITIONS

Le Code de la propriété intellectuelle et artistique n'autorisant, aux termes des alinéas 2 et 3 de l'article L.122-5, d'une part, que les « copies ou reproductions strictement réservées à l'usage privé du copiste et non destinées à une utilisation collective » et, d'autre part, que les analyses et les courtes citations dans un but d'exemple et d'illustration, « toute représentation ou reproduction intégrale, ou partielle, faite sans le consentement de l'auteur ou de ses ayants droit ou ayants cause, est illicite » (alinéa 1 er de l'article L. 122-4). « Cette représentation ou reproduction, par quelque procédé que ce soit, constituerait donc une contrefaçon sanctionnée par les articles 425 et suivants du Code pénal. » Pour les publications destinées à la jeunesse, la Loi n°49-956 du 16 juillet 1949, est appliquée.

© Linda Saint Jalmes
© Illustration de couverture : LSJ.
ISBN : 9782490940417
Dépôt légal : mai 2019

LSJ Éditions
22 rue du Pourquoi-Pas
29200 Brest

www.lindasaintjalmesauteur.com

~ Les liens pour suivre Linda Saint Jalmes ~

Site officiel et boutique :
https://www.lindasaintjalmesauteur.com/
(Dans la boutique du site : Parfum *Awena*)

Facebook :
https://www.facebook.com/LSJauteur
Instagram :
https://www.instagram.com/linda_saintjalmes/
Pinterest :
https://www.pinterest.fr/lindasaintjalmes/
Tik Rok :
https://www.tiktok.com/@linda.saintjalmes_auteur?lang=fr

À mon oncle Francis Roger.
Tu es à jamais dans mon cœur
et mes pensées.

Prologue

Highlands, mer du Nord, mars 1829

— Pour un peu, on s'croirait revenus à Croz ! s'exclama P'tit Loïk avec un fort accent breton. Il avait le sourire aux lèvres. Ses joues rebondies et couvertes d'une épaisse barbe grise étaient rougies par la fraîcheur de l'air salin, tandis qu'il se dandinait d'avant en arrière dans ses lourdes bottes en cuir détrempé.

Après un silence, que seuls le cri des goélands et le sifflement des bourrasques de vent venaient rompre, le vieux marin reprit avec humour :

— Même temps d'cochon qu'en Bretagne, mêmes hautes falaises qu'sur notre île, identique herbe verte et grasse, et un port-clos encaissé dans la roche, comme au pays !

À ses côtés, sur le pont de gaillard d'arrière de l'*Ar Sorserez*, la majestueuse frégate des Croz, Virginie se mit à rire, avant de s'enrouler dans son épais manteau en frissonnant de la tête aux pieds. Le vent et la pluie fine de ce matin du mois de mars la frigorifiaient. Des gouttes d'eau glacée perlaient de ses mèches couleur miel, pour ensuite sillonner ses joues pâles, et se glisser insidieusement dans le creux de son cou. Cela devenait un véritable supplice.

Non loin d'elle, Kalaan, son charismatique comte de mari, et capitaine du navire, sa longue-vue vissée à l'œil, ne paraissait pas souffrir des mêmes désagréments.

Il était pourtant aussi trempé que son second, P'tit Loïk, et elle.

Depuis la disparition à caractère magique de sa sœur Isabelle, de son meilleur ami Salam – alias Dorian Saint Clare –, ainsi que du druide Jaouen et de Clovis, dans le cercle de menhirs de l'île de Croz... plus rien ne semblait le toucher. Cela faisait déjà trois longues semaines que la tragédie s'était déroulée et depuis, une seule chose comptait pour lui : les retrouver par tous les moyens possibles !

Le premier étant de découvrir ces fameux enfants des dieux dont Jaouen lui avait beaucoup parlé, et qui n'étaient autres que la famille de Salam-Dorian : les Saint Clare.

— Y'a une de ces houles ! s'écria encore P'tit Loïk, avant d'aboyer des ordres en breton aux marins, rendus indisciplinés par la curiosité qu'ils éprouvaient pour les lieux.

Virginie se boucha les oreilles un instant, puis s'approcha de Kalaan en posant une main sur son large dos. Il était tendu comme un arc et ronchonna sans qu'elle puisse comprendre un traître mot.

— Que dis-tu, mon amour ? chuchota-t-elle, levant ensuite son visage en forme de cœur vers lui.

— Je disais que tu devrais rejoindre ma mère dans sa cabine. Tu es transie, et je ne voudrais pas que tu attrapes la mort, lui répondit-il en grommelant à moitié, sans détourner son attention des côtes.

Ainsi, malgré sa froide attitude, il avait remarqué son triste état et s'inquiétait pour elle. Virginie sourit et se colla tendrement contre son bras.

— Je suis très bien à tes côtés, et Amélie doit encore dormir. Sa nuit a été un supplice, elle n'a pas cessé de régurgiter le peu de bouillon que je lui donnais. Il était plus que temps que nous arrivions.

— Tu ne m'as pas dit qu'elle souffrait du mal de mer, maugréa son mari de sa voix rauque.

— Amélie et moi ne voulions pas t'inquiéter plus que tu ne l'es déjà.

Virginie se tut, désorientée par le brusque sursaut de Kalaan.

— Bon sang ! s'exclama-t-il. Il y a une bonne centaine d'hommes en armes qui vient de se poster sur les hauteurs des falaises ! Et là, derrière les remparts du château, des archers prennent position !

— Une armée ? Des archers ? Un château ? s'étonna P'tit Loïk, à quelques pas du couple, tout en balayant l'avancée rocheuse avec des yeux ahuris, avant de les diriger sur son capitaine.

Virginie fit de même. Car elle avait beau détailler le magnifique paysage écossais qui se dessinait sur la côte, la jeune femme ne voyait que des parois escarpées creusées d'une grande plage de galets gris. Des restes de pierres taillées de ce qui avait certainement été un port autrefois et, effectivement, des vestiges d'une forteresse, ou d'un manoir, en haut de l'à-pic, sur la droite... mais aucune âme qui vive à l'horizon !

— *Sator dampet*[1] ! vociféra encore Kalaan, ils ont aussi des canons ! P'tit Loïk, fais monter ma mère sur le pont et mets-la, ainsi que Virginie, dans une chaloupe ! Embarque les meilleurs marins, et qu'ils rament ensuite le plus loin possible de la frégate !

— Mais... essaya d'intervenir le second en triturant nerveusement sa barbe grise.

— C'est un ordre ! aboya le comte qui courut sur le gaillard d'arrière pour appeler d'autres hommes. La Gouelle, hisse le drapeau français ainsi que le blanc, et

---

1 *Sator dampet* : Équivalent de morbleu en breton.

Gavic, va te trouver un drap dans ma cabine, que tu enfileras en guise de toge… et cherche un manche de balai pour faire croire à un bâton de mage, puisqu'ils attendent Dorian, mais également notre druide Jaouen ! Ce stratagème nous permettra peut-être de faire illusion et de gagner du temps !

— Kalaan, mon amour, tenta de le raisonner Virginie, soudain anxieuse. Il n'y a rien sur ces berges, tu dois souffrir d'une fièvre quelconque…

— S'déguiser en druide, avec un drap ? questionna dans le même temps P'tit Loïk, un brin stupéfait.

Leurs voix furent tout à coup couvertes par la déflagration typique d'un tir de canon suivie par le sifflement aigu d'un boulet expulsé à vive allure dans les airs.

— Nom de nom, l'capitaine a raison, on nous tire d'ssus ! Mais d'où ? s'égosilla le second en tournant sur lui-même comme une toupie.

Le projectile percuta la surface des flots gris dans une formidable explosion, qui émit en retour d'immenses gerbes d'eau, et ce, à une dizaine de mètres à peine de l'*Ar Sorserez*.

— Il est clair que ce n'est qu'un tir de sommation, car de là où sont postés les artilleurs écossais, il est impossible de louper son coup, dit vivement Kalaan.

Puis, il hurla soudain :

— La Gouelle, les drapeaux !

L'instant suivant, il descendait quatre à quatre les marches en bois de la passerelle et s'élançait de plus belle sur les pontons où ses hommes, d'abord affolés, s'activaient désormais à mettre une chaloupe à la mer pour ces dames et à hisser les pavillons.

Le marin Gavic arriva en trébuchant dans les plis d'un long drap de coton beige, dans lequel il avait fait une entaille pour passer la tête, et se rattrapa de justesse en se maintenant à l'aide d'un manche de balai.

— J'suis là, capitaine ! lança-t-il, les yeux fous, et dardant les côtes comme si un démon allait surgir du port encaissé.

Kalaan se figea deux secondes, l'inspecta de la tête aux pieds, et opina brièvement du chef.

— Cela devrait faire l'affaire ! Maintenant, monte près de la barre, et fais en sorte que l'on puisse t'apercevoir des berges !

Kalaan faisait volte-face quand le pauvre Gavic émit un couinement digne d'une vieille souris :

— Hiii… vont me prendre pour cible !

— Gavic, réfléchis ! S'ils le font, ce sera avec leurs canons, et s'ils tirent, ils couleront la frégate entière, avec tous ses hommes. Crois-tu que je le veuille ?

Non, fit Gavic de la tête sans pouvoir proférer une parole, tant il était effrayé. Après tout, lui s'occupait surtout des cordages, pas de la castagne !

— Aie confiance, et fais ce que je t'ordonne ! Sinon… c'est moi qui te prends pour cible !

Le capitaine de Croz savait parler à ses subordonnés et sans trop s'emmêler les pieds dans le drap, le marin se dépêcha comme il le put, d'aller se camper près de la barre de navigation.

— Je te dis que je reste ! tempêtait Virginie un peu plus loin, tout en poussant de toutes ses forces sur le ventre pansu de P'tit Loïk.

Ce dernier essayait de l'obliger – galamment, bien sûr – à descendre l'échelle de coupée pour monter à bord de la chaloupe. Mais à ce moment-là, une nouvelle déflagration suivie d'un sifflement retentirent, figeant femmes et hommes à bord de l'*Ar Sorserez* et du canot, avant qu'il n'y ait une autre explosion presque à toucher la frégate.

— Descends dans cette embarcation tout de suite, *ma kariadez*², gronda Kalaan, plus par peur que de colère, car il ne voulait pas que sa douce Virginie soit blessée. Ma mère n'a pas fait autant d'histoires que toi !

S'il lui arrivait quelque chose, il en mourrait !

— Pas sans toi !

— Un capitaine n'abandonne jamais ses hommes ni son navire. Fais ce que je te demande...

— Ce que tu m'ordonnes ! le reprit-elle, les mains sur les hanches, sous son long manteau humide.

— C'est la même chose ! coupa Kalaan, exaspéré. Je ne pourrai sauver personne si je vous sais en danger, toi et ma mère ! Pour l'heure, il faut que je sois un capitaine et non un mari ou un fils ! Tu comprends ? Monte dans cette chaloupe, répéta-t-il, et veille sur Amélie. Elle a besoin de toi. Tout sera terminé bientôt !

Comme elle hésitait encore, P'tit Loïk fit signe à l'un des marins qui devaient mettre à l'abri les dames, de se saisir de la jeune comtesse. En deux temps trois mouvements, elle se trouva en travers de son épaule et à vociférer dans le vide, au-dessus des flots, tandis que l'homme descendait agilement l'échelle de coupée.

Quelques instants plus tard, la chaloupe s'éloignait de la frégate, hors de tout danger. Enfin, c'est ce qu'espérait Kalaan, qui se tétanisa sur place quand, après un troisième coup de canon, il perçut de nombreux rires lointains, suivis du son inimitable de la cornemuse.

— Ils sont fous, ces Écossais, marmonna-t-il en serrant les dents et en plissant les paupières pour affiner sa vue.

— Que vois-tu, *mab (fils)* ? chuchota P'tit Loïk, alors qu'un silence de mort s'était fait sur le navire, tous

---

2   *Ma kariadez : Ma chérie en breton.*

cherchant à comprendre d'où provenaient les railleries et le bruit de l'instrument.
— Des nigauds de highlanders, se trémoussant en kilt et arme au poing, sur le haut de la crique. Et il y a un joueur de cornemuse... Crénom de Dieu, ils se foutent de nous !
— *Gwir*[3] ? Es-tu sûr... d'voir... tout ça ? bafouilla le second en se demandant si son capitaine n'avait pas perdu l'esprit.
Mais enfin, cela ne pouvait être le cas, parce qu'il y avait bien eu des tirs de canons !
Les boulets ne sont pas tombés du ciel ! s'exclama intérieurement P'tit Loïk, avant de jeter un regard suspicieux sur les lourds nuages de pluie qui passaient loin au-dessus de leurs têtes... Non, ils n'étaient pas tombés du ciel ! Kalaan devait avoir un don de vision, ou quelque chose comme ça, un point c'est tout !
Peut-être est-ce à cause de la malédiction qui l'a touché ? se demanda encore le vieux marin.
Oui, ce devait être l'explication. Le jeune comte avait dû garder un peu de magie en lui, et il voyait... quoi... l'invisible ? Les pensées du second s'interrompirent au son du ton coléreux et vindicatif de son capitaine :
— C'en est assez ! Ils s'apprêtent de nouveau à tirer ! Préparez-vous à la riposte, hurla-t-il ensuite vers les ponts inférieurs. Nous allons leur faire goûter nos bons gros boulets bretons ! Famille de Dorian ou pas, nous verrons bien s'ils danseront et riront encore, après le festin qu'on leur réserve ! *Tantad*[4] ! cria Kalaan pour finir, en levant le bras vers la côte, sabre au poing.
Les treize canons de douze livres du flanc bâbord de

---

3 *Gwir* : Vrai, en breton.
4 *Tantad* : Feu, en breton.

l'*Ar Sorserez*, expulsèrent en chœur leur fureur de poudre et de feu dans un panache épais de fumée blanche.

En cet instant, venait de débuter la bataille des Croz contre les Saint Clare.

Chapitre 1

Des ténèbres à la lumière

Quelque part... ailleurs

Isabelle de Croz se réveilla brutalement dans un endroit plongé dans les ténèbres, tout en s'étouffant à moitié en respirant un air aride et chargé de sable fin. Les minuscules grains faisaient désagréablement crisser ses dents et asséchaient sa bouche à chaque douloureuse inspiration.

La jeune femme, désorientée, ne parvenait pas à comprendre ce qui lui arrivait. Un instant auparavant, elle était dans sa chambre sur l'île de Croz et attachait autour de son cou le somptueux, et très antique collier égyptien, que son frère Kalaan avait fini par lui offrir. Le moment suivant... elle s'époumonait dans le noir complet, comme apparemment d'autres personnes (à ce qu'elle pouvait entendre), mais sans savoir qui était présent à ses côtés, ni dans quel lieu ils se situaient tous.

Bon sang ! Où était-elle ? Et avec qui ?

— Tout le monde va bien ? s'enquit une voix rauque, avec un soupçon d'accent oriental.

Salam ? Enfin, plutôt Dorian Saint Clare ! s'exclama intérieurement Isabelle.

Que faisait-il près d'elle ? Et à quoi avait-il joué avec sa fichue magie ? Le jour du mariage de Kalaan et de Virginie, qui plus est !

Avait-il déclenché un sort de tremblement de terre qui aurait fait s'effondrer le château sur ses occupants ? Cette subite idée terrorisa la jeune femme, parce qu'elle était la plus plausible.

Plausible, car Dorian avait appris, depuis peu, qu'il était un descendant direct d'une lignée issue d'hommes et de déités, et qu'il était – à ce que le druide Jaouen avait raconté – un enfant des dieux, détenteur de pouvoirs extraordinaires. De fait, il commençait à peine à découvrir et maîtriser ses phénoménales capacités magiques.

Et pour ce qui se déroulait à l'instant précis, Isabelle en était certaine, Dorian n'avait pas contrôlé l'un de ses sorts, et une catastrophe s'était produite au château des Croz.

— J'étouffe ! couina l'inimitable voix du majordome, en coupant net le fil des pensées de la jeune femme.

— Clovis ? s'écria-t-elle ébahie, avant de l'être encore plus quand une troisième personne, qu'elle connaissait également, marmonna :

— Tu n'es pas le seul, Clovis, mais comme toujours… *Atchoum* ! tu ne songes… *Atchoum* ! qu'à toi en premier ! Nigaud, pourquoi m'as-tu suivi ?

— Jaouen ? fit encore Isabelle, de plus en plus interloquée, avant qu'une énième quinte de toux ne la saisisse.

Elle avait terriblement mal dans la poitrine, et la tête lui tournait.

— L'air se raréfie, marmonna Dorian qui avait trouvé la main de la jeune femme en tâtonnant le sol sablonneux dans le noir, et qui la serrait comme pour la rassurer.

Bien sûr, c'était vraiment réconfortant d'apprendre qu'ils allaient mourir étouffés ! Isabelle se dégagea nerveusement de sa poigne en une fraction de seconde. Où était le reste de sa famille ? Étaient-ils sains et saufs ? Là, la panique pointa son nez crochu et elle tenta de reprendre contenance pour demander, tout en cherchant son souffle :

— Monsieur Salam, auriez-vous... quelques... explications ?

— Mademoiselle Isabelle ne se souvient de rien ? s'étonna Clovis, dont la voix chevrotante s'envola dans les aigus.

— Vraisemblablement... non, grommela Jaouen quelque part dans l'obscurité et sur la gauche d'Isabelle, tandis que Clovis devait se situer plus loin, sur la droite.

— Vous pouvez me poser directement la question, messieurs, et ne pas m'ignorer ! s'offusqua-t-elle.

Puis elle se tut en remarquant que, petit à petit, une légère luminosité se faisait non loin d'elle. Les secours arrivaient ! Kalaan et ses hommes avaient dû les trouver !

Mais en fait, non... et l'espoir d'Isabelle disparut tout aussi rapidement qu'il était apparu. La lueur ne provenait pas d'une bougie ni d'une lampe à huile, mais d'un étrange petit tourbillon qui s'agitait sous le nez de la jeune femme.

— Ce n'est guère le moment de faire usage de vos pouvoirs, monsieur Salam ! ne put-elle s'empêcher de pester, vraiment très fâchée contre cet individu qu'elle avait cru connaître, et à qui elle aurait donné son cœur, s'il n'avait pas décidé de partir rejoindre sa famille en Écosse... sans elle.

— Ce n'est pas de mon fait, répondit-il d'un ton grave et guttural tout en se mettant debout dans le clair-obscur instauré. Mais, désormais, vous pouvez m'appeler Dorian.

Le tourbillon gagna brusquement en intensité et se déploya autour du groupe, avant de s'éloigner. En peu de temps, il illumina parfaitement le lieu, comme ses occupants, et tous manifestèrent leur ébahissement par des hoquets de surprise.

Loin d'être au château des Croz, comme en était persuadée Isabelle, ses compagnons et elle se tenaient à deux ou trois mètres du centre d'une immense grotte cernée de hauts pans rocheux d'un beige ocre. Son sol était intégralement constitué de sable fin, presque blanc. Là ne s'arrêtait pas la singularité de l'endroit, car au milieu de cette gigantesque caverne, et juste tout près du groupe, s'érigeait un petit cromlech !

De son côté, Dorian, les paupières mi-closes, continuait de focaliser toute son attention sur la manifestation à caractère magique qui évoluait à toucher les parois de l'étrange antre, comme si elle cherchait une issue.

— Est-ce toi, Dorian, qui es à l'origine de ce charme ? s'enquit Jaouen dans un souffle, tout en se relevant péniblement pour s'accroupir, avant de détailler avec attention le cercle de pierres levées.

Distraits par le phénomène surnaturel pour l'un, et le cromlech pour l'autre, les deux hommes semblaient avoir oublié Isabelle et Clovis. Ces derniers étaient toujours allongés sur le sable, comme tétanisés, et seuls leurs yeux indiquaient qu'ils étaient vivants.

— Non, répondit le jeune homme d'un air faussement détaché, tout en s'appliquant à suivre les mouvements du tourbillon, prêt à intervenir en cas de

besoin, malgré le peu de forces qu'il lui restait.
Personne ne savait si le sort en action était bon ou mauvais. La magie noire était peut-être à l'œuvre en ce lieu.

Isabelle, pour ne pas sombrer dans la folie, se concentra sur les pierres levées, dont le sommet ne devait pas atteindre le bassin d'un homme, et détailla mentalement leur surface écrue, quasi lisse, uniquement striée de nervures de quartz.

— Sacrebleu... s'étrangla-t-elle enfin, en sentant son cœur battre la chamade et ne pouvant détacher son regard vert ambré du cromlech. Nous... ne sommes définitivement pas à Croz ! Mais alors... où nous trouvons-nous ?

— Il ne s'agit pas de magie noire, coupa Dorian d'un ton rocailleux, sans daigner répondre à la jeune femme. Quelque chose nous a suivis dans le puits magique. Je perçois sa présence dans le tourbillon.

— Quel... puits magique ? s'enquit Isabelle, agacée d'être ignorée, et dans un souffle haché, car elle avait de plus en plus de difficultés à respirer.

Jaouen, vêtu de sa longue toge blanche, se mit debout, à l'instar de Dorian, avec l'aide de son bâton. Il avait également du mal à inhaler, et ses bronches sifflaient à chaque inspiration.

— *Ya*[5]... c'est... l'esprit d'Amenty, réussit-il à prononcer.

— Non. C'est autre chose, Jaouen. Il ne s'agit pas de la fille des Origines.

— Trouvez une issue... vite... ou nous allons mourir... murmura Isabelle.

À quoi bon parler, de toute façon, personne ne daignait lui répondre. Elle était à bout de forces et son

---
5 *Ya : Oui, en breton.*

corps devenait de plus en plus pesant. Elle finit par poser la joue sur le sable, tenaillée par une irrépressible envie de fermer les yeux et de dormir.

C'est tout juste si elle perçut l'écho d'une voix grave, totalement étrangère, née d'on ne sait où, qui invectiva directement Dorian :

— J'éclaire ton chemin, fils de la louve rouge, alors utilise ta magie et détruis la paroi devant toi !

Le jeune homme entendit la *Voix*, indiscutablement masculine, et sut instinctivement qu'elle provenait du tourbillon. Il jeta un bref regard sur ses compagnons d'infortune, et réalisa avec effroi que tous sombraient dans l'inconscience. Puis il se figea sur la vision d'Isabelle, désormais inerte, et son corps se glaça.

La *Voix* n'eut nul besoin de réitérer son injonction, la peur qu'il ressentit à l'idée de perdre Isabelle poussa Dorian à agir. Il utilisa le flux magique qu'il avait dans son sang en tant que fils des dieux, le guida, et projeta un formidable éclair sur la paroi rocheuse qui explosa et dispersa des centaines de fragments pierreux vers l'extérieur. L'instant suivant, un souffle sec et chaud envahit la grotte, et une lumière des plus aveuglantes inonda l'endroit. Le sable blanc en scintilla comme l'auraient fait les éclats de milliers de diamants.

Dorian s'abrita les yeux d'une main et détourna précipitamment le visage, ses longues mèches noires aux reflets auburn lui servant de bouclier, comme pour le protéger plus encore des dards étincelants. Une seconde après, il s'accroupissait auprès d'Isabelle et lui soulevait délicatement la tête. Après une tentative de magie pour la réanimer, il se rendit compte qu'il avait perdu le pouvoir de guérison. Ou alors, était-ce dû à son propre épuisement ? La magie allait-elle revenir avec un peu de repos ?

Dorian détailla la jeune femme avec anxiété. Elle était très pâle, et ses lèvres à l'ordinaire rosées étaient presque mauves. Il s'apprêtait à reformuler un charme de guérison, quand Isabelle émit une légère plainte, s'agita, et se mit à respirer par à-coup. De leur côté, Clovis et Jaouen revenaient de la même façon à la vie, en toussant et clignant des paupières pour s'habituer à la luminosité environnante.

— Tu as réussi, *mab*[6], chuchota le vieux druide, avec un faible sourire de soulagement. Nous allons... pouvoir sortir... d'ici.

— Et savoir où est cet « ici », marmonna Clovis, en époussetant maladroitement son pantalon pour le débarrasser des couches de sable blanc qui s'y étaient accumulées.

Il n'y avait vraiment qu'un majordome extrêmement maniaque pour songer à nettoyer ses vêtements dans un moment pareil.

— Mon collier ! s'exclama soudain Isabelle.

Elle semblait sortir d'un horrible cauchemar et ouvrait de grands yeux affolés. La seconde suivante, elle portait la main à son cou, pour effectivement constater la disparition de la parure égyptienne. Elle voulut se redresser, mais Dorian l'en empêcha d'une poigne ferme.

— Doucement, murmura-t-il en plongeant son regard sombre dans celui de la jeune femme.

Malgré ses traits tirés, elle était si belle, son visage et son corps baignés par la lumière flamboyante en provenance de l'extérieur ! Ses cheveux châtain n'étaient plus coiffés, et recouvraient de leur longueur le sable opalescent tout autour de sa tête. Quant à sa magnifique robe de soie verte, elle faisait ressortir plus encore la blancheur de sa peau veloutée et le violacé de ses fines

---

6 *Mab : Fils, en breton.*

veines.

Il fallait que Dorian l'emporte vers l'air pur le plus rapidement possible, ce qu'il s'appliqua à faire, en la soulevant dans ses bras avant de marcher vers l'issue qu'il avait créée.

Il déposa précautionneusement Isabelle, l'adossa contre la roche extérieure, et s'élança à nouveau dans la grotte pour chercher Clovis et Jaouen. Quelques instants plus tard, il ressortait en soutenant les deux hommes, et le trio s'arrêta net en apercevant Isabelle : elle était debout à quelques mètres devant eux, au bord d'un ravin, leur tournant le dos, et les doigts écartés comme pour caresser une brise inexistante. Elle paraissait être comme... figée.

— Ça recommence, elle est de nouveau possédée, baragouina Jaouen, en se tenant d'une main sur la roche, tandis que Dorian s'approchait doucement de la jeune femme, pour se pétrifier également.

Clovis et son frère se lancèrent un coup d'œil interloqué, et décidèrent de les rejoindre. Tous deux s'immobilisèrent à l'instar du couple, quand ils découvrirent l'immense et spectaculaire décor qui se dévoilait à environ quatre cents mètres en contrebas, et aussi loin que leur vue pouvait porter.

— *Digredus*[7] ! s'étrangla Jaouen, pour ensuite rester bouche bée, et les yeux écarquillés.

— Comment avons-nous pu arriver ici ? Et qu'est cet « ici » ? chuchota alors Isabelle, en levant ses prunelles vert ambré, emplies d'une totale incompréhension, vers celles de Dorian.

Ce dernier garda son fier visage tourné vers le paysage, un muscle nerveux battant au niveau de sa mâchoire. Il semblait réfléchir intensément... de sombres

---

7   *Digredus : Incroyable, en breton.*

pensées au vu de ses traits tendus, tandis que ses yeux vifs allaient et venaient sur l'horizon.

Le groupe était si ébranlé par ce qu'il découvrait, que personne ne se rendit compte que le tourbillon lumineux, derrière eux, changeait de forme, pour prendre l'apparence éthérée… d'un superbe guerrier d'un ancien temps.

Chapitre 2

En terres pas si inconnues

— Une âme charitable daignera-t-elle m'expliquer cela ? tenta à nouveau Isabelle, avec la déstabilisante impression d'être aspirée par le fastueux paysage, tout en le désignant d'une main tremblante.

Une fois sortie de la grotte, elle avait d'abord songé qu'elle se trouvait dans un étrange rêve, ou en pleine crise d'hallucination. Mais l'idée lui était vite passée, car la sensation du sable entre ses doigts, la chaleur presque cuisante sur son visage du soleil omniprésent, et la somptuosité des terres qu'elle venait de découvrir et qu'elle n'avait jamais vues étaient d'une tangibilité irréfutable.

Quelques instants auparavant, Jaouen et Clovis l'avaient rejointe au bord de la falaise et avaient clairement soupiré de soulagement quand elle avait parlé. Les hommes, Dorian inclus, se comportaient bizarrement avec elle, et Isabelle eut soudain souvenance de les avoir entendus dire qu'elle était possédée. Ils avaient aussi parlé d'une fille des Origines, dont elle ne se rappelait plus le nom.

Elle voulait comprendre. Mais que faire quand personne ne souhaitait répondre à ses questions, et que

Dorian, l'impénétrable enfant des dieux, restait muré dans un silence de plomb ?
Comment ai-je pu croire un jour être attirée par cet homme ? Ce n'est qu'un monstre de froideur au comportement d'ours ! s'attrista in petto la jeune femme, tout en pinçant les lèvres d'amertume.

Quelle ne fut pas sa surprise quand l'ours mal léché prit soudain la parole, et ce, avec une indiscutable émotion dans sa voix rauque :

— Nous sommes en Égypte, commença-t-il sans se soucier des cris de stupéfaction de ses compagnons d'infortune. Le puits magique et la fille des Origines, Amenty, nous ont transportés à l'autre bout de la terre. Mais, ce n'est pas l'Égypte que je connais, tout ici est... différent.

Dorian leva la main et fit un ample geste du bras, englobant le panorama dans sa totalité.

— La chaîne montagneuse sur laquelle nous nous trouvons et la situation des plaines sont les mêmes, le sillon du Nil l'est à quelque chose près également, et je puis vous assurer que nous nous tenons sur le promontoire du plus haut sommet de la montagne thébaine, nommé *La Cime*.

Après un léger silence, il reprit :

— Si tout cela n'est pas un mirage, nous sommes sur une large corniche qui fait face à Thèbes et Karnak. Néanmoins... ces cités ne ressemblent pas à celles que je connais. Elles sont plus petites, moins étendues le long des berges du Nil, mais extraordinairement plus majestueuses et imposantes. Leurs terres sont démesurément vertes, fertiles et cultivées, car apparemment bien irriguées, reste... que je n'aie aucun souvenir de l'existence des édifices et murailles qui se dressent ici et là !

Dorian se tut, incapable de prononcer une parole de plus tant il semblait perturbé. Isabelle éprouva une fulgurante compassion pour le jeune homme, mais la repoussa au plus loin de ses pensées. Car elle aussi était perdue, et sa tête allait exploser sous la pression des centaines de questions qui s'entrechoquaient sous son crâne. Pour se contenir, elle décida de remplir ses poumons plusieurs fois, lentement, et de les vider, tout aussi lentement. Puis de faire comme ses compagnons : admirer le panorama.

Ils se trouvaient bien sur le haut d'une montagne, *La Cime*, comme l'avait nommée Dorian. Devant eux, directement en bas de l'aplomb où ils se situaient, et qui faisait environ quatre cents mètres de hauteur, se dressait une extraordinaire construction constituée de colonnades extrêmement colorées, et à la toiture plate. L'édifice se poursuivait par trois immenses terrasses verdoyantes avec de multiples fontaines, au bout desquelles débutait un long et large sentier qui allait en s'amenuisant droit jusqu'au Nil.

Un sentier qui retint l'attention d'Isabelle, car il était intégralement bordé de nombreuses statues d'ocre rouge, couchées sur de larges socles. On aurait dit...

— Des sphinx, nous faisons face à un dromos[8], murmura Dorian.

Et devant l'air étonné de la jeune femme, il haussa les épaules, avant d'ajouter :

— Vous parlez à voix haute.

Sur le coup, et comme il daignait enfin faire attention à elle, Isabelle eut du mal à détacher ses yeux de son magnifique regard bleu nuit, de ses longs et épais cils noirs, de son nez droit, de ses belles lèvres charnues

---

8 *Dromos : Longue avenue, bordée de sphinx, qui précède souvent les temples divins de l'ancienne Égypte.*

délicieusement ourlées...

Non ! Il fallait qu'elle se concentre sur le paysage égyptien ! Tout pour éviter de fantasmer à nouveau sur cet homme qui, sans cet abracadabrant évènement, serait parti dans les Highlands sans un regard en arrière pour elle.

Ils étaient donc en Égypte. Pays qu'elle avait toujours rêvé de découvrir en compagnie de son frère Kalaan, et dont elle avait imaginé les décors, la chaleur, le ciel perpétuellement bleu et son soleil ardent. Cependant, tout ici était très différent de ce que son frère lui avait décrit dans ses lettres, à part peut-être la couleur beige des falaises et montagnes, et le blanc cassé du sable. Dans son imagination, Isabelle voyait souvent un désert traversé par le large ruban argenté du Nil, et quelques zones de verdure alimentées par le limon noir du fleuve. Des terres arides le jour et glaciales la nuit, avec des tempêtes de sable, des scorpions, des crocodiles... Des terres en définitive tellement peu hospitalières que les hommes s'étaient regroupés près des grandes villes pour survivre.

Mais là, tout était si vert, si riche ! Les plaines étaient cultivées du bas de la montagne thébaine jusque très loin derrière les cités. C'est tout juste si l'on pouvait distinguer le désert à l'horizon, vers l'est. Et les bâtiments resplendissaient de beauté, de couleurs vives, de... oui, on pouvait le dire, d'une certaine fraîcheur ! Comme s'ils avaient été construits il y a peu, et non des millénaires en arrière.

Cette partie de l'Égypte grouillait de vie ! Pour preuve les innombrables felouques aux voiles triangulaires blanches qui naviguaient sur le Nil, et les centaines de minuscules silhouettes qui déambulaient de-ci de-là sur la rive est du fleuve, au pied de Thèbes et

Karnak... ou inversement ? Isabelle n'aurait su dire où était l'une et où était l'autre, car pour elle, il n'y avait qu'une seule et même cité qui se dessinait au loin, tout en longueur.

— Qu'y a-t-il de si dissemblable par rapport à ce que tu connais ? s'enquit le druide Jaouen en direction de Dorian, mais en laissant courir son regard sur le décor.

— Tout, répondit-il, laconique, jusqu'à ce dromos qui n'existe pas !

— Que voulez-vous dire par tout et... n'existe pas ? l'interrogea alors la jeune femme en fronçant les sourcils, tandis que Clovis fixait un mouchoir de coton sur son crâne dégarni.

Le pauvre ! Le soleil tapait effectivement très fort, et Isabelle songea qu'ils allaient bientôt devoir se replier dans la grotte, seul endroit où ils pourraient attendre qu'il fasse moins chaud avant d'aller chercher du secours. Après tout, il y avait des hommes non loin de *La Cime*, il suffisait de repérer un chemin pour descendre de ce sommet.

— Dans mes souvenirs, il n'y a que des ruines et du sable au bas de cette montagne, et il n'existe pas cette allée de sphinx dans la vallée. Les terres sont arides, tout est cassé et pillé du côté où nous nous trouvons. Nous sommes à l'ouest, sur la rive des morts, ce que les Égyptiens eux-mêmes appellent « Demeure d'éternité ». En face, sur la rive est du Nil, c'est la terre des vivants, et ses plaines ne sont que très peu cultivées. Quant aux cités... elles ne se présentent pas telles que nous les avons devant nous ! Je veux dire que là encore, il n'y a plus que des restes d'édifices, des ruines et de la misère, ce sont des nids de mendicité. Et les temples... ils ont pour la plupart été détruits ou enfouis sous le sable du désert. D'ailleurs, nous devrions apercevoir d'ici, tout à droite sur les berges, les décombres du temple de Louxor, ses deux obélisques de granit rose, et ses quatre colosses à moitié ensevelis... or, regardez la magnificence de l'édifice qui s'y trouve maintenant, et de ses remparts cernés d'habitations ! De même tout à gauche, à Karnak... là où il n'y avait que des dunes et des vestiges, se dresse désormais une construction encore plus impressionnante que celle de Louxor ! D'après les archéologues et Kalaan, c'est l'endroit précis où devait se trouver le temple d'Amon-Rê !

Dorian s'agitait au fur et à mesure qu'il parlait, détaillait, et il finissait par réaliser que cette Égypte où ils s'étaient réveillés au pied d'un cromlech celte, n'était pas celle de son enfance.

— Et pour cause, coupa une voix d'homme, rocailleuse, qu'Isabelle reconnut comme celle qu'elle avait déjà entendue dans la grotte, alors qu'elle sombrait dans l'inconscience. Cette Égypte n'est pas celle où tu as grandi.

Tous firent volte-face dans un bel ensemble, et se figèrent devant l'apparition spectrale. La jeune femme fut la première à réagir, plus par instinct de défense que par peur. Elle fit un mouvement pour soulever le bas de sa robe, dans le but d'accéder à la dague cachée dans un étui qui ceinturait sa cuisse gauche, avant de se raviser pour parer au plus pressé : elle saisit vivement le bâton de druide de Jaouen. Elle le fit agilement tournoyer dans sa main droite et se plaça en mode combatif à quelques pas de la forme éthérée... ou du fantôme ? Isabelle ne savait même pas ce qu'était cette chose ! Maintenant que tout pouvait être possible, comme Kalaan se transformant en femme, le réveil dans une grotte d'une montagne thébaine, le cromlech, la malédiction de la parure égyptienne... qu'était donc un fantôme de plus dans l'histoire ? Rien, mais il pouvait amener des soucis supplémentaires !

— Isabelle ! s'écria Jaouen, étonnamment plus troublé par le comportement de la jeune femme que par l'apparition.

— Laisse-la faire, couina Clovis, en se positionnant dans le dos de sa jeune maîtresse, comme pour s'abriter. Elle sait se défendre !

— Je ne crois pas ! gronda Dorian qui voulut se mettre à son tour devant elle pour la protéger, et qui se plia en deux en prenant un coup de bâton dans l'estomac.

— Vous... avez... perdu la tête ? bafouilla-t-il, le souffle court, en levant le visage pour la fusiller de son regard sombre.

— Non, c'est une excellente combattante, répondit Clovis, à la place d'Isabelle, et de son sempiternel ton pincé. Je vous l'ai dit, mademoiselle sait ce qu'elle fait ; elle n'a peut-être que dix-neuf ans, mais elle a de nombreuses années de pratique à son actif !

De son côté, l'apparition se mit à rire, ce qui lui conféra un air beaucoup plus humain. C'était, de toute évidence, un fantôme guerrier.

Un magnifique spécimen, ne put s'empêcher de penser Isabelle, avant de se forcer à se concentrer sur une tactique de combat. Val' Aka, son maître en arts martiaux, aurait été fier d'elle s'il l'avait vue.

Le guerrier luminescent sourit, et se pencha pour les saluer. Il paraissait jeune, une trentaine d'années tout au plus, et possédait beaucoup de charisme. Il avait les cheveux longs et noirs, une mèche argentée balayait son front ; il était vêtu d'une ample cape, d'habits sombres, de bottes cavalières à larges revers, et portait une étrange épée à la ceinture. Tout dans sa prestance, et dans la richesse de ses vêtements, faisait penser à un noble combattant.

— Je me présente, Ardör, du clan Muiredach et enfant des dieux.

— Palsambleu[9], encore un ! jura Isabelle sans retenue.

— Isabelle ! gronda le vieux druide.

— Jaouen ! l'imita-t-elle. On doit déjà supporter un magicien, alors deux ! Crénom, si ça se trouve, ils vont nous catapulter directement sur la lune au prochain clignement d'œil ! Il vaut mieux les trucider avant !

En cet instant, elle ressemblait trait pour trait à son frère... enfin, quand ce dernier était sous l'apparence de Catherine.

— Votre comportement, Isabelle, n'est pas digne d'une personne de bonne famille, la sermonna à son tour Dorian, avec un petit air de « grand frère » qui hérissa encore plus la jeune femme.

Elle plissa les yeux et orienta son bâton vers lui, avant de le prévenir :

— Voulez-vous mourir maintenant... ou tout de suite ? Si vous souhaitez vivre, vous m'appellerez désormais, et à tout jamais, mademoiselle de Croz, et non Isabelle !

Pour toute réaction, un éclat rieur illumina le regard de Dorian, avant qu'il ne pince les lèvres comme pour dissimuler un sourire. Puis il hocha la tête pour acquiescer, les traits de son visage brusquement cachés derrière ses longues mèches sombres.

Isabelle eut à nouveau envie de pester. Zut, à la fin ! Ne pouvait-il pas entrer franchement en conflit avec elle ? C'était son souhait le plus cher, juste pour avoir l'occasion de lui dire une fois pour toutes ce qu'elle pensait de lui ! Et peut-être pour lui botter les fesses...

---

9   Palsambleu : Ancien juron signifiant « par le sang de Dieu ».

qu'il avait superbes, d'ailleurs.

Ce fut le guerrier éthéré qui interrompit la scène, en se moquant du jeune homme :

— Tu te trouves dans un drôle de pétrin, enfant de la louve rouge.

Dorian se redressa, adopta une attitude martiale et s'approcha à toucher le fantôme. Contrairement aux piques d'Isabelle qui l'avaient plutôt amusé, il n'appréciait pas du tout les taquineries de cet Ardör ni son ton familier.

Ce dernier leva les mains en l'air et fit mine de reculer en signe de reddition, tout en gardant son petit sourire narquois.

Même s'il avait l'apparence d'un être immatériel, ses traits restaient parfaitement visibles, comme les nuances colorées de ses vêtements, teintes de peau et de cheveux. Il était simplement... un peu vaporeux. Dorian décida de rester digne, et passa à la phase des questions, qu'il tourna sous forme de constatations, comme à son habitude :

— Vous étiez sur l'île de Croz et avez passé le puits magique en même temps que nous. Vous avez pris l'apparence du tourbillon et vous nous avez aidés à sortir de cette caverne. Maintenant, vous vous présentez sous la forme d'un guerrier, un enfant des dieux, et me dites que je suis le fils de la louve rouge. Certitude pour vous, conjecture en ce qui me concerne.

— Mais bien sûr ! s'écria à son tour Jaouen, comme s'il venait d'avoir une illumination. Je sais qui vous êtes ! Un enfant des dieux de la première lignée ! Vous faites partie des légendes du clan Saint Clare, depuis le retour d'Eloïra du temps des Origines !

— Des légendes ? gouailla Ardör en détaillant le druide de la tête aux pieds, avant de revenir affronter le regard de Dorian et de reprendre. Oui, tu lui ressembles. Tu as de la louve rouge, mais aussi du *sëyrain*[10].

— Mais il ne peut être leur fils, remarqua encore Jaouen. Eloïra Saint Clare a vécu il y a de cela des siècles ! Et vous, il y a des millénaires... d'ailleurs comment...

— Il est son descendant, c'est du pareil au même, coupa le guerrier qui accusa visiblement le coup quant au nombre d'années qu'il avait derrière lui.

— C'en est assez ! trancha Isabelle en tapant le sable de l'extrémité de son bâton, avant de le lancer au druide qui sursauta à son geste vif. Rentrons dans cette grotte avant que le soleil ne nous transforme en poulets rôtis, et ainsi, nous serons plus à l'aise pour parler de tout... ce foutoir, comme dirait mon frère !

— Une femme à jurons, une femme selon mon cœur, souffla Ardör, en posant sa main fantomatique sur son torse.

— Ne la touchez pas, grommela Dorian en lui faisant face et en serrant les poings, dès qu'Isabelle fut entrée dans la grotte.

— Ah... décidément, encore une chasse gardée ! s'amusa le guerrier. C'est un trait de famille chez les Saint Clare.

— Vous venez ? les héla la jeune femme, avec une pointe d'agacement, ce qui provoqua un autre éclat de rire d'Ardör qui irrita encore plus Dorian.

L'anciennement Touareg, et nouvellement enfant des dieux Saint Clare, n'arrivait plus à garder son sang-froid. Ce qui le déstabilisait.

Il attendit que tous suivent Isabelle dans la caverne, jeta un autre coup d'œil par-dessus son épaule sur le somptueux paysage égyptien, et se concentra sur le son

---

10 *Sëyrain* : Prince, dans la langue originelle des dieux.

de sa respiration pour retrouver son calme intérieur. Il y était presque parvenu, quand Isabelle cria à nouveau :

— Hé ! Salam, ramenez votre magique postérieur ici dare-dare !

Autant pour son sang-froid ! Dorian jura une dizaine de fois, en français et en berbère, avant de redresser la tête, et d'avancer d'un pas féroce vers l'entrée de la grotte.

Une certaine mademoiselle de Croz méritait la correction de sa vie !

Chapitre 3

Sens dessus dessous

Assise sur le sommet quasi plan de l'une des pierres levées qui constituaient le petit cromlech de la grotte, Isabelle pianotait nerveusement de ses doigts sur son avant-bras. Avec une certaine fébrilité, elle attendait les hommes, ainsi que l'apparition vaporeuse. Cette dernière se disait être un enfant des dieux ! Un autre ! Et, qui plus est, d'après ce qu'avait commencé à expliquer le druide Jaouen, vieux de plusieurs millénaires.

C'était impossible. Comme le fait que le personnage soit immatériel, soit dit en passant... Mais concrètement, depuis que Kalaan avait subi sa malédiction, et ce, durant des mois, le mot « impossible » était tout bonnement devenu synonyme de « concevable ». Isabelle devait se faire à ce nouvel univers sens dessus dessous où tout, absolument tout, pouvait être réalité.

Clovis fut le premier à se présenter dans la grotte, avec son mouchoir blanc calé sur son crâne chauve, et il lui adressa un doux sourire malgré son regard inquiet. Il était comme ça, toujours à privilégier le bien-être de sa protégée avant le sien, et ce depuis qu'elle était toute petite. Et la jeune femme faisait de même, à tout instant, et à l'insu du vieil homme pour ménager son orgueil.

— Tout va bien se passer, mademoiselle. Nous nous sommes immuablement sortis d'affaire.

Isabelle réfréna de toutes ses forces la boule de tristesse mêlée d'angoisse qui cherchait à l'envahir suite aux paroles de son majordome. Non, cette fois-ci, elle pressentait que les évènements les dépassaient tous. À quoi bon cacher son anxiété à son ami de toujours ? Car, peu importe le masque qu'elle afficherait, lui saurait lire dans son âme comme dans un livre ouvert.

— Je vais devenir folle. Tout le monde, à part moi, semble savoir ce qu'il se trame ici, et pourquoi nous sommes là. Même toi, tu ne réponds pas à mes questions. Il faut me raconter toute l'histoire, Clovis.

— Nous allons y venir, intervint le druide Jaouen, talonné de près par le guerrier fantomatique, puis, quelques instants plus tard, par Dorian.

Le jeune homme sembla hésiter entre se diriger vers elle ou vers l'apparition, avant de choisir cette dernière en serrant nerveusement les poings.

— Êtes-vous vraiment ce que vous prétendez être ? interrogea-t-il en s'adressant à Ardör avec un fort accent oriental.

Isabelle haussa les sourcils de saisissement. Elle n'avait pas réussi à faire sortir Dorian de ses gonds, mais l'autre enfant des dieux avait accompli ce petit miracle, à n'en pas douter ! Cela promettait d'être intéressant.

— Oui, répondit simplement Ardör. Je suis bien un enfant des dieux, de la première lignée. Ma mère était une déesse et mon père un *sëyrain* humain du clan des Muiredach.

— Que veut dire *séréine* ? ne put s'empêcher de demander Isabelle, en déformant involontairement le mot, poussée par une subite curiosité.

— *Sëyrain*, reprit le guerrier en souriant. Cela

signifie *prince* dans la langue originelle. Cela expliquait la richesse de ses atours, comme sa prestance.

— Votre père était un roi ?

— Non, *mëidy* – *dame* – Isabelle, répondit encore Ardör, en traduisant au passage, devant le froncement de sourcils de la jeune femme. À mon époque, l'ère *Céleïniale*, avant que les déités ne fassent leur Élévation pour les Sidhes, tous les fils aînés étaient des *sëyrains*, de même que toutes les premières-nées étaient des *sëyrainesses* – *princesses* –. Il n'existait aucun royaume sur terre, nous vivions dans la cité blanche et enchantée de Galéa, avec les déités et en communion avec elles. Je suis donc, bel et bien, un enfant des dieux de la première lignée. Depuis, il y en a eu d'autres. Les Saint Clare sont les descendants du clan des Kadwan et les Croz du clan Fëanturi.

— Nous, les Croz, sommes aussi des... euh... magiciens ?

— Non, il semblerait que désormais, et depuis fort longtemps, vous ayez perdu tout lien avec les dieux comme toute connaissance sur vos origines.

— Excusez-moi ! coupa Isabelle en posant les doigts sur ses tempes. Là, c'est trop d'histoires d'un coup. Je ne pourrai point tout assimiler aujourd'hui. Mais, quel âge avez-vous ? Êtes-vous immortel ? Pourquoi êtes-vous vaporeux ?

Ardör partit d'un rire rauque et tonitruant, avant de poursuivre :

— Vous me faites songer à Eloïra Saint Clare. Toujours en éveil et extrêmement curieuse. Vous auriez pu être parentes.

— Il n'y a aucun lien de parenté entre elles, gronda sourdement Dorian, en intervenant dans l'échange entre celui qu'il considérait de plus en plus comme un rival, et SON Isabelle.

— J'en conviens, acquiesça le guerrier, l'œil taquin, comme il comprenait ce que les mots de Dorian sous-entendaient : pas de filiation, donc, toute liberté d'union entre le Saint Clare et la belle.

— Hum, hum ! fit Isabelle pour se réapproprier l'attention d'Ardör.

— Mon âge... j'ai actuellement quatorze mille huit cent cinquante-cinq ans et des poussières. Mais si nous ajoutons le fait que...

— Cessez ! Je n'en puis plus ! s'écria la jeune femme, qu'une forte migraine commençait à tenailler.

Pourtant, elle voulait tout savoir et sa soif de connaissance n'était en rien étanchée, malgré les aiguillons douloureux qui lui vrillaient le crâne. Elle continua donc, dans un filet de voix, avec une certaine appréhension quant à la future réponse :

— Vaporeux ?

— Oh, ça ! C'est parce que je suis devenu un Naohïm.

Isabelle se massa les tempes plus fortement et ferma les yeux. Cet Ardör ne lui épargnerait rien. Mais aussi, c'était de sa faute à elle, elle était totalement masochiste de lui poser tant de questions !

— Il y a fort longtemps, reprit-il, à l'époque où j'ai fait la connaissance d'Eloïra Saint Clare, il m'est arrivé une petite mésaventure avec un dragon noir damné. Ce dernier m'a figé dans un souffle de glace, à l'intérieur d'une gigantesque et lugubre grotte. Je suis resté là, tandis que le monde continuait de tourner sans moi, tous me croyant décédé.

— Un dragon maintenant ! s'exclama-t-elle en grimaçant et en se demandant comment elle pourrait refermer la boîte de Pandore-Ardör. Et damné qui plus est...

— Vous avez oublié noir. J'ai été prisonnier très longtemps de la glace, jusqu'à ce que le maître-guerrier de la Mort vienne me libérer.

— La Mort..., gémit Isabelle en se laissant tomber au sol, pour s'asseoir lourdement. Un maître-guerrier de la Mort. Ohhh... ma pauvre tête !

— À vrai dire, il s'agissait surtout de celui que vous nommez Ankou en Bretagne, continua Ardör apparemment sans pitié pour la jeune femme. Nous étions de lointaines connaissances, et comme j'étais toujours vivant sous l'épais mur de givre, grâce aux pouvoirs magiques que je tiens de ma mère...

— Qui était une déesse.

— ... il ne put m'emporter dans son monde des ténèbres. Et puisque mon corps était sérieusement abîmé, il m'a alors proposé de devenir un Naohïm. Ce que j'ai accepté. Je suis, depuis, un être immortel qui peut être humain pour un temps donné et immatériel par la suite. Je peux de la même façon me muer en toute forme animalière, être un jour un loup, et l'autre jour un corbeau. Mes pouvoirs ont également été décuplés.

À ces mots, Isabelle cessa de se tenir la tête entre les mains, et tourna un visage aux yeux brillants d'espoir vers Ardör.

— Mais alors ! Vous pouvez nous ramener chez nous ? Grâce à ce cercle de pierres, dit-elle encore en pointant du doigt le petit cromlech.

— Non.

— Pourquoi ?

— Parce que je ne suis qu'une enveloppe magique que je parviens à maintenir grâce à un puissant sort actif depuis mon départ de l'île de Croz, et qu'il faudrait que je réintègre mon corps de chair et de sang pour utiliser d'autres pouvoirs. Et je ne le peux pas.

— Mais *pourquoi* ? ?

— *Mëidy*, vous avez écouté ce que vous vouliez. Je répète : l'Ankou m'a libéré après l'époque où nous nous trouvons et, actuellement, mon double du temps est toujours prisonnier de la glace. Si je reprends apparence humaine, je fusionnerai séance tenante avec lui dans le souffle gelé, et je disparaîtrai de cet endroit. Je ne pourrai pas vous accompagner dans votre périple comme j'escompte le faire.

— Je ne comprends pas votre charabia... fit Isabelle en secouant doucement le chef, interdite. Et de toute façon, à part nous étourdir avec vos récits rocambolesques, vous ne nous êtes, en ce moment, d'aucune utilité ! On dirait que cela vous amuse de nous parler d'un temps où des déités demeuraient sur terre, où des dragons noirs crachaient du givre, où vous étiez ami avec l'Ank... euh... le guerrier de la Mort, se reprit-elle vivement, car il était défendu de prononcer « Ankou » à haute voix. Pour finir par nous annoncer que vous avez un double, toujours prisonnier à l'heure actuelle de la glace et que vous ne pouvez rien faire pour nous aider ! Je sature et commence à vraiment détester les enfants des dieux. La vie était nettement plus belle sans vous !

— Vous vous seriez ennuyée sans nous, se moqua gentiment Ardör, tandis que Dorian grommelait entre ses dents serrées.

Il avait écouté le récit sans sourciller et le seul moment où il daignait enfin réagir était celui où Isabelle paraissait perdre l'esprit.

— Je connais toute cette histoire, à part la partie concernant le Naohïm, c'était une légende que nous nous racontions le soir, au coin du feu, intervint d'un ton las

Jaouen, assis non loin d'Isabelle. Mais au final, personne, ici, n'a le pouvoir de nous reconduire à Croz, Dorian étant un novice et ne connaissant pas la formule ou le sort pour notre retour. Mes propres pouvoirs sont quant à eux limités à ma connaissance des mots sacrés, ce qui est loin d'être d'une grande efficacité.

— Si quelqu'un de « novice » nous a fait voyager jusqu'ici, cette même personne peut nous ramener. N'est-ce pas, monsieur Salam ? attaqua la jeune femme en fusillant des yeux l'incriminé, car il était hors de question que le druide Jaouen porte le fardeau de leurs malheurs sur ses seules épaules.

— Vous souhaitez avoir le fin mot de l'histoire ? fit Dorian, mielleusement, en croisant les bras sur son torse, et en faisant méchamment crisser les coutures de la veste trois quarts que Kalaan lui avait donnée.

Apparemment, Dorian est plus athlétique que mon frère, constata inopinément Isabelle.

Celui-ci se délesta de l'habit et l'envoya bouler sur le sol de la caverne. Il roula ensuite les longues manches blanches de sa chemise sur ses bras musclés et tatoués, et revint à la charge. Il se mettait clairement en position de combat pour s'expliquer avec Isabelle et de son côté, cette dernière s'y prépara en se levant face à lui. C'était comme s'ils se tenaient soudain sur un ring de boxe et la jeune femme ne demandait que ça !

— J'attends ! lança-t-elle avec une pointe de défi.

— Sachez que nous sommes ici à cause de vous, et non de mon fait ! Ou plutôt, à cause de la parure égyptienne que vous avez obtenue en harcelant votre frère. Car, mademoiselle doit toujours parvenir à ses fins, au détriment de ce qui pourrait arriver.

— Qu'insinuez-vous ? siffla-t-elle en adoptant la même posture offensive que son vis-à-vis.

— C'est bien en enfant gâtée que vous avez acquis ce collier, Kalaan ayant cédé à vos sempiternels caprices. Et je le répète, c'est à cause de vous, et de ce bijou antique, que nous sommes dans cette grotte, en Égypte !

Isabelle ne comprenait pas où il voulait en venir. Elle porta la main à son cou, là où avait été attachée la parure qui avait inexplicablement disparu. Elle était blessée par le ton vindicatif de Dorian, mais aussi parce que c'était lui, l'homme qui l'avait fait fantasmer des nuits durant, qui lui assénait ces dures paroles.

Donc... elle n'était qu'une petite peste pour lui. À quoi bon se fatiguer à le détromper ? S'il pensait cela, c'est qu'il n'en valait pas la peine. Alors, plutôt que de laisser paraître sa douleur, elle afficha un masque de froideur et attaqua à son tour :

— Qu'est devenu l'aimable et imperturbable Salam ? Ah, mais oui ! Il s'est évaporé quand l'horrible Dorian Saint Clare a fait son apparition pour prendre sa place, et que ses satanés pouvoirs lui sont montés au cerveau !

Le jeune homme marqua le coup.

— La seule personne, en cet endroit, qui ait commis l'irréparable, c'est vous, mademoiselle sainte nitouche ! Car le collier que vous vouliez, et que vous avez obtenu, était porteur d'un sort antique ! Dès que vous l'avez mis, l'âme d'une défunte qui se nomme Amenty, ou fille des Origines, s'est emparée de vous et nous a tous propulsés ici !

Isabelle écarquilla les yeux et hoqueta violemment. Est-ce que ces accusations étaient fondées ? Était-ce à cause d'elle, et de cette maudite parure, qu'ils s'étaient tous réveillés dans cette caverne poussiéreuse ?

Soudain amorphe, sans plus aucune volonté d'en découdre, elle se tourna vers Clovis, la seule personne en qui elle avait une confiance absolue, et ce dernier hocha misérablement la tête, confirmant ainsi les propos de Dorian.

— Je... je ne me souviens de rien... j'attachais le collier... et je me suis retrouvée ici l'instant suivant.

Jaouen s'interposa entre les deux jeunes gens, lançant au passage un regard sévère sur le Saint Clare, et se mit à narrer toute l'histoire à Isabelle. Comment ils l'avaient trouvée dans le cercle brisé, pour réaliser qu'elle n'était plus vraiment elle, et que son corps était possédé. Comment cette Amenty, enfant des Origines, avec l'aide des pouvoirs magiques de Dorian, avait fait remonter du fond des océans la partie manquante du cromlech, pour ensuite ouvrir un portail, et les propulser tous en ces lieux. L'histoire, également, de ce collier ensorcelé, qu'Amenty avait porté de son vivant, et qui l'avait conduite à une mort prématurée, son âme étant à tout jamais prisonnière de la parure, dans l'attente d'une délivrance qui s'était enfin présentée grâce à Isabelle.

— Mais, que veut cette Amenty ? s'entendit demander la jeune femme, comme dans un état second. Suis-je encore possédée, fait-elle partie de moi, comme Catherine de mon frère ?

— Elle désirait que nous la sauvions, murmura Dorian, qui avait retrouvé l'attitude détachée et presque froide de « Salam ». Et non, il semblerait que son âme ait quitté votre corps à notre arrivée ici.

Il se serait frappé pour tout le mal qu'il faisait à Isabelle et qu'il lisait sur ses traits si délicats et expressifs. Il ne comprenait pas pourquoi il avait été si désobligeant avec elle. Ou alors, si... car il devait admettre qu'une sourde colère, frôlant la rage, le tenaillait depuis qu'il avait réalisé qu'il était revenu à son point de départ : l'Égypte.

En Bretagne, il vivait dans l'expectative euphorique de retrouver enfin sa famille : les Saint Clare. Il avait souvenance d'avoir quitté la maison du druide Jaouen, et de marcher avec allégresse en direction du port-clos où l'attendait la frégate l'*Ar Sorserez*, qui le conduirait en Écosse. Mais, c'était avant de croiser Isabelle dans le cercle brisé, et d'être propulsé dans le puits magique par l'esprit qui la possédait.

En plus de cela... il devait admettre qu'il éprouvait de l'agacement à voir la jeune femme discuter avec cet Ardör. Oui, il serait revenu la chercher à Croz, car il ressentait une forte attirance pour cette douce furie.

Mais maintenant... Il repartait à zéro et sa colère risquait de tuer toute affection. Il n'avait pas le droit de rendre Isabelle responsable de leur situation. Car, c'était le destin qui le mettait de nouveau à l'épreuve. Et Dorian comptait bien relever cet ultime défi.

— Il n'y a personne de fautif, intervint Ardör en écho à ses pensées. Les déités ont toujours semé des embûches sur le chemin des hommes. Pour un projet ou une prophétie, dans un but connu d'elles seules, ou encore pour leur simple plaisir, que sais-je ? L'immortalité doit les ennuyer, ce que je peux comprendre, alors elles se tournent vers nous, leurs enfants métissés, ou simples humains.

Isabelle secoua la tête de dérision. L'heure n'était vraiment plus à trouver un coupable, mais à chercher une solution pour retourner à Croz pour elle et Clovis, et en Écosse pour Dorian et Jaouen. Quant à Ardör, eh bien... il ferait ce qu'il voudrait. Pourquoi n'irait-il pas hanter un vieux château dans les Highlands et terroriser quelques Anglais au passage ?

— Puisque nous ne pouvons pas repartir par la magie, grâce au cromlech, nous devrions sortir de cette grotte et agir par nos propres moyens, proposa-t-elle. Il nous suffit de requérir de l'aide parmi la population, des personnes qui nous emmèneront jusqu'à Alexandrie, et une fois parvenus au port de la cité, nous prendrons un bateau pour rentrer chez nous !

— Comment financerons-nous ce périple ? s'enquit Clovis, pragmatique, mais les yeux soudain plus confiants.

Jaouen se jeta sur sa besace en lin qui avait voyagé avec lui, et la secoua au-dessus du sable blanc. De nombreux objets et tissus de peu de valeur tombèrent, avant qu'une sorte de petit chaudron en cuivre et son couvercle ne suivent.

— Ceci pourrait convenir ? lança-t-il avec espoir, en direction de Dorian.

— Oui, le cuivre est un bon moyen d'échange, il est très prisé. C'est…

— Inutile ! trancha Ardör de sa voix grave et après avoir poussé un long soupir las, ce qui fit l'effet d'une douche froide sur le groupe.

— Arrêtez de nous noyer sous votre déluge de pessimisme ! lança Isabelle. Nous allons y arriv...

— Vous m'avez encore écouté sans m'entendre et ne prenez pas en compte des détails qui ont leur importance, coupa le Naohïm. Cependant, je ne vous en tiens pas rigueur. Vous êtes tous perturbés par les évènements, et plus du tout à même de réfléchir avec discernement. Je répète donc : même si cet objet a effectivement de la valeur marchande, vous ne pourrez jamais rentrer chez vous. Pour la simple et bonne raison que ce « chez-vous » n'existe plus.

Dorian écarquilla les yeux. Dans sa tête, les pièces d'un horrible puzzle se mettaient en place avec une brutalité phénoménale.

— Nous n'avons pas seulement voyagé de Bretagne en Égypte en un instant, affirma-t-il le ton grave.

— Non, convint Ardör.

— Nous avons également voyagé dans le temps.

— C'est exact, confirma encore le guerrier.

Jaouen se laissa choir au sol en poussant un long gémissement, comme il comprenait lui aussi ce qu'il se passait. Clovis se porta à ses côtés, inquiet de voir son frère aîné faire un malaise. Pour sa part, Isabelle était suspendue aux lèvres des enfants des dieux. Elle ne voulait pas donner foi à l'échange des deux hommes. Ils allaient rentrer, ils devaient rentrer !

— Ne plaisantez pas avec nous, réussit-elle à émettre dans un souffle.

— Il ne le fait pas, asséna Dorian, son regard bleu nuit plus sombre que jamais. Nous sommes en Égypte, mais à quelle époque ? lança-t-il à Ardör en reportant son attention sur lui.

— Je dirais, en moins 1457... avant l'an zéro. Avant l'arrivée de celui que les chrétiens nomment Jésus Christ. D'ailleurs, je ne sais toujours pas de quel clan d'enfants des dieux est cet homme qui multipliait les pains et marchait sur l'eau.

— Nous aurions donc fait un bond de 3187 ans dans le passé, chuchota Clovis en laissant tomber son mouchoir de sa tête, pour ensuite s'écrouler pesamment auprès de Jaouen.

Isabelle se mit debout. Mais le monde semblait tournoyer à toute vitesse autour d'elle et ses jambes risquaient de céder à tout moment sous elle. Elle luttait de toutes ses forces contre la folie.

— Il y a une solution, il doit y en avoir une, répétat-elle en litanie, avant de se placer d'un pas chancelant devant l'enveloppe immatérielle d'Ardör.

— S'il vous plaît, en mettant en commun vos connaissances, vous et Dorian, vous devriez pouvoir réutiliser ce… cette porte (en désignant le cromlech), pour nous renvoyer sur l'île de Croz, à notre époque ? Dites-moi qu'il y a une solution...
— Non, réitéra affablement Ardör. Je n'ai pas les capacités pour le faire, même en utilisant les « Mots du Pouvoir » ou mots sacrés. Dorian n'est pas prêt et d'ailleurs, je sens que le sort qui me maintient sous cette forme arrive à sa fin, et il va falloir que je trouve un abri, avant que je ne redevienne un homme de chair et de sang, et que je…
— Et que vous fusionnez avec l'autre Ardör de la glace, termina Isabelle. Oh mon Dieu ! Nous sommes perdus ! Kalaan, si tu m'entends, viens à notre secours… gémit-elle en tournant toutes ses pensées vers son frère et en joignant ses mains en une prière silencieuse.

Comme s'il pouvait les aider, lui, l'aventurier libéré de sa malédiction. Sans aucun pouvoir magique, à mille lieues de là, dans une époque qui s'appelait encore, il y a peu, « présent ».

Chapitre 4

Échanges de cultures

Highlands, terres du clan Saint Clare, mars 1829

— Nous voulions vous souhaiter la bienvenue ! Òinseach[11] !

— Avec des archers et des boulets de canon ? En terrorisant ma mère et ma femme ? En cherchant à faire couler ma frégate ? Korbronnig[12] !

— Et vous ? Vous n'avez peut-être pas tiré sur le château et le village ? Och ! Heureusement que vos projectiles ont été transformés en carottes avant qu'ils ne fassent des blessés et de sérieux dégâts.

Kalaan resta un instant interdit face au colosse en kilt et aux cheveux noirs qui se tenait devant lui. Tous deux se trouvaient sur la berge de pierre du port clos du village de Caithness, au pied de la haute et majestueuse forteresse de *Caistealmuir* érigée par Iain Saint Clare, en l'an 1393. Soit 463 ans auparavant.

— Pourquoi des carottes ? ne put-il s'empêcher de demander, déstabilisant à son tour le géant highlander, laird du clan, et qui s'était présenté comme Keir Saint

---

11 *Òinseach : Crétin, en gaélique écossais.*
12 *Korbronnig : Cornichon, en breton.*

Clare.

Ce dernier croisa les bras sur son large torse, afficha un sourire narquois, et se pencha légèrement vers le comte de Croz, qu'il dépassait d'à peine quelques centimètres (ultime affront pour le corsaire breton) :

— Disons que c'est également une tradition familiale, tout comme les tirs de canon, railla-t-il avec un fort accent gaélique rocailleux. N'importe quel projectile mortel se transforme en carotte... pour nourrir les ânes.

— Que voulez-vous insinuer ? s'emporta à nouveau Kalaan. Que je suis un âne ?

À bonne distance des adversaires, Virginie, Amélie et la femme du laird, Eilidh, beaucoup plus avenante et charmante que son époux, observaient la scène en secouant la tête de dérision.

Depuis que les magiciens de sang avaient levé le sort qui occultait leur terre aux arrivants, les choses s'étaient presque faites naturellement. En tout cas, pour ces dames qui avaient réussi à lier connaissance dans de bien meilleures conditions que les hommes qui, eux, continuaient de se regarder en chiens de faïence, prêts à s'écharper au moindre mot de travers.

— Mon mari est une tête de mule, soupira la jeune Eilidh, en remettant de longues mèches blondes derrière ses oreilles, et en tournant ses yeux bleu azur sur Amélie et Virginie. Veuillez accepter ses excuses de ma part.

— Ne vous en faites pas, madame, mon Kalaan ne vaut guère mieux. Et ni la pluie fine qui tombe ni une armée de highlanders, ne pourraient le calmer en cet instant.

Eilidh sourit franchement, visiblement rassérénée par les paroles de son invitée, puis elle leva la main vers la majestueuse forteresse.

— Et si nous nous rendions au château pour nous

réchauffer et pour que vous puissiez me narrer toute l'histoire ? Nous attendions avec impatience Dorian, ainsi que votre druide Jaouen, mais si j'ai bien compris les quelques explications de votre mari, un problème d'ordre magique s'est posé. Ce qui ne nous étonne pas, car nous avons ressenti les fortes ondes d'un puissant sort il y a de cela une vingtaine de jours.

Virginie baissa la tête et soupira tristement.

— Oui, il s'agit de magie... encore. De fait, nous nous sommes retrouvés totalement démunis devant ce phénomène. À ce moment-là, il nous est apparu évident que seuls des magiciens pourraient nous apporter leur aide. Nous sommes donc partis avec précipitation, sans avoir le temps de vous prévenir de notre arrivée... d'où la situation actuelle.

— Ne vous rongez pas les sangs. Les Saint Clare ont l'habitude de gérer l'imprévisible. Venez, suivez-moi, et laissons nos hommes déblatérer en français, écossais et... breton. Les insultes sont toutes les mêmes, peu importe le langage employé.

— Il est bien pratique que vous parliez notre bon français, intervint Amélie en emboîtant le pas des jeunes femmes sur la route pentue et pavée menant au château.

— Nous apprenons votre langue depuis l'époque ancienne de dame Awena, en l'an 1392, et nos enfants vont tous à Paris pour étudier, avant de revenir au pays. La France est notre patrie de cœur depuis des siècles. D'ailleurs, les aïeux de votre druide Jaouen, les Guivarch, ont vécu sous notre protection et sur nos terres, au temps de l'Inquisition, puis ont rejoint leur île quand ils l'ont pu, et avec l'assistance d'un seigneur de Croz.

Virginie marqua son étonnement, tout comme sa belle-mère qui s'écria :

— Vous nous voyez marris de ne point vous connaître aussi bien !

Eilidh tourna son profil aux traits fins vers Amélie, sans cesser de grimper la pente d'un pas léger.

— Nous avons appris bien des choses grâce au *Leabhar an ùine*. Dans votre langue, on l'appelle *Livre du temps*. Il est plus que cela, c'est un grimoire enchanté tenu par la communauté des Veilleurs, les enfants de nos *bana-bhuidseach* – sorcières –. Ce livre est une entité vivante, qui communique et partage ses connaissances. Souvent, il nous suffit de lui poser nos questions, pour avoir des réponses. Mais pas toujours. Par exemple, et malheureusement, nous n'avons jamais réussi à savoir si Dorian ou ses parents étaient en vie après l'attaque des pirates barbaresques, alors qu'ils voyageaient vers Alexandrie. D'où notre joie incommensurable quand nous avons appris que Dorian avait survécu et à l'annonce de son retour. Nous l'attendions avec impatience, et avions préparé une belle fête… d'où notre accueil un peu farfelu pour vous.

— Quand mon fils Kalaan se calmera, relativisa Amélie sans pouvoir cacher sa fatigue, il se souviendra que lui aussi, à chacun de ses retours d'expédition, que ce soit le jour, mais plus souvent la nuit, il fait rugir tous les canons de l'*Ar Sorserez* pour signaler son arrivée à Croz. Le fond de la mer, autour de notre île, est tapissé de milliers de ses boulets !

Virginie et Eilidh rirent en chœur, avant que la première ne reprenne la parole d'un ton plein d'espoir :

— Croyez-vous que votre *Livre du temps* nous aidera à retrouver Dorian et Isabelle, ma belle-sœur ?

— Peut-être, mais je ne puis vous l'assurer, répondit l'Écossaise avec douceur et compassion, avant de sursauter au son tonitruant de la voix de son mari :

— Nous ne nous cachions pas ! Grâce à la protection de runes magiques et de nos sorts, nous sommes invisibles pour le monde extérieur, et les imbéciles !

— Elles ne fonctionnent pas alors, vos runes ! Et je puis me targuer d'être un génie, puisque je vous ai aperçu avant que vous ne leviez votre charme d'invisibilité ! Nigaud ! vociféra Kalaan d'un ton de stentor.

Au vu des bruits de coups et geignements rageurs qui suivirent, les femmes surent que leurs hommes en étaient venus aux mains.

— Ça les calmera, assura Virginie sans se retourner et en prenant le coude d'Amélie qui lançait par-dessus son épaule des regards furtifs et inquiets sur son fils.

De son côté, sentant la peine de la dame douairière de Croz, Eilidh chantonna à son tour :

— Dès qu'ils seront fatigués de jouer aux coqs, ils rentreront pour boire une pinte de bière de bruyère au château, et vous verrez, ils seront devenus les meilleurs amis du monde.

— Le croyez-vous vraiment ? murmura Amélie, déroutée par les évènements, la perte de sa fille, et épuisée par son voyage.

— J'en suis certaine, opina Eilidh avec un clin d'œil complice pour Virginie.

— Rendez-moi mon épée, je la tiens de mon père ! tempêta encore Kalaan, sa voix perdant en intensité au fur et à mesure que les femmes s'éloignaient et se rapprochaient de *Caistealmuir*. Vous n'avez aucun droit de la transformer en un vulgaire légume et je ne combats personne avec une carotte !

— Il fallait la laisser dans son fourreau, alors ! hurla Keir, avec une pointe d'hilarité, avant de pousser un cri de douleur.

Virginie et Eilidh durent contenir le fou rire qui les saisit en entendant l'échange entre leurs maris. Dans la tête de Virginie, Kalaan voyait son épée changée en carotte, tandis qu'Eilidh s'imaginait le magnifique coquard qu'afficherait son incorrigible highlander, le soir venu.

En fin de compte, les Croz et les Saint Clare étaient destinés à se rencontrer.

Effectivement, Kalaan de Croz et Keir Saint Clare avaient sympathisé après un combat de tous les diables, auquel avaient participé tous les hommes du clan et tous les marins de la frégate.

Beaucoup s'en étaient sortis avec de nombreux hématomes au visage, pieds foulés, ou bras bandés. Les femmes, enfants et vieillards du village côtier qui avaient assisté au monstrueux pugilat, avaient écarquillé les yeux en voyant voler dans les airs des carottes, poissons, crabes et bouquets d'oignons… L'imagination magique des enfants des dieux n'avait pas de limites quand il s'agissait de rendre inoffensives les armes de leurs ennemis !

Bah ! Personne n'allait s'en plaindre, car après le départ des bagarreurs, il leur suffirait de ramasser toutes ces victuailles pour concocter un pantagruélique festin.

Pendant ce temps, Virginie et Amélie s'étaient réchauffées et restaurées à *Caistealmuir*, avant que leur adorable hôtesse ne les conduise à leurs chambres pour un repos bien mérité. Virginie y avait fait sa toilette, sommeillé en attendant Kalaan, et le soir venu, comme il ne s'était toujours pas présenté, elle s'était apprêtée pour rejoindre la grande salle à manger et Eilidh.

Quelle ne fut pas sa surprise, après être parvenue

dans le lieu d'apparat ayant gardé un style moyenâgeux, d'apercevoir son charismatique mari non loin de l'immense cheminée médiévale. Il devisait à bâtons rompus avec Keir Saint Clare et riait fréquemment aux plaisanteries du laird.

Eh bien ! Il aurait fallu accourir plus rapidement dans les Highlands pour que Kalaan retrouve son sourire et que son inquiétude s'envole. Amélie, visiblement ragaillardie, était déjà présente et se tenait près d'Eilidh, magnifique dans une robe rouille, qui mettait en valeur ses formes parfaites.

La dame du clan vint à la rencontre de Virginie dès qu'elle l'aperçut.

— Virginie ! l'appela-t-elle par son prénom comme cette dernière l'en avait priée dans l'après-midi. Nous n'attendions plus que vous pour dîner. Notre cuisinière nous a concocté son fameux haggis. Vous verrez, c'est un délice. Et surtout, ne me demandez pas la recette avant d'y avoir goûté !

Les hommes délaissèrent la cheminée pour rejoindre leurs épouses à la grande table, et Virginie haussa les sourcils en remarquant les blessures qu'ils affichaient plutôt fièrement. Keir avait la lèvre du bas fendue, et une longue estafilade sur la pommette, tandis que Kalaan arborait un superbe œil au beurre noir, et un hématome sur la mâchoire.

— Ronauld MacKlare, l'aîné des Veilleurs, ne va plus tarder à arriver avec le *Leabhar an ùine*, annonça le laird, quelque temps plus tard, alors que le repas s'achevait sur une succulente tarte aux pommes.

De son côté, Amélie ne pouvait plus dissimuler sa fatigue, ni son inquiétude, et l'atmosphère s'était chargée de silences que seuls Kalaan et Keir brisaient de temps en temps en se racontant l'histoire de leurs familles et celle de Dorian.

— J'ai grandi avec lui, murmura le highlander, en reculant un peu sa chaise pour plonger son regard dans les flammes du foyer de la cheminée. Il doit être âgé de vingt-huit ans maintenant, alors que j'en ai trente-trois. Dorian était plus jeune que moi, terriblement intrépide malgré ses deux ans, car il courait déjà partout, et quand il a embarqué avec ses parents sur leur navire pour l'Égypte, j'ai ressenti un immense vide. Comme la perte d'un frère... ce que nous sommes presque. J'avais beau avoir sept ans, j'éprouvais tout de même un très mauvais pressentiment. Ce qui s'est confirmé plus tard, quand nous avons appris la nouvelle de l'attaque des Barbaresques et la disparition des nôtres.

Suite à ces mots, tous se perdirent un long moment dans leurs pensées respectives. Keir reprit la parole, mais d'une voix lointaine, comme prisonnier de ses souvenirs :

— Dorian est le descendant du grand laird Darren et de sa dame Awena, et de leur fille Eloïra, celle qui a vu le maître-guerrier de la Mort et y a survécu. Nous la nommons aussi « La louve rouge », car elle possédait le pouvoir de se métamorphoser en une magnifique louve au poil écarlate.

— Ohhh ! lança Amélie, les yeux écarquillés. Nous avions déjà affaire à mon fils qui se muait en femme... mais une des vôtres en louve... Je n'ose l'imaginer !

Keir tourna vivement la tête vers son nouvel ami, et souleva un sourcil moqueur.

— Une femme ? Vrai ? s'esclaffa-t-il.

Kalaan se rembrunit et le fusilla du regard.

— Oui, et une magnifique lady pirate, appuya Virginie, sans se rendre compte qu'elle ajoutait à l'hilarité du laird.

Après que Keir eut ri à loisir, elle se mit en devoir de leur raconter l'histoire de son aventurier de mari, de la malédiction égyptienne, et celle de Catherine, l'intrépide.

— Souvent, quand je parlais à mon amie Isabelle, je voyais Catherine, finit par dire la jeune femme.

À ses côtés, Kalaan, qui souriait malgré lui au souvenir de la lady pirate, ne put masquer son angoisse à l'évocation de sa sœur.

— Pardon, mon amour, reprit Virginie avec douceur, tout en lançant un regard d'excuse vers Amélie, qui écrasait une larme du bout des doigts. Nous sommes au bon endroit, nos nouveaux amis, les Saint Clare, vont nous aider à retrouver Dorian et Isabelle. Je suis extrêmement confiante.

Keir recula une fois encore sur son imposante chaise, et son visage se figea tandis qu'il levait les yeux au loin, dans le dos des convives.

— Nous serons bientôt fixés, voici Ronauld qui arrive avec les porteurs du *Leabhar an ùine*.

Tous se tournèrent d'un même mouvement vers le groupe qui s'avançait vers la tablée. L'homme en tête du cortège, d'une grande prestance, d'une beauté sombre et âgé d'une cinquantaine d'années, devait être Ronauld MacKlare. Derrière lui, six personnes vêtues de toges blanches de druides, soutenaient une sorte de couchette où reposait le plus volumineux des livres que Virginie, Amélie et Kalaan aient jamais vu ! Une lueur douce, comme une aura ensoleillée, auréolait l'immense grimoire.

Les présentations furent faites dans les règles, et Ronauld conquit immédiatement la confiance des Croz. Il parlait éloquemment, et prenait même les devants sur leurs questions. À croire qu'il pouvait lire en eux comme dans son *Livre du temps*.

— Vous me dites que vous avez été touché par une antique malédiction pharaonique ? Que vous avez pu nous voir, malgré la protection de nos Runes du Pouvoir et nos sorts ?

Oui, confirma Kalaan en hochant la tête, avant de froncer les sourcils comme le Veilleur sortait son *skean dubh*[13] de l'intérieur de sa botte droite.

— Le *Livre du temps* a besoin de votre sang pour lire le passé et ce qui est caché. Un pouvoir est encore en vous, et ce dernier guidera le grimoire vers la vérité.

Le comte de Croz présenta sa paume au Veilleur, qui l'incisa d'un geste rapide avant de recueillir le liquide écarlate du bout d'une plume de cygne. L'instant suivant, il appliquait la pointe sur un parchemin vierge qui s'illumina et sembla aspirer le fluide pour en produire des mots, puis des lignes.

Encore et encore... Les pages se remplissaient.

Ronauld se mit à lire à haute voix. Il raconta la malédiction de Kalaan dans le mystérieux édifice égyptien, détailla son aventure, évoqua Salam, alias Dorian, et en dit bien plus que le jeune corsaire n'aurait pu l'imaginer, lui-même ayant oublié certains passages de son périple. Comme ceux qui s'étaient déroulés alors qu'il était inconscient, au sortir de la crypte maudite.

— Votre sang s'est imprégné de la magie qui a été utilisée lors du départ de Dorian et de votre sœur, leur apprit alors le Veilleur, tandis que le grimoire en avait terminé. Voici ce qu'il en est : une âme très ancienne, du nom d'Amenty, prisonnière d'un collier ensorcelé, a possédé le corps de votre parente pour arriver à son but. Elle a puisé dans ses pouvoirs antiques, conjugués à ceux de Dorian, pour reformer un cromlech brisé par nos

---

13 *Skean dubh ou Signa Dubaïi (prononcer « skin dou »)* est une petite dague généralement placée dans la chaussette droite du highlander.

dieux, et ouvrir un puits du temps, ou vortex, dans le but de faire un long périple, sans que je puisse en connaître la destination. La fin du récit n'est pas claire. Je vois du sable blanc, je ressens de la chaleur, mais cela peut venir de vos souvenances d'Égypte, termina Ronauld en grommelant de dépit.

Un sifflement rauque parvint de l'endroit où se trouvait le laird Keir, ce qui attira l'attention de tous.

— Un voyage dans le temps, des sorts antiques, sans compter Dorian, novice d'une magie qu'il doit redécouvrir et qui propulse quatre personnes à l'aventure dans un puits du temps ? ! Il est bel et bien le descendant d'Awena et d'Eloïra. Peu d'entre nous peuvent se targuer d'accomplir de tels exploits !

— Ils sont donc toujours en vie ! s'exclama Kalaan avec un regain d'espoir. Je le savais, je le sentais ! Que pouvez-vous nous dire de… ce puits du temps ou vortex ? Vous semblez être au fait de ce sort !

Keir et Ronauld échangèrent un vif regard, puis, suite à un accord tacite, ils hochèrent le chef avant que le laird ne reprenne la parole. Apparemment, tout ne devait pas être dit. Le clan tenait à ses secrets.

Néanmoins :

— Il y a seize ans, il a fallu plusieurs magiciens et sorciers pour réaliser un tel sort. Il s'agissait d'envoyer dans le passé Diane, lady de Waldon, pour qu'elle rejoigne son âme sœur, mon très lointain aïeul Iain Saint Clare. C'était l'une des quêtes de notre clan, édictée par Awena et pour que le passé reste le passé et que la courbe du futur soit celle que l'on suit actuellement. De la venue de Diane à l'époque de Iain, dépendait notre survie à tous… et celle de bien d'autres choses. Tout devait être réalisé comme le *Leabhar an ùine* l'avait prédit. Awena, elle-même, a dû traverser les siècles, du futur en l'an

2010 au passé en l'an 1392, pour retrouver Darren. Mais, contrairement à nous, notre grande dame a pu compter sur l'aide d'une déité. Et pas des moindres, la fille du dieu Lug, Elenwë.

— Si toute cette histoire vous semble couler de source, avec vos bonds dans les époques et vos déités que vous paraissez connaître intimement, permettez-moi de la mettre de côté en cet instant, intervint Kalaan, tout de même fortement impressionné par les dates énoncées. Je ne vais retenir que le fait qu'il soit « possible » de secourir ma sœur et Dorian, comme nos autres amis. Dites-moi seulement comment ouvrir votre puits (je ne crois même pas ce que je viens de raconter !) pour que nous puissions les chercher.

— Vous le dire, *naye*… vous le montrer, *aye* ! Pour cela, il faudra rejoindre le Loch of Yarrows et la colline sacrée où se trouve notre propre Cercle des dieux. Il y a tout de même de nombreux risques. Mais…

— Quoi, mais ? s'agaça Kalaan en se levant de table pour faire les cent pas, bouillant littéralement sur place.

Il était plus qu'impatient de passer à l'action, alors que Keir demeurait d'une impassibilité exaspérante. Ce fut Ronauld qui prit la parole :

— Il est inenvisageable de créer un vortex, si nous ne connaissons pas sa destination. Quelle époque ? Quel endroit ? Passé, présent, futur ? Le savez-vous ? Non seulement cela, mais de plus, nous pouvons rester prisonniers dans les courbes du temps ! Cela est déjà arrivé !

Le comte de Croz haussa les épaules nerveusement et baissa la tête, une nouvelle fois abattu.

— Non, je ne sais fichtre rien de tout cela ! ragea-t-il pour lui-même. À part que la parure que j'ai offerte à ma sœur était de l'Égypte antique, et que donc, l'âme qui y habitait devait venir de là aussi ! Mais l'Antiquité est une vaste période de temps, et je n'ai aucune connaissance d'une date précise.

— Ma fille… et votre cousin… sont-ils définitivement… perdus ? ne put s'empêcher de bégayer Amélie, saisie de sourds sanglots.

— *Naye*[14], assura Keir en se levant à l'instar de Kalaan et en prenant la petite main tremblante d'Amélie dans sa grande poigne. Nous allons faire notre possible pour trouver l'endroit où le puits les a conduits, à la bonne époque, et nous les ramènerons. D'une manière ou d'une autre, nous y parviendrons, et nous pourrons même faire appel à des enfants des dieux d'un autre clan, les MacTulkien, comme au dragon blanc des Éléments, s'il daigne se réveiller.

— Un… dragon… blanc ? bégaya Virginie, tandis que le regard de son mari s'illuminait d'une lueur farouche.

— Je veux bien que l'on me prenne pour un fou de croire à tout cela ! Néanmoins, avec ces dernières nouvelles, mon esprit, mes sens, me disent que d'ici peu nous ramènerons les nôtres. Parlez-moi de ce dragon… Je désire tout savoir !

— Eilidh, je crois que nous allons avoir besoin de plus de pintes de bière de bruyère, s'amusa Keir, avant de lancer un clin d'œil amoureux à sa tendre épouse.

— N'en profite, pas *mo chridhe*[15], roucoula-t-elle, en affichant un sourire lumineux. La bière te fait ronfler, et je devrai dormir dans une autre chambre.

— *Naye*, pas question.

— Alors, pas d'alcool !

---

14 *Naye : Non, en gaélique écossais. Aye : Oui, en gaélique écossais.*
15 *Mo chridhe : Mon cœur, en gaélique écossais.*

— Grrr...

— Avant de pérorer davantage, pourriez-vous me rendre mon épée ? coupa Kalaan, l'air sombre et revanchard, en tendant une longue carotte sous le nez de Keir Saint Clare.

Ce qui déclencha l'hilarité générale, que partagea même la douce Amélie.

Chapitre 5

À l'aventure

Égypte

— Il semblerait que la température ait légèrement baissé, dehors ! s'exclama Clovis en revenant dans la grotte après avoir fait un petit tour. Comme ma montre gousset est cassée, je ne peux savoir l'heure actuelle, mais nous sommes certainement en fin d'après-midi.
— Pour le moment, c'est le cadet de nos soucis, mon frère, baragouina Jaouen qui posait des yeux préoccupés sur Ardör. Combien de temps pouvez-vous encore tenir dans cet état vaporeux ?
— Très peu.
— Que pouvons-nous faire pour vous aider ? intervint Isabelle en se plaçant face au guerrier d'une autre époque et en reléguant aux oubliettes ses prières inutiles.
À l'endroit et au siècle où ils se situaient, personne ne pourrait les secourir. Même pas Kalaan.
— Me trouver un abri magique !
— Pardon ? s'étonna-t-elle en écarquillant les yeux de surprise. Dorian, en êtes-vous capable ? demanda-t-elle alors en pivotant vers ce dernier.

Il afficha un sourire victorieux et la jeune femme comprit qu'elle venait de laisser tomber ses défenses en l'appelant par son nom de naissance. Il ne perdait rien pour attendre ! D'abord, il fallait secourir l'autre enfant des dieux. Après, elle le ferait à nouveau tourner en bourrique !

— Je ne sais pas, répondit-il après un moment de réflexion. Il me semble ne plus posséder autant de pouvoirs qu'avant. Je ne peux plus communiquer par l'esprit avec Jaouen, par exemple, et j'ai la certitude de ne plus avoir la capacité de soigner.

— Il te reste la magie des Éléments, et ce sera largement suffisant, trancha Ardör.

— Qu'attendez-vous de moi ? demanda Dorian en s'entêtant à vouvoyer son aîné magicien.

— Prends ce chaudron en cuivre dans tes mains jointes, et répète après moi, mot pour mot, l'incantation que je vais te réciter.

Après un instant d'hésitation, le jeune homme fit comme le lui avait enjoint Ardör. De son côté, Isabelle avait haussé les sourcils, et souriait en coin. Quoi ? Que venait faire ce minuscule chaudron dans cette histoire ? Le guerrier immatériel n'avait-il pas souligné qu'il était urgent de lui trouver un abri ?

— Il n'est peut-être plus temps de jouer avec cet objet ?

Pour le coup, elle fut foudroyée par deux regards sombres, ceux des deux enfants des dieux.

— Je dis ça, je ne dis rien ! lança-t-elle en levant les mains comme pour se rendre.

— Dorian, répète, articule, et laisse la magie des Éléments te gagner.

C'est ce qu'il fit, alors que la voix du Naohïm paraissait gonfler et se répercuter en mille échos sous le haut plafond de la grotte et contre les parois. Les mots anciens, inconnus, furent amplifiés quand Dorian prit également la parole. Isabelle en avait la chair de poule. Il y avait comme une intense énergie dans l'air, quelque chose de fort, qui enflait dans son ventre, dans son cœur, et touchait à l'esprit comme à l'âme. Ces incantations étaient terriblement envoûtantes, ensorcelantes... sublimes. Qu'était donc ce langage ?

Sous les yeux ébahis d'Isabelle, Jaouen et Clovis, de minuscules runes en or liquide apparurent sur le pourtour du chaudron. À chaque parole prononcée, l'or se faisait fusion, et soudainement... tout s'arrêta.

La lueur volcanique des runes s'atténua, et elles se figèrent dans un tracé plus sombre, presque noir.

— Voilà, ma demeure est prête, souffla Ardör en souriant angéliquement à la cantonade.

La jeune femme avait envie de se visser le doigt sur la tempe, pour signifier au guerrier qu'il avait totalement perdu la tête. Un chaudron, qui pouvait contenir au mieux une tasse de thé, allait lui servir d'abri ?

— Je vous dis à plus tard, *mëidy*, messieurs, salua-t-il, avant de se transformer en volute de fumée et de s'engouffrer en totalité à l'intérieur de l'objet.

— Ohhh... souffla Isabelle, interdite.

« Sponk ! », fit le couvercle du réceptacle en se mettant tout seul à sa place.

— Alors ça ! Alors... ça ! s'écria Clovis tout en bégayant et en tirant le carré de tissu de dessus son crâne pour se gratter le cuir chevelu.

Isabelle l'aurait bien imité, si elle n'avait eu peur de paraître tout autant ridicule que son majordome.

Dorian surprit tout le monde en riant. D'abord doucement, puis de plus en plus fort. On aurait presque cru qu'il avait bu à en être stupidement euphorique.

Jamais personne ne l'avait vu se comporter ainsi !

— Dorian ? Euh… Salam ? interrogea Isabelle en s'approchant de lui, puis en se figeant comme elle percevait l'effluve musqué de sa peau, presque aussi envoûtant que les sons de l'incantation magique.

— Isabelle, ma chère, revenez vers moi. Le charme des Éléments est toujours dans l'air, intervint Jaouen d'un ton paternaliste, tout en la saisissant par les épaules pour la faire reculer.

Oui, mais elle ne le souhaitait pas, la chair bronzée et tatouée de l'enfant des dieux était comme un appel aux sens. Il fallait qu'elle le touche, qu'elle suive du bout des doigts ses veines gonflées sur ses biceps tendus et musclés.

— Elle semble hypnotisée, entendit-elle dire Clovis, légèrement inquiet.

— C'est un peu cela, mon frère. La magie des Éléments, en incantation, a toujours provoqué l'émoi chez certains jeunes gens. Tu aurais su tout cela si tu avais suivi les enseignements druidiques de notre père !

— L'émoi ? Ohhh ! Isabelle, reculez tout de suite ! ordonna le majordome en aidant Jaouen pour qu'elle fasse plusieurs pas en arrière.

De son côté, Dorian avait cessé de rire, et posait désormais un regard de braise sur Isabelle. Son souffle s'était accéléré, et son torse se soulevait de manière saccadée.

— Corne de bouc ! jura le vieux druide. Voilà que lui aussi est atteint ! Je n'aurai pas assez de forces pour les contenir tous les deux !

La jeune femme avait le cœur battant, des papillons voletaient dans son ventre, et elle éprouvait… du désir ?

Quand ce mot-là vint à son esprit, cela réveilla sa conscience. Bon sang ! Mais que se passait-il dans cette grotte ?

— Jaouen ! Sortez-moi d'ici, tout de suite ! Je suis dans l'incapacité de le faire moi-même, c'est comme si mon corps me retenait !

— Et vous avez bien raison, jeune fille ! scanda ce dernier en la tirant par le bras vers l'extérieur, Clovis l'épaulant de son mieux, comme Isabelle plantait ses pieds dans le sable meuble pour rester où elle était.

Dorian gronda sourdement, presque comme un feulement de fauve, et voulut les suivre.

— Halte ! cria Jaouen. Réveille-toi mon gars ! Les Éléments t'ont envoûté !

Isabelle, une fois dehors, se mit à aspirer l'air dans ses poumons comme si elle venait de percer la surface d'un lac, et avait été privée d'oxygène pendant trop longtemps.

Elle avait le tournis, et sentait pulser son sang dans ses veines… comme dans l'endroit le plus intime de son anatomie. Jamais elle n'avait éprouvé cela et pourtant, elle savait… La jeune femme n'était plus que passion, envie, désir inassouvi. Cependant, elle reprenait peu à peu la maîtrise d'elle-même, et parvenait à lutter contre l'appel silencieux du corps de Dorian.

— Ça va ? murmura timidement Clovis, à quelques pas dans son dos, détournant les yeux à droite puis à gauche, comme s'il souhaitait se faire tout petit et ne point la gêner.

— Oui, mon ami… ça va… ça ira.

Ce fut à ce moment-là que tous deux perçurent le hennissement de plusieurs chevaux.

Jaouen accourut aussitôt, alors qu'il était retourné dans la grotte pour s'occuper de Dorian.

— Ai-je bien entendu ? Y aurait-il du monde qui vient à notre rencontre ? s'exclama le vieux druide, la voix chargée d'espoir.

— Il semblerait, lança Isabelle en protégeant d'une main son regard contre la luminosité environnante et en se contorsionnant pour essayer de voir quelque chose derrière les pics rocheux de *La Cime*.

Dorian sortit de la grotte, l'air groggy, au moment même où plusieurs cavaliers se présentaient sur un chemin en hauteur. Ils étaient tous habillés de longs manteaux blancs en tissu léger, comme du lin, munis d'une capuche bouffante qui dissimulait en partie leurs visages. Tous montaient de magnifiques coursiers à la robe neigeuse et au port altier.

Le jeune homme vint se planter devant Isabelle et Clovis, aux aguets, tandis que Jaouen, portant sa sacoche et le chaudron en cuivre, se plaçait à ses côtés.

— Ce sont des Al Khamsa, murmura Dorian.

— Ces inconnus ? demanda Isabelle en penchant la tête vers la droite, pour les apercevoir, car il lui masquait la vue par sa haute stature.

— Non, les chevaux. Ce sont de magnifiques spécimens et apparemment de lignée pure. Les cavaliers doivent être des gens prospères pour détenir de tels trésors. En Égypte, ces animaux valent de l'or.

Dans l'Égypte antique aussi ? s'interrogea intérieurement la jeune femme, mais gardant sa question pour elle, car certaine de s'attirer le courroux de Dorian.

— Ces... personnes sont armées, les prévint-elle doucement, après avoir remarqué des lances et des arcs dans les mains des arrivants. Jaouen, j'ai besoin de votre bâton !

— Certainement pas ! Vous allez vous blesser, ou pire, blesser l'un d'entre nous.

— Tête de piaf ! s'égosilla soudain Clovis. Mademoiselle sait se battre ! Je te l'ai déjà dit ! Fais-lui donc confiance et elle sauvera peut-être tes vieilles fesses à la peau fripée !

Jaouen poussa un ridicule cri outré, et Isabelle aurait bien ri, si elle n'avait pas perçu du mouvement parmi les cavaliers. Ils s'approchaient encore, les chevaux avançant au pas, nerveusement, tandis qu'ils levaient leurs naseaux écumants et soufflaient bruyamment.

Isabelle songea une nouvelle fois à sa dague, et se mit sur le qui-vive, prête à agir.

— Présentez-vous ! leur enjoignit Dorian, en se positionnant de biais.

La jeune femme avait adopté la même posture que lui, sans s'en rendre compte, et le druide haussa les sourcils de surprise avant de regarder son frère. Ce dernier affichait un sourire confiant et un air de « je te l'avais bien dit ».

Plusieurs silhouettes, par leur carrure large, donnaient à penser que c'étaient des hommes. Mais deux, en particulier, attirèrent l'attention d'Isabelle. Elle en était certaine, celles, plus fines, qui se situaient au milieu des autres cavaliers, appartenaient à des femmes. Ce que vint confirmer la voix cristalline et douce de l'une d'elles :

— Ce sont bien eux, Sénènmout. Aussi réels qu'ils le sont apparus dans mon rêve.

— En es-tu sûre, Néférourê ? questionna un individu de haute taille qui se tenait à cheval sur sa droite.

— Je suis formelle !

— Alors, nous devons nous dépêcher de les escorter et de les mettre à l'abri avant que Thoutmôsis n'arrive avec ses gardes armés.

L'inconnue, toujours dissimulée sous sa capuche,

leva des mains fines, ornées de divers bijoux en or délicats, et fit tomber le tissu qui la cachait à la vue des autres.

Isabelle retint un petit cri de surprise, devant la beauté parfaite de celle qui s'appelait Néférourê. Elle devait avoir une trentaine d'années. Les traits de son visage en forme de cœur étaient harmonieux, et ses yeux légèrement en amande, de couleur indéfinie, étaient surlignés d'un coup de crayon noir et épais qui accentuait plus encore la profondeur du regard. Ses lèvres paraissaient rouges, mais d'un rouge atténué, léger, qui s'accordait à la perfection à son teint hâlé. Ses cheveux châtain très foncé étaient longs, lisses, coiffés en arrière, et une fine couronne sur laquelle la gueule d'un serpent cobra faisait office de joyau, reposait sur le sommet de sa tête. La deuxième femme l'imita et surprit Isabelle, car toute la partie haute de son visage, d'une tempe à l'autre, était recouverte d'une large bande de couleur noire, une sorte de peinture appliquée à même la peau. Seuls ressortaient la blancheur des yeux et le marron foncé de ses iris. Elle avait les cheveux brun tirés également en arrière, finissant en une longue tresse en épi, et elle portait un arc dans sa main, un carquois sur le dos. De toute évidence, c'était une guerrière. Rien à voir avec la première Égyptienne qui reflétait la richesse par son port altier et ses bijoux. Cette dernière, Néférourê, s'exprima en désignant le jeune Saint Clare :

— Êtes-vous des voyageurs ? L'un d'entre vous se nommerait-il Dorian ?

— Oui, c'est moi, acquiesça-t-il en avançant d'un pas sûr, mais en restant cependant sur ses gardes.

L'inconnue opina du chef avec une sensualité qui agaça Isabelle.

— Cette... femme, s'appelle-t-elle... Isoballe ?

— Isabelle ! corrigea froidement cette dernière. Comment me connaissez-vous ?

Un grognement fut nettement perceptible au sein du groupe de cavaliers qui encadraient Néférourê. Apparemment, ils n'étaient pas satisfaits du ton qu'avait employé Isabelle pour répondre.

— Cessez ! ordonna l'Égyptienne à son groupe, en levant la main. Je le sais, continua-t-elle, car je vous ai vus dans mon sommeil. J'ai entendu vos voix, j'ai aperçu des endroits que je n'ai jamais visités, verts, entourés d'eau grise, et j'ai ressenti le froid. J'ai souvenir d'un navire immense, que je n'aurais jamais pu inventer sans le voir réellement...

— Vous êtes Amenty ! Fille des Origines ! annonça Dorian d'un ton rocailleux, alors que son accent oriental avait quasiment disparu.

— Oui. Je suis bien Amenty, fille des Origines, et de mon autre nom Néférourê, fille de la reine-pharaon Hatchepsout, et princesse aînée de la Haute et Basse Égypte. Maintenant, si vous souhaitez vivre, il serait temps de me suivre. Car l'ombre de la mort approche plus rapidement que le souffle du vent ou le passage d'une étoile dans la nuit noire. Venez, des chevaux vous attendent, ne perdez plus un instant.

Chapitre 6

Les lignées des Origines

Le géant se prénommant Sénènmout, et qui se tenait à la droite de la princesse, se pencha dans sa direction pour lui souffler quelques mots. À la suite de quoi, celle-ci envoya plusieurs de ses hommes dans la petite grotte, sous le regard interrogateur d'Isabelle et de ses compagnons.

— Que font-ils ? murmura-t-elle discrètement, à l'intention de Dorian.

— Aucune idée, répondit-il après avoir incliné la tête vers elle, tandis que son œil vif suivait les moindres faits et gestes des nouveaux arrivants.

Les gardes revinrent et firent leur rapport à la jeune femme, qui eut l'air plus soucieux qu'auparavant. De son côté, Sénènmout fit tomber sa capuche, à l'instar de Néférourê et de la guerrière qui faisait apparemment office de garde du corps de la princesse, et descendit lestement de cheval pour s'approcher de Dorian. Sans doute voyait-il en lui le chef du groupe.

Isabelle avait déjà croisé la route d'hommes impressionnants, mais celui qui s'avançait vers eux… les surpassait de loin. Peut-être était-ce dû à sa forte prestance ? Âgé d'une cinquantaine d'années, il n'en était pas moins magnifique, athlétique, avec un visage carré épargné par le temps, si ce n'est quelques rides au coin de ses yeux marron soulignés de khôl épais. Il portait ses cheveux sombres, à peine striés de fils blancs, très court, et coiffés en arrière.

— Vous avez utilisé la *Porte des anciens* pour venir jusqu'à nous, dit-il d'une voix grave. Avant de s'exiler dans leur nouvelle patrie, nos aïeux l'avaient masquée au regard de ceux qui, autrefois, s'étaient autoproclamés Égyptiens et non plus Egapp. Nous-mêmes, enfants des Origines, ne savions pas où la trouver. Vous êtes donc... des déités ?

À ces mots, presque chuchotés sur la fin, tant Sénènmout paraissait ébranlé par ce qu'il croyait, les gardes posèrent un genou au sol et inclinèrent leurs têtes aux cheveux ras après s'être débarrassés de leurs capuches.

— Je suis, tout comme vous, d'une lignée de dieux et d'humains, aucunement une divinité devant laquelle vous devez vous prosterner, souhaita corriger Dorian, sans cacher son embarras d'être honoré de cette façon. Mes compagnons, quant à eux, sont originaires d'une île de France. Un pays qui se trouve très loin d'ici, vers le nord-ouest. Un endroit que les déités ont également fréquenté.

— Que vous devez connaître, puisque vous parlez couramment notre langue, coupa Isabelle, d'un ton plus enjoué qu'elle ne l'aurait voulu.

— Parler votre langue ? s'étonna l'homme, dubitatif.

— Oui, le français !

Sénènmout fit un mouvement de dénégation de la tête, jeta un rapide coup d'œil sur la princesse qui haussa légèrement les épaules, et revint vers Isabelle.

— Actuellement, nous nous exprimons tous en... égyptien.

— Ohhh ! C'est comme dans les récits des Saint Clare ! s'exclama Jaouen. Je m'explique : quand il y a voyage magique dans un autre pays, les arrivants parlent automatiquement la langue des hôtes. C'est un effet du charme du « passage », souvent relaté par ceux qui ont été sujets à de telles aventures.

— C'est... effarant, souffla Isabelle en posant des doigts tremblants sur ses lèvres. Si un jour on revient sur notre île, j'écrirai tout ça dans mes mémoires.

— Votre... île ? Galéa ? murmura révérencieusement Sénènmout.

— Ah, non ! Rien à voir ! Croz est en Bretagne, Galéa était située au pied des Carpates, en Roumanie ! jeta une voix qui semblait surgir de partout à la fois, et que Dorian reconnut comme celle d'Ardör.

Il avait eu le temps de se ressourcer ? Selon toute vraisemblance, oui ! Mais non, il n'allait tout de même pas apparaître... ? Ben, si !

Un « sponk » sonore se fit entendre, avant que le couvercle du chaudron que tenait le vieux druide ne tombe sur le sol sablonneux. L'instant d'après, une épaisse volute de fumée blanche en sortit en tourbillonnant, et le guerrier vaporeux se matérialisa devant l'Égyptien, sous les clameurs d'épouvante de ses gardes. Ces derniers s'écriaient, avec des visages terrorisés, et en pointant Ardör du doigt :

— *Djinn ! Djinn*[16] *!*

— Ce n'est pas vrai ! Ils ne vont pas me confondre avec le génie d'Aladin, tout de même ! s'indigna Ardör,

---

16 *Djinn : Dans les légendes musulmanes, être intelligent entre l'homme et l'ange, né du feu, généralement malfaisant, et qui peut apparaître sous différentes formes*

avant de placer sa main sur son torse et de dire plusieurs fois de sa voix rauque, et en détachant les syllabes : Na-oh-ïm ! Je suis un Naohïm !

Malgré son propre effroi, Sénènmout ne fit qu'un pas en arrière, et reprit contenance en une seconde.

— Naohïm, répéta-t-il docilement, sans vraiment y croire. Vous... sortez... de cette étrange... poterie ?

— Du chaudron en cuivre ? Oh, oui ! Mais ce n'est qu'une demeure temporaire, et c'est bien plus grand à l'intérieur qu'à l'extérieur ! J'ai plusieurs chambres, un salon, une vaste cuisine, une terrasse, et une salle de bains. Tout le confort qu'un immortel peut désirer !

— Euh... je vois, murmura encore l'homme, d'un air qui voulait dire tout le contraire.

Isabelle aurait volontiers bâillonné Ardör... s'il n'avait été un être immatériel, et ô combien agaçant ! Il était en train de mettre une sacrée zizanie dans la zone !

— Il n'était pas dans mon rêve ! jeta vivement Néférourê du haut de sa monture, comme pour s'excuser de la frayeur causée à son entourage. Je te l'assure, père !

— C'est exact, princesse ! lança le Naohïm, avant de se figer un instant, l'air immensément troublé par la jeune femme qui se tenait à côté de Néférourê, et de murmurer comme pour lui : Tu... es... Violette ?

L'Égyptienne au masque noir parut elle aussi déstabilisée l'espace de quelques secondes, et elle faillit même en perdre l'arc qu'elle tenait à la main ; mais elle retrouva rapidement ses moyens, et détailla depuis son cheval le guerrier vaporeux.

— Violette ! cracha-t-elle. Je ne suis pas cette personne, vous devez confondre ! Je me nomme Chésemtet !

— Elle... oui, vous avez raison. Vous ne pouvez être elle, acquiesça-t-il d'un air crispé en renouant avec le vouvoiement.

Isabelle dardait son regard de la guerrière à Ardör, et inversement. Quelque chose de fort s'était passé entre ces deux-là, mais quoi ? Et qui était cette Violette ?

L'immortel reprit vivement contenance, et se força à afficher un sourire, comme si la situation l'amusait, avant de poursuivre :

— J'ai décidé de me lancer dans l'aventure au dernier moment. L'onde magique de la reconstitution du cromlech m'a attiré comme un papillon de nuit l'aurait été par une lanterne, alors que je me trouvais à Huelgoat, en Bretagne. Pour en revenir à Galéa, la cité des Origines, Dorian, ici présent, est un descendant des Fëanturi ainsi que des Kadwan, et moi, Ardör, des Muiredach, des clans qui sont restés fidèles aux dieux jusqu'à leur Élévation. Tandis que vous... gronda soudain Ardör, les Égyptiens, êtes issus du clan des Egapp, lignée que nos divinités ont bannie de la cité, pour avoir fomenté un complot visant à les renverser, et à prendre leur place.

— *Oh, ma beniget[17] !* s'écria Jaouen que Clovis vint soutenir alors qu'il chancelait sur ses jambes.

Au moins eux, les frères Guivarch, semblent saisir le sens de tout ce charabia, songea Isabelle que l'histoire dépassait, car bien trop complexe.

D'accord... de ce qu'elle avait compris, il y avait fort longtemps dans le passé, de vraies déités avaient foulé la terre, avaient vécu dans une cité du nom de Galéa, et s'étaient unies à des hommes et femmes de plusieurs ethnies. De là provenaient les enfants des dieux, les enfants des Origines, et leurs propres lignées. Parmi ces peuples, certains avaient été bannis... parce qu'ils avaient voulu prendre la place des... dieux ?

---

17 *Oh ma beniget : Oh, mon Dieu, en breton.*

C'était tellement extraordinaire, incroyable... que la jeune femme en attrapait le tournis.

— Oui, c'est le récit que les anciens nous ont transmis, confirma Sénènmout sans prendre ombrage du ton brusquement menaçant d'Ardör. Néanmoins, vous semblez ignorer un point important, car le clan des Egapp s'est scindé en deux en arrivant sur ces terres. Une grande partie d'entre eux, se sont fait passer pour des divinités, ont créé leur nouveau monde, et sont devenus les Égyptiens. Mais une fraction infime des Egapp, les enfants des Origines, est restée fidèle aux vraies déités, et s'est enfuie. Avant leur exode précipité, ils ont fendu en deux les pierres levées, ont dissimulé la Porte céleste par un puissant charme au sommet de *La Cime*, et ont pris la route à la recherche d'une terre qui serait située sur une ligne tellurique. Ils se sont ainsi établis au pays de Pount et ont reconstitué une Porte. Certains descendants, dont je fais partie, sont revenus se mêler aux Égyptiens, dans l'espoir de voir ceux-ci revenir vers nos déités.

Ils ont scindé les pierres du cromlech en deux... voilà pourquoi elles me paraissaient si petites et leur sommet plan, pensa Isabelle.

— Qui nous dit que vous ne cherchez pas à nous tromper ? s'enquit Dorian, suspicieux, en se plaçant aux côtés d'Ardör. Cette princesse s'est bien présentée comme fille d'une reine égyptienne ?

— Je vous certifie être un héritier de ce peuple et un gardien des Origines, comme l'est également Amenty-Néférourê... mon unique enfant, même si elle est par ailleurs née de ma liaison secrète avec la reine-pharaon Hatchepsout. La magie ancestrale se transmet par le sang et par la croyance. En tant que père nourricier – c'est à dire instructeur au regard de tous au palais –, j'ai pu communiquer tout ce savoir à Amenty, nom choisi par les anciens, le jour de sa venue au monde. Mais, nos pouvoirs n'ont rien de comparable aux vôtres ! Jamais nous n'avons été témoins de tels prodiges ! Même en utilisant les « Mots du Pouvoir ».

— Père ! Thoutmôsis approche ! Je le sens ! Il vient par le nord, c'est le chemin le plus direct en provenance d'Ouaset.

Sénènmout sembla revenir à la réalité, ses traits se durcirent, et il fit volte-face vers ses gardes et sa fille.

— Nous irons donc vers le sud-ouest, et nous nous abriterons au village de *Set Maât her imenty Ouaset*. Nous y serons en sécurité pour la nuit chez nos alliés de la « Confrérie des maîtres artisans ». Mais avant cela... dit-il en se retournant vers Dorian et Ardör, il faut dissimuler cette grotte pour protéger son cœur au plus vite. Thoutmôsis et ses prêtres noirs ne doivent pas découvrir la Porte des anciens. En êtes-vous capables ?

— Non, pas moi, pas dans cet état, fit le Naohïm d'un ton beaucoup plus cordial, rasséréné par l'histoire de Sénènmout, mais Dorian le fera en suivant mes conseils.

Celui-ci grommela dans sa barbe, agacé d'être relégué au rang de serviteur de « monsieur le vaporeux ».

— Récite après moi.

Et Ardör parla à nouveau dans cette langue si spéciale, aux mots ensorcelants, que Dorian reprit en laissant sa magie l'envahir. Cette fois, Isabelle se protégea les oreilles des deux mains, tout en fermant fortement les yeux, même si ce dernier point était totalement inutile. Néanmoins, ainsi, elle se sentait à l'abri de toute énergie de désir pouvant naître du sort des Éléments. Il ne manquerait plus qu'elle se trémousse de passion pour Dorian devant tous ces gens !

Là, sur le haut de la falaise, la poussière se

reconstitua, forma des morceaux de roches, les roches se soudèrent ensemble pour créer une paroi, et le sable écru s'agglomèra à nouveau contre elle. À la fin de l'incantation, *La Cime* avait repris son aspect d'origine, celui qu'avaient toujours connu les habitants de l'Égypte antique.

Les chevaux, aussi nerveux que les gardes, hennissaient bruyamment et frappaient fébrilement le sol de leurs sabots. Néférourê tentait de calmer son animal aux naseaux écumants, tandis que Chésemtet paraissait être entrée dans une sorte de transe lascive... bizarre.

Quant à Sénènmout, il déglutissait encore et encore, ses yeux exorbités fixés sur l'endroit où s'était tenue l'ouverture de la grotte, sans pouvoir émettre une seule parole.

— Père ! le rappela à l'ordre la princesse en faisant sursauter sa jeune garde du corps, qui portait un regard ébranlé sur son environnement.

— Partons, acquiesça-t-il. Amenez les chevaux, ordonna-t-il encore à ses gardes. Mais... belle enfant... vous ne pourrez monter ainsi.

Isabelle rougit sous ces mots... « Belle enfant », personne ne l'avait jamais désignée par ces termes ! Elle pencha la tête vers le bas de sa magnifique robe verte et comprit où il voulait en venir.

— J'en fais mon affaire ! lança-t-elle en tirant le tissu soyeux haut sur ses cuisses galbées, jusqu'à l'endroit où était retenue sa dague dans une sorte de jarretière de cuir.

Dorian écarquilla les yeux et se mit lui aussi à déglutir, tandis que Jaouen le maintenait encore à l'écart d'Isabelle, rouspétant comme quoi une jeune dame ne devait pas se conduire ainsi. Rien à dire sur la lame que la demoiselle dissimulait ? Juste sur l'indécence de son comportement ? Eh bien, le vieux druide allait être servi !

Avec des gestes vifs et précis, la jeune femme sectionna le tissu largement au-dessus de ses genoux et fit deux longues entailles verticales au niveau des cuisses, en laissant apparaître son caleçon blanc brodé de dentelle. De cette façon, elle serait libre de ses mouvements. Dans le même temps, elle s'entendit marmonner tout haut ce qui lui trottait dans la tête :

— Pourquoi cette aura sensuelle de la magie des Éléments n'a-t-elle pas touché la princesse et les gardes ? Seule cette Chésemtet semble bouleversée !

— Parce qu'il faut ressentir des sentiments pour quelqu'un, afin que le désir se distille puissamment dans le sang, lui répondit Ardör dans un chuchotement et en dardant un regard de braise sur Chésemtet. Il semblerait, dans le cas présent, qu'il n'y ait aucune appétence entre ces jeunes Égyptiens... au contraire de vous, de Dorian, et de... Violette.

Isabelle en coupa un morceau de sa robe de travers, et faillit s'entailler les doigts. Ce que lui révélait le Naohïm l'affolait, et en même temps... la comblait. Ainsi, Dorian éprouvait donc un peu d'attirance pour elle ? Et... minute papillon ! Il avait encore prononcé le prénom de Violette !

— Qui est Violette ?

— Personne, répondit Ardör avant de lui tourner le dos, lui signifiant ainsi une fin de non-recevoir.

— Arrête de ronchonner, mon frère, disait Clovis un peu plus loin, après avoir inutilement ramassé les bouts lacérés de la robe et en les pliant soigneusement, sans avoir perçu l'échange entre Ardör et Isabelle.

— Mais ! Je n'en reviens pas ! Tu es son majordome, quasiment un père pour elle, et... tu la laisses faire ?

— Souhaitez-vous que je vous débarrasse d'une partie gênante de votre toge ? proposa la jeune femme en s'approchant de Jaouen pour couper le tissu.

Un cri horrifié lui répondit, puis :

— Éloignez-vous de moi ! Je me débrouillerai pour monter à cheval. Personne ne touche ne serait-ce qu'une fibre de ma toge !

— Comme vous le voudrez, s'amusa Isabelle en replaçant sa dague dans sa jarretière, tout en captant le regard enflammé de passion de Dorian, qui suivait chacun de ses mouvements.

Ils enfilèrent tous des manteaux légers en lin que Sénènmout leur tendit, en leur faisant signe de remonter les capuches.

— Vite ! hurla Néférourê.

« Sponk »... Ardör avait réinvesti sa demeure, et n'attendait plus que son porteur, le très dévoué druide Jaouen.

Isabelle, de son côté, allait se lancer en courant vers le cheval qu'un garde lui présentait, quand elle fut happée dans son élan par deux bras puissants. Une seconde plus tard, sa poitrine se collait à un large torse au cœur palpitant.

Dorian !

— Ne me trucidez pas avec votre dague, voulut-il plaisanter, son regard sombre, toujours brûlant, plongeant dans le sien. Je ne souhaite que vous aider à monter en selle.

Ce qu'il fit, avant de la surprendre plus encore en s'installant dans son dos.

— Allez vous chercher une autre monture !

— Pour quoi faire ? La vôtre m'a l'air bien confortable !

Il était sérieux ? Isabelle n'envisageait pas de faire le voyage en se frottant contre lui. Certainement pas ! Elle essaya de donner un coup de fesses en arrière, pour le faire glisser sur les peaux de la selle, et se figea en rougissant comme une tomate.

— Hum... vous... euh...

— Le sort des Éléments, s'excusa faussement Dorian, tout en souriant en coin. Le désir est plus facile à dissimuler quand on est une femme.

— Que... qu'en savez... vous ? bégaya-t-elle, tandis que le jeune homme prenait les rênes pour guider le cheval à la suite de Néférourê et de son cortège.

D'un coup de talon, il poussa l'animal au trot, puis dans une sorte de galop effréné sur la piste de ses congénères. Isabelle, loin de ressentir de la peur à évoluer à une telle vitesse, au bord d'un précipice, cherchait surtout à mettre de la distance entre son corps et celui, si tentant, de l'enfant des dieux.

Un baiser dans le creux de sa nuque l'enfiévra et la détendit d'un coup. C'était comme si elle se transformait en un flot de lave, et Dorian en profita pour la serrer contre lui et adapter leurs corps aux mouvements de la course.

Bientôt, les cavaliers bifurquèrent vers l'intérieur des montagnes, puis descendirent par des sentiers escarpés et sinueux. Derrière Isabelle, Clovis priait tous les dieux de la terre et de l'univers pour que son calvaire prenne fin, et Jaouen poussait de réguliers « aïe ! aïe ! » à chaque fois que son postérieur venait claquer le dos de son cheval. Oui, il y avait un rythme à adopter, il ne fallait faire qu'un avec l'animal, et cette osmose, Isabelle l'avait trouvée dans les bras de Dorian.

— Non ! se morigéna-t-elle à haute voix, tout en essayant de reprendre le contrôle de son destin.

— Non ? fit Dorian.

— Notre désir est artificiel, né de charmes ancestraux. Je ne vous apprécie pas, et vous ne m'aimez pas. Alors, dès que l'on sera arrivés... je ne sais où, vous garderez vos distances et bas les pattes ! Compris ?

— Maintenant que je vous sais armée, et habile au maniement de la dague, je ne puis que me plier à vos ordres.

Il se joue encore de moi ! se dit intérieurement la jeune femme, sans pouvoir s'empêcher de sourire.

Elle retrouvait enfin son Salam... Et en cet instant, elle se moquait qu'il fut un enfant des dieux, détenteur de pouvoirs extraordinaires, et peu importait sa lignée.

Isabelle était au paradis, dans les bras de celui qui avait fait battre son cœur au premier regard, sur l'île de Croz.

Chapitre 7

Première nuit en Égypte

Le soleil s'était couché derrière les hauts sommets des montagnes thébaines, les parant à son passage de couleurs rougeoyantes, puis orangées, qui se fondirent peu à peu dans l'opacité de la nuit.

Si Isabelle avait cru que le voile nocturne allait couvrir la poussière de sable blanc qui volait dans les airs, soulevée par les sabots des chevaux, elle en fut pour ses frais. Car les rayons de la lune décroissante la rehaussaient au contraire, pour la sublimer en une sorte de brume luminescente et argentée.

Et si ce Thoutmôsis était effectivement à leur poursuite, et se trouvait non loin d'eux sur les hauteurs, alors nul doute qu'il les repèrerait immédiatement. Mais qui était cet individu ? Pourquoi était-il à leurs trousses et déclenchait-il une telle vague d'appréhension chez la princesse ? Était-il un bandit du désert ? Un de ceux dont son frère Kalaan lui parlait dans ses courriers, en insistant bien sur le fait qu'ils étaient sans pitié et d'une extrême sauvagerie ?

Isabelle se promit d'en apprendre plus sur Thoutmôsis, et le plus tôt possible. Car si elle devait l'affronter, il était nécessaire qu'elle sache tout de lui. La connaissance de son ennemi annihilait la peur, et dès que la peur était sortie de l'équation, il ne restait plus qu'une parfaite maîtrise de soi au combat. Val'Aka le lui avait souvent seriné, lors de leurs entraînements secrets aux arts martiaux, depuis qu'elle était âgée de treize ans.

Que ces heures passées à ses côtés lui paraissaient soudain lointaines, voire chimériques ! Comme si d'avoir voyagé dans le temps transformait les souvenirs d'évènements concrets en réminiscences totalement abstraites. Il n'existait désormais plus de réalité, à part l'instant présent, à chevaucher dans les bras de Dorian, sur des chemins visibles uniquement à ceux qui les guidaient dans le noir de cette première nuit en Égypte.

La jeune femme sortit de ses pensées, comme le groupe de cavaliers, dont elle faisait partie, s'engageait à toute vitesse dans une dernière courbe. La sensation de ne pas pouvoir s'orienter dans l'obscurité était presque effrayante, et Isabelle poussa un profond soupir de soulagement quand ses yeux purent enfin se fixer sur de proches points lumineux.

— Nous arrivons dans un vallon, une sorte de vaste plaine entre le bas de *La Cime* et la colline de Gournet Mouraï, ultime rempart entre nous, le Nil, et Thèbes qu'ils appellent Ouaset[18], l'informa Dorian au creux de son oreille.

Le reste de ses mots fut masqué par le fracas des sabots des chevaux qui se répercutait au bas d'une haute muraille que le groupe longeait au galop. Au bout de celle-ci, petit à petit, les cavaliers firent perdre de la vitesse à leurs montures, et tournèrent à angle droit en suivant les parois, en direction d'une grande entrée, gardée par une patrouille en faction.

---

18 *Ouaset : Nom de la ville de Thèbes dans l'Égypte antique.*

— Nous voici à *Set Maât her imenty Ouaset*[19], les informa Sénènmout, après s'être placé à la hauteur de Dorian et d'Isabelle, et tandis qu'ils avançaient maintenant au pas. Ne dites pas un mot jusqu'à ce que nous soyons à l'intérieur du village.

Puis il s'éloigna à nouveau et rejoignit la tête du cortège, aux côtés de Néférourê.

Un village ? Derrière cette muraille ? s'étonna Isabelle en portant son attention sur le sommet des remparts en briques rouges, qui se découpaient en ombres chinoises grâce à la lumière provenant de la petite cité.

D'après ce qu'elle pouvait apercevoir, les murs devaient bien faire cinq mètres de hauteur, et si le village en était ceinturé, ceux-ci devaient au final former un immense rectangle. L'ensemble constituait en fait une énorme forteresse à l'écart de la civilisation égyptienne. Mais… pourquoi ? Quel trésor y protégeait-on ?

Dans son dos, Isabelle percevait la tension de Dorian, ses muscles qui se contractaient spasmodiquement, son souffle qui s'accélérait, et ses mains qui ne cherchaient plus à la toucher, mais restaient crispées sur les rênes de leur cheval. Quelque chose le bouleversait.

Au même instant, devant le poste de garde, la princesse abaissa sa capuche, tout comme Sénènmout et Chésemtet, et les battants monumentaux s'ouvrirent dans le seul bruit du grincement de leurs gonds. Pas un mot ne fut échangé, pas un son ne fut émis, et le cortège s'engagea à l'intérieur de *Set Maât her imenty Ouaset*.

Ils avancèrent dans une rue étroite qui semblait diviser le village en deux. De part et d'autre de la voie,

---

19 *Set Maât her imenty Ouaset : Nom de Deir el-Medineh dans l'Égypte antique, signifiant « La place de Maât à l'occident de Thèbes », plus communément dite « La place de Vérité ».*

apparaissaient plusieurs demeures élevées, toutes mitoyennes, se terminant par des toits plats ou terrasses, avec sur leur façade une unique fenêtre sans vitre en hauteur, et une porte d'entrée très basse. Sur les parois blanches côté rue, des torches avaient été accrochées et éclairaient l'avenue jusqu'au fond, là où se dressait un autre rempart.

Il n'était pas vraiment possible à Isabelle de comptabiliser le nombre de maisons, peut-être une trentaine ? Une quinzaine de chaque côté ? De plus, la jeune femme fut étonnée de ne pas apercevoir un habitant derrière une fenêtre, sur une terrasse, ou ouvrir une porte par curiosité. Le bruit du souffle des chevaux ou l'arrivée tardive d'un groupe de gardes n'avaient-ils alerté personne ? L'endroit semblait totalement abandonné.

Et puis, sérieusement, pourquoi avoir érigé ces hautes murailles ? Isabelle aurait compris leur utilité en constatant la présence d'un palais des mille et une nuits, aux façades couvertes d'or et de rubis, mais... à la place, il n'y avait que des maisons de toute évidence construites pour une population modeste.

Le cortège fit halte devant l'une de ces demeures, presque au centre du bourg, et Sénènmout descendit lestement de sa monture pour ensuite aller frapper à la porte.

— Je suis déjà venu ici, murmura alors Dorian, le son rauque et vibrant d'émotion de sa voix faisant frissonner Isabelle. Avec Kalaan. Mais, là encore, il n'existait plus que des ruines. Ce village, que nous appelons Deir el-Medineh à notre époque, est d'ailleurs bien plus large et plus long au vu des décombres que votre frère et moi avons visités. Apparemment, il a continué de prospérer durablement après le moment actuel, avant d'être détruit.

— Kalaan ne m'en a jamais parlé dans ses lettres, répondit-elle en chuchotant elle aussi.

— Probablement parce que ce site ne nous avait pas vraiment interpelés. L'Égypte de l'an 1829 connaît des milliers d'endroits abandonnés, pillés, comme celui-ci. Il est très étrange pour moi de pouvoir me rendre compte de ce qu'il était réellement.

Isabelle hocha simplement la tête. Oui, elle le comprenait très bien. Combien de fois, enfant, en jouant dans les éboulis d'une partie du château de Croz, n'avait-elle pas rêvé de voir à quoi ressemblaient les lieux habités aux temps anciens ?

Tandis que tous deux étaient perdus dans leurs souvenirs, un homme avait ouvert le battant en bois et invitait, avec beaucoup de cérémonie, Sénènmout, Néférourê et leurs compagnons à entrer.

Clovis et Jaouen se laissèrent peu gracieusement tomber de leurs montures, et se mirent à marcher difficilement, les jambes légèrement arquées. Isabelle faillit éclater de rire en voyant la toge de Jaouen s'abaisser sur ses cuisses grêles avec une lenteur infinie, pour finir par se réajuster au bas de ses chevilles. Il aurait dû lui permettre de la couper, ainsi, il aurait été plus aisé pour lui de faire du cheval.

Dorian descendit avec davantage de souplesse, et souleva Isabelle dans ses bras, avant de la laisser poser pied au sol. Elle ne chercha même pas à se plaindre. Elle prendrait ce que Dorian lui donnerait, et s'en contenterait. De plus, elle était épuisée, affamée et assoiffée. Elle aurait pu boire le Nil tout entier si on l'avait laissé faire.

Les gardes de Néférourê, quant à eux, partirent vers la grande porte d'entrée, en tenant les chevaux par leur longe. Il ne resta plus que Chésemtet en faction devant la demeure.

— Elle seule pour assurer la sécurité de la princesse ? fit la jeune femme, stupéfaite, en levant son visage vers Dorian.

— Il semblerait, lui répondit-il simplement, la tête penchée vers elle, en lui souriant gentiment.

Allait-il l'embrasser ?

— Hé ! Faites attention aux marches ! cria Clovis à ce moment-là, perçant ainsi le silence de la nuit. Jaouen a failli se rompre le cou !

Isabelle s'esclaffa, avant de passer la porte de la demeure, suivie par Dorian qui referma derrière lui. Effectivement, un minuscule escalier menait dans une première petite pièce, chichement éclairée par une coupe à huile où brûlait une mèche de lin. Il y avait sur le mur blanc et beige de gauche, une sorte de chapelle où trônaient des divinités inconnues de la jeune femme, et qui appelaient à la prière. Clovis leur fit signe de le suivre, et pointa son doigt sur d'autres marches qui aboutissaient à une nouvelle pièce en enfilade.

— Brave majordome, souffla-t-elle, attendrie par son vieil ami et sa prévenance.

C'était vraisemblablement le lieu de vie de la maison, au plafond très haut et supporté par une colonne de bois magnifiquement décorée. Le couple y retrouva Jaouen et Clovis, et le quatuor se reforma. Un peu à l'écart, se tenaient Sénènmout, Néférourê, et l'homme âgé qui venait de les accueillir chez lui, et tous trois discutaient à voix basse. Le groupe d'Isabelle se mit à faire de même :

— Que peuvent-ils se dire ? chuchota la jeune femme, inexplicablement gênée d'arriver à l'improviste dans ce lieu inconnu.

— Aucune idée, fit Clovis sur le même ton, en lançant des regards furtifs sur les Égyptiens. Je ne parviens pas à lire sur leurs lèvres.

— Tsss ! se moqua Jaouen. Comme si tu savais le faire !

— Oui, monsieur ! Je peux, j'ai appris, et cela me sert très souvent !

— La preuve... railla encore le druide.

— Cessez de vous chamailler, tous les deux, grommela Dorian. Les voilà qui viennent vers nous.

— Voyageurs, commença Sénènmout, je vous présente un des chefs d'équipe de la Confrérie des maîtres artisans, le vénérable Inerkhaouy. Il fait partie des « Capitaines de la tombe » et est un allié de longue date, ainsi que mon ami. En sa demeure, et sous la protection des hauts murs de « La place de Vérité[20] », nous serons en sécurité pour la nuit. Nous pourrons aussi parler librement de nos origines.

Dorian hocha brièvement la tête, joignit ses deux paumes devant le vieil Égyptien et le salua cérémonieusement. Isabelle et les frères Guivarch l'imitèrent dans la foulée.

Dans l'esprit de la jeune femme, d'autres questions étaient nées, malgré sa fatigue. Qu'était un « Capitaine de la tombe » ? Vraiment, quel étrange titre ! Cet Inerkhaouy était-il une sorte de policier des tombeaux ?

Elle n'était pas très loin de la vérité, qu'elle apprit de l'homme lui-même, une fois qu'ils se furent défaits de leurs manteaux et installés sur des chaises pliables en roseau, autour d'une petite table de même conception.

— Être « Capitaine de la tombe », signifie être le gardien du repos des dieux, des pharaons défunts, en

---

20 *La place de Vérité ou Set Maât her imenty Ouaset : Nom de Deir el-Medineh dans l'Égypte antique, signifiant « La place de Maât à l'occident de Thèbes. »*

voyage vers l'autre monde. Nous, la Confrérie des artisans, construisons leurs demeures du sommeil éternel, et veillons à ce que personne ne vienne les déranger ni profaner leurs tombeaux.

Une femme aux cheveux gris fit son apparition pour les servir. Elle déposa sur la table un plateau chargé de gobelets en argile du Nil et une sorte de pot fabriqué dans la même matière, empli d'un liquide distillant une forte odeur aromatique. Isabelle en eut immédiatement l'eau à la bouche, mais se força à adopter une conduite correcte. Cependant, une violente envie l'aurait bien poussée à se jeter sur cette boisson, tant elle avait soif.

— Mon épouse, Ounénet, la présenta Inerkhaouy avec beaucoup de tendresse dans la voix, en tendant la main vers la femme.

Tous saluèrent cette dernière, et Isabelle remarqua à quel point elle paraissait intimidée par leur présence. Elle souriait, mais n'arrivait à soutenir le regard de personne.

Ounénet servit la princesse en priorité, puis Sénènmout, et leurs invités. L'instant suivant, après avoir tout de même bien détaillé la robe raccourcie d'Isabelle, et le caleçon blanc qui dépassait légèrement, elle retourna dans l'autre pièce de la maison pour revenir avec des plats de volaille grillée (de la grue, à ce que comprit Isabelle plus tard), des légumes, des fruits inconnus aux effluves suaves, et des sortes de petits pains compacts fourrés de dattes ou de figues de sycomore. Ounénet s'assit enfin, et tous purent commencer à se sustenter.

Là encore, la jeune femme eut toutes les peines du monde à se comporter comme une dame, elle aurait voulu tout dévorer, et elle ne remarqua même pas qu'elle avait fini son gobelet et buvait allègrement dans celui de Dorian, au grand amusement de celui-ci. En fait, si…

elle se conduisait véritablement comme un ogre, mais ne s'en rendait tout bonnement pas compte.

Enfin rassasiée, les doigts lavés dans une sorte de coupe d'eau parfumée, et légèrement étourdie par le jus de fruits (qui devait être quelque peu fermenté), Isabelle s'aperçut qu'Ounénet la détaillait toujours avec beaucoup d'attention, sans jamais croiser son regard. La table basse ne masquait rien de ses jambes nues et la jeune femme rougit de honte, en affichant un misérable sourire d'excuse.

— Je vous prie de bien vouloir pardonner l'indécence de mon accoutrement, dit-elle, extrêmement mal à l'aise. J'ai dû raccourcir ma robe pour monter à cheval, mais je peux très bien remettre le manteau en lin, si vous préférez.

Inerkhaouy haussa les sourcils d'un air surpris.

— Mais, non ! Ne vous excusez pas ! Votre vêtement est magnifique, de très belle confection. Ounénet vous le confirmerait si elle pouvait parler. Mais une mauvaise maladie lui a ôté la voix il y a de cela plusieurs fois « Le temps nécessaire de récolte ».

Le temps nécessaire de... quoi ? Il veut certainement signifier plusieurs printemps, ou automnes ? s'interloqua Isabelle, avant de dire :

— Je suis profondément désolée pour vous, Ounénet, néanmoins je suis heureuse de voir que vous êtes désormais en bonne santé.

La maîtresse de maison sourit et pencha le buste comme pour la saluer, après quoi, elle fit à nouveau un signe vers son invitée tout en posant des yeux lumineux sur son mari.

Inerkhaouy rit doucement et reprit :

— La couleur de votre robe est... surprenante, d'un vert foncé comme l'est celui des feuilles des roseaux du

Nil. Ounénet aime beaucoup cette tonalité.

— J'en suis enchantée, merci. J'avais simplement peur de vous indisposer en la portant aussi court.

— En Égypte, l'informa Néférourê en se levant pour montrer sa propre tenue, dissimulée sous le manteau qu'elle avait gardé sur les genoux, les femmes s'habillent de robes ajustées ou de *chendjit*[21] pour faire du cheval. Votre mise est donc tout à fait correcte.

Effectivement, la princesse portait une sorte de robe tuyau en lin blanc, maintenue par de fines bretelles sur les épaules, et se finissant par un pagne plissé haut sur les cuisses. Son vêtement était bien plus court et affriolant que celui d'Isabelle !

— C'est... fascinant, souffla celle-ci, ébahie par cette totale liberté de mœurs.

Dire qu'à son époque, dans le futur, les dames ne devaient pas montrer leurs chevilles, sous peine d'être traitées de gourgandines !

— Et cette matière... qu'est-ce ? demanda encore Inerkhaouy, poussé par les mimiques de sa femme.

— C'est de la soie.

— Souaa ? prononça difficilement l'artisan.

— Nous ne devrions pas parler de cela, intervint Jaouen, d'un ton pincé. Il y a des choses qu'il ne faut pas « encore » révéler.

Dorian, Isabelle, tout comme Clovis lui retournèrent un regard incendiaire. Devait-il, à cause de sa visible mauvaise humeur, détruire la belle ambiance conviviale qui s'était instaurée autour de la tablée ?

Le druide haussa les épaules, marmonna dans sa barbe, et grommela encore :

— Songez simplement à mes paroles : des choses ne doivent pas être racontées, c'est tout !

---

21 *Chendjit : Pagne égyptien.*

Néférourê profita de ce moment de flottement, pour poser les questions qui devaient l'avoir taraudée depuis leur rencontre :

— Voyageurs, enfants de la magie ancestrale, veuillez enfin me dire pourquoi vous êtes apparus dans mon rêve. J'ai bien compris que vous veniez d'un pays lointain, mais dans quel but ? J'ai le don de divination, je peux voir des évènements, avant qu'ils ne se réalisent. Je me souviens dans ce cas de magie, de bruits tonitruants, de choses argentées qui zébraient le ciel... Et à mon réveil, j'ai su que je devais vous rejoindre à *La Cime*. Pour vous secourir, mais pourquoi ?

Isabelle fronça les sourcils, quelque chose clochait dans le récit de la princesse. Car c'était Amenty-Néférourê qui avait besoin d'être aidée, et non eux ! C'était à cause de la malédiction qui la frappait qu'ils avaient tous été aspirés dans cette porte du temps, pour se retrouver en Égypte antique !

— Que vous a montré votre rêve ? s'enquit Dorian, tandis qu'Inerkhaouy et Ounénet se retiraient discrètement dans une autre pièce.

L'instant de laisser les enfants des Origines parlementer entre eux était arrivé. Néférourê parut perplexe, saisit son gobelet et y trempa le bout de ses lèvres. Apparemment, plus pour rassembler ses idées que par soif. Isabelle fit de même, en prenant celui de Clovis.

Hummm ! Du nectar des dieux ! se dit-elle en fermant les yeux de plaisir, tandis qu'une nouvelle fois, le fort goût de sucre et de fruits faisait chanter ses papilles.

Elle ne se rendit pas compte qu'elle avait tout avalé en trois gorgées, avant de croiser le regard goguenard de Dorian.

— Quoi ? C'est juste... succulent, bafouilla-t-elle

en reposant le récipient avant de se tourner vers Néférourê, et du coin de l'œil, elle aperçut Clovis récupérer son gobelet pour le tenir dans ses mains, loin d'elle.

— Mes songes m'ont montré ce que je vous ai dit un peu plus tôt, quand nous étions sur la corniche, reprit Néférourê. D'abord, je vous ai vue vous, Isabelle, votre reflet dans une mare de liquide argenté : vous aviez une parure égyptienne autour de votre cou, faite de fines perles colorées, de lapis-lazuli et d'or. Puis, je me suis rendu compte que... j'étais vous. J'étais à l'intérieur de vous. J'ai ensuite des souvenirs de m'être retrouvée sur un grand navire, dont la forme gigantesque ne ressemblait à rien de ce que je connais. Il flottait sur une vaste étendue grise, tandis que des oiseaux étranges criaient dans le ciel couvert de nuages... Des nuages... ici, il n'y en a qu'à la saison d'Akhet, lors des inondations. J'ai eu si froid aussi, j'en tremblais sans pouvoir me retenir. Il y avait des gens, habillés... un peu comme vous, fit Néférourê en pointant Dorian du doigt, puis Clovis. Ils m'appelaient, mais je ne comprenais pas leur langue. Ensuite... il y a eu cette falaise et loin en dessous de moi, l'eau semblait bouillonner, des dents noires, pointues, sortaient de l'écume. Il y avait un demi-cercle de pierres sacrées et puis... vous, Dorian, et vous... Jaouéé... êtes arrivés.

— Jaouen, chère enfant, l'informa le druide avec gentillesse.

Néférourê sourit en retour, mais sans chaleur, tant elle était happée par ses pensées.

— Après, reprit-elle, tout est un peu vague. C'est comme si tout ce qui m'entourait se déchirait, devenait ténèbres. Il y a eu le sifflement d'un vent terrible, l'ouverture d'une zone lumineuse, une partie du cercle brisé qui remontait des profondeurs, puis « La Porte des anciens » s'est reformée, et nous avons sauté dans le puits. Je me suis réveillée après cela en sachant où vous trouver, et avec la certitude ancrée en moi qu'il fallait que je vous porte assistance et vous mette à l'abri. Loin de Thoutmôsis et de ses prêtres noirs.

Dorian resta dubitatif, comme Isabelle. Elle ne se souvenait de rien d'autre ? Pour ce qui était de l'histoire de Thoutmôsis, il serait toujours temps d'y revenir. Le plus important était que des pans entiers de ce qui s'était réellement produit manquaient dans le récit de Néférourê.

— Vous n'avez pas que rêvé, princesse, l'informa alors Dorian. Vous étiez réellement avec nous, présente dans le corps d'Isabelle, que vous ne faisiez pas qu'habiter, mais que vous manipuliez ! Vous vous êtes présentée comme la fille des Origines, Amenty.

— J'ai… fait ça ? bafouilla-t-elle en lançant des regards affolés vers son père. Mais, comment ? Aurais-je d'autres pouvoirs que la divination ? Ai-je dit... autre chose ?

— Certainement… Que si nous voulions que la jeune lady de Croz reste en vie, il faudrait vous aider à lever une malédiction ! annonça à son tour Jaouen. Sinon, vous vous jetteriez du haut de la falaise sur les dents pointues que vous avez vues dans votre songe. En vérité, des rochers taillés en pics.

Sur le coup, Sénènmout se redressa brusquement et plongea son regard dans celui de sa fille, visiblement effrayée. L'accusation des « voyageurs », comme on les avait dénommés, prenait les enfants des Origines de court.

— Quelque chose ne va pas. De quelle malédiction parlez-vous ? interrogea vivement l'homme, les traits sombres.

— Celle qui est liée à la parure égyptienne, répondit Dorian. Il semblerait qu'Amenty ait été attirée par cette dernière, alors qu'elle était ensorcelée. Ce sortilège vous a conduite à une mort prématurée, et votre âme est restée prisonnière de ce collier durant des millénaires, jusqu'à ce que Maden de Croz, le père d'Isabelle, le retrouve au fond du Nil. En portant à son tour le bijou, Isabelle vous a délivrée, et vous l'avez possédée pour nous pousser à remonter le temps pour vous secourir.

— Remonter le temps... pour « me » secourir ? couina Néférourê. Mais que dites-vous ?

— Princesse, Sénènmout, continua Dorian calmement, pour bien capter leur attention, et en les interpellant l'un après l'autre, nous venons du futur pour vous assister. Nous n'avons pas seulement voyagé d'un pays à un autre, mais nous avons également fait un bond dans le passé... de 3187 années !

Sénènmout se prit la tête à deux mains, et sembla se figer sur place, comme il comprenait ce qui avait conduit ces visiteurs au cœur de *La Cime*. Néférourê n'en menait pas large non plus, les yeux allant et venant dans le vide, ses pensées paraissant tourner à toute vitesse dans son esprit.

— Mais... je n'ai pas de parure ensorcelée, je ne l'ai jamais vue, pas celle de mon rêve ! lança-t-elle enfin.

— Pas encore, chantonna Isabelle, qui avait subtilisé le gobelet de Jaouen, et avait profité du récit pour finir le pot de jus – alcoolisé – de fruits. Hic ! Non, non, non... pas encore !

Elle était peut-être éméchée, non, réellement éméchée, mais elle avait gardé une justesse d'esprit incroyable. Car elle avait mis le doigt sur la dernière pièce du puzzle : l'histoire du collier.

Le funeste évènement ne s'était pas encore produit, et Amenty n'avait donc pas *encore* succombé à son emprise ensorcelée. Ils avaient remonté le temps pour la secourir, avant que le drame n'ait lieu.

— Ohé ! Du chaudron, il y a quelqu'un ? Hic ! cria Isabelle qui avait subtilisé la demeure d'Ardör et la ballottait dans les airs comme l'aurait fait un prêtre avec son encensoir.

En réponse à ses appels, il y eut l'écho d'un terrible ronflement. Ardör était bel et bien chez lui et dormait paisiblement, même secoué comme un prunier par la douce jeune femme.

— Il est l'heure de mettre notre lady au lit, intervint Clovis. Elle ne supporte pas du tout l'alcool.

— Z'était ba de l'alcôale ! Z'était du zu de truie !

Sénènmout, qui avait repris contenance, détailla ce petit monde, et porta un regard attendri, presque paternaliste, sur la jeune Isabelle. Oui, il était plus que temps de s'occuper de ces sauveurs inattendus. Dans le sens, également, où c'était de la faute d'Amenty s'ils étaient tous là.

Pour l'instant, une en particulier méritait de se reposer, avant qu'elle ne réveille le magicien de sang qui vivait dans le récipient en cuivre... ce que ne souhaitait pas du tout Sénènmout !

Chapitre 8

Le jus de fruits est un poison mortel

Isabelle se réveilla au son de rires d'enfants. Elle mit du temps à sortir des vapeurs tenaces du sommeil et se roula en boule contre son oreiller, excessivement dur, mais souple au toucher, chaud... et portant l'odeur de Dorian.
Dorian ?
Elle ouvrit de grands yeux et s'aperçut avec horreur que son oreiller... n'était autre que le torse musclé du jeune homme. Elle leva la tête vers son visage et remarqua tout d'abord ses lèvres sensuelles, ourlées d'un sourire canaille, puis son regard bleu nuit rieur. Il était allongé près d'elle sur une natte de roseaux, couverte d'une épaisse courtepointe en lin, les bras croisés sous sa nuque, et semblait attendre qu'elle parle la première.
Isabelle se redressa un peu vivement, porta les doigts à ses tempes en poussant un grognement, tandis que des aiguillons douloureux lui transperçaient le crâne.
— Que... faites-vous là ?

— Je dormais paisiblement.

— Dans mon lit ?

— Non, sur une couchette, commune aux invités, s'amusa visiblement Dorian, qui n'avait toujours pas changé de posture.

La jeune femme prit alors conscience de son environnement. Ils étaient bel et bien installés sur une litière aménagée et agrémentée de coussins, et presque aussi grande que l'était la partie de la terrasse où ils se trouvaient. Au-dessus de leurs têtes, un auvent constitué de palmes tressées les protégeait des rayons du soleil déjà omniprésent, comme de sa chaleur, et de part et d'autre des montants en bois, tombait une sorte de filet à mailles très fines, faisant office de moustiquaire. Un vent léger rendait l'endroit des plus agréables.

— Clovis et Jaouen nous ont quittés il y a peu de temps. Ils sont descendus pour faire leur toilette et déjeuner. Vous étiez tellement... euh... profondément endormie, qu'ils n'ont pas eu d'hésitation à vous laisser en ma compagnie.

Que sous-entendait-il ? D'ailleurs, comment était-elle arrivée sur la terrasse de la maison d'Inerkhaouy et Ounénet ? Elle n'en avait aucun souvenir !

— Mais... qu'est-ce que c'est que... ça ? bafouilla-t-elle de nouveau en tirant sur le tissu blanc qui l'habillait. Et vous ? s'étrangla-t-elle ensuite en remarquant que son compagnon portait juste un pagne égyptien.

— En ce qui vous concerne, il s'agit d'une robe longue à bretelles, fit Dorian avec une pointe d'humour. Qui vous sied à merveille, ajouta-t-il comme Isabelle faisait la grimace. Quant à moi, je porte la tenue vestimentaire de cette époque, pour les hommes !

— Et... ça ?

— C'est une cordelette, attachée entre votre poignet et le mien.

— Mais, vous êtes fou ? Pourquoi avez-vous fait ça ?

Il haussa les sourcils d'un air à la fois ahuri et moqueur, puis s'assit à son tour en la dominant de sa haute carrure, et le regard de la jeune femme se perdit sur la parfaite et sculpturale symétrie de ses abdominaux tatoués. Dieu, qu'il était musclé !

— Ce n'est pas de mon fait, mais du vôtre. Vous souhaitiez être liée à moi parce que…

— Dorian, Isabelle ! Enfin réveillés ! coupa Clovis en apparaissant sur la terrasse, quelque peu essoufflé d'avoir gravi l'escalier à toute vitesse. Je crois que j'arrive au bon moment !

Pour surveiller Dorian, bien entendu. Le majordome n'allait pas laisser cet individu au sang chaud trop près de sa protégée ! Même si celle-ci paraissait être encore assommée par les vapeurs alcoolisées du jus de fruits, et son fameux délire de la soirée. D'ailleurs, comme cela s'était déjà produit, elle semblait à nouveau frappée d'amnésie.

— Oui et non, rouspéta Isabelle sans détourner son regard sur Clovis, et tout en essayant de détacher le cordon. Regarde ce que Dorian a fait, il m'a attachée à lui, comme un chien !

Voilà qui prouvait sa perte de mémoire. Les deux hommes échangèrent un coup d'œil entendu, sachant tous les deux que c'était elle, Isabelle, qui s'était liée ainsi au Saint Clare.

— Mademoiselle a encore tout oublié.

— Oui, répondit Dorian en défaisant le lien de son propre poignet.

— Arrêtez, tous les deux ! Je n'ai pas de problèmes

de mémoire, tout va très bien !

— Sauf que, mademoiselle a bu un peu plus qu'il ne l'aurait fallu, susurra Clovis. Comme cette fameuse fois où, de colère, vous aviez vidé la bouteille du whisky préféré de votre frère Kalaan.

La jeune femme leva enfin la tête et la tourna lentement vers son vieux serviteur. Elle paraissait dévastée et avait pâli.

— Palsambleu... souffla-t-elle. Ne me dis pas que j'ai encore... que j'ai refait...

— Non, mademoiselle, je ne vous le dirai pas. Vous n'êtes pas allée aussi loin cette fois-ci.

Elle ferma les yeux de soulagement et poussa un long soupir. Cependant, la curiosité de Dorian avait été éveillée. Qu'avait-elle fait après cette fameuse cuite autrefois ? Hier soir, tandis que Néférourê et Ounénet s'évertuaient à lui faire sa toilette, Isabelle n'en étant plus capable, cette dernière avait piqué une crise de fou rire devant la forme étrange du siège d'aisance se trouvant dans la cour arrière. Après quoi, elle était montée dessus et s'était mise à chanter à tue-tête une chanson paillarde bretonne. Celle qu'Inerkhaouy fredonnait en ce moment même dans la cuisine au toit ouvert, juste à l'avant de la terrasse...

—... Comme il n'y avait pas de femmmeeeuh... Pour occu... cu... cuper les malooots... Ohé ! Ohé !

— Sacrebleu ! jura derechef Isabelle en s'étouffant de moitié, alors que Dorian posait la tête dans le creux de son bras, pour masquer son amusement.

Même Clovis pinçait les lèvres, non pas de réprobation, mais parce qu'il se forçait à contenir l'hilarité qui l'avait gagné en entendant le vieil Égyptien chantonner la chanson paillarde de sa jeune maîtresse.

— Bon... euh... je ne me souviens de rien.

D'accord ! Clovis ? Qu'as-tu fait de tes propres habits ?

Le majordome baissa la tête sur la large tunique blanche qui le vêtait et haussa les épaules. Il savait très bien qu'Isabelle cherchait à noyer le poisson, comme à son habitude. Il allait jouer le jeu et cela lui permettrait de la mettre au courant de ce qui les attendait tous pour la suite.

— Ici, mademoiselle, il faut se laver presque tout le temps : avant et après avoir mangé, avant et après s'être rendu au petit coin... il s'agit d'une sorte de purification rituelle très importante pour les Égyptiens, toujours selon Inerkhaouy. Et puis, Sénènmout nous a apporté des habits pour passer inaperçus dans cette époque. De ce que j'ai compris, nous allons gagner « La grande maison » de la reine-pharaon dans la journée.

Tandis que leur hôte se remettait à chanter d'autres couplets, plus ou moins bien retenus, des rires juvéniles attirèrent à nouveau l'attention d'Isabelle. Plusieurs petites filles aux cheveux noirs mi-longs et des garçons, le crâne rasé avec une seule grosse natte pendant sur le côté, tous habillés de tuniques de lin blanc, les regardaient en s'esclaffant. Ils étaient assis sur le muret qui séparait la maison d'Inerkhaouy et la leur. Ainsi, il y avait de la vie dans ce village ! Les habitants se montraient enfin !

Qu'est-ce qui amusait le plus ces enfants : le comportement bizarre des étrangers ou leur voisin qui poussait la chansonnette... à en faire pâlir de honte Isabelle ?

— Allons rejoindre nos hôtes, marmonna-t-elle, après avoir fait un signe amical aux petits qui firent de même en retour.

En se levant, la jeune femme remarqua alors une Égyptienne, assise sous l'auvent de la terrasse contiguë, et qui préparait à manger tout en lui jetant des regards curieux. Il y avait vraiment quelque chose de dérangeant dans le fait que les maisons soient collées les unes aux autres. Tant de promiscuité ne permettait aucune intimité ni de se disputer en petit comité.

Isabelle descendit l'escalier qui donnait sur la cuisine, où Ounénet s'affairait à remuer des légumes (oignons, navets et poireaux, au vu du fumet) dans un pot en céramique sur un grand brasero conique. Ce dernier était planté dans le sol au centre de la pièce, à côté d'un imposant four en forme de dôme en argile rouge, où des pains odorants finissaient de dorer. Dès qu'elle aperçut son invitée, son visage s'illumina d'un immense sourire et elle se précipita pour la prendre dans ses bras frêles.

La jeune femme, d'abord ébahie par ce comportement, la serra également tendrement dans les siens. Si seulement elle pouvait se souvenir de ce qu'elle avait fait la veille ! Du pourquoi tant de chaleur et d'affection ! Au moins n'avait-elle pas fait de mal, car personne ne la fuyait.

L'instant suivant, Ounénet guidait Isabelle vers une toute petite cour en enfilade et jouxtant les hauts remparts, vers une partie cachée par un paravent de roseaux tressés. Elle lui présenta le fameux siège d'aisance, ainsi que les bassines en terre cuite contenant de l'eau pour la toilette, le savon de natron et une tige en bois de lentisque avec une sorte de pâte constituée d'opiat. La maîtresse de maison mima le geste de se brosser les dents avec la tige, et Isabelle la remercia pour sa prévenance. Vint également le moment où elle lui présenta un étrange rectangle de lin, avec aux extrémités des liens qui coulissaient dans des ourlets.

— Qu'est-ce ? demanda Isabelle.

Ounénet émit un souffle en guise de rire, et lui

montra comment l'utiliser : le milieu du rectangle était placé entre les jambes, et les parties avant comme arrière remontaient pour être liées de chaque côté des hanches.

— Un sous-vêtement ! s'exclama la jeune femme, en se forçant à sourire tout en songeant avec tristesse à son si joli caleçon en dentelle... qu'elle ne reverrait sans doute jamais, car il avait tout bonnement disparu.

D'un autre côté, elle se sentit soulagée de pouvoir enfin porter quelque chose sous sa robe, et attendit ensuite que l'Égyptienne daigne s'en aller pour pouvoir se laver ; mais Ounénet, les yeux brillants, semblait vouloir rester à ses côtés.

— Je crois qu'elle attend que vous chantiez comme hier soir, suggéra Néférourê, en apparaissant et en se joignant à elles.

Une de plus ou une de moins ! Plus on est de fous pour faire sa toilette, plus on rit ! se dit Isabelle avec humour.

— Je crois m'être très mal conduite la nuit dernière, bien que je ne me souvienne de rien, s'excusa-t-elle... encore.

Néférourê rit de bon cœur.

— Je ne me suis jamais autant amusée ! s'esclaffa-t-elle. Vous êtes un pur divertissement, jeune amie.

Ounénet porta les doigts à son cou, le tapota, et regarda Isabelle, puis la princesse, qui fit non de la tête.

— Pas aujourd'hui, Ounénet, car Isabelle a la gorge fragile. Elle chantera une autre fois.

La vieille Égyptienne eut un air déçu, rapidement effacé par un grand sourire. Elle disparut et revint très vite avec la robe verte d'Isabelle, déjà lavée, pliée, et subtilement parfumée. L'attention toucha énormément la jeune femme et elle prit le vêtement, pour le tendre à nouveau à son hôtesse :

— Je vous l'offre, ce sera mon cadeau en remerciement de toute votre gentillesse.

Après s'être figée, Ounénet se jeta une nouvelle fois dans les bras d'Isabelle, puis s'enfuit d'un pas dansant vers la cuisine, la robe tout contre son cœur.

— Voilà un magnifique présent ! Elle vous adore, ça se voit, fit Néférourê avec chaleur. Vous l'avez conquise. Souhaitez-vous que je vous assiste dans votre toilette, comme hier soir ?

— Oh, non ! Vous êtes une princesse et ce n'est certainement pas votre rôle ! Au cours de la soirée, je n'étais vraiment pas moi-même. Je n'avais aucune idée que le jus de fruits était alcoolisé.

— Oui, il était légèrement fermenté et le sucre en masquait traîtreusement la force. Cependant, avec mes amis, je me conduis comme je le veux, et si vous désirez que je vous aide, je le ferai avec plaisir. Mais… dites-moi, vous avez éveillé ma curiosité, chuchota-t-elle soudain en s'approchant d'Isabelle. Que sont ces bijoux… sur la pointe de vos seins ?

— Ohhh ! s'étouffa la jeune femme en rougissant brusquement.

Personne ne devait voir ça ! C'était son secret ! Comment Ounénet et Néférourê étaient-elles au courant de… évidemment, elles l'avaient déshabillée !

— Ce sont de… hum… de simples bijoux à tétons, toussota-t-elle, gênée. J'ai fait ça sur un coup de tête et par envie. D'abord, pour échapper au carcan de bonnes manières que ma mère m'imposait, en signe de rébellion, ensuite… parce que j'en rêvais.

— Mais, ils sont bien piqués dans votre peau ? Dans ma famille, certains hommes portent des anneaux aux oreilles, et ma mère, Hatchepsout, en a un au nombril, mais je ne savais pas qu'il était possible de placer ce genre de fines spirales sur la pointe des seins ! On dirait que deux petits serpents en or dorment sur votre poitrine.

— Je n'y avais jamais songé, s'amusa Isabelle, car la comparaison était très joliment imagée. Oui, c'est de l'or torsadé et l'attache traverse le mamelon. Au début... ça a dû faire mal, mais je ne m'en souviens pas. (Là était le rapport avec l'histoire de Clovis et de la fameuse bouteille de whisky de Kalaan qu'elle avait bue de colère). Après, les premiers mois, il faut faire attention à ne pas frotter le corsage dessus et ne surtout pas dormir sur le ventre. Désormais, ils font partie de moi et ne provoquent aucune douleur. C'était une pratique très connue de la noblesse française, la reine Isabeau de Bavière, épouse du roi Charles VI, en portait et a lancé la mode.

— Eh bien... je ne sais pas qui sont ces personnes, mais ces bijoux vous vont à ravir et me font également très envie.

Isabelle haussa les sourcils de surprise.

— Vraiment ?

Néférourê rit.

— Oui, vraiment ! Je vous laisse maintenant, puisque vous m'assurez pouvoir vous débrouiller. Rejoignez-nous dans la salle de vie pour manger. Nous partirons ensuite pour Karnak, au *per-aâ* de ma mère.

Parfois, dans l'esprit d'Isabelle, la langue égyptienne mettait un peu de temps à trouver le chemin de la traduction, car tous les mots prononcés n'étaient pas immédiatement compris. Ainsi, per-aâ apparut nettement comme signifiant « La grande maison », clairement : le palais.

Ils allaient donc tous se rendre... au palais ? Rien que ça ?

Isabelle n'eut pas le temps de dire ouf, que la

princesse avait déjà tourné les talons. Puis, elle se mit à sourire toute seule en se remémorant tout ce qui lui était arrivé depuis son réveil en Égypte. Quelques points précis l'enchantèrent d'emblée, car rien, ici, ne semblait choquer personne, comme le fait qu'une fille de bonne famille se promène en robe extrêmement courte, chante des chansons paillardes, ou porte des bijoux à tétons...

— Je crois que je vais me plaire dans ce pays, murmura-t-elle en se dirigeant vers les commodités, une sorte de siège en pierre dont le centre ressemblait à un gigantesque trou de serrure.

Non loin de là, Dorian, qui se tenait sous l'ombre d'un dattier de la minuscule cour, avait suivi l'échange à voix basse entre Isabelle et Néférourê. Il ne désirait pas les épier, mais souhaitait être présent... au cas où ces dames auraient besoin d'aide.

Bon, piètre excuse... Oui, il voulait retrouver Isabelle et lui dire que ce cordon, qu'elle avait attaché à leurs poignets respectifs, elle l'avait noué en clamant qu'il unissait les âmes-sœurs.

Le jeune homme n'avait pas pris ça à la légère, pas plus que le druide Jaouen. Car cette coutume, réalisée chez les Celtes comme le main-jeûne, était réellement considérée comme un mariage, ainsi que passer une nuit avec un highlander sur une même couche. D'habitude, c'était le tartan recouvrant le couple qui officialisait l'union... mais dans ce cas précis, le cordon l'avait remplacé ! Solennellement, devant les dieux, Dorian et Isabelle étaient mariés. Cependant, cette dernière avait tout oublié...

D'accord, elle était grise hier soir, mais enfin... elle ne pouvait pas dire qu'ils étaient des âmes sœurs, se coucher tout contre lui sans cesser de se trémousser, et se réveiller dans ses bras en faisant comme si elle ne se souvenait de rien !

Et comme si cela ne suffisait pas, il avait désormais dans l'esprit l'image de deux jolis seins aux pointes couvertes d'or... Si seulement il avait eu un lac d'eau glacée à sa disposition, Dorian y aurait plongé sur-le-champ. Son sang était en ébullition, et il allait être difficile de rejoindre tout le monde vêtu d'un pagne qui ne dissimulait en rien son désir brûlant.

Décidément, cette femme était un supplice, une punition des dieux, et le jus de fruits... un poison mortel. Pour lui, non pour Isabelle, qui ne se rappelait rien. Mortel, car il allait succomber de passion si elle continuait d'agir ainsi. Elle soufflait sur lui le chaud et le froid et jamais personne n'avait autant torturé ses sens.

— Ah, non ! On ne me rasera pas la barbe ! Et je garde ma toge ! se mit à crier Jaouen en arrivant comme un fou dans la cour, ce qui obligea Dorian à lui tourner rapidement le dos et à plonger le buste dans une immense cuve où il pensait avoir vu de l'eau. Mais... que fait-il ? marmonna encore le vieux druide devant ce spectacle.

— Je me lave, grommela le jeune homme, en s'étouffant à moitié, après avoir sorti la tête... d'un baquet d'huile de sésame. Pourriez-vous me donner ce drap de bain sur le banc, s'il vous plaît ?

— Bien sûr, *mab*[22]! Et après, tu diras à cet Inerkhaouy de ne pas me toucher ! Dès qu'il a su que je n'étais pas en deuil, il a voulu me raser la barbe et me couper les cheveux !

Il se frotta vigoureusement le visage sans pouvoir se débarrasser de l'huile, la même qui dégoulinait de ses longues mèches noires sur son torse, en propageant

---

22 Mab : Fils, en breton.

l'épais liquide.

La serviette formant toujours écran devant lui pour cacher son corps au druide, Dorian se tourna pour lui faire face. Déjà, le choc d'avoir confondu de l'eau avec de l'huile l'avait un peu calmé, tout comme les plaintes de son vieil ami.

— C'est une très ancienne coutume, Jaouen, qui a cours encore dans certaines peuplades égyptiennes de notre présent. Les hommes ne se rasent plus en signe de deuil. Autrement, les poils, jugés impurs, sont à bannir ou à attacher quand il s'agit de la chevelure.

— Ohhh... c'est pour ça qu'Inerkhaouy, très affecté, a cru que j'avais perdu beaucoup de parents ? À cause de la longueur de ma barbe et de ma coiffure ?

— Certainement, acquiesça Dorian en secouant la tête pour se déboucher les oreilles.

— Si ce n'est que cela, je vais tout natter ; après, il ne me touchera plus. Quant à ma toge, elle ressemble à leur tunique et est faite de coton !

— Faites donc.

— Euh... tu es tout gras, *mab*... commença Jaouen en grimaçant et en pointant son index vers l'enfant des dieux.

— Messieurs ! lança alors Isabelle, sans les regarder, et en sortant de derrière le paravent de la partie toilettes.

— Mademoiselle, salua Jaouen, alors qu'un grand « plouf » se faisait entendre du côté de Dorian. Mais enfin... que fait-il la tête dans cette huile ocre ? s'étonna à nouveau le vieil homme, avant de s'inquiéter soudain pour le Saint Clare.

Isabelle passa rapidement le porche menant à la cuisine, la traversa, et arriva dans une autre pièce ressemblant à une chambre. Elle continua encore tout droit, et parvint dans la salle de vie où Sénènmout l'accueillit avec prévenance.

— Que la journée soit belle pour vous, la salua-t-il en joignant les mains devant elle et en se courbant.

— Qu'elle le soit aussi pour vous, répondit Isabelle en l'imitant, tout en espérant que ses mots soient bien choisis.

Apparemment oui, au vu du sourire chaleureux qu'elle reçut en retour.

— Elle le sera, jeune amie, maintenant que nous savons tout danger écarté pour ma fille. Car nous sommes au fait de la conduite à tenir quand cette parure fera irruption dans nos vies, dans l'avenir. Oui... Tout ne peut qu'aller à merveille. Nous détruirons le bijou, débusquerons les mages qui sont à l'origine du sort mortel, et tout rentrera dans l'ordre.

— Votre optimisme fait chaud au cœur. Néanmoins, il faudra auparavant nous aider à retourner chez nous, dans le futur.

— J'y ai songé, et je compte envoyer des messagers au pays de Pount. Là-bas se trouvent de grands sorciers, détenteurs du pouvoir des Origines, ils nous porteront assistance, j'en suis certain. Ce n'est plus qu'une question de jours. D'ici là, vous habiterez dans le pavillon des invités, près du palais où Hatchepsout vous attend.

Isabelle ne put cacher son étonnement.

— La reine-pharaon... sait que nous sommes ici, et veut nous voir ? Bien que... vous êtes liés... mais enfin... c'est une Egapp, non ?

— Oui, s'esclaffa Sénènmout. Mais c'est aussi l'amour de ma vie, comme je le suis pour elle. Nous savons tout l'un de l'autre et gardons nos secrets communs depuis le premier jour de notre rencontre.

Isabelle fut très touchée par ces paroles. Un tel amour, elle aimerait tant en connaître un similaire, un jour ! Mais avec les hommes, rien ne se passait jamais très bien. Elle songea brusquement à ce Thoutmôsis dont plus personne ne semblait parler, et allait en poser la question à Sénènmout, quand celui-ci écarquilla les yeux en portant son attention derrière elle.

Sur l'instant, la jeune femme perçut une forte odeur de noix, ou un effluve approchant, puis tourna lentement sur elle-même pour ensuite ouvrir la bouche sur un « Oh » silencieux. Mais… qu'avaient fait les hommes de son groupe ? Jaouen avait natté sa barbe et sa chevelure, des deux côtés de sa tête ! Clovis avait pour sa part le crâne totalement rasé ; disparue, la tonsure de moine qu'Isabelle avait toujours connue ! Quant à Dorian… un liquide épais et ocre le recouvrait des cheveux à la ceinture du pagne, ce qui mettait superbement ses muscles et tatouages en valeur, mais lui donnait également un air misérable, tel un gros chat mouillé. Pourquoi avait-il fait ça ? Était-ce une autre coutume égyptienne ?

Voilà que j'ai à nouveau des papillons dans le ventre, s'apitoya Isabelle devant l'image des pectoraux saillants, avant qu'un fou rire nerveux ne la saisisse.

Car ces trois-là formaient un bel ensemble !

— Je pense que je vais retourner… me laver, gronda sourdement Dorian, visiblement mécontent. Reste-t-il un peu de savon de natron ?

Ounénet, qui avait suivi ses invités dans la salle de vie, hocha vigoureusement la tête et devança le jeune homme en direction de la cour.

— Sont-ils toujours comme ça ? demanda Sénènmout.

Isabelle fit volte-face pour lui répondre et s'aperçut

qu'il se gaussait silencieusement.

— Cela dépend des jours. Il faut croire que votre fille n'a pas fait appel aux meilleurs sauveteurs du futur.

— En cela, on dirait qu'Amenty-Néférourê vous ressemble, souffla l'Égyptien en lui lançant un regard entendu et rieur. Votre joviale maladresse vous unit. Maintenant, rassasiez-vous, buvez... à petite dose, même si ce n'est que du lait de chèvre aromatisé à la cannelle et aux figues. Nous partirons tout de suite après, dès que la Confrérie des artisans rejoindra ses chantiers.

Sur ces mots, il s'en alla en direction de l'entrée, et s'affaira devant la minuscule chapelle que la jeune femme avait vue la veille.

— C'est un Naos[23] avec les divinités des travailleurs de « La place de Vérité », l'informa alors Néférourê, en apparaissant encore, d'on ne sait où, aux côtés de sa nouvelle amie. Mais au lieu de vénérer les déités des Egapp, mon père et moi prions les dieux des Origines. Néanmoins, vous avez là, sous la forme d'un cobra royal, la statue de Mereretséger, protectrice des ouvriers et du village, comme du repos des tombes... elle vivrait au cœur de *La Cime*.

— Là où se trouve le cromlech ? chuchota Isabelle.

— Exactement, confirma la princesse avec un regard appuyé. Je vous ai prévenue, les Egapp ont tout repris à leur compte. Heureusement pour nous, ils ignorent que la pointe de la montagne est la cachette de la Porte des anciens. Juste à côté de Mereretséger il y a Maât, déesse de l'ordre, de l'équilibre du monde, de la paix et de la justice. Puis Ptah, dieu des artisans et des architectes. Thot, seigneur des temps, et enfin Khnoum, divinité de l'eau, qui contrôle le Nil.

---

23 *Naos : Petit édifice religieux où étaient placées une ou des statues de dieux dans l'Égypte antique.*

En songeant à l'eau, l'image de Dorian s'afficha dans l'esprit de la jeune femme. Il ferait un magnifique dieu... de l'huile, en fait. Pensée qui lui permit de rire, plutôt que de fantasmer sur sa peau bronzée et tendue sur ses muscles. Elle se précipita sur son déjeuner, qu'elle s'obligea à avaler pour masquer son trouble, au risque de s'étouffer.

Clovis et Jaouen, désormais installés sur des banquettes en roseau, de l'autre côté de la pièce, se chamaillaient silencieusement, et le majordome finit par en venir aux mains, en tirant vivement sur les nattes du druide. Isabelle n'en revenait pas, on aurait dit deux gamins !

— Je sens que l'on va vraiment s'amuser, au palais, murmura Néférourê, qui s'assit près d'elle, sans cacher un beau sourire de contentement.

La princesse paraissait apprécier l'idée de mettre un peu de zizanie au sein de la royauté, et Isabelle eut l'impression de se retrouver en elle. Car elle aussi saisissait la moindre occasion pour briser la routine de sa vie bien trop tranquille, surtout dans leur demeure de Paris. La noblesse était une plaie et, semblait-il, quelles que soient les époques.

Un bruit de course en provenance de l'entrée leur fit tourner la tête, et Chésemtet apparut, le haut de son visage immuablement recouvert de peinture noire.

— S'il vous plaît, princesse, débarrassez-moi de ce... de ce personnage sans consistance ! Je n'en peux plus de ses niaiseries ! C'est ça, ou je démissionne sur-le-champ !

Isabelle en but son lait de chèvre de travers, surtout quand le magnifique Ardör s'afficha dans le dos de l'Égyptienne. Il croisa le regard d'Isabelle, haussa les épaules d'un air faussement fataliste.

— Les femmes de cette époque ne savent pas apprécier les galanteries d'un gentilhomme ! lança-t-il d'un ton léger.

La jeune femme l'avait complètement oublié ! Depuis quand était-il sorti de son chaudron ? Décidément oui, il était à parier que leur arrivée au palais de la reine-pharaon Hatchepsout n'allait certainement pas passer inaperçue !

Chapitre 9

Indomptable Isabelle

L'histoire de Chésemtet réglée, Ardör ayant promis de ne plus l'importuner, et ayant à nouveau disparu (il était fort à parier que, malgré les différentes recommandations, il était tout de même parti épier la guerrière tandis qu'elle avait rejoint sa troupe), tout le monde se regroupa dans la salle de vie pour se préparer au départ pour Ouaset et le palais royal.

— Nos gardes partiront avec les chevaux avant nous, annonça Sénènmout aux visiteurs.

— Cela n'est-il pas un peu risqué de se séparer en deux groupes ? s'enquit Isabelle, alors qu'elle terminait d'enfiler ses sandales tressées en papyrus et disait bien volontiers adieu à ses escarpins inconfortables en soie et broderies, tout de suite offerts à une Ounénet émerveillée.

— Je ne crois pas, sourit Sénènmout, tout en faisant « non » avec le doigt à l'Égyptienne qui voulait essayer les étranges souliers à talons hauts. Mes cavaliers feront diversion en éloignant nos poursuivants – que des éclaireurs ont repérés sur les monts –, et les enverront dans une autre direction. Pendant ce temps, nous nous mêlerons à la foule de serviteurs royaux qui retournent aux magasins du palais. Nous serons également sous la protection des gardes d'Hatchepsout et du vizir, car tout serviteur de « La place de Vérité » doit être escorté et demeurer inconnu des habitants d'Ouaset et de Karnak.

À ce moment-là, Ounénet qui était partie en catimini, revint en portant plusieurs draps de lin fin sur le bras, et les tendit au groupe d'Isabelle qui resta interdit. Dorian fut le premier à réagir et à s'avancer vers l'Égyptienne : il prit le tissu, le plia en deux dans sa longueur, et en quelques mouvements vifs, précis, en torsada une partie qu'il banda ensuite autour de sa tête pour en faire un turban.

— Vous connaissez la manière de se vêtir du désert ? souffla Sénènmout, très impressionné.

— Oui, répondit Dorian en baissant le pan de lin qui cachait sa bouche. Il se trouve qu'en plus d'être un enfant des dieux, je suis également un enfant du Sahara. J'ai grandi dans l'Égypte du futur, au sein d'une tribu de nomades.

Néférourê et son père échangèrent un regard interrogateur, visiblement curieux de savoir de quel « peuple nomade » il s'agissait. Mais Dorian omit volontairement de parler des Touaregs, bien que dans l'Égypte où ils évoluaient actuellement, ce peuple ne dût pas signifier grand-chose pour leurs hôtes. Néanmoins, de fil en aiguille, Dorian serait obligé de faire allusion aux Berbères, pour la plupart originaires de civilisations ennemies des Égyptiens. Ce n'était pas le moment de semer la confusion dans leurs esprits.

Heureusement, les frères Guivarch tombèrent à point nommé pour détourner leur attention, tous deux se débattant avec leurs draps, en s'emmêlant et s'étouffant sous le tissu. La princesse et son père vinrent rapidement à leur secours, tandis qu'Ounénet partait d'un éclat de rire silencieux, sa bouche n'émettant que des souffles erratiques et sifflants.

De son côté... Isabelle boudait, ce qui déclencha la bonne humeur de Dorian. Voir son joli minois contrarié et ses lèvres roses, attirantes, pincées... valait tout l'or du monde. Il haussa un simple sourcil en sa direction, ce qui suffit à mettre le feu aux poudres :

— Je ne me voilerai pas ! Ah, ça non ! Je n'ai pas l'intention de ressembler à sœur Marie de la Chasteté !

Dorian en resta coi de stupeur une seconde. Adieu, l'envie de rire ! Qu'avait-elle dit ? Que venait faire la chasteté dans cette histoire ?

— Je suis une femme libre, m'entendez-vous ? Je ne veux pas de ce voile !

— Mais... mademoiselle, intervint avec douceur Clovis, qui portait enfin un digne turban sur la tête. Il n'y a rien à voir là-dedans avec une quelconque religion ou soumission de la femme ! Il s'agit certainement de nous protéger du soleil lors de notre voyage vers le palais royal. N'est-ce pas ? demanda-t-il encore en se tournant vers la princesse qui s'équipait également de la coiffure.

— Dites-moi qui soumet la femme en la cachant, et je l'étripe ! lança Néférourê en soutien à Isabelle, loin de seconder le majordome qui en ouvrit de grands yeux.

Jaouen ricana à ses côtés.

— Très finement joué, mon frère ! pouffa-t-il. Nous voilà avec deux furies sur les bras ! Tsss...

— Isabelle, s'interposa alors Dorian. Souvenez-vous... ici, les femmes sont libres, et nous, fit-il encore en désignant de la main les hommes qui les entouraient, portons également le turban. En plus de nous protéger des rayons ravageurs du soleil d'Égypte, il nous dissimulera à la vue de nos poursuivants. Nous pourrons ainsi nous fondre dans la foule.

— Vous ne pouviez pas le dire plus tôt ? lança-t-elle alors, avant d'essayer de fanfaronner en tire-bouchonnant n'importe comment le tissu.

— Attendez... de préférence comme ça, un pan sur l'épaule, le milieu sur le sommet de la tête, l'autre partie, il faut la torsader... puis l'enrouler, intervint et expliqua Néférourê, après s'être lentement approchée d'Isabelle, comme si celle-ci était un chat sauvage prêt à bondir.

Car oui, cette histoire avait transformé la belle en un félin enragé et pour cette fois, Dorian n'avait pas envie de fantasmer sur les griffures qu'un tel animal pourrait lui infliger.

— Magnifique ! s'esclaffa-t-elle avec dérision, une fois que Néférourê eut fini de s'occuper d'elle. J'ai désormais l'impression qu'un *brennig*[24] a élu domicile sur ma tête ! Vive la Bretagne !

Bien sûr, seuls les Bretons présents surent à quoi elle faisait référence, pour les autres... ce fut un mélange de curiosité et de confusion. Les gens du futur étaient-ils tous comme ça ? Enfin... les femmes ?

Dorian décida de laisser Isabelle expliquer ce qu'était un « *brennig* » à la princesse et se tourna vers Sénènmout dont il eut du mal à capter l'attention, tant ce dernier souhaitait visiblement apprendre ce qu'était la « chose » bretonne.

— Ne serait-ce pas le moment de nous dire qui est à notre poursuite, et pourquoi, ou comment ? Amenty-Néférourê aurait-elle un peu trop parlé de son rêve, et par mégarde, à des personnes malveillantes ?

Sénènmout poussa un long soupir, tandis que les traits de son visage s'assombrissaient.

— En réalité, ce n'est pas vous qu'ils poursuivaient,

---

24 *Brennig : Nom breton aussi dit « bernique ». Mollusque à coquille conique accroché sur les rochers à fleur d'eau de mer (plus connu sous le nom de « patelle »).*

mais nous. Nos moindres faits et gestes sont épiés depuis des saisons. Surtout par un prêtre féru de magie noire. Cet homme, de son nom Anty, est comme votre druide, un détenteur des mots sacrés... mais il est mauvais, et les détourne pour créer des sortilèges et des malédictions. Il a dû ressentir les ondes du charme qui se sont produites lors de votre arrivée à *La Cime*... tout comme nous, et en a alerté Thoutmôsis. S'ils parvenaient à trouver le cœur de la montagne, et à mettre la main sur vous, ce serait le moyen de faire tomber Hatchepsout du trône, et de finir par détruire les derniers liens avec nos vrais dieux, tout en s'arrogeant la domination suprême grâce au *Lïmbuée* contenu dans les pierres.

— Le *Lïmbuée*, murmura Jaouen qui, jusque-là, les avait écoutés en silence. C'est le sang, la sève sacrée des pierres levées ! Oui, s'ils venaient à vider le cromlech de cela, et à l'utiliser, ils pourraient devenir très puissants, redoutables même... et, qui plus est, nous empêcher de repartir. Sans le *Lïmbuée*, le passage du temps ne peut s'ouvrir, et le cromlech retournera peu à peu à la poussière. Et ce sera aussi le cas pour nous... en cette époque.

— Qui est ce Thoutmôsis ? demanda à son tour Isabelle, revenue du monde des *brennigs*.

— Mon cousin, mon futur mari, ma terreur..., Thoutmôsis troisième du nom pour être précise, chuchota Néférourê. Il aurait dû être roi Horus[25] de l'Égypte, mais il n'avait que cinq saisons d'Akhet à la mort de Thoutmôsis II, son père, qui est officiellement le mien également. C'est donc ma mère, Hatchepsout, qui s'est occupée du pays comme grande épouse royale, et sœur du roi. D'abord comme régente, puis comme pharaon,

---

25 *Roi Horus : Ancien Empire/Égypte antique, croyance en le fait que le souverain était un Horus vivant sur terre, un dieu à l'égal des divinités du ciel ou de l'autre monde.*

terme qu'elle a elle-même imposé en remplaçant celui de roi Horus. Elle avait tout à fait le droit d'être reine d'Égypte, car Thoutmôsis Ier, mon grand-père, l'avait désignée pour lui succéder le jour de son trépas, et elle l'est aussi car elle a été reconnue par les prêtres d'Amon comme fille directe du dieu Amon-Rê. Elle a changé tant de choses en bien, depuis son couronnement... que cela lui vaut l'inimitié de nombreux religieux ambitieux, dirigés par Anty et Thoutmôsis, comme d'une partie du peuple que ceux-ci parviennent peu à peu à manipuler.

Isabelle était effarée ! Non pas par l'histoire en elle-même qui ressemblait à tant d'autres au sein de la noblesse de toute époque, mais parce que, si elle avait bien compris, les frères et sœurs royaux de l'Égypte antique... se mariaient entre eux ! Il y avait là quelque chose de terriblement dérangeant ! Non... elle avait dû mal comprendre !

Inerkhaouy arriva dans la salle, apparition providentielle qui permit à la jeune femme de sortir de ses tortueuses pensées. Le chef des artisans, légèrement essoufflé, salua tout le monde avec empressement. Il devait revenir du village, car depuis qu'Isabelle était descendue faire sa toilette, l'homme avait disparu de la maison.

— Nous partons travailler, les informa-t-il. Quant aux serviteurs royaux, ils se regroupent aux portes des remparts pour retourner à Ouaset, puis Karnak. Il est plus que temps pour vous de les rejoindre. Ils sont prévenus et vous entoureront pour vous camoufler. Vos gardes viennent également de prendre la route, et Chésemtet les commande.

— Bien, fit Néférourê. Avec elle à la tête des cavaliers, et nous, dissimulés parmi les serviteurs de « La place de Vérité », je sais que notre plan se déroulera sans encombre.

Sénènmout opina simplement du chef et se tourna vers la sortie qu'Inerkhaouy avait de nouveau empruntée, après leur avoir rapidement fait ses adieux.

— Allons-y ! Munissez-vous de ces tuniques ouvertes pour couvrir vos corps, dit-il en indiquant un tas de linge blanc, plié sur un tabouret près du Naos, dans le vestibule. N'oubliez pas de remonter le pan du turban sur votre visage !

Une fois qu'ils furent vêtus correctement, et que l'inspection des tenues fut terminée, tous prirent la direction de la rue. Mais avant de passer la porte, Isabelle fit vivement demi-tour, saisit Ounénet dans ses bras, et posa un tendre baiser sur sa joue.

— Merci, petite mère, souffla-t-elle avant de relever le tissu de son turban sur son nez, et de courir à la suite de ses camarades.

Elle ne put voir la larme d'émotion qui coula sur la joue de l'Égyptienne ni son salut tremblant de la main. Isabelle l'avait vraiment profondément touchée.

Dehors, il faisait une terrible chaleur, que les ombres des hauts murs des maisons n'arrivaient pas à atténuer. La jeune femme crut se dessécher sur place, tel un pruneau, et jeta un coup d'œil sur ses pieds à la peau blanche et fine, que les sandales de papyrus ne protégeaient aucunement du soleil.

— Le cortège sera sous la protection de la garde royale, comme l'a annoncé mon père tout à l'heure ; ils sont de notre côté, insista Néférourê, sa voix légèrement déformée par le pan en lin qui recouvrait sa bouche et son nez.

De quoi avait-elle peur ? Que l'indomptable Isabelle trucide par erreur une escorte du palais tout entière ? Avec sa toute petite dague ? Loin de s'offusquer, celle-ci éprouva au contraire un sentiment d'orgueil. Dire qu'elle n'avait que dix-neuf ans (presque vingt) et qu'elle faisait figure de farouche guerrière aux yeux de la princesse !

Tout en avançant vers les imposants remparts de briques rouges et la sortie, aux côtés de Néférourê, son immense sourire camouflé par une partie du turban, Isabelle constata une nouvelle fois que la vie semblait avoir déserté les lieux.

— Où sont les habitants ?

— Les hommes sont en chemin pour rejoindre leurs ateliers dans le temple funéraire de ma mère, le *Djeser-Djeserou – Sublime des Sublimes –*, et les femmes comme les enfants sont chez eux, à l'ombre de leur foyer.

Donc, personne ne les fuyait ou n'avait eu ordre de se calfeutrer lors de leur passage. La vie, ici, au sein de « La place de Vérité », suivait tranquillement le cours naturel du temps et des choses. Isabelle en vint tout de même à se demander pourquoi les artisans s'occupaient de construire un temple funéraire pour la reine-pharaon. Était-elle malade ou mourante ? Cependant, elle décida de garder cela pour elle.

— Qui sont réellement ces serviteurs, et pourquoi sont-ils escortés ?

— Que de questions ! s'esclaffa Néférourê. Mais je vous comprends, car les images de votre monde, dans mon rêve, en ont fait naître également une quantité incroyable dans mon esprit. Ce village est sous la haute protection de la reine-pharaon, car les artisans qui habitent en ce lieu restent à jamais sur la rive des morts. Ils ne se mêlent à aucun moment de leur existence à tous ceux qui peuplent la rive des vivants. Ils sont les gardiens du secret des tombeaux, de leur construction, et ceux qui veillent au repos éternel des dieux... et rien d'autre. Pour les nourrir, les vêtir, leur apporter des boissons et toute denrée nécessaire, ma mère leur envoie des serviteurs, recrutés pour leur loyauté, et qui ne s'occupent que de « La Confrérie des artisans » ainsi que de leurs familles. Ces gens restent masqués, personne ne doit savoir qui ils sont, et sont toujours escortés par la garde royale.

— Et... tous sont heureux de... vivre ainsi ? bafouilla Isabelle, déroutée, une nouvelle fois, par ce qu'elle apprenait, car en fait, les artisans étaient des sortes de bagnards dorlotés, évoluant presque en autarcie, dans une prison dorée !

— Tous sont honorés et fiers de servir les dieux et le pharaon, affirma Néférourê. Attention, plus un mot !

Une fois les immenses portes passées dans un silence pesant, la jeune femme emboîta le pas de Dorian. Il était facile à repérer avec sa haute stature et ses larges épaules, tandis qu'il se déplaçait d'une allure volontaire et régulière. Il était d'ailleurs un peu plus grand que Sénènmout... et tous deux dépassaient de loin toutes les autres silhouettes qui vinrent les encadrer. Cette masse de personnes se collant soudainement à Isabelle, eut pour effet de l'oppresser et, l'air de rien, à l'abri des regards sous sa tunique, elle palpa le contour rassurant de la poignée de sa dague qu'elle avait rattachée sur sa cuisse après avoir fait sa toilette. Bon, elle avait promis à la princesse de ne trucider personne... elle s'y tiendrait.

Quitter le creux du vallon où était situé le village fortifié sembla durer des heures. Personne ne parlait, tous cheminaient comme des automates. Isabelle ne voyait que du lin blanc tout autour d'elle, et au-dessus de ce flot opalescent en mouvement, les hautes montagnes thébaines, le ciel d'un bleu extraordinaire, et l'infini. De temps en temps, la pointe d'une lance, ornée d'une oriflamme multicolore, avançait dans le décor au rythme des pas de son porteur. Tout cela divertit pour un temps Isabelle, avant qu'elle ne se lasse et commence à trépigner d'impatience. Elle aurait tant voulu pousser tout le monde, et contempler le paysage dans son intégralité !

Ce qu'elle fit, mine de rien, en se déplaçant en crabe et en bousculant les personnes sur sa gauche pour se faufiler. Oui, il lui arriva de marcher sur le pied de quelqu'un et de s'excuser, pour entendre en réponse un « chutttt ! » mécontent, comme de taper sur les doigts de Dorian qui essayait de la ramener au milieu du « troupeau ».

Victorieuse, elle parvint à son but : découvrir l'Égypte ! Au bon moment qui plus est, à l'instant exact où ils atteignaient un sentier composé de sable beige et de cailloux noirs, qui débutait au pied d'une immense colline et qui coupait ensuite la plaine en deux, pour aller directement vers le Nil, pile en face des cités majestueuses qui se profilaient à l'horizon.

Si Isabelle avait eu encore un peu de salive dans sa bouche asséchée, elle en aurait dégluti d'émotion. C'était de toute splendeur ! Toute l'étendue était verte, cultivée et irriguée par de nombreux canaux, et des centaines de palmiers s'étendaient à perte de vue sur sa gauche et sa droite. Dans le ciel, volaient de grands oiseaux au plumage cendré, certainement des grues, et l'air était chargé de senteurs sucrées, chaudes, envoûtantes.

Plus ils approchaient du Nil, plus les détails du décor se révélaient. En fait, le paysage n'était pas du tout plat ! Il était légèrement vallonné, la terre était presque noire de limon, et des rocs ocre, beiges, ou gris sombre surgissaient çà et là du sol. En parvenant au fleuve divin, après sa masse de roseaux, de papyrus, et de marécages, les berges aménagées après la décrue apparaissaient enfin. On pouvait même apercevoir, au milieu du Nil, quelques îlots constitués de bancs de sable ou encore de roches anthracite striées de lignes blanches.

— Que c'est beau ! souffla Isabelle avec beaucoup d'émotion, le cœur palpitant et les yeux brillants d'excitation tant la découverte avait quelque chose de féerique.

Dorian, encore une fois, la tira vivement par le bras pour la ramener d'autorité au centre du cortège.

— Bas les pattes ! gronda-t-elle en soutenant son regard sombre, mécontent.

— Il ne faut pas se faire repérer, la gourmanda-t-il d'un ton rauque et bas, de manière à n'être entendu que d'elle.

Isabelle hocha simplement la tête et décida de l'ignorer, puis de le laisser volontairement avancer de quelques mètres pour qu'il la distance, et se retrouver à l'arrière de la procession. Là, elle se mit entre deux personnes fluettes, et se plongea à nouveau dans sa contemplation, mais en silence. Elle mâchouilla le tissu de son turban pour être certaine de n'émettre aucun son et pour avoir, en plus, la sensation de s'humidifier un peu les lèvres et la bouche.

Ils arrivèrent sur la rive aménagée où attendaient plusieurs dizaines de grands esquifs, constitués de milliers de tiges de papyrus tressées, avec la proue et la poupe surélevées. Le centre du bateau était plat, couvert d'un immense tapis et protégé du soleil par un auvent. Un seul mât se dressait à l'avant, avec sa voile repliée.

Isabelle suivit les serviteurs qui l'entouraient et quelques gardes royaux et, bien sûr... elle ne monta pas dans la bonne embarcation, celle de son groupe ! De loin, elle s'amusa à faire de petits signes amicaux-ironiques à Dorian, qui la fusillait du regard et semblait enrager. Quelle importance s'ils ne traversaient pas le Nil ensemble ? Ils débarqueraient bien au même endroit, non ? Et vraiment, depuis que Salam était devenu Dorian, ce qu'il pouvait être tatillon !

Une silhouette fine et svelte descendit de l'esquif où se trouvait le jeune homme et s'élança vers celui d'Isabelle, alors que le bateau s'écartait déjà de la berge. En un bond souple... Néférourê, car c'était bien elle, arriva près de la jeune femme, puis s'assit à ses côtés sur le tapis, en bousculant les autres occupants. La voile blanche en forme de trapèze fut déployée, un vent léger s'y engouffra, et l'embarcation prit de la vitesse en un instant.

— Je vous apprécie de plus en plus, souffla la princesse en riant et en baissant légèrement le tissu sur son menton, pour qu'Isabelle puisse voir son lumineux sourire. Vous aimez l'indépendance et agissez avec panache. En fait, je vous admire aussi !

Panache... ? Non, Isabelle avait juste suivi le mouvement et s'était trompée d'embarcation, mais, touchée par les paroles de sa nouvelle amie, elle n'osa pas la contredire.

— Regardez nos hommes, ils ne sont pas contents du tout, se moqua-t-elle en fanfaronnant.

— Ils ne le sont jamais, renchérit Néférourê, alors que l'esquif passait tout près d'un îlot de sable.

Quelque chose d'étrange capta l'attention d'Isabelle, qui hoqueta de surprise, avant de se mettre à quatre pattes pour se faufiler entre les serviteurs, qui commencèrent à pester sérieusement, mais se turent en reconnaissant la princesse.

— Un crocodile, là, sur l'îlot ! Il est gigantesque !

Ohhh ! C'en est un, n'est-ce pas ? C'est mon premier crocodile du Nil ! s'exclamait la jeune femme, au comble du bonheur.

Les autres pouvaient la prendre pour une folle, elle s'en moquait royalement ! Elle était tout à sa merveilleuse rencontre... éloignée, heureusement.

L'immense reptile ferma la gueule qu'il avait grande ouverte sur ses nombreuses dents pointues, tourna son œil aiguisé vers l'esquif et, comme si cette personne agitée lui avait fait peur, se faufila à une vitesse impressionnante dans l'eau couleur bleu sarcelle du fleuve.

— Je joue de malchance ! pesta Isabelle. Le premier spécimen que j'aperçois, et il s'enfuit !

En disant cela, elle s'était penchée sur le bord arrondi et plat de l'embarcation et tapotait la surface du Nil, comme pour attirer la bête. La scène avait été trop rapide pour qu'elle puisse en profiter pleinement ! Si seulement le crocodile pouvait se remontrer un petit peu !

— Ne faites pas ça ! lança Néférourê en la tirant en arrière. Il pourrait vous happer par surprise dans sa gueule et vous entraîner par le fond ! Cet animal est traître, et doit vous observer de sous les flots.

La peur que lut Isabelle dans ses yeux, la fit redescendre sur terre. Mais qu'est-ce qui lui avait pris ?

Elle n'était pas aussi sotte d'ordinaire ! Impulsive, pinailleuse, excessivement curieuse... elle en convenait, mais elle n'était vraiment pas du tout sotte !

— Veuillez me pardonner, chuchota-t-elle en revenant s'asseoir sagement à sa place sur le tapis, au milieu de l'esquif. Je ne connais que peu de choses sur les crocodiles, et seulement au travers des lettres de mon frère, Kalaan. C'est comme si, enfin, je concrétisais un rêve que je désirais partager avec lui. Je ne voyais pas le danger, mais je vous promets d'apprendre.

— Il vous manque...

— Kalaan m'a toujours beaucoup manqué, dit tristement Isabelle sans que Néférourê eût à préciser de qui elle parlait. Ici, comme dans mon époque. Enfant, je comptais les jours et les heures jusqu'à son retour d'expédition. Puis il arrivait, et s'en allait presque aussitôt, tel le vent, et moi je restais là, à ressasser inlassablement dans ma tête ses histoires, pour voyager, comme lui. Néanmoins, je ne partais pas... je ne bougeais pas, et j'ai commencé à étouffer.

— Qu'est-ce qui a changé cela ?

Isabelle lança un regard étonné à Néférourê.

— Comment savez-vous que quelque chose s'est modifié ?

— Je le ressens, et vous agissez comme une femme pétulante et épanouie.

— Val'Aka est entré dans ma vie, j'avais treize ans... treize saisons d'Akhet ? reprit-elle en voyant les sourcils de la princesse se froncer aux mots qu'elle ne comprenait pas.

— Vous me parlerez de lui plus tard, nous arrivons déjà au débarcadère, l'informa cette dernière avec une légère note de stupeur dans la voix, avant de porter son regard vif sur les canotiers qui bataillaient avec la voile devenue folle. Accrochez-vous ! Nous allons percuter la berge ! cria-t-elle soudainement.

Isabelle aurait bien voulu suivre ces instructions, mais à quoi devait-elle s'accrocher ? Aux tuniques de ses voisins ? Elle décida d'opter pour le tapis épais sous ses fesses, mais pas sûr que celui-ci la retienne lors du choc qui s'annonçait imminent !

Chapitre 10

Chemin de croix au paradis

Ce n'est pas l'impact contre le débarcadère en pierre qui propulsa les passagers les uns sur les autres, car il n'eut jamais lieu, mais plutôt une sorte d'arrêt brutal – comme celui qu'aurait produit le brusque freinage des roues d'une calèche –, avant que l'esquif ne s'immobilise totalement en touchant l'appontement.

Isabelle eut l'horrible impression d'être une quille, dans un jeu de quilles justement, en étant éjectée, renversée, puis écrasée par ses voisins, avant de se retrouver la tête coincée entre des jambes inconnues et... poilues. Ce fut l'un des pires moments de sa vie !

Une fois délivrée de l'enchevêtrement de corps, et toujours malmenée par les serviteurs qui se bousculaient pour descendre du bateau et qui, pour le coup, parlaient tous en même temps, la jeune femme choisit une nouvelle fois de ramper et slalomer entre leurs pieds pour trouver une issue vers la terre ferme. Sans compter que quelque chose l'inquiétait : dans toute cette cohue, elle n'apercevait plus Néférourê ! Impossible de savoir si celle-ci la suivait ou l'avait devancée, ou pire... était tombée dans le fleuve !

Alors qu'elle arrivait enfin sur le bord pierreux du débarcadère, tout en faisant attention de ne pas se faire broyer les doigts sous les sandales de ceux qui étaient debout et ne la voyaient pas, quelqu'un la saisit par le col de sa tunique et la remit vivement sur pied. Isabelle allait exprimer sa gratitude à cette personne, pour l'avoir sortie de ce guêpier, quand elle croisa le regard furibond de Dorian, ce qui ranima aussitôt sa propre vindicte.

— Qu'est-ce qui vous prend de me maltraiter ainsi ? préféra-t-elle attaquer en oubliant ses remerciements, alors qu'elle devinait qu'il allait « encore » l'accuser de quelque chose.

D'un geste brusque, il baissa le pan de tissu de son visage, avança d'un pas en la bousculant, et lui plaqua un doigt dur sur la poitrine.

— En Égypte, on reste discret, on ne joue pas avec les crocodiles, on ne tapote pas la surface du Nil pour les attirer, on ne se penche pas au-dessus de l'eau, on...

— On... pourrait éventuellement rejoindre les autres ? Ils s'en vont sans nous ! coupa Isabelle qui avait elle aussi ajusté le lin sous son menton, et qui lui souriait de toutes ses dents pour le narguer.

D'un mouvement vif et astucieux, faisant d'abord mine d'aller à droite pour filer finalement à gauche, elle le contourna et se plaça entre Jaouen et Clovis.

— Oh ! Mademoiselle nous a fait si peur ! fit ce dernier, la main sur le cœur et profitant du vacarme ambiant pour parler à voix haute. Heureusement que Dorian a utilisé ses... pouvoirs... pour que votre canot rejoigne plus rapidement le débarcadère. Nous étions terriblement angoissés à l'idée que cette grosse bête puisse vous attaquer !

— Ou que vous ne sautiez dans l'eau pour aller

jouer avec elle, grommela le vieux druide en claquant sèchement la langue, avant de lever les yeux au ciel.

Les mains sur les hanches, et n'écoutant plus ses deux acolytes, Isabelle fit volte-face pour défier Dorian... qui se trouvait juste dans son dos, les bras croisés, et les narines palpitantes.

— Vous avez encore utilisé votre... « vous savez quoi » ? Mais vous auriez pu gravement nous blesser avec ce freinage ! choisit-elle de dire en remplaçant le mot « magie » par autre chose, pour éviter d'attirer les oreilles indiscrètes. Monsieur Saint Clare, sachez qu'en Égypte, on doit passer inaperçu, on ne joue pas avec sa « hum-hum », on ne fait pas chavirer un esquif, on ne terrorise pas ses occupants, on...

— Vous avez fini ? gronda-t-il, en plissant les yeux, comme elle le mimait et reprenait, à quelque chose près, son petit laïus accusatoire.

— Mais c'est vous qui avez commencé !

— Il faut avancer, les serviteurs se dirigent déjà vers le palais, intervint Sénènmout.

— Mais je ne vois nulle part la princesse, s'inquiéta vraiment Isabelle.

— Ne vous tourmentez pas, elle a pris les chemins de traverse pour arriver avant nous et faire diversion sur place. Si Thoutmôsis l'aperçoit là-bas, cela détournera son attention du cortège.

— Parce qu'il n'était pas avec nos poursuivants ?

— Non. Selon le rapport que l'on vient de me faire, seuls Anty et ses hommes de main se trouvaient dans les montagnes. Avançons maintenant, et pas de bruit, fit encore Sénènmout.

— Je vous assure que je serais restée muette, s'il n'y avait eu ce magnifique crocodile, voulut tout de même se justifier la jeune femme. Je n'en avais jamais vu et...

— Isabelle, grommela Dorian en la poussant devant lui.

— Dorian, l'imita-t-elle en faisant un brusque arrêt et en lui écrasant volontairement le gros orteil quand il percuta son dos.

Après quoi, égayée par son mauvais tour, elle poursuivit sa route et réussit une nouvelle fois à se placer sur le côté, loin devant Dorian et Sénènmout.

Ils quittèrent les débarcadères de Ouaset, et avancèrent de nouveau en procession sur quelques centaines de mètres, avant de s'engager dans une très longue avenue. Celle-ci était pavée de grands carrés de roche ocre partiellement recouverts de sable beige, et bordée de maisons accolées qui procuraient assez d'ombre pour protéger le cortège du soleil... mais pas autant qu'il l'aurait fallu pour les prémunir des vagues de chaleur.

En fait, l'Égypte est un paradis pour ceux qui aiment rôtir sur place ! songea intérieurement Isabelle.

Certaines de ces demeures avaient la particularité de posséder plusieurs étages, ce qui paraissait étonnant quand on savait qu'elles étaient construites à partir de simples briques rouges et de bois. Elles avaient toutes des façades peintes et décorées de superbes et chatoyants motifs géométriques ou de dessins floraux. Seules, les maisons des travailleurs moins aisés et des paysans, près des rives, et éloignées de l'agglomération comme des avenues, étaient de forme cubique, à un seul niveau, avec des murs uniformément blancs ou beiges.

De temps en temps, au détour d'une ruelle, des branches d'arbres fruitiers apparaissaient derrière les clôtures élevées des jardins. Quant à la population... elle semblait se détourner au passage du cortège, et Isabelle s'en étonna, avant de se souvenir que les serviteurs devaient rester inconnus de tous. Peut-être avait-on intimé l'ordre aux habitants de ne pas les observer ?

Des odeurs de viande grillée, de sucre et d'épices, ou encore de pain croustillant flottaient dans l'air, et l'estomac de la jeune femme se mit à faire beaucoup de bruit, ce qui attira sur elle les regards surlignés de khôl des serviteurs. Isabelle ne put que hausser les épaules de dépit. Elle ne pouvait tout de même pas contrôler ces borborygmes intempestifs ?

Souvent, son ventre devenait son pire ennemi en émettant des gargouillements horribles, et de préférence dans les moments où régnait un silence absolu. Par exemple, quand les matrones de la noblesse venaient prendre le thé dans la demeure des Croz à Paris, et se permettaient de la fustiger de leurs yeux froids et hautains quand son estomac grognait. Évidemment, il était parfaitement impossible de leur expliquer que ces bruits étaient tout à fait naturels, surtout quand Isabelle salivait depuis des heures devant le plateau à gâteaux, et qu'après avoir grignoté un misérable friand, elle n'avait plus le droit de se resservir ! Ces femmes et leurs archaïques manières étaient de véritables tortionnaires, des poisons ! Elles ne vivaient que pour conformer « le gratin de la noblesse et de la royauté » aux codes de l'étiquette, édictés par d'autres personnes encore plus coincées (et très peu savantes), et suivis par des imbéciles... mais tout cela n'était que son point de vue.

— Pardon, maman, souffla-t-elle en songeant à la douce Amélie, qui ne suivait ce stupide protocole que pour avoir la paix et assurer l'avenir de ses enfants dans cette maudite société.

Mais pourquoi en était-elle venue à se remémorer tout ça ? Ah, oui ! Les grognements de son ventre... De plus, une terrible soif la taraudait ! Bon sang ! Personne n'avait-il pensé à se munir d'outres pleines de jus de fruits... ou autre ? Ils avaient tout de même marché très longtemps sous le soleil et sa chaleur suffocante, et la jeune femme vivait assez difficilement la différence climatique entre ce pays caniculaire et sa pluvieuse, mais magnifiquement mystérieuse, Bretagne. Ce paradis égyptien se transformait en réel chemin de croix !

Sans compter que cette avenue n'en finissait pas ! Et quand Isabelle crut en voir le bout, ce fut pour bifurquer à droite, vers une autre large allée, qui longeait d'éminents remparts sur lesquels patrouillaient des gardes avec lances et arcs.

— Sommes-nous arrivés ? murmura-t-elle piteusement, et après s'être déplacée en traînant des pieds vers Sénènmout.

— Bientôt, l'informa-t-il en chuchotant. Nous venons de passer le temple de Mout, et arrivons sur la dernière avenue menant au palais et au temple d'Amon-Rê.

Il y eut à nouveau des maisons, des petites, des grandes, des gigantesques, avec de plus en plus de jardins, et construites plus en retrait de la rue aux immenses pavés. Loin d'apprécier tout ça, Isabelle avait désormais l'impression d'être aspirée dans un infernal kaléidoscope de couleurs, elle en était au bord de la nausée.

— C'est encore loin ? supplia-t-elle quelque dix minutes plus tard et dans un souffle de voix pour ne pas attiser les aiguillons insupportables qui lui vrillaient le crâne.

— Non, nous arrivons, la rassura patiemment Sénènmout.

Isabelle était prête à l'implorer pour qu'il la porte sur

son dos, tant son corps se faisait de plomb et son environnement flou. Et s'il venait à refuser... elle se laisserait tout simplement tomber au sol, pour mourir sur place. Oui, elle mourrait ici, car il était hors de question qu'elle supplie Dorian... *hors-de-ques-tion* !

Elle se rendit compte que son univers entier se mettait à tanguer, de plus en plus violemment, au rythme des douleurs aiguës qui allaient faire exploser sa tête. Même le fait de réfléchir lui devenait pénible !

— Je... arriver... maison... boire, réussit-elle à articuler, les bras ballants, et en vacillant dangereusement sur ses jambes.

— Mais, Isabelle ! s'inquiéta soudain Sénènmout, en s'arrêtant près d'elle et en baissant vivement le pan de lin qui couvrait le bas du visage de la jeune femme. Vos yeux sont fiévreux et vos lèvres sont sèches ! Vous n'avez pas dû assez boire ni manger de fruits !

— C'est... maintenant... que vous... le remarquez ? marmonna-t-elle difficilement, tant sa langue avait enflé à force de sucer le lin de son turban, du moins, pensait-elle que c'était dû à cela.

Dorian n'attendit pas une seconde de plus et souleva dans ses bras une Isabelle toute mollasse, et qui ne se débattit même pas pour lui échapper ! Au contraire, elle s'accrochait à lui avec le peu de forces qui lui restait, son petit corps cherchant refuge contre le sien.

Elle devait être réellement affaiblie pour agir ainsi ! Et lui était un abruti fini de n'avoir rien remarqué plus tôt ! Quelques instants auparavant, Dorian pensait qu'elle le narguait encore en faisant exprès de marcher en zigzag devant lui et il s'attendait à une nouvelle pitrerie de son cru. Mais non, sa petite peste d'Isabelle subissait pleinement les terribles assauts du soleil.

Au diable le fait de se faire démasquer si près du

but ! Sa furie était très malade, et il fallait désormais agir avec célérité. Le jeune homme connaissait les ravages que provoquait la fournaise des rayons du soleil sur des étrangers, spécialement ceux qui étaient originaires de pays du nord et peu habitués aux températures extrêmement élevées.

Il devait trouver un lieu frais, faire boire la jeune femme, et surtout, parvenir à faire tomber sa fièvre ! Isabelle lui avait déjà fait peur avec ce crocodile, un des plus gros qu'il ait jamais vus en Égypte d'ailleurs, et alors qu'il la croyait enfin en sécurité, la voilà qui bataillait contre le dieu Rê en personne !

Sénènmout ouvrit un passage devant Dorian et son précieux fardeau, en bousculant à son tour les serviteurs, les frères Guivarch, et les gardes de la reine, pour déboucher au pied d'impressionnants remparts et de ses non moins gigantesques portes ouvertes sur la grande cour menant au *Per-aâ*[26] d'Hatchepsout, au lac sacré, et au temple d'Amon-Rê de Karnak. Néanmoins, Isabelle n'en aperçut rien du tout, car elle venait de perdre connaissance.

---

26 *Per-aâ : Mot désignant dans l'Égypte antique le palais royal, dit aussi « La Grande Maison », utilisé ensuite pour la première fois par Hatchepsout comme terme remplaçant celui de « roi Horus » en « Per-aâ/Pharaon ».*

Chapitre 11

La « Porte des mondes »

Highlands, terres du clan Saint Clare

— Nos dames ont bien fait de rester à *Caistealmuir* ce matin, car avec ce temps pluvieux et froid, elles auraient eu tôt fait de tomber malades, sans compter qu'elles ne paraissaient pas reposées de leur première nuit dans les Highlands, grommela Keir Saint Clare du haut de sa monture, avec un fort accent écossais.

Kalaan approuva du chef. Lui aussi n'avait que peu dormi, et depuis leur départ du château situé près de la côte, dans l'extrême nord-est de l'Écosse, il n'avait pas arrêté de pleuvoir. L'eau glacée avait traversé les diverses couches de vêtements qu'il portait et semblait s'être infiltrée sous sa peau, jusqu'à geler ses os. Même en Bretagne, il n'avait jamais eu aussi froid !

— Vous avez raison, acquiesça-t-il, bien que les Croz ne soient pas de petites natures. Nous tombons rarement malades et ma sœur Isabelle, par exemple, est d'une constitution incroyable ! Elle peut danser sous la pluie durant des heures, se baigner dans une mer d'hiver, et ne jamais être souffrante ! fanfaronna-t-il encore, extrêmement fier de sa jeune et téméraire cadette.

Il cilla de surprise en voyant Keir jeter une poignée de gros sel par-dessus son épaule gauche, et lui proposer de faire la même chose en lui plaçant d'office de gros cristaux blancs et collants dans la main. D'où sortait-il ce sel ?

— Je peux faire apparaître ce que je veux par magie, l'informa le Saint Clare, comme s'il avait lu dans son esprit. Maintenant, lancez-moi ça comme je l'ai fait, pour conjurer le mauvais sort. Il ne serait pas judicieux que vos paroles attirent la malchance sur votre sœur.

Kalaan s'exécuta rapidement. La malédiction dont il avait été victime ne lui avait-elle donc pas servi de leçon, en lui apprenant à être plus humble ? Le voilà qui reprenait le chemin de la prétention !

— Quand vous aurez fini d'me balancer du gros sel d'ssus, en m'faisant passer pour d'la morue fraîchement pêchée, vous m'le direz ? tempêta P'tit Loïk qui avait la malchance de les suivre de près sur sa propre monture.

Le pauvre second se renfrogna plus encore, quand il déclencha chez les deux hommes une franche hilarité, mais celle-ci se calma peu à peu au fur et à mesure que le temps passait et qu'ils avançaient à une vitesse d'escargots vers leur destination finale : le fameux Loch of Yarrows et la colline sacrée.

Sans compter qu'il était impossible d'admirer le paysage légèrement vallonné, constitué de landes et de bruyères qu'ils traversaient, car en sus de la pluie devenue bruine tenace, des vagues épaisses et mouvantes de brume obstruaient leur vision.

À un moment donné, P'tit Loïk ne put s'empêcher de claquer des dents. Le bruit qui en résulta résonna fortement dans l'impressionnant cocon ouaté d'humidité qui les entourait, comme celui, spongieux, des sabots des chevaux qui s'enfonçaient dans la boue noire aux effluves tourbés du chemin.

Avec ce temps pourri, il n'était pas concevable de galoper et tous durent avancer au pas, pour finir les quelques kilomètres qui les séparaient encore de leur but.

— Votre second aurait dû rester à l'auberge avec vos matelots ! intervint Keir en lançant un coup d'œil par-dessus son épaule.

Kalaan afficha un sourire en coin, tandis que de longs filets d'eau glissaient de ses cheveux à son large front, puis sillonnaient ses lèvres sensuelles, avant de goutter à son menton.

— Rien n'aurait pu le retenir là-bas, assura-t-il. Cet homme est comme mon ombre depuis des années. Où je vais il va, peu importe l'ordre que je lui donne. C'est une véritable tête de mule !

— Je t'entends, fiston ! rouspéta P'tit Loïk.

— Je le sais, s'amusa son capitaine.

— Oui da ! Heureusement que j'te colle aux fesses depuis tout ce temps. Ça m'a permis d'te tirer très souvent d'mauvais pas ! Alors, qui est la bourrique maintenant ?

Kalaan et Keir échangèrent un regard enjoué, avant de partir en chœur d'un formidable éclat de rire. Le ton bourru et misérable du second avait eu le mérite de dérider tout le monde... sauf ce dernier.

— Esclaffez-vous tant qu'vous voudrez, mais j'peux en raconter d'bien bonnes !

— P'tit Loïk ! gronda le jeune homme, faussement menaçant, tandis que Keir haussait un sourcil intéressé et souriait d'un air filou.

— Je vous écoute ! lança-t-il en direction du vieux marin tout en narguant Kalaan de sa mine goguenarde.

Le second ne se fit pas prier, et passa le temps qu'ils

mirent à arriver à leur destination à narrer les pires situations que le comte de Croz avait rencontrées, y compris quand il était Catherine, et particulièrement le récit du jour où, pour la première fois, il s'était réveillé en femme pourvu de tout l'attirail intime qui allait avec... et sa réaction horrifiée.

— Bah... ça doit avoir quelques avantages d'être une donzelle ! ricana Keir qui se tenait le ventre tant il avait ri.

— Aucun ! trancha Kalaan, en souriant également, beau joueur, avant d'écarquiller les yeux comme soudain, le voile brumeux s'effaçait pour faire place à une trouée ensoleillée révélant un décor des plus somptueux.

Les cavaliers stoppèrent net leurs montures, à l'orée de la mélasse blanchâtre qui semblait retenue par un mur invisible derrière eux.

— Je vous présente la forteresse-mère des Saint Clare, son village, le Loch of Yarrows, sa forêt et... notre colline sacrée couronnée par le Cercle des dieux. Tout cela appartient à Dorian, enfin, lui reviendra quand il sera à nouveau parmi nous. Je ne suis laird que par intérim, en son absence, car en vérité c'est lui le seigneur du clan, en digne descendant de Darren et Awena.

Dorian ? *LE* laird des Saint Clare ? Kalaan en fut estomaqué. Est-ce que son ami touareg était au fait de cela ? Bien sûr que non ! Jaouen le lui aurait annoncé dès leur rencontre, s'il l'avait su !

— On se fait un petit galop ? proposa soudainement Keir, les yeux brillants d'excitation.

Kalaan avait à peine eu le temps de dire oui, que le highlander lançait son cheval au triple galop sur un chemin de terre sèche. L'instant d'après, le comte de Croz faisait de même, non sans avoir perçu les derniers mots piaillés par P'tit Loïk :

— Vous voulez ma mort ? J'vous suivrai pas ! En tout cas pas pour m'faire taper l'cul sur c'te selle !

Son capitaine rit à gorge déployée, et éprouva enfin un sentiment de puissance de liberté. Galoper dans ce magnifique paysage écossais, entre vallons, roches de *gneiss lewisien* surgissant de terre, et landes odorantes sous une trouée de soleil, avait vraiment quelque chose de grisant. Rien de tel pour oublier tous ses soucis !

Plus il approchait de l'impressionnante forteresse médiévale, plus il en ressentait de l'émotion. Avec son pont-levis et ses immenses remparts, cernée de ses très anciennes douves, toujours en activité, elle semblait jaillir du fond des âges... intacte et solide de structure !

D'autres membres du clan et des villageois vinrent à leur rencontre, comme des proches Saint Clare habitant au château. Kalaan et P'tit Loïk firent très vite connaissance avec des cousins de Dorian et ses grands-parents, puis se laissèrent entraîner par leur chaleureux accueil.

Là encore, ils durent raconter toute l'histoire concernant Dorian, Isabelle, Clovis et le druide Jaouen, et comment ces derniers avaient été aspirés dans une courbe du temps. Ce qui avait poussé le laird à emmener Kalaan et son second dans le berceau des enfants des dieux.

Ils purent se changer et se restaurer dans la salle d'apparat, et à la fin du repas, la grand-mère de Dorian, la douce Lara, qui était également la grande *banabhuidseach – sorcière –* du clan, invita Keir à conduire son nouvel ami à la « Porte des mondes ». Selon elle, des évènements étranges s'y étaient produits, depuis que les ondes de magie provenant de la reconstitution du cromlech de l'île de Croz, avaient touché les lieux.

— Va te reposer, proposa Kalaan à P'tit Loïk, qui n'avait pas été convié à la visite. Tu ne tiens plus debout.

— Tu n'feras pas d'bêtises ? demanda celui-ci, son regard suspicieux braqué sur le jeune homme.

— Je te le promets.

— Bon, j'serai pas toujours là d'toute façon, marmonna le second d'un air las. Et, oui, j'suis fatigué. J'vais m'faire une petite sieste.

Kalaan rejoignit Keir dans la grande cour du château, où se trouvaient encore les écuries, la forge, comme d'autres bâtiments très anciens, et le suivit en direction de la colline.

Quelle ne fut pas sa surprise quand, au lieu de gravir la pente vers le Cercle des dieux, il vit le highlander bifurquer en direction de la forêt.

— Ne devions-nous pas nous rendre à la « Porte des mondes » ?

Le laird lui lança un regard étonné par-dessus son épaule, avant de pointer du menton les bois proches.

— C'est exact, mais il ne s'agit pas des pierres levées. Cela concerne un autre endroit. Vous êtes porteur de magie antique, présente dans votre sang. Ce lieu vous sera donc ouvert.

— Raison pour laquelle mon second ne pouvait pas venir, murmura Kalaan.

— *Aye* ! Il y a bien longtemps, tout le monde pouvait s'y rendre en compagnie d'un enfant des dieux, mais un sort de protection a été ajouté il y a de cela quelques siècles, et désormais, il faut être détenteur de pouvoirs pour y pénétrer.

— Dans quel but ? s'étonna le Breton.

Keir afficha un sourire mystérieux, tandis qu'un éclair farouche illuminait ses yeux.

— Vous allez bientôt le découvrir.

Kalaan eut un instant d'hésitation et jeta un regard vers le château, puis sur la colline, et enfin le loch, avant de pousser un profond soupir et de s'avancer dans les sous-bois.

Une malédiction lui suffisait, et même s'il aimait toujours autant les aventures, il ne fonçait plus tête baissée vers l'inconnu. Le jeune homme devait faire confiance au laird et le suivre.

Plus il s'enfonçait et cherchait son chemin entre les branches mortes, les ronces et les fougères de taille impressionnante, plus il avait chaud et commençait à transpirer. Pourtant, malgré le soleil qui baignait cette partie des terres des Saint Clare, le froid régnait en maître... à part dans cette forêt ! Kalaan se défit de son lourd manteau, et pesta après Keir qui ne l'attendait pas, avant de sourire... Car, il y a peu de temps encore, c'était lui qui laissait, de manière peu civile, tout le monde à la traîne.

Petit à petit, une sorte de halo lumineux éclaira les sombres sous-bois et le bruit chantonnant d'une cascade d'eau parvint à ses oreilles. Keir apparut enfin dans son champ de vision, son corps se détachant en ombre chinoise, tant il y avait de nitescence derrière lui.

— Êtes-vous prêt ? souffla-t-il d'une voix vibrante d'émotion.

Le comte fronça les sourcils. Ce qui se tenait dans le dos de Keir appartenait encore au monde de la magie, et un écran de clarté étincelante l'empêchait d'apercevoir l'endroit où le laird souhaitait le conduire. Puis, l'aventurier en Kalaan se mit à trépigner d'impatience.

— Toujours ! lança-t-il d'un air farouche.

D'un même élan, tous deux franchirent la paroi enchantée, et se retrouvèrent au cœur d'une clairière féerique dont les joyaux étaient sa somptueuse cascade et son lac arrondi où tombait un rideau continu d'eau claire. Mais ce ne fut pas ce qui attira le regard de Kalaan en premier, non... Car il existait une autre splendeur en ce décor paradisiaque, où des centaines de papillons colorés voletaient ici et là ; à la droite de la chute, sur une zone d'herbe riche et verdoyante, trônait un étrange cromlech constitué de ce qui paraissait être des blocs d'eau gelée, au centre desquels était allongé un autre immense bloc, plus ou moins rectangulaire... également de givre.

— On dirait... de... de la glace, souffla le jeune homme, interdit, en avançant d'un pas indécis. Mais comment est-ce possible ? Il fait une chaleur incroyable ici, cette matière devrait fondre ! Est-ce cela que vous appelez la « Porte des mondes » ? s'enquit-il encore en indiquant le cromlech.

— Ce lieu est particulier, il n'y fait jamais froid, car nous sommes dans une zone de magie. D'ailleurs le temps, ici, s'écoule plus lentement, et quand nous regagnerons la forteresse, il sera pratiquement la fin du jour, et non plus la matinée. Enfin, *naye*, lui répondit Keir en écartant les bras et en désignant tout ce qui l'entourait, c'est l'ensemble de cet endroit qui est la « Porte des mondes » et non le cromlech gelé. Nous le nommons aussi la « Cascade des Faës ». Ici, lors de notre fête celtique de *Samhuinn*[27], le 30 octobre, le rideau d'eau de la cascade s'ouvre sur le passage entre le monde des déités, les Sidhes, et celui des hommes. Il est également arrivé que la porte du monde des morts s'ouvre... mais je ne l'ai jamais vue.

— Vous côtoyez réellement les... dieux ?

— *Aye*, affirma Keir qui s'était approché des cinq blocs de glace qui formaient un cercle autour du dernier,

---

27 Samhuinn : Traduction de « Samain », en gaélique écossais.

couché sur l'herbe. Mais nous évitons de les appeler, ajouta-t-il, songeur. Ils s'ennuient tellement dans les Sidhes, qu'ils ont toujours des quêtes à nous faire accomplir... et ce n'est jamais très agréable pour nous.

— Nous observent-ils en ce moment ? chuchota Kalaan en jetant un coup d'œil sur le rideau mouvant de la cascade. Nous entendent-ils ?

— Peut-être... qui sait ? répondit Keir avec un haussement d'épaules détaché.

Toute son attention se portait plutôt sur les cinq blocs glacés, intégralement blancs et non transparents. Le laird laissa glisser ses doigts sur leur surface, et regarda, étonné, l'eau perler sur sa peau.

— Ils fondent ! s'exclama-t-il aussitôt. Et là, il y a des craquelures, et sur celui-ci, des fissures plus importantes ! Je ne sais pas ce que la magie de votre Cercle des dieux a provoqué, mais dans tous les cas, ils vont tous se réveiller !

Il semblait désorienté par les évènements, allait et venait nerveusement d'un bloc de glace à un autre, et Kalaan se sentait dépassé !

— Mais... qui est-ce qui va se réveiller ?

— Les Protecteurs, et elle... « *An chridhe a phuinnseanachadh* » ! l'informa le highlander en pointant du doigt le centre du cromlech.

— Quoi ? Je n'ai strictement rien compris !

Keir émergea de son étrange transe enfiévrée, secoua la tête d'un air abattu, et lança à nouveau :

— *An chridhe a phuinnseanachadh*... veut dire, « le cœur empoisonné ». Aerin Saint Clare, de son véritable nom... Et elle sort de son sommeil magique. Je ne sais pas si c'est un bon ou un mauvais présage.

Kalaan s'approcha doucement du bloc de glace couché, qui effectivement semblait fondre et se fissurer, et hoqueta en constatant qu'il n'était pas opaque comme les autres. Sa surface lisse était à l'instar d'une vitre, et en dessous, étendue ou emmurée dans le gel, reposait une magnifique jeune femme aux longs cheveux noirs, habillée d'une robe et d'une cape de style moyenâgeux.

— Mais, c'est... un... cercueil, cette... Aerin... est morte ! bégaya-t-il avec incrédulité.

— Non, elle vit ! Elle dort sous le souffle du Gardien des Éléments depuis trois cent quatre-vingt-six ans, tout comme ses Protecteurs qui veillent sur elle.

— Tout ce temps ? Et vous voulez dire... que dans ces blocs glacés, d'autres personnes sont figées dans le sommeil ?

— C'est exact ! Cinq Protecteurs, pour représenter les cinq Éléments : l'Eau, l'Air, la Terre, le Feu, et l'Éther qui est le Tout. Cinq enfants des dieux, dont les noms sont restés secrets depuis des siècles, et dont les pouvoirs incommensurables agissent comme le *Lïmbuée* des pierres levées, pour permettre au flux du charme d'être pérenne...

— Vous m'expliquerez... ce qu'est le *Lïmbuée*, et pourquoi ces personnes « dorment » depuis si longtemps, mais avant... qui est le Gardien des Éléments ? Un mage ? coupa Kalaan dans un souffle.

— C'est le dragon blanc dont je vous ai déjà parlé et si Aerin, comme ses Protecteurs, émergent de leurs cocons de gel, cela signifie que le dragon ne va pas tarder à sortir de son propre repos. Reste à savoir si ce qui se produit ici, en ce moment, est lié à Dorian et à votre jeune sœur.

Les deux hommes se perdirent dans leurs pensées, l'un, Keir, caressant la surface lisse et humide du « lit » d'Aerin, l'autre, Kalaan, se tournant vers le rideau de la Cascade des Faës, en se demandant s'il ne serait pas judicieux de toquer à la porte des dieux pour avoir un peu d'aide de leur part. Car plus ils progressaient dans cette nouvelle aventure, plus les choses semblaient se compliquer !

— Je te le promets, Isabelle, je te retrouverai ! murmura-t-il avec ferveur, avant de s'avancer vers le petit lac et sa chute d'eau.

Les dieux ne verraient pas d'inconvénient à ce qu'il frappe à leur porte, si ?

Chapitre 12

Tant d'amour pour moi

« *Les songes de ma fille ont révélé votre venue pour la sauver. Vous vous rétablirez vite, vous êtes forte, et je veille sur vous.* »

Isabelle perçut la voix éminemment rauque, mais assurément féminine, avant de voir qui parlait. Cependant, tout se déroulait comme dans un rêve, et cela devait en être un ! Car l'apparition, une silhouette élancée, habillée à la manière égyptienne, avec sur la tête une sorte de coiffe noire et or aux bords tombant sur les épaules... portait une longue barbe sombre et tressée ! Un homme, qui plus est barbu... ne pouvait pas avoir la voix suave d'une femme ! Du reste, cette créature évoluait dans un décor des plus somptueux, fait de voiles blancs presque transparents, de piliers extrêmement colorés, et à ses côtés, se tenaient deux immenses guépards... tout cela ne pouvait exister que dans les rêves, non ?

« *Réveillez-vous... Réveillez-vous !* », fit encore la voix, de plus en plus insistante, jusqu'à ce qu'Isabelle sursaute dans son sommeil et s'assoie trop rapidement. L'univers se remit à tanguer autour d'elle, et elle ferma les paupières en espérant contrecarrer cette horrible sensation. Peine perdue, ce fut pire encore !

Pour un moment seulement, car peu à peu, son corps et son esprit retrouvèrent une certaine quiétude. Intriguée, la jeune femme rouvrit les yeux et détailla son environnement. Elle se trouvait dans une chambre, excessivement basse de plafond, sans aucune fenêtre, mais qui possédait une large issue menant sur une autre pièce brillamment éclairée.

Repoussant une sorte de drap opalescent très finement tissé, de toute évidence en lin, comme la plupart du temps ici, Isabelle bascula les jambes pour s'avancer vers le bord de son lit incurvé, en bois sombre, et incrusté de motifs floraux en feuille d'or.

— Où… suis-je ? demanda-t-elle aussitôt dans un filet de voix, avant d'inspecter rapidement sa tenue ; encore une tunique blanche ajustée, plissée et vaporeuse dans sa longueur, maintenue sur ses épaules par deux délicates bretelles.

Grâce à la lueur provenant du pertuis, la jeune femme put observer les magnifiques dessins qui ornaient les cloisons et se rendre compte de la présence d'une armoire, d'une chaise à haut dossier, et d'une petite table sur laquelle étaient disposés des coffrets à bijoux, des fards, un peigne en ivoire, et un miroir en cuivre poli. Autant d'ustensiles de beauté qui ne lui appartenaient pas !

— Ouh ! s'exclama-t-elle en posant les pieds sur les dalles, surprise par leur fraîcheur.

Elle chercha des yeux ses sandales, et ne les voyant pas, elle choisit de s'en passer. Au final, l'effet du froid sur sa peau était des plus appréciables et elle se décida à avancer vers la lumière.

— Il… il y a quelqu'un ? appela-t-elle en se raclant la gorge qu'elle avait sèche, avant d'oser franchir l'ouverture.

Mais... qui m'a coiffée ? s'étonna-t-elle encore en glissant la main sur ses cheveux longs, nattés en un épi serré qui reposait dans le creux de son dos.

Qui s'était occupé d'elle ? Et où se trouvait-elle ? Son dernier souvenir avait été le beau et sombre regard angoissé de Dorian, tandis qu'il la soulevait dans ses bras !

— Ohé ! Clovis, Jaouen... Dorian ! Êtes-vous là ? lança-t-elle avant de toussoter.

Son misérable appel avait dû passer inaperçu, car sa voix ressemblait à un petit couinement tant sa gorge était irritée.

Elle cligna plusieurs fois des paupières pour habituer sa vue à la forte luminosité de la pièce attenante... où elle ne voyait âme qui vive. Mais où donc les gens avaient-ils filé ? Pas dans cette salle d'apparat, en tous les cas !

Car elle était bel et bien arrivée dans un lieu de réception, aux murs recouverts de dessins d'oiseaux bleus aux ailes déployées, de papyrus, ou de nombreuses scènes de vie des Égyptiens de l'antiquité. Au centre de la pièce, plusieurs guéridons entourés de chaises semblaient attendre des hôtes, et sur des tables plus hautes, s'alignaient des cruches et des plats remplis de fruits. Tout ici, dans ce décor, était d'un raffinement et d'une sobriété incroyables ! Quant à la luminosité, elle était dispensée par des dizaines de coupes à huile aux mèches enflammées, réparties sur des socles.

Malgré le faste de ce cadre enchanteur, Isabelle se sentit soudainement triste, abandonnée... et se dirigea d'un pas traînant vers une grande corbeille en cuivre débordante de fruits. Elle se décida pour une grappe de raisin, denrée qu'elle connaissait bien mieux que les autres proposées, puis longea la table pour renifler l'odeur des boissons contenues dans les cruches :

— Non, c'est de la bière... non, c'est un jus de fruits alcoolisé... j'ai déjà donné... là, c'est du vin. Ah ! Celle-là, c'est de l'eau !

Tout en se désaltérant, d'abord avidement, puis par petites gorgées, Isabelle poursuivit son inspection de... quoi... une maison ? Son regard fut alors attiré par l'immense issue sur sa droite, striée verticalement par d'éminentes colonnes papyriformes, à la corolle ouverte pour soutenir la partie haute du plafond.

Là encore, ces colonnes étaient peintes avec un jeu incroyable de couleurs ! Cela allait du jaune vif au rouge, puis au bleu, au vert, ou encore à l'ocre. Les Égyptiens adoraient visiblement toutes ces teintes !

— En même temps, murmura-t-elle, conquise, c'est de toute splendeur.

Elle posa son gobelet sur la table, et marcha doucement vers la sortie. Dehors, il faisait nuit, mais de multiples torches, habillement disposées, lui permirent de se faire une idée de l'endroit.

— Un jardin ! s'exclama-t-elle avec un grand sourire.

L'obscurité était tout de même telle, qu'elle ne put identifier les nombreuses variétés d'arbres, de plantes, et de fleurs qui poussaient là, mais la chiche lumière des flambeaux la guida néanmoins le long d'un sentier dallé, vers un magnifique bassin entouré de bancs, rempli d'une eau noire qui reflétait la lune décroissante, comme le pâle visage de la jeune femme quand elle se pencha.

Pour un peu, Isabelle ne se serait pas reconnue, car dans cette tenue vaporeuse et blanche, et avec cette coiffure, on aurait vraiment dit un fantôme d'un ancien temps.

— Isabelle !

La voix rauque et les deux mains qui la touchèrent aux épaules provoquèrent chez elle une telle surprise, qu'elle agit par instinct... sans réfléchir. Elle fit une prise appelée « Seoi-Nage » au Japon, et que Val'Aka, son maître en arts martiaux, lui avait enseignée. C'était une sorte de projection de l'adversaire par-dessus l'épaule, en attrapant ce dernier sous l'aisselle, avant de se baisser pour le basculer en avant... droit dans le bassin.

— Isabelle ! cracha véritablement l'individu, à plat ventre dans la mare et en sortant le visage de l'eau, avant de se retourner pour s'asseoir.

— Oups ! fit-elle en grimaçant, et sincèrement désolée, tandis qu'elle reconnaissait enfin son « adversaire ». Je suis... vraiment confuse, Dorian... Je ne savais pas que c'était vous, je croyais que l'on attentait à ma vie !

Le jeune homme poussa un long soupir, tout en arrachant de dessus sa tête ce qui ressemblait à des feuilles et fleurs fermées de lotus. Puis il tendit la main vers Isabelle, dans un geste silencieux pour lui demander de l'aide et sortir de ce guêpier. Ce qu'elle accepta de faire avec diligence, avant que Dorian ne la saisisse vigoureusement et ne la tire vers lui, pour qu'elle plonge à son tour dans ce qui était devenu une sorte de vase épaisse, du fait de la présence envahissante des nouveaux occupants.

— Oh ! Oh ! se mit-elle à couiner, ses jambes s'emmêlant dans le tissu poisseux de sa robe, avant de boire la tasse.

De son côté, Dorian riait à gorge déployée, tout en lui lançant des plantes aquatiques sur le visage. Isabelle cessa de se trémousser et resta à quatre pattes dans le bassin, interdite. Jamais elle n'avait entendu le jeune homme rire ainsi ! Et cela était si contagieux qu'elle se joignit à lui, jusqu'à ce qu'ils perçoivent un bruit de cavalcade et qu'apparaissent des pointes de lances tout autour d'eux.

— Tout va bien ! intervint Dorian en levant les mains pour calmer les gardes royaux. Nous sommes... tombés dans l'eau. Il faudra que j'informe la reine-pharaon de la dangerosité de l'endroit en pleine nuit. Il n'y a, tout simplement, pas assez de torches ! Qui s'occupe de l'éclairage, d'habitude ?

Les lances disparurent comme par magie, et les hommes d'armes, en pagne et némès blanc sur la tête, se jetèrent des regards contrits et anxieux. Aucun d'eux ne désirait subir les foudres d'Hatchepsout, et ils s'excusèrent mille fois en aidant les jeunes gens à sortir du bassin.

— Ça va aller... pour cette fois ! les remercia Dorian, tout en laissant planer une menace.

Isabelle se remit à rire en voyant les gardes s'éclipser aussi rapidement qu'ils étaient arrivés.

— Vous n'avez pas honte ? Les pauvres, vous les avez littéralement terrorisés ! pouffa-t-elle encore avant de se tourner vers son compagnon, et de ravaler son rire.

Car celui-ci, tout d'un coup, était redevenu bien sérieux.

— J'ai cru vous voir mourir... mais vous êtes plus vivante que jamais, murmura-t-il d'une voix vibrante, tandis qu'il s'approchait d'un pas, à la toucher, son souffle brûlant lui caressant le visage.

— Dorian...

Elle ne put prononcer une parole de plus, car il venait de la saisir dans ses bras et de la plaquer tout contre lui. L'instant suivant, ses lèvres trouvèrent celles de la jeune femme pour l'entraîner dans un baiser avide et torride.

Il la souleva de terre pour l'étreindre plus encore, les seins d'Isabelle s'écrasant contre son torse dur et musclé, et ses bijoux à tétons lui griffant la peau, tandis qu'il plongeait la langue en elle en une danse folle et ardente, à laquelle elle répondit aussitôt avec une passion débridée. Jamais elle n'avait éprouvé un tel appel des sens, pas même dans les bras du jeune duc de Lamarlière, lors du bal donné par Amélie pour ses dix-sept ans.

Néanmoins, elle avait eu un aperçu déroutant de ce désir dans la grotte de *La Cime*, quand Dorian avait employé les « Mots du Pouvoir » pour invoquer un sort des Éléments. Mais il n'avait rien de comparable à celui qu'elle ressentait à l'instant, qui était plus puissant et dévastateur.

Si ses jambes n'avaient pas été entravées par les voiles de sa robe mouillée, Isabelle les aurait enroulées autour des hanches de Dorian, ce qui fut brusquement possible quand il déchira le tissu dans le but de lui caresser la cuisse.

C'était désormais à celui qui se déchaînerait le plus ! Leur baiser se fit profond, leurs souffles hachés, et leurs corps ondulaient l'un contre l'autre au rythme de leurs soupirs et gémissements. Tout contre l'intimité moite de la jeune femme, palpitait le membre dur de Dorian, et elle en ressentit un pouvoir euphorisant, grisant. C'était d'elle qu'il avait envie !

Tandis que leurs langues s'enlaçaient, se poussaient, se recherchaient, les doigts d'Isabelle descendirent des épaules de son partenaire pour lui caresser le torse, puis le ventre, avant qu'elle ne glisse une main au creux de ses cuisses pour trouver son sexe érigé et le toucher.

— Ils sont là ! cria soudain la voix de Clovis,

refroidissant brusquement les ardeurs du couple.

La jeune femme en aurait hurlé de frustration, car son avidité à aller plus loin se trouvait brutalement freinée. Apparemment, Dorian éprouvait les mêmes émotions ombrageuses qu'elle, et il la déposa au sol en grommelant de rage.

— Mais... oh ! Euh... Excusez-moi, Dorian ! s'exclama le majordome en lui tournant brusquement le dos, gêné d'avoir brisé son intimité. Je ne savais pas que vous étiez... avec une amie, bafouilla-t-il encore, sans qu'il n'ait aperçu Isabelle, cachée par la haute carrure du Saint Clare.

— Une amie ? s'enquit-elle en se penchant sur le côté pour adresser un regard furibond au vieil homme. Quelle amie ?

— Oh ! Oh ! Mademoiselle de Croz ! Ne me dites pas que c'est vous ! gronda Clovis, après avoir sursauté au son de sa voix et fait volte-face en se rendant compte que c'était bel et bien elle dans les bras de Dorian... et que c'étaient aussi ses jambes qu'il avait vues accrochées autour des hanches du jeune homme, à son arrivée.

— Je ne te le dis pas alors ! lança-t-elle, sévèrement, mais avec un pincement au cœur pour avoir déçu celui qu'elle considérait comme un second père.

Après quelques secondes, elle lui sourit gentiment, contrite, et Clovis hocha le chef avant de marcher vers elle et de lui tendre sa propre tunique qu'il venait d'enlever.

— On aperçoit vos bijoux, glissa-t-il à son oreille en lui passant le vêtement sur les épaules pour lui couvrir le buste.

Les petits serpents en or sur le bout de ses seins ! Isabelle les avait totalement oubliés, et ils devaient largement se dessiner sous le fin tissu mouillé de sa robe ! Dorian avait dû les toucher et les voir... quand il l'avait caressée... Elle avait même dû le griffer avec leurs pointes ! Elle se sentit rougir tandis qu'elle jetait un regard dans sa direction, alors qu'il s'était tourné vers le bassin, dos à elle et à Clovis. C'était si peu courant, une femme aux tétons percés, qu'allait-il penser d'elle maintenant ? Qu'elle était une fille facile, une gourgandine ?

Et puis... que faisait-il ainsi, prostré devant l'eau ? Une prière à ses dieux ? Ou alors allait-il y plonger le buste, comme il l'avait déjà fait dans le fût d'huile qui se trouvait dans la cour de la maison d'Inerkhaouy ?

Non, Isabelle n'était en rien une gourgandine, tout au plus une novice, qui ne savait pas que Dorian se détournait des regards pour ne pas donner en spectacle sa virilité encore dressée.

— C'est donc vous tous qui faites autant de raffut ? piailla le druide Jaouen en apparaissant à son tour dans sa sempiternelle toge, la tête toujours décorée de ses ridicules nattes : une sur chaque oreille, et la dernière pendant à son menton.

— Eh bien, voilà ! Nous sommes au complet, s'amusa Isabelle. Dire qu'il y a peu, je pensais être seule et abandonnée !

— Jamais de la vie nous ne ferions ça, chantonna Jaouen, ses yeux brillant dans l'obscurité.

Il y avait quelque chose qui n'allait pas chez lui. On aurait pu croire... qu'il avait bu plus que de mesure ! De plus, il avait retrouvé sa longue pipe, qu'il avait fichée au coin de sa bouche, et affichait l'air satisfait de quelqu'un qui pouvait à nouveau fumer.

— Ohhh, je vois que la petite est enfin remise de ses misères, reprit-il joyeusement, tout en exhalant un panache blanc et odorant, avant de vaciller sur ses jambes.

— Elle est plus que remise, ronchonna Clovis en jetant un regard lourd de sens sur Isabelle.

— Ça va, *mab (fils)* ? s'enquit encore le druide en direction de Dorian, qui haussa seulement les épaules sans daigner se retourner pour répondre. Bah ! Pas la peine de bouder parce qu'on vous a attrapés la main dans le sac… Hé hé hé… drôlement bonne cette herbe ! Je disais donc… vous êtes de toute façon unis-hiiiii...

Dorian fit si rapidement volte-face qu'il surprit tout le monde, y compris Jaouen qui en avala sa fumée de travers et se mit à tousser à s'en arracher les bronches. En deux pas, le jeune homme fut sur lui et l'entraîna vers l'intérieur de la pièce aux colonnes papyriforme sous le regard éberlué d'Isabelle.

— Que se passe-t-il avec Jaouen ? Qu'a-t-il voulu dire ?

— Mon frère a essayé de pétuner une nouvelle herbe, mais celle-ci semble un peu… trop forte. Elle lui est montée à la tête. De ce fait, ses propos ne sont pas à prendre à la lettre. Venez, mademoiselle, je vais vous conduire à la salle de bains pour que vous puissiez vous débarbouiller.

— Clovis ?

— Oui, mademoiselle ?

— Ce que vous venez de voir… vous savez… je

— Ne vous en faites pas, mademoiselle. Vous êtes une femme maintenant, et je dois m'y faire.

— Mais, de la part d'une jeune fille de bonne famille… Cela me ferait beaucoup de peine si je venais à vous désappointer.

— Oh non, pas vous, jamais ! Je vous aime libre comme le vent, car vous avez été par trop étouffée, et je ne serai jamais déçu de quoi que ce soit venant de vous !

Je suis même plutôt fier !

— Vraiment ?

Clovis fit oui de la tête, trop ému pour parler, et Isabelle l'embrassa sur la joue avant de le prendre par le bras pour se diriger vers la demeure.

— Où sommes-nous, Clovis ?

— Dans les appartements royaux des invités, à quelques dizaines de mètres du palais d'Hatchepsout, le tout se trouvant au centre d'une immense enceinte protégée par de fastueux remparts, comme vous pourrez vous en rendre compte au petit matin.

— Merveilleux, et... depuis quand suis-je malade ?

— Mademoiselle est restée inconsciente quatre jours, peu après que nous eûmes quitté le débarcadère. Vous avez été victime d'un coup de chaud. Dorian et les médecins de la reine ont veillé sur vous jour et nuit. Ils vous ont tout de suite conduite dans une sorte de cave, très profonde, pour faire baisser votre température. Le jeune Saint Clare vous a hydratée comme il l'a pu, en vous donnant de l'eau à la cuillère et en demandant à des servantes de vous faire prendre des douches.

— Il... il m'a vue toute nue ?

Clovis lui jeta un regard en biais. C'était bien le moment de jouer les effarouchées !

— Non, mademoiselle, les douches vous ont été délivrées par d'autres femmes, les aides personnelles d'Hatchepsout. Hier, quand il a paru que vous alliez mieux, dans le sens où vous n'aviez plus de fièvre, nous vous avons installée dans une chambre, et Dorian est resté là, sur une natte de roseaux, à dormir sur le sol près de votre lit, dans l'attente de votre réveil. Il me semble très attaché à votre personne. Alors, comment vous en vouloir, à tous les deux, d'être tombés dans les bras l'un de l'autre ? Surtout que je sais que mademoiselle... en pince[28] un peu pour lui, n'est-ce pas ?

Isabelle avait pourtant cru être seule dans sa chambre, mais Dorian, selon les dires de Clovis, devait certainement être couché au sol dans la partie sombre de la pièce, et elle était partie sans l'avoir vu ! Elle fut si ébranlée par le récit du majordome qu'elle se figea sur place, incapable de sourire ou de rire à sa dernière réflexion. Tant d'amour et de prévenance autour d'elle, en si peu de temps, sans compter tout ce qu'elle venait de vivre et de découvrir dans les bras de Dorian... c'en était presque trop pour son cœur qui battait à un rythme effréné.

— Tout va bien, mademoiselle ?
— On ne peut mieux, Clovis, on ne peut mieux, répéta-t-elle dans un murmure, des larmes de bonheur aux yeux.

Bien sûr, Amélie et Kalaan, tout comme sa douce amie Virginie, lui manquaient. Cependant, depuis qu'Isabelle était arrivée ici, la vie semblait enfin lui sourire, mis à part cet épisode de « maladie » dont elle n'avait aucune souvenance. Et qui, du coup, n'avait que peu d'importance.

Oui, cette nouvelle vie s'annonçait pleine d'aventures, de rires, d'animation, et surtout... de passion.

Tout ce qu'Isabelle avait si longtemps désiré était à sa portée.

---

28 En pincer pour quelqu'un : Expression française du XIXe siècle qui trouve son origine dans la langue argot de l'époque. Ce n'est pas une formulation dite « moderne ».

Chapitre 13

Per-aâ d'Hatchepsout

— Il est bien tôt pour broyer du noir, *mab*, marmonna Jaouen en venant pesamment s'asseoir près de Dorian.

Celui-ci s'était installé sur un banc de calcaire blanc, à l'écart de la demeure des invités, mais toujours dans les jardins de la reine et non loin du petit lac[29] rectangulaire attenant à son palais.

Le jeune homme regarda vers l'est, au-dessus des remparts où le soleil levant irradiait l'horizon de fastes couleurs orangées et rouges. Puis il se pencha à nouveau, l'air profondément abattu, en posant les coudes sur ses cuisses et en joignant ses mains. Apathique, il était devenu l'ombre de lui même, ce qu'avait instantanément remarqué le druide en allant à sa rencontre.

— N'est-il pas trop tôt pour vous ? Venir discuter en cet endroit à une heure aussi matinale... s'enquit enfin Dorian d'un ton amorphe et sans daigner jeter un œil sur Jaouen.

— Pfff... Les plantes que les prêtres d'Amon m'ont

---

29 *Petit lac du roman : Emplacement du « Lac sacré » du temple Amon-Rê à Karnak, creusé après la mort d'Hatchepsout et le couronnement de Thoutmôsis III.*

donné à fumer hier m'ont assommé, avant de me rendre plus vaillant qu'un jeune homme de dix-huit ans... si tu vois ce que je veux dire, essaya-t-il de plaisanter, en lançant un petit coup de coude dans les côtes de Dorian.

Ce dernier émit un bref son qui ressemblait à un rire, avant de tourner son regard bleu nuit souligné de cernes vers le vieil homme.

— Je croyais que vous étiez un spécialiste en botanique, ironisa-t-il, n'avez-vous pas remarqué que vous pétuniez du lotus bleu séché ? Chez les Touaregs, il est employé en tant qu'aphrodisiaque et sédatif, tout dépend de la quantité utilisée, mais il peut à l'avenant être hallucinogène, ajouta-t-il encore avant de rebaisser la tête, ses longues mèches noires le dissimulant à nouveau au regard de son compagnon.

— Humm... je me disais bien aussi ! Et puis, je ne connais que les plantes de mon pays, la plupart de celles qui poussent ici me sont étrangères ! La dose devait effectivement être forte pour que je croie t'avoir vu en compagnie de la jeune Isabelle... dans une étrange position.

— Vous souvenez-vous également que vous avez failli lui révéler que nous étions unis devant les dieux ? gronda soudain l'enfant des dieux en se redressant et en fusillant Jaouen de ses yeux sombres.

— C'est le cas, et c'est Isabelle qui l'a voulu en le clamant haut et fort avant de vous lier par la cordelette de son sous-vêtement !

— Jaouen ! Elle n'avait aucunement conscience de ses actes, et je ne souhaite pas d'une épouse qui le deviendrait par obligation ! Bon sang ! Vous êtes bien placé pour savoir qu'elle divaguait sous l'emprise de l'alcool quand elle nous a proclamés âmes-sœurs, avant de s'endormir dans mes bras !

— Était-ce encore le cas cette nuit, divaguait-elle à nouveau ?

Dorian ferma les yeux tout en passant une main nerveuse dans ses cheveux et se leva pour faire les cent pas.

— Non... C'est moi qui ai perdu pied et... tout s'est enchaîné. Je suis allé trop loin, mais... je croyais l'avoir perdue, et mes émotions se sont emballées, Jaouen.

— Ce que les jeunes peuvent être compliqués ! chantonna ce dernier en se redressant également et en replaçant sa sacoche sur son épaule. Sache, *mab*, ajouta-t-il soudain plus sérieusement, que l'attirance peut certes être un fléau, mais quand elle fusionne avec le véritable amour, elle devient alors le plus précieux des présents des dieux. Le seul qui vaille la peine de vivre et de mourir. Un cadeau que d'autres n'ont pas su saisir. Je t'en conjure, ne le laisse pas se volatiliser, ne permets pas au souffle du temps de l'emporter... comme j'ai pu le faire à l'époque où je n'étais qu'un jeune et pauvre idiot !

Dorian cilla, profondément touché par les mots du vieux druide et par la tristesse qui s'affichait sur ses traits parcheminés.

— Tu crois qu'il dort ?

— Qui ça ? demanda Dorian, déboussolé par l'attitude de Jaouen, tandis que celui-ci se remettait à sourire.

— Ardör ! Je ne l'ai pas vu sortir ou rentrer dans le chaudron depuis des jours, dit-il en montrant ledit objet en cuivre et en le secouant sous le nez de son ami.

Il n'attendit pas la réponse de celui-ci, et repartit d'un pas léger tout en sifflotant, vers la demeure des invités cachée par de hauts treillis couverts de plantes grimpantes.

— Ma foi ! soupira le jeune homme, avant de se

dérider, comme il se sentait brusquement libéré d'un poids grâce aux paroles de Jaouen.

Il avait culpabilisé toute la nuit de s'être montré si enfiévré auprès d'Isabelle, et de n'avoir pas su se retenir. Mais à quoi bon ? Eh oui, pourquoi se le cacher ? Il l'aimait ! Restait désormais à découvrir ce qu'il en était des sentiments de la jeune femme à son égard ! Elle avait répondu avec ardeur à ses baisers et caresses, cependant, cela suffisait-il à prouver qu'elle l'aimait en retour ?

Perdu dans ses pensées, il marcha au bord du profond lac aménagé au sud du palais est du temple d'Amon-Rê. Il se laissa guider par les astucieux sentiers dallés qui sinuaient entre les herbes, papyrus et hauts palmiers.

Soudain, un mouvement derrière un treillis attira son attention. Il se dissimula sous la frondaison de centaines de feuilles et de fleurs de jasmin qui grimpaient sur la canisse, et chercha une trouée dans l'amas particulièrement odorant pour satisfaire sa curiosité. Quelle ne fut pas sa surprise de découvrir la dame de ses pensées !

Il la croyait toujours endormie, mais non, elle était bel et bien là, vêtue d'un court pagne et d'une petite tunique sans manches, retenue par un nœud à la taille. Pieds nus dans du sable blanc, elle avait les yeux fermés, et chuchotait des mots qu'il ne pouvait percevoir à la distance où il se tenait.

Elle évoluait en lents mouvements coordonnés et gracieux des bras, du buste, comme des jambes, et Dorian fut stupéfait de constater à quel point son corps était parfaitement sculpté et athlétique ! Où avait-elle trouvé le moyen de se forger une telle silhouette ? Certainement pas en courant les magasins ou en dansant à des bals !

Les déplacements gagnèrent en vitesse et en agilité pour rapidement ressembler à une sorte de gestuelle complexe de défense et d'attaque. Le jeune homme fut totalement captivé, et inexplicablement touché par la découverte des dons cachés d'Isabelle. Pourtant, se souvint-il, Clovis leur avait bien dit qu'elle savait se battre ! Mais Dorian n'aurait jamais soupçonné qu'elle possédait un tel niveau de maîtrise !

Il sentit son sang pulser plus puissamment dans ses veines, et se retint de surgir de derrière son abri pour bondir sur le sable et entamer un combat amical avec sa superbe guerrière. Il y avait dans l'idée de se confronter à elle, quelque chose de fortement excitant et, oui… d'érotique.

Isabelle, incapable de dormir tant elle était encore bouleversée par ce qu'elle avait vécu et ressenti dans les bras de Dorian, avait décidé de sortir de sa minuscule chambre pour chercher un lieu propice à ses exercices. Une jeune servante lui avait diligemment fourni des vêtements adéquats, avant de lui indiquer la direction d'une partie des jardins très peu visitée. C'était tout ce dont elle avait besoin pour procéder à sa méditation puis son entraînement.

Alors que le soleil se levait, elle trouva rapidement l'endroit, près d'un canal d'irrigation où l'eau s'écoulait en chantonnant, et dissimulé des promeneurs ou des gardes par de hauts treillis fleuris et des arbres fruitiers.

La couche de sable blanc au sol n'était pas trop épaisse, juste ce qu'il fallait pour ne pas s'enfoncer et garder une stabilité parfaite, car l'heure était venue de se libérer l'esprit en se tournant vers la paix de l'âme et du corps.

Isabelle ferma les paupières et commença à respirer, puis expirer lentement, pour ensuite lever les bras d'équerre, en repliant une jambe, et finir par se tenir en équilibre sur un pied, avant d'enchaîner sur d'autres mouvements souples et déliés.

— Je suis la droiture, le Gi, se mit-elle à réciter entre chaque souffle et posture, le courage, le Yū, la bienveillance, le Jin, la politesse, le Rei, la sincérité, Makoto, l'honneur, Meiyō, et la loyauté, Chūgi. Je fais miennes les vertus du bushido, et je vénère la mémoire de mes pairs... les samouraïs.

Elle ouvrit les yeux en sentant la puissance liée aux mots monter en elle, puis se lança dans des déplacements plus intensifs et rapides. Elle était la souplesse et l'agilité incarnées, transformant de ce fait toutes les parties de son corps en armes d'une efficacité redoutable. D'un coup du plat de la main, elle sectionna la base d'une tige de roseau et en cassa l'autre extrémité sur son genou. Isabelle utilisa ensuite le sabre improvisé pour exécuter différents exercices qu'elle aurait réalisés avec un katana, si elle en avait eu un sous la main.

Un furtif mouvement dans son dos la fit pirouetter pour plaquer sa lame fictive à la base du cou de Néférourê, quand dans sa tête, la voix grave et lointaine de Val'Aka se mit à lui rappeler : « Pour vaincre ton ennemi, il faut d'abord apprendre à te dominer ».

— Pardon, princesse, vous ai-je fait mal ? tint-elle à s'excuser en jetant vivement son « arme » par terre.

Loin d'être choquée ou apeurée, la princesse paraissait enthousiasmée par la situation.

— Que faisiez-vous ? Je n'ai jamais vu personne évoluer ainsi ! C'était... stupéfiant !

— Je pratiquais à l'instant un Kenjutsu Katana sans

adversaire... et avec une tige de roseau... car bien sûr, je n'ai pas mon katana... grimaça Isabelle en prononçant le dernier mot, tout en cherchant à contrôler son souffle saccadé. Tout cela fait partie d'un art ancestral de combat au sabre, au bâton, ou sans armes.

— Vous devez vous ménager, Isabelle, s'inquiéta brusquement Néférourê. De plus, il faut vous préparer, car la reine-pharaon a enfin décidé de vous recevoir au Per-aâ.

La jeune femme fronça les sourcils d'incompréhension.

— Pourquoi « enfin » ? Clovis, Jaouen et Dorian ne lui ont-ils toujours pas été présentés ?

— Elle a rencontré Dorian qui vous portait au palais pour chercher de l'aide et quand elle s'est rendue à votre chevet dans la crypte sous la terre. Mais elle a refusé d'accueillir le reste du groupe sans votre présence, car vous êtes celle qui m'est apparue la première dans mes songes, celle qui est venue pour me sauver.

— Mais... je ne suis pas toute seule ! s'exclama Isabelle, la voix toujours essoufflée.

— Jeune guerrière, sachez que pour les Égyptiens, les rêves sont des messages des divinités, et pour ma mère, cela signifie que les déités vous ont choisie comme intermédiaire.

— Alors que ce sont Dorian et Ardör, les enfants des dieux ! Des vrais dieux !

— *ATCHOUM !* fit soudain le treillis de jasmin à quelques mètres des deux femmes.

— Qui va là ? cria Néférourê, tandis que son amie arrivait déjà à l'endroit du jardin où se dissimulait...

— Dorian ?

— *Atchoum !*

Ben mazette ! Il semblait avoir attrapé un sérieux

rhume !

— Vous me cherchiez aussi ? s'étonna Isabelle. C'était inutile de vous déplacer, alors que vous paraissez si souffrant ! La princesse vient justement de me prévenir que l'on devait se rendre au palais !

Elle allait ajouter : « Ce maudit bassin, hier soir, vous a méchamment refroidi », avant de se mordre les lèvres, car en fait... l'eau n'avait rien rafraîchi du tout ! Bien au contraire, Dorian n'avait jamais été aussi ardent qu'après avoir fait trempette dans la vase !

De son côté, le jeune homme aurait bien ri de cette méprise, s'il n'avait eu les sinus totalement irrités par l'horrible effluve persistant des jasmins ! De plus, on aurait dit que des fourmis avaient élu domicile dans son nez et grattaient de leurs nombreuses petites pattes ses cloisons nasales ! Voilà que des larmes en coulaient sur ses joues !

— Néférourê, je crois qu'il est malade, et c'est à mon tour de m'occuper de lui ! S'il vous plaît, annoncez à votre mère que nous arrivons dès que possible !

Le couple s'en alla ainsi en direction de la maison des invités, le bras de Dorian passé autour des épaules d'Isabelle qui le soutenait... sous le regard à la fois effaré et prodigieusement amusé de la princesse.

— Est-ce possible ? pouffa celle-ci en secouant la tête de dérision. Être une femme forte, farouche, courageuse et guerrière à la fois... et être si naïve pour ne pas s'apercevoir que l'on est menée par le bout du nez ? Bien... il ne me reste plus qu'à prévenir la reine qu'il y aura un léger contretemps !

Néférourê-Amenty fit demi-tour, s'arrêta pour ramasser la tige de roseau dont s'était servie Isabelle, et s'amusa à l'imiter tout en avançant vers les hauts murs du Per-aâ.

— On dirait que l'on se rend à un bal costumé ! En tous les cas en ce qui vous concerne, parce que moi, j'ai l'impression d'être Aphrodite ! plaisantait Isabelle, tout en narguant Clovis, Jaouen et Dorian, lequel s'était finalement assez bien remis grâce aux soins des médecins qu'Hatchepsout avait dépêchés.

Le jeune homme ne contredit pas ces dernières paroles, car oui, en cet instant, elle était bel et bien la réincarnation de la déesse de l'amour et de la beauté.

Mais avant qu'Isabelle ne le devienne, cela avait été toute une affaire ! Il sourit en se remémorant le remue-ménage qui avait eu lieu un peu plus tôt, quand la jeune femme avait dû se soumettre à la volonté de la reine-pharaon. Un bataillon de servantes, envoyé par celle-ci, lui avait fait prendre une douche dans la salle de bains, sans se soucier de son désir de se laver toute seule, et l'avait presque noyée sous un déluge d'eau chaude et parfumée, provenant de lourdes jarres.

Elle avait ensuite été entraînée dans sa chambre où ces mêmes aides lui avaient lissé les cheveux avec une huile aromatisée, avant de les tresser en plusieurs dizaines de nattes, et avaient souligné les contours de ses yeux vert ambre d'un khôl épais. Après quoi, elles lui avait tendu un sous-vêtement à cordelettes, l'avaient habillée d'une magnifique robe plissée à bretelles en fils d'or, et avaient fini en disposant des bijoux raffinés sur sa tête, à ses bras et... ses chevilles ! Le résultat en avait été exceptionnel, et Dorian l'avait dévorée du regard quand elle était apparue dans la salle de réception.

Quant à lui, il était toujours torse nu, portait un noble pagne, et des sandales en cuir avaient remplacé celles en papyrus. Il avait également eu droit au khôl...

mais médicinal et très épais... étalé en un large bandeau qui lui barrait le visage d'une tempe à l'autre, tel un masque ! Un moyen efficace de prévenir toute infection qui pourrait découler de son allergie, puisque la pâte noire était surtout utilisée comme antiseptique. Oui... à force d'être resté trop longtemps le nez dans le jasmin, celui-ci était désormais devenu son ennemi ! Mais tant qu'Isabelle croyait qu'il s'était enrhumé, alors qu'en fait il l'espionnait, Dorian pouvait tout supporter.

Clovis, lui, ressemblait trait pour trait à un scribe, et Jaouen... avait eu gain de cause en conservant sa toge et avait réuni ses ridicules nattes dans un chignon serré à l'arrière de la tête... en laissant pendre celle du menton de manière originale et très pharaonique.

Le groupe suivait maintenant les gardes royaux qui étaient venus les chercher. Ils sortirent des jardins et Isabelle ne put s'empêcher de lancer un petit cri d'effarement quand apparurent, en totalité, les immenses remparts de la partie sud du temple d'Amon-Rê jouxtant les murs, plus humbles, du Per-aâ d'Hatchepsout.

Ses compagnons avaient éprouvé une grande surprise, eux aussi, durant le temps qu'Isabelle avait été malade, et ils la laissèrent admirer cette incroyable architecture de l'Égypte antique.

— On... dirait que nous sommes des lilliputiens, directement sortis de l'œuvre littéraire de Jonathan Swift ! s'exclama-t-elle, la tête penchée en arrière, et les yeux levés vers le ciel pour contempler l'ensemble des structures jusqu'à leur faîte. Regardez ces gravures dans la pierre peinte en blanc ! Des Égyptiens géants !

— Ce sont, Isabelle, les représentations des derniers rois Horus et de la reine-pharaon Hatchepsout, l'informa Jaouen, avec le ton pompeux d'un professeur.

— Vous avez remarqué ? Les hommes ciselés sur la

paroi sont colorés en brun rouge, et les femmes en jaune ocre !

Le druide soupira de lassitude. Après s'être renseigné auprès des scribes et quelques prêtres bienveillants de Karnak, il avait appris plusieurs bases, ou codes, correspondant aux reliefs qui couvraient les murs... et en avait fait la leçon à son frère, Clovis, puis à Dorian. Mais voilà qu'il devait tout recommencer avec Isabelle !

— Ça doit être pour bien les différencier ! lança-t-elle alors qu'il ouvrait la bouche pour parler.

Ah ben, non ! Elle avait plus ou moins trouvé la réponse toute seule !

— Ohhh... sacrebleu ! Les blocs formant les montants et le linteau de cette entrée sont gigantesques !

Dorian s'amusa de l'exaltation presque enfantine de la jeune femme, comme de sa repartie, et aurait ri avec plaisir devant l'air bougon de Jaouen, mais ici, à quelques pas du Per-aâ d'Hatchepsout, le silence devait se faire pour respecter la demeure des dieux égyptiens. Comment le lui faire comprendre en toute discrétion ?

— Si vous pouviez vous taire maintenant ! s'écria le vieux druide avec exaspération. Vous n'êtes pas en visite dans un zoo !

— Du calme ! souffla Isabelle en levant les mains et en ouvrant de grands yeux, rendus encore plus exceptionnels de beauté grâce aux harmonieux traits de khôl. Je ne dirai plus rien, promis !

— Hum ! Je n'en crois pas un traître mot, marmonna Jaouen.

— Taisez-vous, Jaouen ! se moqua-t-elle.

— Hum !

— Chut !

— Mais vous allez arrêter, tous les deux ?

s'emporta à son tour Clovis, agacé, tandis qu'ils bifurquaient vers l'entrée, plus petite, du palais de la reine-pharaon.

Ils traversèrent une vaste cour ouverte avec ses colonnes papyriformes, ses plantes exotiques, son sol intégralement carrelé de dalles de faïence bleues et ocre, et passèrent ensuite la longue salle d'audience, merveilleusement mise en valeur par de grands espaces sur les côtés.

Bien sûr, Isabelle lâcha des « oh » et des « ah » à tout va, ce qui déclencha réellement le fou rire de Dorian. Plus rien ne pouvait le retenir, pas même les regards furibonds des prêtres qu'ils croisaient en sens inverse, ni ceux de Clovis et Jaouen, et ce fut pire quand la jeune femme joignit son hilarité à la sienne. Voilà dans quel état ils arrivèrent devant les hautes portes couvertes d'or, de lapis-lazuli, et de gravures de la salle du trône.

Elles s'écartèrent et le silence se fit... comme par magie.

Isabelle fut déroutée et resta bouche bée, car la salle impressionnante et richement décorée qui s'offrait à sa vision était celle qui était apparue dans son rêve ! Tout était là, des voiles vaporeux qui tombaient le long des grandes baies, aux piliers colorés, jusqu'à la personne assise sur un gigantesque trône au colossal dossier de forme ronde et en or jaune pâle. Il s'agissait de l'homme à la voix de femme... avec ses deux guépards assis de part et d'autre de lui !

— Je suis déjà venue ici ? chuchota-t-elle en se penchant vers Dorian et en évitant de trop bouger les lèvres pour ne pas se faire remarquer.

— Oui, quand vous étiez au plus mal, répondit-il de la même manière. Mais vous étiez inconsciente et dans mes bras.

Isabelle ne sut ce qui la perturba le plus : qu'elle garde le souvenir d'un moment où soi-disant elle était inanimée, ou le fait que Dorian parle de... l'avoir tenue dans ses bras !

De loin, on leur fit signe d'avancer, et la jeune femme reconnut Néférourê, Sénènmout, mais pas le troisième individu qui se trouvait là, visiblement un prêtre au vu de son crâne rasé, de son pagne long et croisé, ainsi que de sa chemise à manches étroites.

— Est-ce que... ces bêtes... sont attachées ? bégaya Clovis, tandis que Dorian et Isabelle se dirigeaient vers le trône.

— Ce sont des guépards, Clovis. Mais avance, pour voir, fit Jaouen, en poussant son frère dans le dos, et si elles te sautent dessus, cela voudra dire que non !

— Passe devant ! lança le vieux majordome.

— Je n'en ferai rien !

— C'est toi le plus courageux !

— Je te l'ai toujours affirmé, mais tu ne me croyais pas !

— Et après, ils nous font toute une comédie parce que l'on est trop bruyants, marmonna Isabelle qui se sentait de plus en plus fébrile.

Ils arrivèrent à quelques mètres du trône, saluèrent les uns après les autres, puis se redressèrent, tandis que Clovis claquait des dents de peur. Le prêtre avança et récita une litanie en signe de bienvenue avant de décliner son identité : Hapouseneb, vizir et grand-prêtre d'Amon-Rê. Puis il s'inclina et leur présenta... la reine-pharaon Hatchepsout.

Quoi ? Cet homme est une femme ? s'étonna intérieurement Isabelle, en réussissant à garder la bouche fermée, mais en écarquillant les yeux.

Hatchepsout ressemblait véritablement à un

homme ! Elle portait la barbe, une tunique cintrée en fils d'or, un pagne d'apparat plissé, et la double couronne d'Égypte, dite Pschent. Pourquoi se grimait-elle ainsi ?

— Sois la bienvenue, messagère du temps, ainsi que ceux qui t'accompagnent, salua la souveraine en direction d'Isabelle, de cette voix unique, chaude et féminine qui avait déjà résonné à ses oreilles. Nous sommes réunis en petit comité, loin des indiscrets, et nous allons enfin pouvoir discuter en paix.

La reine avait à peine terminé de parler, que les portes de la salle s'ouvrirent à nouveau, ses hauts battants claquant sur les murs, et un individu d'imposante stature s'avança vers le trône.

C'est la première fois qu'Isabelle voyait quelqu'un habillé avec autre chose que du lin ! L'homme portait un némès et un pagne de cuir brun foncé, avec une sorte de tablier à plaques métalliques sur le devant, et une tunique à manches courtes. Il aurait pu être séduisant physiquement, s'il n'avait eu un regard méchant et les traits tendus par la colère.

— Vous recevez en mon absence ?

— Thoutmôsis ! Je ne t'ai en rien convié !

— C'est bien ce que j'avais compris ! cracha le personnage en passant à côté d'Isabelle et en la détaillant de la tête aux pieds avec dédain.

Ainsi donc, c'était lui, le fameux Thoutmôsis, troisième du nom, et neveu de la grande reine Hatchepsout. Il avait un de ces toupets !

— Je m'aperçois que mon propre siège de cérémonie a disparu ! vociféra-t-il encore, alors que les guépards montraient des signes d'agitation. Silence, ou je vous donne au tanneur pour qu'il vous arrache la peau ! cria-t-il ensuite en direction des félins.

— Cela suffit, Thoutmôsis ! fulmina Hatchepsout

en se levant brusquement et en le fusillant du regard. Sors d'ici, et emmène avec toi cet homme, cet Anty, avant que je ne vous fasse jeter en prison !

Isabelle lança un coup d'œil rapide par-dessus son épaule, et fut prise d'un violent frisson glacé en apercevant le prêtre de magie noire, au physique des plus inquiétants.

— Qui sont ces personnes ? s'enquit tout de même Thoutmôsis en se moquant ouvertement de l'ordre donné. En tant que chef suprême des armées, je dois les questionner sur leur venue !

— Tu n'en auras pas besoin ! Je réponds de leur intégrité !

— Pas besoin de protéger mon pharaon et mon peuple de ses ennemis ? Tout comme je n'ai pas « besoin » de monter une armée pour repousser les Hyksôs qui se sont déjà emparés du delta de la Basse-Égypte, sans parler des Mintanniens au nord-est, et des Nubiens qui assiègent nos garnisons au sud ?

— Je suis la reine ! Fille d'Amon-Rê ! Déesse de...

— Vous n'êtes qu'une usurpatrice qui se déguise en roi Horus, et qui se dit depuis pharaon ! Mais vous n'êtes même pas capable de vous masturber dans le Nil, lors de la fête d'Hâpy, afin de féconder le fleuve avec votre semence « divine », pour subséquemment fertiliser les terres ! Car vous n'êtes pas un homme et encore moins un dieu !

Le feu de la colère sortait des yeux et de la bouche de Thoutmôsis ; quant à Hatchepsout, elle restait digne face à toute cette vindicte crachée. Jusqu'à ce qu'un événement interpelle l'ensemble des personnes présentes et que même le neveu menaçant se fige sur place : une espèce de brume étincelante orangée, comme de la poudre d'or, vint de l'extérieur, se faufila entre deux colonnes, et se mit à tourbillonner au niveau du plafond, juste devant le trône. Le nuage d'or évanescent gonfla, se déploya, et une sorte d'entonnoir nuageux descendit peu à peu vers le sol pour former une colonne, dans un rugissement tout droit sorti des enfers.

Isabelle s'était instinctivement rapprochée de Dorian, car quelque part, elle pressentait qu'il y avait là encore un tour de magie. Peut-être était-ce lui, l'enfant des vrais dieux, qui l'utilisait pour venir en aide à la reine-pharaon ?

Mais la jeune femme se mit à en douter fortement, car lui-même paraissait intrigué par le phénomène, sans pourtant afficher le moindre signe de peur. Il était à nouveau aux aguets, et Isabelle en fit de même.

Peu à peu, la colonne de la tornade grossit, et se métamorphosa en un être démesuré à la peau entièrement bleue, couverte d'écailles de lapis-lazuli, avec une barbe noire au menton, des yeux aux iris d'un jaune si pur qu'il faisait penser aux rayons du soleil, et portant une coiffe ornée de deux gigantesques plumes blanches verticales.

Autour d'Isabelle et de Dorian, comme des frères Guivarch qui regardaient la scène avec circonspection, car brusquement, elle leur rappelait à tous quelque chose, les autres protagonistes, y compris Thoutmôsis et Hatchepsout, se mirent à genoux sur le sol carrelé, en priant devant l'apparition.

— Toi, petit homme de rien ! gronda le géant bleu, d'une voix forte et rocailleuse, en tendant un doigt accusateur vers Thoutmôsis. Comment oses-tu insulter ma divine fille ? Moi, Amon-Rê, dieu de tous les dieux, je décide de qui gouverne et qui doit se soumettre ! Tu as beau avoir un minuscule bâton à ensemencer, tu n'arriveras jamais à la hauteur des dons de fertilité et de bienfaits de mon enfant sacré ! Disparais de ce lieu, avant que je n'abatte mon courroux sur toi et tes créatures ! *DEHORS* !

Jamais Thoutmôsis n'avait couru aussi vite, pas plus que l'odieux Anty. Tous deux détalèrent dans les couloirs du palais en hurlant des excuses au tout-puissant dieu Amon-Rê.

— Une bonne chose de faite ! s'amusa inopinément la déité bleue en posant les poings sur ses hanches. Quelqu'un peut-il fermer cette maudite porte pour que nous soyons enfin tranquilles ?

Isabelle crut s'étouffer de rire, car elle venait de tout comprendre, tandis que Dorian, un sourire jusqu'aux oreilles, se précipitait vers les battants pour les pousser au nez des gardes royaux, figés sur place devant la céleste apparition.

— Ardör ? C'est bien... vous ? souffla la jeune femme entre deux fous rires irrépressibles.

— Qui voulez-vous que ce soit d'autre, jolie dame ! fanfaronna ce dernier en reprenant petit à petit sa véritable forme de guerrier éthéré, tandis que la reine-pharaon Hatchepsout et son vizir tombaient tous deux inanimés... malheureusement, de toute leur hauteur.

La chute allait être dure ! Enfin, pas pour la reine, qui fut rattrapée par les bras aimants de Sénènmout... mais pour le plus costaud et moins chanceux grand prêtre, qui s'étala pathétiquement au sol.

— Ouh ! Il a dû se faire mal ! siffla le Naohïm. Qu'attendez-vous pour l'aider ? s'enquit-il ensuite. Je suis un être immatériel, je ne peux pas le toucher !

C'était un fait, Ardör savait soigner ses entrées, tel un magistral acteur de théâtre !

— Ne serait-il pas temps de parler sérieusement ? lança-t-il encore, avant de grimacer d'excuse en se rappelant le malaise de la reine. Plus tard, alors... car j'y suis peut-être allé un peu fort ! Ah oui, très fort ! se mit-il à rire en indiquant Clovis, également inconscient et allongé sur les carreaux de faïence.

Chapitre 14

Je m'ennuie

Une fois que tout le monde fut remis sur pied – et la reine sur son trône –, l'heure de faire réellement connaissance arriva.

— Non, je ne me suis pas évanoui, grommelait Clovis, tandis que Jaouen lui riait au nez. J'ai fait le mort, c'était une tactique de diversion !

— Dis ça à la belle bosse qui pousse à l'arrière de ton crâne !

— Tu veux toujours avoir le dernier mot ! Voilà pourquoi j'ai préféré être un majordome plutôt qu'un druide à tes côtés ! Saperlipopette, tête de piaf !

— Hum hum… messieurs ? toussota Ardör, avant de pointer discrètement du doigt la reine-pharaon.

Elle n'avait pas l'air commode, et la petite dispute entre les frères Guivarch n'arrangeait rien du tout. Dès qu'ils se turent, Hatchepsout parut se détendre, et posa directement les yeux sur le guerrier éthéré.

— Néférourê m'avait parlé de vous à son retour de « La place de Vérité », de vous tous, ajouta-t-elle en englobant d'un coup d'œil le groupe de voyageurs du temps. Mais pas de vos pouvoirs. Qui vous a permis à vous, l'être sans consistance, de vous grimer en Amon-Rê, le Tout-Puissant ?

Ardör s'esclaffa. Que cette femme déguisée en homme et portant une fausse barbe pouvait être hautaine et peu reconnaissante de l'aide apportée ! Il avait bien envie de la remettre à sa place, et il ouvrit même la bouche pour le faire, avant de croiser le regard menaçant d'Isabelle, qui faisait non de la tête, en l'exhortant silencieusement à bien se tenir.

Ce qu'il crut faire en lançant...

— Qui vous a permis à vous, clan des Egapp, de vous grimer en peuple des Origines, d'adopter toutes ses coutumes architecturales et vestimentaires, et de voler l'identité des authentiques déités, dont l'une était ma mère ? Son nom était Andarta, vous l'avez changé en Neti ! Quant au pourquoi de mon intervention, je vous ai vue en mauvaise posture, et j'ai utilisé les traits du véritable dieu de tous les dieux, Lug, pour apparaître devant le coléreux, lui donner une bonne leçon et le faire décamper ! Je n'ai modifié que la couleur de la peau de Lug, qui était, avant son Élévation vers les Sidhes, aussi blanche que l'albâtre. Maintenant, un petit remerciement ne serait pas de refus !

Sur ce, il croisa les bras, écarta les jambes, et haussa le menton en direction d'Hatchepsout... qui stupéfia tout le monde en souriant en retour.

— Vous êtes bel et bien un véritable enfant des dieux, tout comme vous, Dorian, assura-t-elle. Seuls, les enfants des Origines peuvent tenir tête à de grands seigneurs et des rois. La force de la magie ancestrale qui coule dans vos veines vous rend fiers, intègres, mais souvent... agaçants ! lança-t-elle encore en jetant un coup d'œil sur Sénènmout qui s'empourpra.

De son côté, Isabelle fit de même vers Dorian, puis vers Ardör. Hatchepsout visait drôlement juste, elle les avait parfaitement décrits en quelques mots !

— Ma fille m'a tout raconté, de son rêve prémonitoire à votre venue dans *La Cime*. Il paraîtrait que le danger est écarté, car de collier ensorcelé, il n'en existe pas.

— Pas encore ! coupa Néférourê avec un regard sombre.

— Je ne permettrai pas qu'il puisse être fabriqué ! gronda sa mère. J'ai déployé des hommes en surveillance dans toutes les orfèvreries d'Ouaset à Karnak, et si par malheur il était tout de même conçu, nous le détruirions par le feu avant qu'il ne te soit offert ! D'autre part, reprit-elle à l'attention d'Isabelle et de ses compagnons, nous attendons des nouvelles des messagers envoyés au pays de Pount, pour trouver l'aide nécessaire à votre retour chez vous. Cela devrait prendre une lune ou deux, et d'ici là, vous êtes les bienvenus au palais, et vous vous trouvez sous ma protection comme celle de mon grand vizir Hapouseneb.

Isabelle essaya de cacher son effroi. Deux mois à patienter en Égypte, sous cette chaleur caniculaire, pour avoir une petite chance de rentrer chez elle ? Mais... qu'allait-elle faire pour passer le temps et éviter de se ronger les sangs ?

— N'est-ce pas un peu étrange, d'être à la fois grand prêtre d'Amon-Rê, vizir, et... enfant des Origines ? émit Dorian, qui avait visiblement peu confiance en Hapouseneb.

— C'est le seul moyen pour moi, répondit ce dernier, comme pour nous tous ici présents, de continuer d'enseigner les valeurs des vrais dieux à ceux qui s'en sont détournés depuis des lustres. Voyez ce qu'est l'Égypte sous le règne de notre pharaon Hatchepsout : de la sagesse, de l'art, de la culture, de la beauté, de la bonté et un peuple qui a tout ce dont il a besoin. Comme l'était la vie aux Origines, d'après nos anciens !

Ardör hocha simplement la tête, pas tout à fait convaincu, et lança un regard à Dorian, qui ne paraissait pas l'être plus que lui.

— Que ferons-nous si Thoutmôsis vient nous trouver ? demanda à son tour Isabelle.

— J'en fais mon affaire, certifia Hatchepsout. Comme de son acolyte, Anty. Quant à vous, jeune femme... je vous appellerai souvent à mes côtés et, de cette façon, vous pourrez découvrir ce qui habitait vos rêves d'enfant.

Celle-ci hoqueta, et se tourna vers Néférourê qui lui lança un clin d'œil complice. Ainsi, la princesse avait fait part à sa mère du désir qu'avait la jeune femme de voyager réellement en Égypte, comme son frère Kalaan, et la reine-pharaon lui accordait ce souhait !

— Pour que vous puissiez librement circuler en ma présence, vous et... cet autre enfant des dieux, Dorian, ferez semblant d'être à mon service, dans ma garde royale. L'élite de mon armée !

Dorian ? Pourquoi lui, en plus ? La reine-pharaon n'en avait pas besoin, ni Isabelle ! Quelle drôle d'idée ! Et pourquoi celui-ci souriait-il jusqu'aux oreilles ? D'accord, elle manifestait sans doute en ce moment à quel point tout cela la contrariait, elle devait même afficher un air bougon, et cela amusait le jeune homme.

Là encore, elle rencontra le regard trop innocent de Néférourê qui l'alerta, avant d'être rappelée à l'ordre par un toussotement, celui de Sénènmout cette fois. Apparemment, elle avait omis quelque chose. Ah oui !

— Je vous remercie pour toutes ces bontés, votre

Majesté, salua Isabelle en faisant la révérence, ce qui divertit beaucoup Hatchepsout.

— Avez-vous mal aux pieds ? s'enquit cette dernière.

— Non... pourquoi ?

— Vous avez croisé les jambes en me rendant hommage.

— C'est... parce que... en fait... c'est juste une coutume dans le futur, s'emmêla Isabelle qui ne savait pas ce qu'elle pouvait révéler ou pas des siècles à venir.

— N'avez-vous pas peur de Djaa et Diounout ? Ils sont frère et sœur et sont aussi doux que des cabris.

De quoi parlait la reine ?

— Oh ! De vos chats ? Oh non, Majesté, ils ont l'air très mignons !

Tout le monde partit d'un fou rire contagieux, y compris la reine-pharaon, dont la fausse barbe postiche trembla furieusement. La jeune femme les imita, passablement honteuse de ne plus s'être souvenue de la race de ces animaux. Des guépards ! Ce n'était pas si difficile à retenir, pourtant !

— Je vous laisse regagner vos pavillons, les invita enfin Hatchepsout en reprenant un peu de sérieux, mais sans cesser de sourire. Si vous avez besoin de quoi que ce soit, faites-le savoir à mes fidèles.

C'était le moment de se retirer, et Isabelle avait l'impression de ne pas avoir eu le temps de tout dire, de tout apprendre. En fait, ce qui lui faisait peur et la déroutait, c'était qu'elle allait devoir se reconstruire une vie ici, à Ouaset, durant deux longs mois, ou plus...

Mais qu'allait-elle pouvoir faire de ses journées ? Bon, elle aurait l'occasion d'explorer une partie de l'Égypte en compagnie d'un pharaon, un vrai... une vraie... c'était déjà incroyable !

De quoi faire pâlir d'envie Kalaan !

— Pourrai-je visiter la ville, faire les boutiques, des choses de filles ? lança-t-elle soudain.

Hatchepsout ouvrit de grands yeux qui parurent immenses, surlignés de leur contour noir.

— Quelle étrange demande !

— Ah bon ? Vous n'avez pas de musées, de galeries d'artistes, ou de salons pour boire... euh... vos jus de fruits et déguster quelques gâteaux ?

— Isabelle, marmonna Jaouen dans son dos, en tirant doucement sur le tissu de sa robe. Les musées n'existent pas encore... souvenez-vous que ce sont les personnes avec qui nous parlons, ou leurs parents, qui les peupleront dans le futur, mais sous forme de momies !

Oups ! Oh, la bévue ! Isabelle supposa que pour le reste, ce n'était pas possible non plus, avant d'avoir une illumination :

— Je peux me baigner dans votre beau lac ? Je serai à l'abri du soleil grâce à vos palmiers et aux remparts du temple !

— Quelle étrange idée !

Décidément, tout était « étrange » pour la reine-pharaon !

— Concernant cette dernière requête, reprit Hatchepsout, je vous l'accorde. Ce lac représente le *Noun*[30] et les prêtres s'y plongent également, plusieurs fois par jour, pour purifier leur corps et leur esprit. Évitez simplement d'y être en même temps qu'eux.

— Promis !

Après avoir salué la souveraine, Sénènmout, Néférourê et Hapouseneb, le groupe de voyageurs se retira en direction de la sortie. Ardör les suivit, comme si

---

30 *Le Noun : Pour les Égyptiens de l'antiquité, c'est l'océan primordial, représentation du néant et du chaos. Il est à l'origine du monde divin et existait avant que l'univers ne soit créé.*

de rien n'était, tout en maugréant :

— Ces Egapp ! Ils nous ont même volé le *Chaos* ! *Noun*... pfff... que ce mot est ridicule ! *Chaos*, c'est nettement plus fort, plus puissant !

— Ardör ?

— Oui, Isabelle ?

— Ne vaudrait-il pas mieux retourner dans votre chaudron ?

— C'est un fait... à plus tard, donc !

Ainsi revint le calme, tandis que tout le monde emboîtait le pas des gardes royaux qui les raccompagnaient aux demeures des invités. Tous paraissaient perdus dans leurs pensées, et de son côté, Isabelle se frottait les mains. D'ici ce soir, dès que la chaleur serait plus supportable, elle irait faire trempette dans leur *Noun* !

Dieu, que la journée fut atrocement longue et chaude ! Isabelle avait trouvé refuge dans sa toute petite chambre, seul lieu de fraîcheur qu'elle ait pu dénicher. Elle avait bien entendu parler de cette fameuse crypte où elle avait été soignée, mais elle ne pouvait s'y rendre, car celle-ci se trouvait sous la partie « maison de vie » du temple d'Amon-Rê.

Elle s'était forcée à manger beaucoup de fruits et de légumes, et surtout à boire, même si l'eau était tiède. Elle avait ensuite bavardé avec plusieurs servantes et un scribe, qu'elle avait assommé de questions. Une en particulier qui la tracassait :

— Pourquoi ma chambre est-elle si petite ? On dirait un tombeau !

Le pauvre avait fui sans lui répondre. Qu'ils étaient bizarres, ces Égyptiens !

— J'ai cru comprendre, était intervenu Jaouen,

toujours présent quand il s'agissait d'étaler son érudition, que les Égyptiens de l'antiquité sont angoissés par la phase du sommeil et ce qu'il se passe alors qu'ils sont « inconscients ». Ils ont peur d'être pris par des démons. Moins il y a de place dans une chambre, plus ils sont à l'abri.

— Comment avez-vous appris cela ?

— En faisant comme vous, en parlant aux scribes… mais sans jeter le mot « tombeau » dans la conversation !

Jaouen s'en étant allé, comme Clovis et Dorian – qu'elle n'avait pas revu depuis la fin de matinée et la visite chez la reine –, Isabelle s'était rabattue sur la contemplation des jardins, sous l'ombrage des auvents en pierre des couloirs soutenus par des piliers.

Néanmoins, elle s'en lassa très vite et s'ennuya plus que jamais. Si seulement elle avait pu se bagarrer un peu avec Dorian ! Mais celui-ci était introuvable. Ce lieu manquait beaucoup d'animation, et faire quelques exercices d'arts martiaux à cette heure-ci, se révélerait suicidaire ! Le soleil la tuerait, c'était une certitude.

Mais brusquement, une extraordinaire idée jaillit dans l'esprit d'Isabelle !

— Oh ! Mais oui ! Pourquoi n'y ai-je pas pensé plus tôt ?

Une heure plus tard, alors que la jeune femme terminait de faire un dessin sur un papyrus, à l'aide d'une encre noire et d'une mine en acier (qu'elle avait réussi à soustraire à un scribe ensommeillé), des bruits de pas se firent entendre dans son dos.

Il n'était pas difficile de la trouver, elle avait élu domicile au milieu de la salle de réception, devant un guéridon sur lequel elle s'appliquait à planifier son idée ! Quelle ne fut pas la surprise d'Isabelle, de voir apparaître le grand prêtre Hapouseneb en personne !

— Je ne voulais pas le croire, souffla celui-ci, en s'approchant à pas comptés, pour ensuite observer le dessin de la jeune femme, ses calculs, et ses judicieuses annotations. Les scribes sont comme fous, et je comprends pourquoi ! lança-t-il encore.

— Pardon ?

— Jeune dame, vous savez écrire ?

— Bien sûr ! Depuis longtemps !

— Mais... l'écriture est destinée à quelques élites seulement ! Les scribes, les prêtres et les membres influents de la famille royale ! Ici, elle a une fonction religieuse et magique, elle est la mémoire des souverains et avant de rédiger quoi que ce soit, il faut toujours adresser une prière à Thot. La rédaction est un cadeau des dieux ! Nous l'appelons d'ailleurs « médou-nétjer » (l'écriture sacrée), et...

— Hapouseneb ?

— Oui ?

— Vous pointez les coutumes des Egapp, là, et vous êtes pourtant un enfant des Origines. De plus, je viens du futur, je sais écrire des phrases, calculer, parler quelques langues, dessiner. Vous voyez ? Ai-je vraiment obligation de prier ?

Le grand prêtre se pencha un peu et ses joues rondes, couvertes d'une fine pellicule de sueur, tremblèrent quelque peu quand il se mit à chuchoter :

— Alors, soyez discrète, ne montrez en aucun cas vos connaissances. Déjà que j'ai dû faire passer vos deux « anciens » pour des prêtres ! Mais cela va être un peu plus compliqué de mentir à votre sujet. Je dirai que c'est moi qui ai dessiné ! Donnez-moi ça ! Mais... qu'est-ce que c'est ?

— Un katana, qui est très difficile à fabriquer, il faut être un maître pour en créer un ! J'ai consigné sur ce papyrus ses dimensions, les descriptions de toutes ses parties, son poids... En résumé, il y a là toutes les indications pour le faire réaliser à la forge !

— Un... réaliser... forge... quoi ?

Isabelle fronça les sourcils. Hapouseneb se moquait-il d'elle ?

— Un sabre !

— Je n'ai pas saisi le sens de vos paroles, mais vos notes sont remarquables et vos hiéroglyphes impeccablement tracés !

— Je n'ai pas écrit en hiéroglyphes, mais en français et en chiffres ! Et...

La jeune femme se tut, car elle venait de comprendre quelque chose d'incroyable ! Depuis le début, elle pensait parler le français : pourtant, d'après Jaouen, en voyageant dans le temps, et grâce à la magie, elle s'exprimait ici dans la langue égyptienne, sans aucune difficulté... Était-il alors possible que ce qu'elle écrive... se matérialise pour les Égyptiens en leurs signes et idéogrammes ? Certainement ! C'était en tous les cas ce que venait d'affirmer Hapouseneb ! Mais c'était tout bonnement à couper le souffle, et cela ouvrait des quantités de perspectives ! Si l'on restait discret, bien sûr, ce qu'elle ne manquerait pas de faire.

— Conduisez-moi aux ateliers ! Je dois rencontrer votre meilleur forgeron !

— Non, nous ne le pouvons pas. Ces artisans travaillent pour la reine.

— Mais vous êtes son vizir, pour ainsi dire son bras droit ?

— Oui !

— Alors... allons à la forge ! Car pour faire partie de la garde d'élite d'Hatchepsout, j'ai besoin de ce sabre !

Surtout depuis qu'elle s'était rendu compte de la perte de sa dague ! Elle l'avait cherchée partout, sans pouvoir mettre la main dessus, et Clovis ne l'avait pas en sa possession. Il avait suggéré à sa maîtresse qu'on avait pu la lui soustraire lors de ses soins, et que la lame risquait de ne lui être jamais restituée. Tant pis ! Le sabre allait la remplacer !

Quand Isabelle avait quelque chose dans la tête, d'une manière ou d'une autre, elle faisait tout pour l'obtenir. Mais, parfois, il y avait un prix à payer, comme cela avait été le cas pour l'obtention de ce maudit collier ensorcelé que Kalaan lui avait offert… sous la contrainte.

Les choses se corsèrent donc pour la jeune femme quand elle arriva à la forge, car l'artisan en question, un grand gaillard musclé et moqueur, refusa de consentir à créer une telle « brochette à souris » comme arme !

Bon sang ! Isabelle ne s'était pas cachée dans les pas d'Hapouseneb, en traversant le temple d'Amon-Rê, tel un espion prêt à être démasqué à tout moment, pour arriver dans la partie extérieure nord de l'enceinte, sa garnison et ses ateliers, et se voir opposer une fin de non-recevoir !

Elle fit les gros yeux au grand-prêtre pour lui enjoindre d'intervenir, et celui-ci reprit la parole en forçant la voix pour affirmer son autorité divine :

— J'ai eu la vision de cette arme, et c'est ce garde d'élite qui devra la manier. Que ce que je dis soit exécuté !

— Je le ferai… si ce garde me prouve sa valeur, gronda le forgeron, bourru.

— Oh… un combat ? bégaya Hapouseneb.

— Oui ! confirma le colosse en croisant les bras.

Isabelle se mit à respirer lentement et chercha immédiatement toutes les imperfections visibles du corps de son adversaire. Déjà, elle avait remarqué qu'il boitait légèrement, un problème de rotule ou de hanche, elle le découvrirait bientôt. Ensuite, il avait le ventre bien rebondi, son foie devait être très sensible, et pour finir, il avait le nez de travers, une fracture mal replacée ! Maintenant, restait à tester sa rapidité et son agilité.

La jeune femme avait peut-être une chance de gagner. Elle n'en savait rien, car elle n'avait toujours eu que Val'Aka comme adversaire, et ne l'avait mis au sol qu'une seule fois… en trichant. Quelque temps plus tard, ce dernier avait disparu, et elle ne l'avait jamais revu.

Du coin de l'œil, elle constata qu'un attroupement se formait et crut reconnaître une haute silhouette vêtue d'une tunique à capuche, mais elle devait se tromper, et il ne s'agissait plus d'être distraite par quoi que ce soit. Elle devait faire le vide en elle, et trouver la paix.

— J'accepte ! clama-t-elle avant de déchirer le voile de sa robe, juste au-dessus des genoux, et en faisant un nœud dans la masse de nattes qu'elle avait sur la tête. Tous ses bijoux tombèrent au sol dans la foulée, sur le sable beige et encrassé de charbon, avant que ses sandales ne les rejoignent. Dans son esprit, Isabelle s'employa à réciter la litanie du code d'honneur des samouraïs, se positionna ensuite pour le combat, et décida de tester et de fatiguer son adversaire.

Et le duel débuta...

Comme elle l'avait prévu, l'homme se déplaçait difficilement, avec beaucoup de lourdeur, mais ses poings visaient juste, et fort. Un seul coup de sa part, et elle se retrouverait assommée, ou pire. Elle sentait l'exaspération et l'énervement grandir dans la foule qui les regardait, tandis qu'elle se contentait d'esquiver les horions en sautillant et en courant d'un endroit à un autre. Mais elle refusa de songer à ces spectateurs, se focalisant sur ce qu'elle devait faire dans les minutes à venir. Elle était la maîtrise du mouvement, des prises et des déplacements. Ses pivots et rotations, tout en envoyant plats de la main comme coups de talon, réussirent à perturber et affaiblir le forgeron.

Bientôt, il montra de sérieux signes de fatigue comme de douleur, et Isabelle décida de gagner en rapidité et d'enchaîner les attaques en coups portés à une cadence infernale. Elle visa d'abord le genou de l'artisan, en le frappant de l'angle du talon, puis pirouetta souplement dans les airs en arrière pour se stabiliser à un mètre de lui, et constater que malgré cela, le gaillard se remettait déjà debout en grimaçant et en boitant plus encore.

Sans attendre, elle pivota sur elle-même en gagnant de la vitesse et plia le coude pour atteindre le forgeron au foie dès qu'il fut à sa hauteur. Sous le choc, celui-ci s'affala à nouveau et la jeune femme bondit une fois encore dans les airs pour se positionner en biais, prête à lire la prochaine attaque.

Son corps évoluait avec tant d'élégance, de façon si spectaculaire, avec une telle impression de facilité, que personne autour des duellistes ne poussa un cri, ou n'émit un seul son.

De son côté, Isabelle suppliait mentalement l'homme de se laisser tomber à terre, tant la souffrance qu'il exprimait lui brisait le cœur. Elle avait pourtant mesuré ses actions, pour ne lui casser aucun os ni endommager d'organe. Malgré cela, cette force de la nature se redressait encore… et c'est ce qui déstabilisa Isabelle, ce que dut voir le forgeron, qui attendit sa nouvelle approche pour lui asséner un violent coup dans le flanc qui la projeta au sol.

La respiration coupée, la douleur la cisaillant en

deux, la jeune femme roula sur elle-même en forçant son esprit à faire le vide, et à chasser tous ses maux. Elle avait été victime de ses émotions, de son altruisme. Or, dans le combat, nulle compassion ne devait exister, juste... l'équilibre et la volonté.

Elle entendait le souffle saccadé de l'artisan qui se rapprochait d'elle, et elle se redressa vaillamment pour lui faire face, les bras le long du corps, et simulant une reddition. Elle n'était plus qu'une femme sans défense, visiblement sans forces, devant le géant qui la dominait. Dans une seconde, il allait l'assommer, la tuer peut-être... moment qui arriva, comme au ralenti, durant lequel elle fléchit les jambes pour se baisser et ensuite se propulser en hauteur, tandis que du tranchant de l'intérieur des deux mains, en une coupe ciseau, elle venait frapper de chaque côté du cou du colosse, stoppant net son flux sanguin par points de compression et lui faisant perdre instantanément connaissance.

Dès qu'il s'affala dans la poussière, elle se dépêcha de se placer dans son dos, de le redresser, et de lui masser la nuque et le cou en gestes vifs et précis. De ses actes dépendaient la vie ou la mort de cet homme. Heureusement, il revint à lui en râlant, et il posa ses doigts sur sa gorge endolorie, tandis qu'Isabelle terminait de le frictionner en le soutenant pour qu'il respire.

— Ça va ?

Il ne put que hocher la tête, mais même ce simple mouvement sembla lui faire mal.

— Votre souffrance s'effacera rapidement, votre sang circule à nouveau. Tout va bien, le rassura-t-elle.

Ce qui se vérifia une dizaine de minutes plus tard ; le forgeron paraissait toujours sonné, mais il avait retrouvé sa voix.

— Vous faites bel et bien partie de l'élite, la salua-t-il en se massant le cou. Vous aurez votre lame dans les plus brefs délais. J'honorerai votre courage, et votre valeur au combat, en y travaillant jour et nuit s'il le faut.

— Merci, chuchota Isabelle en se penchant tout en joignant les mains pour lui exprimer sa gratitude, avant de ressentir une térébrante douleur sur le côté et de s'obliger à ne rien laisser paraître.

— Je vous ramène chez vous, souffla le grand prêtre, plus qu'impressionné par ce qu'il venait de voir. Vous pouvez vous appuyer sur moi, si vous le désirez.

Il avait noté le visage figé de la jeune femme, et ses lèvres serrées par la souffrance. Le coup que lui avait porté son adversaire avait laissé des traces, mais un excellent cataplasme viendrait à bout de cela.

Ils avaient à peine fait quelques pas qu'Isabelle fut arrêtée par la haute silhouette qu'elle avait aperçue un peu plus tôt. L'homme fit glisser sa capuche, et la détailla d'un regard sombre, brûlant.

Il n'y avait que Dorian qui pouvait la pétrifier de ses magnifiques yeux bleu nuit, et elle ne savait pas si c'était une bonne ou une mauvaise chose. Devant lui, elle avait toujours l'impression d'être une sale gamine qui venait de faire la plus grosse des bêtises.

— Alors... vous aurez votre sabre ? dit-il simplement, d'une voix vibrante et basse.

— Oui, confirma-t-elle.

— Vous avez mal ?

— Hum... beaucoup, avoua-t-elle encore en grimaçant.

— Tant mieux ! lança-t-il brusquement, avant de faire volte-face et en la plantant là, dans la cour des artisans, qui faisaient un gigantesque détour pour l'éviter.

Non, mais oh ! Quel était son problème, à la fin ? Et eux ? De quoi avaient-ils peur ? Elle n'était qu'une fille

après tout, pas plus dangereuse qu'une mouche !
Et elle allait avoir son sabre... pour ensuite découper Dorian en rondelles !

Chapitre 15
À jouer avec le feu, c'est vrai... on se brûle

Isabelle fut conduite par Hapouseneb jusqu'à l'établissement de santé situé dans la « maison de vie », où des guérisseurs vinrent immédiatement l'ausculter. D'après le grand prêtre, c'était en ce lieu, pour être plus précis dans une crypte creusée profondément dans le sous-sol, qu'elle avait déjà été soignée pour son coup de chaleur.

D'habitude, elle ne faisait pas de manières pour être examinée par un médecin... mais pas par une dizaine ! Même si, fait exceptionnel pour elle, il y avait des femmes parmi ceux qui l'entouraient !

Elle dut à nouveau se déshabiller intégralement, et essuyer des regards appuyés en direction de sa poitrine et de ses bijoux à tétons, avant d'être conduite dans un grand bassin pour être d'abord purifiée par une eau sacrée. Elle fut ensuite séchée par le courant d'air régulier d'impressionnants éventails, aux extrémités constituées de plumes d'autruches, pour que l'eau s'évapore naturellement, et que les docteurs puissent procéder à d'autres soins dans un second temps.

Mais après ça, la jeune femme fut saisie d'une furieuse envie de courir, quand un *saou*[31] au visage bariolé de tatouages s'approcha d'elle avec, dans les mains, un poisson-chat baveux et gesticulant.

— Euh... non, merci ! Je ne suis pas friande de poisson cru ! s'écria-t-elle, avant de pousser un petit cri aigu quand la bestiole fut apposée à l'endroit exact, qui se teintait déjà de mauve, où elle avait reçu le coup de poing.

Plusieurs personnes durent la maintenir pour qu'elle ne bouge pas, car le poisson qui tressautait contre sa peau meurtrie lui infligeait des pics horriblement douloureux.

— Cet être de *Noun* va absorber tes maux, lui annonça le *saou*, pour ensuite se lancer dans une série de litanies et de prières aux dieux, dans le but d'accélérer sa guérison.

Ce fut plutôt dans la transe liée aux arts martiaux qu'Isabelle réussit à se détacher de son corps et trouver un havre de paix. Les femmes prirent bientôt le relais, mais en accomplissant des actes qui ressemblaient vraiment à des soins, et non à des incantations mystiques. Elles lui appliquèrent, par petites touches, un onguent constitué de miel, d'herbes et d'huiles, puis placèrent sur l'emplacement du coup une pâte de cire d'abeilles, avant de faire tenir le tout par un bandage.

— Cela va vous soulager très vite, chuchota une d'elles, avec un sourire confiant.

---

31 *Le saou : Dans l'Égypte antique, il était à la fois magicien, rebouteux et sorcier et luttait contre les forces du mal qui étaient responsables des maladies inexpliquées. Il soignait ses patients par le biais d'incantations, de formules magiques, de statuettes et d'amulettes guérisseuses.*

Enfin un vrai médecin ! se rassura Isabelle qui la remercia, et se dépêcha d'enfiler une nouvelle robe en lin… sans sous-vêtement à cordelettes.

— Tu dois boire cela, intervint le *saou* d'un ton qui ne souffrait aucun refus.

Flûte ! Il ne pouvait pas l'oublier ?

— Qu'est-ce que c'est ? demanda-t-elle, suspicieuse, et d'une toute petite voix.

— Le secret des potions ne doit pas être révélé, gronda l'étrange guérisseur en fronçant les sourcils. Bois !

— Est-ce que je peux décliner votre aimable proposition ? Parce que vous savez, s'il y a de la bave de crapaud ou du pipi de...

— *BOIS !*

— D'accord ! Ne vous fâchez pas !

Quelle horreur ! Isabelle n'avait aucune idée de ce que contenait le gobelet, mais c'était d'une atroce puanteur et d'un goût… effroyable. C'était à s'en décrocher les mâchoires et se retourner les intestins ! En fait, les Égyptiens, pour soigner une partie du corps, en rendaient d'autres encore plus malades pour faire diversion. C'était astucieux… mais totalement idiot !

— Je peux partir maintenant ? supplia-t-elle en grimaçant de dégoût et en cherchant des yeux un endroit où vomir.

On ne lui répondit pas, mais on la poussa vivement vers la sortie, directement dans les bras d'Hapouseneb qui l'attendait patiemment.

— Vous… êtes… toute blanche, bafouilla celui-ci en reculant d'un pas comme Isabelle se pliait en deux en mettant sa main devant la bouche.

— Fuyons d'ici… réussit-elle à souffler entre deux haut-le-cœur.

Le prix à payer pour avoir un sabre de combat était très élevé, mais si la jeune femme survivait à tout cela, elle l'aurait vraiment bien mérité !

C'est ainsi qu'elle revint à la demeure des invités, où elle trouva Clovis et Jaouen, assis sous l'auvent du couloir et sirotant des boissons. Aucun d'eux ne se leva pour aller à sa rencontre, et ils paraissaient nettement bouder sa présence.

— Il est l'heure des prières, je vous dis à bientôt, la salua Hapouseneb avant de prendre congé.

— Au revoir, murmura Isabelle.

Le vizir s'en retourna d'un pas lourd et disparut derrière un treillis feuillu. La journée touchait presque à sa fin, les ombres s'étendaient, l'atmosphère devenait nettement plus respirable, et le soleil avait largement entamé sa descente vers un nouveau coucher.

— Vous me faites la tête ? interrogea la jeune femme d'une toute petite voix.

— Nous ? s'écria innocemment Jaouen, avant d'allumer sa pipe et de souffler de longs panaches de fumée. On se demande bien pourquoi !

— Pour une fois, je suis d'accord avec toi, renchérit Clovis d'un ton pincé. Après tout, ce n'est pas comme si on avait laissé les « vieux » de côté pour vivre égoïstement des aventures !

— Mais… ! s'exclama-t-elle.

— Entre l'une qui va visiter je ne sais quel lieu avec le vizir, coupa le druide, et Dorian qui revient d'un autre endroit avec tout un tas de matériel, et du personnel de la reine, sans nous adresser la parole… il y a de quoi être frustré, non ? ronchonna-t-il encore, tandis que Clovis hochait furieusement la tête à ses côtés.

Ah, les vieux chenapans ! Ils pouvaient râler ! Qui s'était ennuyée à mourir toute la matinée et le début de l'après-midi, parce que ces derniers avaient décidé de jouer aux scribes en l'ignorant royalement ? C'était elle, Isabelle ! Quant à Dorian... oui, tiens ! Que faisait-il là-bas, au bout du jardin, près du bassin de la veille, et habillé comme le Salam qu'elle avait rencontré sur l'île de Croz !

La jeune femme fit un pas dans sa direction, avant d'être arrêtée par la voix nasillarde de son majordome :

— Si j'étais vous, mademoiselle, je n'irais pas ! Il est d'une humeur de chien !

— Ah, parce que toi et Jaouen êtes dans de meilleures dispositions, peut-être ? Entre la peste et le choléra, permets-moi de choisir ce dernier !

Les frères Guivarch hoquetèrent en chœur d'indignation, tandis qu'elle marchait en direction de Dorian, à une dizaine de mètres de la demeure.

— Sa robe est déchirée, elle boite et se déplace de manière crispée, marmonna le vieux serviteur, légèrement inquiet et loin des oreilles d'Isabelle, et elle a le teint jaunâtre. Peut-être est-elle souffrante ? Ou... crois-tu qu'elle ait encore commis une diablerie ?

— Notre chère Isabelle ? Nonnn... elle est de la trempe des Croz, voyons ! Ils n'ont jamais mal jusqu'au moment où ils s'écroulent et ils ne sont jamais fautifs... jusqu'à ce qu'il y ait un retour de bâton ! jeta moqueusement Jaouen, en les entourant ensuite d'une fumée fortement odorante et particulièrement dense qui les fit tousser.

— Peux-tu arrêter de nous empoisonner avec tes maudites herbes ! tempêta Clovis.

— Et toi, peux-tu arrêter de jouer les rabat-joie ! gronda le druide en soufflant intentionnellement un autre épais nuage blanc sur le visage de son frère, avant que tous les deux ne crachent leurs poumons comme des tuberculeux.

La main sur le pansement qu'elle avait sous sa robe, comme pour mieux soulager sa douleur, Isabelle s'approcha à pas mesurés du lieu où Dorian avait élu domicile... à moins que ce ne fût Salam.

Car, vêtu de sombre comme il l'était, à la mode touareg, avec son chèche enroulé sur la tête, et évoluant devant une tente noire, qu'il avait manifestement dressée pour y vivre, il n'avait réellement plus rien de l'enfant des dieux Saint Clare !

Il lui jeta un regard sévère, avant de l'ignorer complètement, et lui tourner le dos pour finir d'attacher les tentures de l'habitat aux armatures. L'instant d'après, il remerciait vivement les personnes qui l'avaient aidé et avec qui il avait visiblement sympathisé, pour ensuite terminer de disposer sous l'abri les nattes de roseaux, les tapis, et coussins qu'on lui avait fournis. Il y avait même là, placé non loin d'une table basse, un brasero rougeoyant où finissait de mijoter un plat qui sentait divinement bon ! Le ventre d'Isabelle gargouilla méchamment, ce qu'elle essaya de masquer en toussotant.

— Bonjour, Salam ! lança-t-elle joyeusement, tout en cherchant à amadouer le jeune homme par une touche d'humour. Je crois que nous ne nous sommes plus revus depuis l'île de Croz... Comment allez-vous ?

Sans réponse de sa part, et sans y avoir été conviée, elle s'avança sous la tente de toile noire et fut prodigieusement étonnée de constater que la température, loin d'être élevée, y était agréablement fraîche. Pourtant, c'était bien connu, le noir attirait la chaleur !

Et lui... Salam-Dorian, comment pouvait-il

supporter, par une telle canicule ses habits sombres de Touareg ? Il y avait vraiment quelque chose qui ne tournait pas rond chez lui !

— Vous avez décidé de nous quitter en fuyant la demeure des invités ? tenta-t-elle à nouveau, l'air toujours enjoué, en venant s'asseoir sur un coussin, non loin du jeune homme qui s'était accroupi pour remuer son repas.

Lentement, il leva son regard bleu nuit vers elle, l'observa encore sans mot dire, porta la cuillère à sa bouche, et trempa le bout de sa langue dans une sauce brune. L'instant suivant, il se pourléchait les lèvres avec une déconcertante sensualité !

Isabelle avait faim, elle avait chaud, elle aurait voulu le goûter également... enfin, la sauce, pas lui ! Quel diable d'homme ! Il jouait avec elle, la jeune femme en était certaine !

— Vous avez fini ? gronda-t-elle soudain, préférant s'énerver plutôt que de tomber en pâmoison devant lui. En réalité, voilà pourquoi vous étiez vous aussi du côté des ateliers, pour chercher votre matériel et vos tissus ! Moi qui pensais...

« Que vous me surveilliez... », faillit-elle dire, avant de ravaler ses mots.

Elle ne voulait pas lui donner plus d'importance qu'il n'en avait, et quelque part, elle était blessée... car elle avait vraiment cru qu'il la suivait pour la protéger, pour être avec elle, pour... rien, en fait.

Il la scruta intensément, puis l'ignora une nouvelle fois, et se remit à tourner la cuillère dans son pot en céramique.

— Quelle idée bizarre de vous déguiser en Salam, et de monter cette tente où vous allez rôtir comme un poulet ! Mais ce qui est le plus étrange, c'est que vous êtes toujours le premier pour pointer la stupidité des autres, alors que vous êtes pire que…

— La *Khaïma*, le « foyer » en arabe, est l'abri le plus adapté pour survivre dans le désert, coupa Dorian d'une voix rauque et traînante. Les vêtements touaregs, ainsi que la tente, sont de couleur sombre pour justement absorber le rayonnement solaire. Les érudits et les sages savent que le noir permet de créer un système de ventilation par la chaleur. Les plus stupides sont ceux qui ne l'ont pas compris.

Isabelle tiqua, car Dorian savait remettre quelqu'un à sa place sans qu'on l'ait vu venir. Néanmoins, elle afficha un grand sourire, heureuse, dans la mesure où elle avait enfin réussi à le faire parler ! C'était, pour elle, une demi-victoire.

— Expliquez-moi donc le système, ainsi, je passerai moins pour une idiote à vos yeux. Je suis tout ouïe, mon cher Salam !

— La toile noire des tentes produit un ombrage bien plus important que ne le ferait la blanche, et pour éviter que la chaleur stagne dans l'abri, il faut ouvrir largement les pans de celui-ci. L'air en contact avec le tissu s'échauffe, se dilate et devient moins dense que l'air ambiant, ce qui crée un mouvement de ventilation naturelle en renouvelant constamment l'atmosphère de l'habitat, et le rafraîchit. Il en va de même pour les vêtements amples et sombres que nous portons. De ce fait, nous sommes plus à l'abri de la chaleur que… vous, sous votre robe qui ne vous procure aucune protection.

— Je peux dans ce cas l'enlever, puisqu'elle ne sert à rien !

L'armure d'indifférence de Dorian se fissura et un muscle nerveux battit sur sa mâchoire.

— Quoi donc ? demanda-t-il en plissant les yeux de

suspicion.

— Ma robe ! lança-t-elle encore en feignant de faire glisser une bretelle de son épaule.

— Ne jouez pas à ça avec moi, la prévint-il dans une sorte de feulement rauque... un son intense qui augmenta furieusement le rythme des palpitations du cœur d'Isabelle.

Oui, il avait raison, elle ne devait pas agir ainsi... mais c'était si tentant, et quelque part, elle en avait incroyablement envie !

— Je ne joue pas ! Souvenez-vous, d'après vous, je suis juste... stupide, murmura-t-elle en laissant tomber sa bretelle et en s'attaquant à l'autre.

— Isabelle ! gronda-t-il à nouveau, son regard semblant soudain brûler d'un feu intérieur.

Elle l'ignora, et lâcha la deuxième attache, ce qui permit au bustier souple de sa robe de glisser doucement sur sa poitrine ronde, avant d'être retenu par la pointe des spirales en or de ses bijoux à tétons. Dorian souffla lentement en fermant les paupières, puis les rouvrit pour s'occuper une nouvelle fois... de son maudit repas !

Isabelle en eut brusquement les larmes aux yeux et préféra détourner son visage pour qu'il ne puisse rien remarquer... si tant est qu'il eût fait attention à elle auparavant. La subite tristesse qu'elle ressentit fut si poignante, si intense, qu'elle eut l'impression d'étouffer.

En réalité, aucun homme ne voulait d'elle dans sa vie, mis à part son père, Maden, qui était mort alors qu'elle n'était qu'un bébé et qui l'aurait certainement choyée. Car en ce qui concernait les autres... son frère était toujours par monts et par vaux, Val'Aka avait disparu du jour au lendemain, et Dorian... en aurait fait de même, s'il n'y avait pas eu ce voyage dans le temps.

Que croyais-tu, ma fille ? Qu'un pathétique jeu de

séduction l'attirerait vers toi ? se morigéna intérieurement la jeune femme.

Perdue dans ses sombres pensées, les yeux fermés pour retenir ses larmes brûlantes, et remontant de ses doigts tremblants les fines bretelles de sa robe, la elle ne vit pas Dorian écarter son plat en céramique du brasero.

Il se redressa ensuite souplement et se déplaça silencieusement vers un côté de la tente dont il rabaissa les tentures, puis vers l'autre où il agit de même.

Isabelle ne remarqua même pas la soudaine opacité de l'endroit, puisqu'un traître rai de lumière, en provenance d'un orifice dans le chapiteau, tombait directement sur elle. C'est en se secouant mentalement pour se donner la force de partir dignement et de tirer définitivement un trait sur le jeune homme qu'elle ouvrit les yeux... pour prendre conscience du changement qui s'était opéré autour d'elle.

— Dorian... ? souffla-t-elle, brusquement intimidée et déstabilisée de le voir se diriger vers elle à pas lents, tel un fauve aux aguets.

— Je vous avais prévenue, il ne faut pas jouer avec le feu... car on peut se brûler, murmura-t-il d'une voix chargée d'une passion contenue, vibrante, tandis qu'il jetait son chèche sur des coussins éloignés et se défaisait vivement de sa ceinture, comme de sa large tunique sombre.

L'instant d'après, il apparaissait torse nu, et les hanches ceintes d'une sorte de petit sarong noir maintenu par un nœud sur le côté. Il semblait attendre un signe de la part d'Isabelle, les muscles de ses bras se tendant et se relâchant, tandis qu'il fermait et ouvrait les poings nerveusement. Ses tatouages parurent s'animer par ce simple mouvement régulier !

Isabelle ne savait plus que faire, à part le dévorer du

regard. Elle le détailla en silence dans la pénombre, gravant précieusement dans son esprit chaque partie de sa sculpturale et magnifique physionomie ; de ses superbes cheveux longs à ses yeux bleu nuit, en passant par son nez droit et ses lèvres terriblement sensuelles... jusqu'au reste de son corps de dieu prodigieusement bien bâti. Oui... Dorian en était un, car il ne pouvait y avoir qu'une divinité pour être aussi outrageusement charismatique.

Elle ne put retenir un léger gémissement, tandis que de la lave semblait avoir remplacé son sang, et que son être tout entier se mettait à trembler furieusement. Ce fut certainement l'instant qu'avait attendu le jeune homme pour avancer et se jeter littéralement sur elle, tout en l'allongeant et la plaquant sous son poids, comme pour la faire prisonnière.

Légèrement surélevé sur ses bras pour ne pas l'écraser, il prit sa bouche avec passion, et plongea sa langue entre ses lèvres en cherchant la sienne avec avidité. Isabelle répondit tout de suite en lui saisissant la nuque pour approfondir leur baiser, après avoir glissé ses doigts dans les mèches soyeuses et merveilleusement odorantes de Dorian.

Elle se laissa emporter par la folie ravageuse causée par la danse de leurs langues. Elles allaient et venaient, se poussaient, se réclamaient, tandis que Dorian se déplaçait légèrement sur elle pour dégager une de ses mains. Il tira sèchement sur une bretelle qui se déchira, puis sur le tissu du bustier, et libéra la peau enfiévrée d'Isabelle pour enfin pouvoir caresser ses seins ronds.

— Dorian, chuchota-t-elle quand il quitta ses lèvres gonflées, pour ensuite lécher et mordiller son cou, et descendre encore, pour finir par aspirer goulûment un de ses tétons dans sa bouche.

Il joua de la langue autour de son bijou et de son mamelon enflé, et Isabelle émit un cri de stupeur et de plaisir mêlés, en même temps que son corps s'arquait sous la décharge de volupté qui la secoua de la tête aux pieds. Elle en suffoquait !

Jamais elle n'aurait cru qu'une telle caresse pouvait créer un pareil séisme, et sa respiration se bloqua totalement quand Dorian glissa une main au creux de son intimité pour en chercher la douce moiteur et titiller savamment le bouton extrêmement sensible qui se cachait là.

Éperdument entraînée dans la spirale de l'amour où le jeune homme la conduisait, Isabelle ne s'était pas rendu compte qu'il avait déchiré le reste de sa robe et enlevé son propre sarong. Ils étaient désormais nus tous les deux, et leurs peaux brûlantes, couvertes d'une fine pellicule de sueur, se cherchaient avidement, alors que leurs corps se déhanchaient tout en se plaquant fiévreusement.

— Oh ! Oh... hoqueta-t-elle la tête renversée en arrière sur un coussin tandis que Dorian plongeait un doigt, puis deux en elle, en poussant fort pour se retirer ensuite... et revenir.

Il grommelait, la mordillait, la suçait, tout en évitant de trop s'appuyer sur la partie bandée de son flanc, mais sans autre pitié : il était devenu le maître du corps de la jeune femme.

En elle, une étrange énergie enflait sans jamais refluer, en vagues de plus en plus intenses, l'incitant à chercher son souffle entre plaintes et gémissements qui se transformèrent en cris aigus lorsque Dorian nicha son visage entre ses jambes écartées pour la lécher.

Pouvait-on faire ça ? Isabelle glissa les doigts dans la crinière du jeune homme, sans savoir si elle voulait l'arrêter ou le laisser faire, et retomba sur le dos, tout en se mordant le poing pour ne pas hurler de plaisir.

Elle n'en pouvait plus, elle avait besoin... d'une délivrance, mais laquelle ? Jamais elle n'avait connu ça et Dorian la propulsait toujours plus loin sur l'ardent sentier de la passion. Des larmes coulèrent sur ses joues tandis que sa tête roulait de gauche à droite, et elle poussa un cri de frustration quand les doigts en elle stoppèrent leur mouvement. Puis, elle gémit à nouveau langoureusement quand la langue de son partenaire remonta en touches sensuelles sur son ventre, entre ses seins, puis autour de ses bijoux en titillant ses mamelons dressés, alors qu'il se plaçait de tout son poids entre ses jambes, en les écartant largement du genou.

— Me veux-tu ? demanda-t-il de sa voix envoûtante et rauque, au creux de l'oreille de la jeune femme qui haleta quand il fit glisser son membre sur la moiteur de son sexe.

— Dorian !

— Me veux-tu ? répéta-t-il en l'embrassant ardemment, pour ensuite se redresser sur les bras et plonger son regard brûlant dans le sien.

Il appuya plus pesamment son bassin contre elle, son membre épais évoluant avec volupté et force, et Isabelle ne put que crier son consentement, mais il continua en serrant les dents, toujours dans l'attente des mots qui allaient sceller leur destin.

— Oui ! Oui, je le...

Dorian baissa la tête pour capturer son souhait dans sa bouche, sa langue plongeant profondément en elle, en même temps qu'il l'empalait par un sauvage coup de reins. Cependant, elle était si menue et tellement étroite, et lui si gros et large, qu'il ne put l'envahir complètement d'une seule et fougueuse poussée, ce qui le rendit presque fou de désir.

Il la sentait se trémousser sous lui, son sexe se crispait en spasmes autour de sa hampe, mais il en voulait infiniment plus ! Qu'elle le prenne totalement ! Alors il replongea furieusement en elle, le dos arqué en arrière pour donner plus de puissance à son mouvement.

Le corps d'Isabelle en remonta violemment sur les coussins, tandis que son cri de stupeur et de pure extase s'envolait dans les airs. Dorian se retira et revint encore plus fortement, comme s'il souhaitait la clouer sous son poids et imprimer en elle sa marque, son sceau. Oui, c'est ce qu'il voulait ! Qu'elle soit sienne à tout jamais. À chaque fois qu'il la prenait et l'emplissait, il la sentait palpiter et l'emprisonner dans son fourreau soyeux comme pour le retenir, alors que son membre gonflait plus encore de désir. Enfin, dans un prodigieux coup de reins, il parvint à la faire sienne totalement et en suffoqua de plaisir brut. Pour un peu, il aurait lâché sa semence au fond de son ventre, mais il réussit à se contenir en serrant violemment les dents, et se pencha pour l'embrasser avidement.

Il ne pouvait plus s'empêcher de la boire, de la manger, de la prendre comme un possédé. Il voulait la marteler encore et encore, et se nourrir de ses plaintes et gémissements de plus en plus rauques, qui lui indiquaient qu'elle était sur le point de basculer dans la jouissance.

— Crie ma belle, libère-toi ! gronda-t-il en plongeant en elle jusqu'à la garde. Prends-moi, oui… comme ça… et crie ! ajouta-t-il entre chaque coup de boutoir, dressé sur les bras et la tête baissée pour emplir ses yeux de la furieuse rencontre de leurs corps.

Il n'avait jamais été aussi gonflé de désir, son membre en était démesuré et luisait de l'élixir d'amour d'Isabelle. Il changea alors de position tout en restant enfoui en elle, s'agenouilla, et remonta sur ses cuisses les fesses de la jeune femme, devenue presque hystérique, avant de la saisir aux hanches et de pousser, sortir, pousser, et s'enfoncer plus profondément en elle. Il continua à aller et venir pour accélérer la cadence jusqu'à l'apparition d'une insupportable tension dans ses reins et son bas ventre, et le hurlement d'orgasme de la belle.

Alors seulement, il plongea une dernière fois avec ardeur, loin en elle, au plus profond de son être, et laissa fuser sa semence en criant à son tour son extase.

Jamais il n'avait connu une telle fusion… il en tremblait et en haletait sans relâche.

Jamais il n'avait pris une femme avec une telle passion… son cœur en pulsait frénétiquement.

Et loin d'être rassasié… Dorian en redemandait.

Chapitre 16

Les Protecteurs

Forteresse des Saint Clare

— Vous êtes là depuis des heures, Keir ! lança Kalaan qui avait décidé de rejoindre le laird sur le chemin de ronde, situé sur les hauteurs des remparts du château. Nos femmes se sont lassées de vous attendre après le repas, elles sont parties se promener au lac, puis vers la colline.

— Hummm… marmonna le highlander d'un air absent, son regard tourné vers l'horizon et les quelques trouées ensoleillées parmi les nuages gris.

— Cela fait des jours que vous venez ici, que guettez-vous à la fin ?

— Le Gardien des Éléments, grommela Keir sans daigner jeter un œil sur Kalaan.

Ce dernier secoua doucement la tête, il ne comprenait pas l'entêtement de son nouvel ami. Certes, il y avait de la magie dans ce monde, beaucoup plus que le commun des mortels ne pouvait se l'imaginer. Mais de là à croire que les dragons existaient vraiment… il y avait un pas de géant !

— Il s'en est probablement retourné dans vos Sidhes, après avoir gelé votre « cœur empoisonné » et ses Protecteurs ?

— *An chridhe a phuinnseanachadh* ! le reprit aussitôt le laird, d'un ton guttural et rocailleux.

— Vous m'excuserez, mais je ne suis pas aussi à l'aise avec le gaélique écossais que vous !

— Hummm… De plus, le Gardien ne peut regagner les Tertres enchantés, pour la bonne et simple raison qu'il n'y a jamais été. Il dort depuis des siècles au cœur de la montagne de Dôr Lùthien, sur les terres du clan MacTulkien, et je suis certain qu'il va nous rejoindre. Aerin se réveille, elle aura besoin de lui. Aye… il faut qu'il vienne, ajouta-t-il en affichant son inquiétude.

— Que se passerait-il si ce dragon ne le faisait pas ?

Keir souffla et s'adossa au mur de fortification.

— Tout ne dépend pas que de lui, nous attendons également la venue d'un grand guérisseur, et si aucun des deux ne se présente… nous allons perdre Aerin.

— Il serait peut-être temps de me parler d'elle, vous ne croyez pas ? proposa Kalaan en se postant face à lui, de l'autre côté du passage, et en adoptant la même attitude que son ami.

En se plaçant ainsi, le corsaire occultait volontairement la vision panoramique du highlander, et captait ainsi toute son attention.

— Aerin Saint Clare, qui répond également au surnom de *« an chridhe fìor-ghlan »* – le cœur pur –, est la dernière-née d'Elenwë et de Cameron. Elle a vu le jour en 1423 et nous ne savons que très peu de choses sur elle, à part qu'elle était l'érudite du clan, et qu'elle s'est occupée du *Livre du temps* dès que celui-ci a été sorti de son isolement, d'une crypte scellée. Il paraîtrait que le grimoire et Aerin ont tout de suite fusionné, et elle en est devenue l'unique gardienne, l'entité magique ne souhaitant communiquer avec personne d'autre. Mais quelques mois plus tard, un drame s'est produit, lié à un évènement particulier et marquant du passé : la guerre contre le roi-démon. Celui-ci a été vaincu par Cameron et Elenwë, mais une infime partie de son aura maléfique a malencontreusement été aspirée dans la mémoire du *Livre du temps*... qui l'a transmise à son tour, et involontairement, à Aerin. Elle a tout de suite été empoisonnée et en serait morte, si le dragon ne l'avait pas figée dans le temps sous son souffle de glace. Et pour que le sort se maintienne jusqu'à ce qu'un grand guérisseur parvienne à la sauver, des Protecteurs ont été désignés... de puissants membres du clan. Comme je vous l'ai déjà expliqué, il s'agit de cinq personnes, pour représenter les cinq Éléments.

Kalaan siffla doucement tout en secouant la tête.

— Je crois que je préfère la malédiction qui m'a touché, essaya-t-il de plaisanter. Mieux vaut être une femme qu'un glaçon !

— Kalaan, gronda Keir qui ne partageait pas son humour. Ce glaçon, comme vous dites, maintient Aerin en vie...

— Mais si la glace fond, cela veut signifier que le guérisseur est parmi nous, non ?

— Aye, normalement, confirma le laird. Un charme spécifique permet de sentir la présence de cet élu. Le problème est que les seules personnes nouvellement arrivées sur nos terres sont vous, votre femme Virginie, votre mère, et vos hommes. Alors, dites-moi, lequel d'entre vous possède la magie nécessaire pour libérer Aerin d'un puissant sortilège maléfique ?

— Aucun... murmura le comte de Croz, dépité. Ce

qui nous laisse la possibilité que vous avez déjà évoquée : ce guérisseur pourrait être Dorian, et les ondes de magie qui sont parvenues jusqu'ici étaient peut-être porteuses de son aura... ou je ne sais quoi ! C'est vous le spécialiste, pas moi !

— Vous avez très bien compris les bases, s'amusa Keir en venant se poster près de Kalaan et en croisant les bras sur le parapet des remparts, avant de se replonger dans la vue sur le village et le *Loch of Yarrows*. Si c'est Dorian, l'élu qui délivrera Aerin, il doit être d'une puissance très impressionnante.

Le jeune corsaire s'esclaffa en songeant à son ami, quand il était le froid et agaçant « Salam »... oui, une véritable terreur ! Mais en pensant à celui qu'il était devenu sur l'île de Croz, « Dorian »... son hilarité se dissipa brusquement.

— Oui, il l'est ! acquiesça-t-il soudainement. Je sais qu'avec Jaouen, notre druide, ils se parlaient par la pensée. Je l'ai également vu tenir des éclairs dans ses mains, il a fait naître le feu autour de lui, et il a déchaîné la fureur du ciel. J'ai assisté à tout cela, sans compter qu'il m'a tout de même ressuscité, avant de reformer notre Cercle des dieux, dont une partie était au fond de l'océan !

Keir posa un regard fier et farouche sur Kalaan.

— C'est un grand Saint Clare, je le pressentais ! Le pouvoir des Éléments est en lui, comme celui de la guérison... ce qui pourrait effectivement sauver Aerin !

— Le problème, c'est qu'il n'est pas là, et qu'il faut d'abord les retrouver, lui et ma sœur, marmonna le jeune homme.

— Et le temps semble nous être compté, ajouta le highlander sur le même ton.

— Si seulement vos dieux avaient daigné répondre

à mon appel à la Cascade des Faës !

— Parce que vous croyez qu'en jetant des galets dans le rideau de la chute, cela allait leur donner l'envie de vous parler ?

— Vous avez déjà fait « toc-toc » de votre poing contre un mur d'eau, vous ?

— *Naye...* ne soyez pas stupide ! s'esclaffa Keir.

— Je ne le suis pas, c'est pourquoi j'ai utilisé ces pierres ! Il nous faut quand même tout essayer pour parvenir à faire revenir nos proches !

Les deux hommes se plongèrent dans leurs pensées respectives et un silence s'instaura. Autour d'eux, le monde continuait de tourner en se moquant bien de leurs tourments. Les enfants jouaient sur le pont-levis et dans les rues, des villageois allaient et venaient du village au lac, ou vers le château. Il y avait des rires, des cris, oui... la vie, toute simple et sans complications.

— Qui sont ces Protecteurs ? lâcha soudain Kalaan.

— Personne ne le sait, répondit le laird. Je vous l'ai dit, leurs noms sont restés secrets, même pour le *Livre du temps*. Mais... j'aimerais vraiment le découvrir, ajouta-t-il ensuite avec un regard brillant de convoitise.

— Je crois que votre souhait sera bientôt exaucé, fit le jeune comte de Croz.

— Il se pourrait bien, mais gardons l'espoir que Dorian soit parmi nous avant cela ! De votre côté, ne soyez pas trop angoissé pour votre sœur, Isabelle. Mon cousin et les frères Guivarch vont bien s'occuper d'elle.

— Comment ne pas s'inquiéter ? soupira Kalaan. Même si elle a une santé de fer, elle est si fragile ! C'est une petite fleur de salon, qui s'évanouirait devant une souris ! C'est aussi une passionnée de botanique, et elle veut également toujours que je lui rapporte des animaux des pays que je visite. Isabelle est curieuse de tout et j'adore l'embêter, tout comme lui raconter en détail mes aventures. J'avoue également ne pas avoir été présent à ses côtés aussi souvent que j'aurais dû l'être... je le regrette tellement à présent ! Oui, j'ai peur pour elle... ma tendre et fragile petite sœur.

Keir lui tapa amicalement l'épaule.

— C'est une Croz, non ? Elle doit posséder des ressources que vous ne connaissez pas. Je commence à bien vous cerner, vous les Croz ! lança-t-il avant de lui faire un clin d'œil. Venez, j'aperçois nos femmes et votre mère près de la colline, allons les rejoindre.

— Bonne idée !

Isabelle ? Des ressources insoupçonnées ? Oh, non ! Kalaan l'aurait su !

Chapitre 17

Val'Aka

Isabelle papillota des cils tandis qu'un succulent fumet parvenait à son nez, et qu'elle constatait qu'à l'extérieur, la nuit s'était installée. Elle s'était assoupie, épuisée par le combat qu'elle avait mené contre le forgeron, le poisson-chat, et... après avoir fait l'amour avec Dorian !

Oh, bon sang ! Ils l'avaient fait !

Elle s'empourpra violemment, alors que tout ce qui s'était passé lui revenait en mémoire, et que son cœur se remettait à battre la chamade. L'odeur musquée et salée de son amant s'était incrustée sur sa peau et la jeune femme s'accouda pour se soulever mollement de son lit improvisé sous la tente, constitué d'un matelas de lin et de coussins.

Dorian l'avait recouverte de sa tunique de Touareg, certainement pendant qu'elle dormait, et lui tournait le dos, seulement vêtu de son sarong. Il avait apparemment profité de ce qu'elle se reposait pour aller se laver, car ses longues mèches sombres dégoulinaient encore d'eau qui sillonnait ensuite ses larges épaules, tandis qu'il réchauffait son repas sur le brasero. Il avait également rattaché les tentures aux montants de l'abri, et une délicieuse fraîcheur y circulait.

Maintenant… Isabelle se demandait quelle attitude elle devait adopter. Elle se sentait très intimidée, étourdie par le sommeil, et percluse de courbatures dues à sa lutte contre le forgeron, et… ses relations intimes avec Dorian. En même temps, une douce euphorie la gagna, car elle avait découvert un monde d'extase et de volupté dont elle n'avait jamais soupçonné l'existence ! Tout n'était donc pas que fariboles dans le peu de romans qu'elle avait lus et qui parlaient du sujet… des recueils coquins cachés dans la bibliothèque privée de Kalaan.

— Qui est Val'Aka ? demanda le jeune homme de sa voix rauque, tout en continuant à s'affairer devant le brasero, retirant le plat en céramique et ajoutant du bois pour alimenter le feu qui n'était plus que braises rougeoyantes.

Isabelle fut tellement prise au dépourvu par sa question et le nom qu'il venait de prononcer, qu'elle en eut un hoquet de surprise et écarquilla les yeux.

— Qui vous a parlé de lui ? souffla-t-elle.

— Toi.

Ainsi, Dorian se mettait à la tutoyer… Que devait-elle faire ? L'imiter ? Une petite voix dans son esprit la poussa à garder ses distances en conservant le vouvoiement, sans compter qu'il n'avait plus rien du dieu de l'amour qui l'avait propulsée au panthéon de la jouissance ! Il était redevenu froid et lointain.

— Quand vous en aurais-je parlé ?

— Dans ton demi-sommeil, quand je t'ai recouverte de mon habit, tu as dit : « Merci, Val'Aka ». Qui est-ce ?

Ohhh… ! Là, ça changeait la donne ! Il avait évidemment le droit d'être direct et un tantinet rustre. Mais pourquoi avait-elle remercié Val'Aka, et pourquoi –

nom-d'une-pipe-en-bois – avait-elle prononcé son nom ?

Isabelle, Dorian a raison, tu es bougrement stupide ! se morigéna-t-elle mentalement, tout en se dépêchant d'enfiler la tunique de celui-ci.

Elle se mit alors debout et faillit pouffer de rire nerveusement, car elle ressemblait à une petite fille de cinq ans perdue dans la robe de soirée trop grande de sa maman. La jeune femme réussit à sortir les mains des manches longues et bouffantes, pour ensuite soulever le bas de la tunique et avancer afin de se placer face à Dorian, toujours agenouillé.

— Val'Aka est un ami cher à mon cœur.

— Ton premier amant ?

Il avait lancé ça l'air de rien, le visage imperturbablement baissé sur sa mixture.

— Comment cela ? souffla-t-elle en plissant les yeux et en tiquant un peu.

— Je ne suis pas ton premier homme et tu as remercié ce Val, j'en arrive donc à la conclusion qu'il t'a initiée à l'amour.

Et monsieur disait tout cela sur le ton d'une simple discussion, comme s'il lui expliquait qu'il avait mis des oignons dans son plat à la place de fèves ! De plus, il n'avait pas du tout l'air ennuyé, furieux, jaloux... Non ! Il s'en fichait royalement ! Il affichait juste un brin de curiosité !

Une nouvelle fois, Isabelle en eut les larmes aux yeux et le souffle coupé. Son cœur lui fit horriblement mal et sa réponse fut à la hauteur de sa douleur :

— Non, il n'a pas été le premier, réussit-elle enfin à prononcer en martelant chaque mot. Il a été le deuxième, et vous, vous venez très largement après lui dans la liste ! Je vous souhaite une bonne nuit, et surtout... ne m'approchez plus jamais !

Satisfaite de sa verve enflammée, elle fit volte-face... pour s'emmêler les pieds dans l'ample tunique et se retrouver à battre des bras afin de récupérer son équilibre, avant que Dorian ne saisisse cette opportunité pour la soulever et la projeter sur les coussins, puis s'allonger sur elle de tout son poids.

— Ne me touch...

Le reste de sa phrase se perdit sous les lèvres avides du jeune homme et pour une fois, aucune technique de combat ne se révéla utile à Isabelle, car peu importait le mouvement qu'elle tentait pour se dégager, ou pour l'esquiver, Dorian l'immobilisait sans difficulté.

Il avait fondu sur elle à une telle rapidité, qu'elle en était encore médusée ! Comment avait-il fait ? Et que croyait-il ? Qu'elle allait se plier à ses volontés, parce qu'elle serait envoûtée par ses caresses et ses baisers ?

— Arrêtez ! s'écria-t-elle, la respiration hachée, en tournant le visage sur le côté pour éviter ses lèvres, sans que cela le freine, car Dorian partit à la recherche du creux de son cou pour en aspirer la chair tendre.

— Où me situes-tu dans ta liste ? murmura-t-il contre sa peau, son souffle lui procurant mille frissons délicieux.

— Loin !

Une main chaude remonta le long de sa jambe, puis sur sa cuisse, entraînant dans le mouvement le tissu de la tunique qui la couvrait.

— Où ? s'enquit-il à nouveau, tout en lui mordillant le lobe de l'oreille et en ondulant du bassin contre sa féminité, puis en se plaçant entre ses jambes nues.

— Loin ! cria Isabelle avant d'avoir la respiration coupée comme il entrait en elle d'une souple poussée.

Là encore, l'air vint à lui manquer, mais pas à cause du chagrin ou de la tristesse, non... parce qu'il venait de l'envahir sans crier gare, profondément, sans plus bouger ensuite, mais en appuyant de tout son poids pour qu'elle sente bien sa présence en elle.

— Où ? gronda-t-il une nouvelle fois, les dents serrées, son regard bleu nuit, ardent, plongeant dans celui de la jeune femme, tandis qu'il se surélevait sur les bras.

— Vous ne me soutirerez rien... sous la torture ! réussit-elle à clamer entre deux hoquets de plaisir.

Dorian s'affaissa sur elle, et se mit à rire tout contre sa joue. Un véritable fou rire ! Alors qu'il lui faisait l'amour ?

Lentement, il redressa la tête, lui déposa un doux baiser sur la bouche, et se retira de son corps en se couchant sur le côté pour l'observer, les yeux pétillants d'amusement.

Ah bon ? Il s'arrêtait là, elle avait gagné ? Isabelle oscilla furieusement entre la frustration et l'incompréhension.

— Dis-moi, qui es-tu véritablement, *taqa n'tiwalinou*[32] ? murmura-t-il avec un peu plus de sérieux, tout en souriant gentiment, et en caressant la peau veloutée de son ventre du bout des doigts, juste en dessous de son bandage. À chaque fois que je crois te connaître, c'est pour ensuite découvrir que j'ai fait erreur...

— Je ne le sais pas moi-même, répondit-elle, après un long moment de silence et de réflexion, durant lequel elle sonda son regard si intense. Enfin, j'ai commencé à me trouver quand j'ai rencontré Val'Aka, alors que j'avais... treize ans.

Dorian haussa un sourcil de surprise, avant de froncer les yeux et de ciller.

— Tu n'étais qu'une fillette, protesta-t-il soudain.

---

32 *Taqa n'tiwalinou : Prunelle de mes yeux, en berbère.*

Quel homme peut coucher avec une enfant si jeune et à peine formée !

Isabelle s'assit brusquement, un peu trop rapidement d'ailleurs, ce qui la fit grimacer de douleur et poser la main sur son flanc.

— Dorian, souffla-t-elle. Laisse-moi te parler de moi et d'une certaine époque, puis de Val'Aka, avant de tirer des conclusions trop hâtives. S'il te plaît.

Elle ne s'était même pas rendu compte qu'elle venait d'employer le tutoiement et elle rabaissa la tunique sur ses jambes, rougissant à la vision du corps de Dorian, impudique, à demi couché à ses côtés. On aurait dit un félin, un tigre, avec des tatouages celtiques en guise de rayures ! Elle attendit ensuite un signe, ou un consentement de sa part pour poursuivre son histoire. Ce qu'il fit en opinant simplement du chef.

La jeune femme se rallongea alors, posa la tête sur un coussin, et tourna son regard en direction de la trouée du chapiteau et, plus loin, vers les étoiles du firmament.

— Je n'ai jamais été ce que crois ma mère, Amélie, commença-t-elle, ou encore ce que mon frère pense : une fillette fragile, puis plus tard, une demoiselle de bonne famille ne cherchant qu'à courir les bals, faire les magasins avec ma meilleure amie Virginie, tout en me passionnant pour la phytologie[33] ! En réalité, je hais prodigieusement les plantes, ou ce sont elles qui ne m'apprécient pas, car elles meurent toutes quand je les touche ! J'affectionne les animaux, mais de loin, et c'est pour cela que j'ai laissé vagabonder sur l'île de Croz les lapins que Kalaan m'avait offerts, sans savoir que ces bestioles se reproduiraient aussi rapidement, et coloniseraient totalement l'endroit ! J'ai toujours été un garçon manqué qui détestait les robes, j'adorais

---

33 *Phytologie : Botanique.*

m'affubler des vieux vêtements de Kalaan, et je partais souvent courir sur les sentiers boueux, ou alors j'allais jouer au corsaire dans les épaves des bateaux qu'il y avait sur les grèves de l'île, et j'étais également un aventurier… qui aimait flâner dans la galerie égyptienne de mon père. Lorsqu'il s'agissait de rentrer, je parvenais à tous les coups à me débarbouiller et à m'habiller sans que ma mère ne se rende compte de rien. Quand nous étions dans notre demeure de Paris, c'était encore plus facile ! Maman était constamment invitée, ma gouvernante était très âgée et dormait tout le temps, quant à mon tendre Clovis… je crois qu'il avait déjà compris que j'étouffais, et il fermait aisément les yeux sur mes bizarreries, tout en veillant sur moi. Tout cela, c'était avant mes treize ans… jusqu'à une certaine soirée où j'ai une nouvelle fois fugué de la maison, pour partir à la découverte du monde. Oh ! Juste pour la nuit, je rentrais toujours au petit matin, et j'étais invariablement grimée en garçon pour éviter les ennuis à l'extérieur ! Mais oui… ce soir-là, j'ai joué de malchance, au début en tous les cas. J'étais dans une sorte d'impasse mal éclairée, et des jeunes gens éméchés s'en sont pris au « pouilleux » que j'étais. Pour la première fois de ma vie, j'ai su ce qu'était un uppercut dans l'estomac, la sensation de souffle coupé que cela occasionne… et la terrible douleur qui s'ensuit. À peine étais-je tombée sur les pavés, que ces salauds ont commencé à me donner des coups de pieds. Je serais morte, si Val'Aka n'était pas intervenu. Je n'ai pas vu toute la scène, ou alors, je ne me rappelle que quelques bribes, mais je suis sûre qu'il leur a mis une de ces corrections ! Après quoi, j'ai certainement dû lui révéler qui j'étais, et où j'habitais, je ne me souviens plus très bien, car il m'a ramenée à la demeure des Croz, et Clovis s'est dépêché de faire quérir un médecin avant que ma mère n'arrive. Mon vieil ami a fait passer cela pour une chute dans les escaliers... et le docteur n'y a rien trouvé à redire. Il m'a fallu quelques semaines pour me remettre, et quand ça a été fait, je suis repartie pour une balade nocturne... pour tomber sur Val'Aka qui m'attendait au pied de la façade, à l'aplomb de ma chambre, tandis que je descendais en m'agrippant à une corde de marin. C'était ma méthode d'évasion préférée, se rappela Isabelle en riant, avant de se replonger dans ses souvenirs. Val'Aka... c'est ainsi qu'il s'est présenté. Il me faisait beaucoup penser à Kalaan, car il possédait la même allure que lui et un je ne sais quoi de semblable dans sa démarche. Il avait presque le même âge que mon frère, peut-être un peu plus vieux d'un ou deux ans. Il y avait aussi quelque chose dans son regard, ou dans la façon dont il pinçait les lèvres quand il était contrarié... Je crois que sur le coup, je me suis désespérément accrochée à lui et à ce qu'il m'a ensuite proposé, pour retrouver Kalaan à travers lui, et me découvrir moi-même par le biais des arts martiaux. Val'Aka était un jeune noble anglais, de passage à Paris, un aventurier également, passionné du Japon où il avait vécu quelque temps avec ses parents. Il avait acquis là-bas l'art ancestral du combat des samouraïs. Comment, par qui, je ne l'ai jamais appris. Pourtant, je sais maintenant que cet art n'est pas enseigné à n'importe qui. Mais Val'Aka n'était pas « n'importe qui ». Il m'a tout transmis à son tour, en cachette, alors que maman me croyait en train de me promener au parc ou en ville, pendant mes heures de loisir, et après mes leçons. Cet apprentissage a duré cinq ans... jusqu'à ce que Val'Aka disparaisse de ma vie sans crier gare. Comme il était arrivé, sans un bruit, sans un mot, sans un au revoir. Et puis je suis partie sur l'île de Croz en compagnie de

Virginie et de ma mère, peu de temps avant que vous n'arriviez, Catherine et... toi. Fin de l'histoire. Voilà qui était Val'Aka, et non, il ne m'a jamais touchée, en tous les cas, pas comme tu le crois.

En disant ces dernières paroles, Isabelle avait tourné la tête vers le visage attentif de Dorian, chichement éclairé par les flammes du brasero. Il semblait perdu dans ses pensées, mais ses yeux ne la quittaient pas, tandis qu'un muscle battait doucement au creux de sa mâchoire.

— Pourquoi ne pas avoir crié haut et fort tout le mal-être que tu ressentais, à ton frère, ou à ta mère ?

— Kalaan ? pouffa amèrement Isabelle, en s'asseyant à nouveau avant de se mettre debout et de rajuster la tunique de Dorian.

Maintenant qu'elle s'était dévoilée, elle avait une furieuse envie de s'enfuir et de se terrer dans un endroit où elle serait seule. Oui, elle avait besoin de solitude pour panser les plaies de son cœur que le récit de ses souvenirs venait de rouvrir.

— Kalaan, reprit-elle d'une voix dure, n'était jamais là, et quand il arrivait, c'était pour raconter ses aventures, préparer ses affaires pour un nouveau voyage, et... s'en aller. Il n'avait pas le temps de discuter avec moi, pas le temps de me connaître. Alors... lui dire ce que j'avais sur le cœur ? C'était tout bonnement impossible ! Quant à ma mère, que j'aime profondément, je ne voulais tout simplement pas la tracasser, elle qui vivait dans le souvenir de mon père, et dans l'angoisse de ne pas voir mon frère revenir de ses expéditions. Amélie serait morte de peur si je lui avais parlé de mes désirs, de mes envies. Alors... je me suis tue, et je me suis égarée, en faisant des choses parfois nées de ma colère, ou du besoin que j'avais que l'on me regarde réellement, que l'on m'écoute... Le soir du bal donné pour mes dix-sept ans, c'est là que j'ai perdu ma virginité. Je me suis offerte au jeune duc de Lamarlière, et cela a été le pire fiasco de toute ma vie... Il m'a fait tellement mal en... enfin... en me... prenant... que je lui ai cassé le nez, et tout s'est arrêté comme ça. Il est parti, le visage en sang, en hurlant que je n'étais qu'une bonne à rien !

Dorian fixait Isabelle qui évitait son regard, gênée par ce qu'elle venait de révéler, mais il se mit à sourire jusqu'aux oreilles.

— Alors, dans ce cas, puisque vous n'avez pas été jusqu'au bout de l'acte sexuel, je suis le premier de la liste ! lança-t-il gaiement, dans l'intention réelle de faire rire la jeune femme, mais aussi parce qu'il en éprouvait également de la fierté.

Il l'avait initiée ! Pas Val'Aka pour qui il ressentait une certaine gratitude à s'être occupé d'Isabelle, et pas ce Lamar... quelque chose. Non, c'était lui, Dorian, qui lui avait fait découvrir l'amour ! Mais loin d'amuser la belle, sa réflexion sembla plutôt la mettre en colère. Et qu'est-ce qu'elle pouvait être magnifique quand elle fulminait ainsi !

— Je vous ai livré ma vie, mon histoire. Je vous ai parlé de Val'Aka et de ma misérable première fois... et vous fanfaronnez parce que... du coup, vous vous considérez comme mon premier amant ?

— Non, comme celui qui t'a fait découvrir l'amour, le plaisir, la jouissance, répliqua plus sérieusement le jeune homme, les yeux à nouveau sombres.

— Qu'en savez-vous ? hurla-t-elle soudain, avant de réussir à s'enfuir, sans cette fois s'emmêler les pieds dans le bas de la tunique.

Dorian la laissa partir, car il devinait qu'elle avait

besoin de se retrouver seule. Quant au reste... il avait bel et bien la certitude d'être son premier et véritable amant, pour avoir lu son étonnement au moment où il l'avait prise, son ébahissement quand elle avait senti les prémices de l'orgasme l'envahir, et surtout... sa candeur dans tous ses gestes envers lui. Oui, il était le premier.

Mais désormais, il allait la découvrir, lui permettre aussi de déployer ses ailes et de devenir l'être exceptionnel qu'elle cachait au fond d'elle. C'était Isabelle la guerrière, l'indomptable et la rebelle, qu'il voulait à ses côtés, et il désirait également, et plus que tout... la voir pleinement heureuse.

Chapitre 18

Les Prédestinés

Plusieurs jours se passèrent sans qu'Isabelle ne condescende à adresser la parole à Dorian, s'ingéniant à lui battre froid. Qu'importe, car le jeune homme avait décidé de ne pas lui faciliter la tâche, et s'amusait à être le plus souvent possible sur son chemin. L'air de rien, il guettait le moindre changement d'humeur de la belle, qui la ferait revenir vers lui de son propre chef. C'était loin d'être gagné, mais il était patient... pour le moment.

Depuis qu'il avait été reçu dans le per-aâ, le couple n'avait pas revu la reine-pharaon, et cette dernière n'avait pas encore daigné faire appel à eux. Quant à Thoutmôsis et à son acolyte Anty, Sénènmout avait informé les voyageurs du futur qu'ils avaient été envoyés en patrouille dans le désert, loin d'Ouaset et de Karnak, dans le but avoué de les éloigner pour plus de sérénité.

Du coup, dans l'attente de servir la souveraine, et pour meubler ses longues journées, Isabelle avait établi son propre emploi du temps : le matin, elle procédait à son entraînement au lever du soleil, puis faisait une baignade dans le lac sacré, et prenait son déjeuner en compagnie des frères Guivarch. L'après-midi, elle se protégeait du soleil en visitant les ateliers des différents artisans du palais et partait ensuite déchiffrer les hiéroglyphes et histoires des pharaons, gravés sur les hauts murs des remparts et du temple d'Amon-Rê. Chose qui devenait de plus en plus facile à réaliser, à force de passer de nombreuses heures en ces lieux. Et le soir venu, elle dînait encore en compagnie de Clovis, Jaouen et de l'exaspérant Dorian (qui ne manquait désormais plus un seul repas de fin de journée avec eux), avant de s'enfuir dans sa chambre, pour finir par tourner en rond comme un fauve en cage. En effet, là, après un moment d'accalmie, Isabelle s'imaginait invariablement rejoindre le jeune homme dans sa *Khaïma*, pour ensuite se jeter dans ses bras musclés et faire l'amour passionnément avec lui sur un océan de coussins moelleux.

En résumé, cet emploi du temps aurait pu être très plaisant... s'il n'y avait eu quelques désagréments qu'elle aurait bien volontiers éliminés. Tout ne pouvait être parfait, au grand dam de la demoiselle !

Mais en ce nouveau jour en Égypte, soit presque deux semaines après leur arrivée à *La Cime*, une chose changea : Néférourê et sa guerrière Chésemtet se joignirent à elle pour ses exercices !

Cette dernière, d'abord ébahie, accepta néanmoins joyeusement d'initier ses amies à l'apprentissage des arts martiaux, en commençant par la mise en condition du corps. Les Égyptiennes l'imitèrent comme elles le purent, tandis qu'Isabelle s'appliquait à enseigner des évolutions lentes et faciles, puis plus rapides. Une chose était sûre : Chésemtet était la plus douée !

— Ne forment-elles pas un magnifique et envoûtant escadron de la mort ? susurra la voix profonde d'Ardör, faisant sursauter Dorian, à nouveau dissimulé derrière le jasmin.

— Pourquoi « escadron de la mort » ? interrogea celui-ci en grommelant, contrarié d'avoir été pris en flagrant délit d'espionnage, avant de s'écarter du treillis et de se diriger vers sa tente où il invita le vaporeux Naohïm à « s'asseoir ».

— C'est ainsi que nous appelions nos femmes du temps de Galéa, quand elles partaient en expédition sur les dangereuses terres gelées. Elles étaient redoutables, bien plus que certains de nos meilleurs guerriers, et tuaient les démons qui peuplaient ces plaines inhospitalières avec une incroyable facilité. Jamais personne n'a su comment elles se débrouillaient pour en exterminer autant, c'était leur secret. Pour preuve de leur témérité, leurs épées de diamant revenaient immuablement chargées de la noirceur des damnés qu'elles avaient aspirée.

Dorian fronça les sourcils et s'assit plus confortablement sur un coussin, avant de jeter un coup d'œil sur l'étrange arme brillante d'Ardör. Même à l'état immatériel, il était clairement visible qu'elle n'était pas constituée de métal.

— Votre lame n'est composée que de cette seule pierre précieuse ? s'enquit le jeune homme qui souhaitait vraiment en apprendre plus de son aîné.

— Oui, un unique et gigantesque diamant ! rit celui-ci devant l'air soudain ahuri du Saint Clare. Toutes nos épées étaient fabriquées ainsi, seul moyen pour qu'elles possèdent la capacité de servir de réceptacle au mal créé par le sort des damnés. La mienne, dorénavant, doit être la dernière à exister sur cette terre.

Il avait prononcé ces derniers mots avec une forte note de nostalgie. L'immortalité devait lui peser, lui qui avait connu les Origines, l'emprisonnement dans la glace durant des siècles, et une errance infinie en tant que

Naohïm. Il n'avait certainement plus de clan et aucun point d'attache.

— Êtes-vous l'unique Naohïm évoluant en ce monde ? demanda encore Dorian, que cette idée affligeait.

— Non, fit Ardör avec un sourire en coin. Il semblerait que le guerrier suprême de la Mort ait « sauvé » d'autres enfants des dieux par le biais de cette métamorphose. J'ai appris dernièrement que beaucoup d'entre eux s'étaient regroupés en Bretagne, mais aussi… ici, en Égypte. Cependant, et sans que je puisse comprendre pourquoi, ils se cachent de moi. C'est parce que je souhaitais retrouver ceux qui se terrent en Bretagne, que je ne me tenais pas très loin de l'île de Croz. C'est à ce moment-là que la magie du Cercle des dieux m'a attiré vers vous tous, puis dans le passage du temps.

— Si d'autres Naohïm's sont ici, en Égypte, nous pourrions essayer de les localiser pour qu'ils nous aident à repartir ! s'exclama Dorian en se redressant vivement et en ajustant les plissés de son pagne sur ses cuisses robustes.

Ardör secoua la tête.

— Non, car on en revient toujours au même problème. L'Ankou a façonné ses Naohïm's à une époque bien plus tardive dans le temps.

— Cela n'a pas de sens pour moi…, marmonna le jeune Saint Clare en pinçant les lèvres. Pourquoi a-t-il attendu si longtemps pour faire de vous ce peuple de guerriers mi-hommes mi-fantômes ?

— Parce que l'Ankou actuel est le deuxième du nom, il n'a pris ses « fonctions » qu'en l'an 1436 quand son prédécesseur… hum… s'en est allé ! Tout ça est très compliqué, mais pour faire court à propos de toute cette histoire, sache que je ne suis moi-même libéré de ma geôle de glace que depuis trois cent quatre-vingt-douze ans.

Il avait donc été prisonnier du souffle du dragon noir plus de quatorze mille ans ! Dorian en fut effaré, et se demanda comment il se serait comporté s'il avait été à sa place. Il aurait certainement basculé dans la folie !

— Le temps passe vite, Dorian, murmura Ardör, comme s'il avait lu en lui. Si l'on est captif d'un sort, ou protégé par un charme de magie blanche, les heures, les jours, et les années s'écoulent plus rapidement autour de nous. Alors, ne t'en fais pas pour moi, et vraiment, je suis heureux d'avoir été transformé en Naohïm !

Il ne l'était pas tant que cela, au vu du regard soudain attristé qu'il porta vers le treillis qui dissimulait ces dames, tandis que le rire cristallin de Chésemtet parvenait jusqu'à eux.

— Et l'amour, dans tout cela ? souffla Dorian, en songeant à l'attirance visible qu'il y avait entre la guerrière et son aîné, et en même temps à Isabelle et lui.

— L'amour... Je ne me posais pas la question, avant de rencontrer Violette. C'est une jeune femme qui demeure dans une chaumière au sein de la forêt de Huelgoat, en Bretagne, en compagnie de ses charmants grands-parents.

— Une des Naohïm's que vous recherchiez ?

— Non ! s'esclaffa Ardör en se redressant également pour venir se poster près de son cadet devant l'ouverture de la tente. C'est une demoiselle des plus normales et qui évolue loin du monde des magiciens. Grand bien lui fasse !

— Ne serait-ce pas le prénom que vous avez cité la première fois que vous avez aperçu Chésemtet ? demanda soudainement le jeune homme, l'air finaud, tout en affichant un sourire en coin.

Le Naohïm grommela dans sa barbe, avant de s'exclamer :

— Oui, parce que ce sont les mêmes !

— Pardon ?

— Chésemtet et Violette ne font qu'une. Elles possèdent la même âme et, à quelque chose près, un physique similaire. Cela arrive qu'un esprit remonte le temps en passant d'un corps à un autre, jusqu'à...

— Quoi ? insista Dorian.

— Jusqu'à ce qu'il découvre enfin sa moitié, sa complémentarité. Pour Violette, comme Chésemtet... je suis cette partie manquante. Nous sommes des âmes sœurs. Ceux que l'on nomme « Les Prédestinés ». Oh, je me rends bien compte que tu n'en crois pas un traître mot, à ton air sceptique ! Pourtant... Isabelle et toi l'êtes également, car j'ai vu les fils de vos auras se lier. Mais ceux de Chésemtet et les miens ne peuvent se rejoindre tant que je suis immatériel, continua Ardör, en profitant de l'état d'ahurissement de son compagnon. Il n'y a que dans le chaudron que je redeviens un homme. Mais là encore, sous la protection des runes magiques qui agissent comme une barrière invisible, nos fils ne peuvent se mêler.

Oui, Dorian était littéralement assommé par les révélations du Naohïm. Par celles qui concernaient ce dernier, mais également par celles qui les intéressaient, Isabelle et lui. Bien sûr, il avait acquis la certitude qu'il aimait cette dernière, mais il n'avait pas envisagé qu'ils étaient réellement destinés de toute éternité ! Pourtant, la demoiselle en question l'avait clamé haut et fort en les unissant par la cordelette de son sous-vêtement, avant de tout oublier ! L'entité antique à l'intérieur d'Isabelle le savait !

— Quelque chose vient de changer en toi, Dorian Saint Clare, murmura soudain Ardör, le regard posé sur l'un des plus impressionnants tatouages de son torse nu, et qui représentait un dragon typiquement celtique. Le tracé sinueux des ailes du reptile a rejoint celui de ton arbre de vie, reprit le Naohïm, et le loup, sur ton épaule, semble désormais aux aguets.

Dorian sursauta et baissa les yeux pour tenter d'apercevoir les dessins gravés sur sa peau. Depuis qu'il était petit, ou qu'il en avait conscience, ces derniers évoluaient et prenaient de l'envergure en même temps que lui avançait en âge. Plus le temps passait, plus ses tatouages se développaient et depuis peu, dans certains cas, ils bougeaient comme s'ils étaient animés d'une vie propre.

— Ce ne sont pas des enfants des dieux, ou des sorciers qui t'ont fait don de ces symboles, non... ils proviennent des déités en personne. C'est un grand honneur, et cela signifie également... que tes pouvoirs ne se sont pas encore tous montrés ni éveillés. Quelque chose les emprisonne à l'intérieur de toi. Mais ils veulent sortir !

— La plupart ont disparu ! Il ne me reste que la magie des Éléments... que je ne maîtrise guère, grommela Dorian, tout en ressentant une sorte d'énergie intérieure, différente, et des picotements au bout des doigts, comme pour démentir ses paroles.

Ainsi, les divinités l'avaient marqué alors qu'il n'était qu'un bébé. Mais pourquoi ? Jaouen lui avait expliqué que les tatouages étaient habituels dans les familles des magiciens de sang, pour se protéger et pour fortifier les pouvoirs. Mais pour lui, Dorian... quel en était le but ?

Soudain, des cris et de l'agitation en provenance du

palais mirent les deux enfants des dieux en alerte, et l'énergie qu'avait éprouvée le jeune homme auparavant se fit plus puissante que jamais ! En une seconde, Ardör et lui s'élancèrent vers le treillis de jasmin, l'un se transformant en brume, l'autre courant, pour rejoindre les femmes au plus vite.

Quelques instants plus tôt...
Isabelle s'amusait comme une petite folle ! Cela lui faisait tellement de bien de se retrouver avec des amies qui aspiraient à la même chose qu'elle : la liberté ! Des personnes qui n'avaient pas peur de se faire mal, de se retourner un ongle, d'avoir des bleus, qui aimaient le combat, se traîner dans la poussière, et qui ne pleurnichaient pas au premier coup reçu ! Même la princesse Néférourê s'était transformée en un véritable garçon manqué ! En fin de compte, toutes trois formaient une très jolie équipe de guerrières, et l'instructrice improvisée n'était pas peu fière de ses élèves.

La fin du cours ressemblait un peu à du n'importe quoi, mais elle avait au moins le mérite de dérider tout le monde. Chésemtet avait pris Isabelle par surprise avec un crochet du pied, et une fois cette dernière tombée sur le dos, s'était assise sur son ventre pour la clouer au sol. La jeune femme se serait facilement débarrassée de la guerrière, si celle-ci ne s'était pas mise à la chatouiller, ce que Néférourê fit également, en se jetant dans la mêlée !

— Je me rends ! Je me rends ! suppliait-elle entre deux hoquets de rire, tout en se contorsionnant pour échapper à leurs papouilles.

Ces diablesses avaient trouvé l'arme absolue qui aurait pu mettre à terre un apprenti samouraï ! Mais brusquement, tout le monde se figea, alors que retentissaient des cris et des hurlements en provenance du palais d'Hatchepsout. D'un peu partout, des gardes surgissaient et couraient dans tous les sens, lance ou arc en main, apparemment à la recherche de quelque chose. Mais... quoi ?

Isabelle se remit vivement sur pied, comme les deux Égyptiennes, et toutes se dirigèrent d'un même mouvement en direction de l'entrée du per-aâ. Des ordres étaient lancés de tous côtés, des vizirs et des prêtres se bousculaient en sortant du temple d'Amon-Rê, et la jeune femme fut effarée par l'incroyable confusion qui régnait en ces lieux. N'y avait-il donc personne pour gérer ce chaos ?

— Je vais rejoindre ma mère ! cria Néférourê, le visage brusquement inquiet, avant de s'élancer vers le palais, Chésemtet sur ses talons.

Isabelle n'eut que le temps de hocher la tête avant de perdre de vue ses amies et de se faire pousser par un scribe. La seconde suivante, elle se retrouva à bloquer le passage d'un prêtre... qui se comportait étrangement. Il fit demi-tour pour l'éviter, hésita, avança derechef à l'opposé de la jeune femme, puis stoppa une nouvelle fois pour faire volte-face et se placer à moins de dix mètres d'elle.

Le personnage paraissait certes désorienté, pourtant, quelque chose clochait dans son attitude : il semblait agir par calcul et il avait par ailleurs une longue plaie sur le haut de l'épaule droite qui saignait abondamment, tandis que son autre bras et sa main étaient dissimulés sous un manteau de lin blanc, taché d'éclaboussures rouges. Leurs regards se croisèrent, et le sang d'Isabelle se glaça aussitôt, car cet homme transpirait le mal de la tête aux pieds. Il était fort à parier que cet individu était la cause de toute cette cohue.

Il se situait toujours à quelque distance d'elle, mais il bougea soudainement en se défaisant de son vêtement qu'il jeta au sol, pour ensuite porter le bout d'une espèce de bâton creux à sa bouche dans la direction d'Isabelle. Au même moment, et loin derrière lui, apparut un des deux guépards d'Hatchepsout qui surgit au détour de la gigantesque entrée du temple, avant de s'élancer droit sur eux.

La jeune femme réalisa également que l'étrange et long tube que l'homme tenait n'était autre qu'une sarbacane, et qu'il avait visiblement l'intention de l'utiliser contre celle qui venait de le « repérer » et risquait de donner l'alerte : elle ! Un seul souffle rapide dans le cylindre suffirait à propulser le dard empoisonné qui la tuerait instantanément, et le félin n'arriverait jamais à temps pour la sauver. Personne... ne le pourrait.

Ainsi donc, Isabelle allait mourir bêtement, sans pouvoir se défendre grâce à tout ce qu'elle avait appris avec Val'Aka, victime impuissante d'une maudite arme de trait !

Au ralenti, et comme si le temps essayait de lui donner le moyen de se soustraire à ce funeste destin, elle vit les joues de son assaillant se gonfler, en même temps qu'un courant d'air chaud, presque cuisant, lui frôlait tout le côté droit. Un centième de seconde plus tard, une brume épaisse et rougeoyante s'abattit sur l'individu qui écarquilla les yeux de surprise, avant de se transformer instantanément en statue ! Une réelle statue ! Isabelle en suffoqua sous le choc ! On aurait dit que le regard de l'homme avait rencontré celui de la gorgone Méduse, car de la tête aux pieds, et à une vitesse incroyable, chaque parcelle de son corps s'était muée en roche grisâtre !

La jeune femme en eut le souffle coupé et son cœur se mit à palpiter encore plus furieusement. Elle était ébranlée, d'abord parce qu'elle s'était vue mourir, ensuite parce que c'était la première fois qu'elle assistait au décès de quelqu'un... et surtout dans de telles conditions. Oui, il l'aurait tuée, oui, c'était certainement un meurtrier, mais c'était aussi un être humain... et la nausée la gagna.

Un long et sourd feulement ramena Isabelle au moment présent et ses yeux, qu'elle avait un instant détournés, se portèrent à nouveau vers la statue toujours cernée de brume carminée. Le guépard évoluait lentement autour, sans peur de la magie qui était à l'œuvre au contact de l'assassin. Le félin reniflait, grognait, lançait une patte toutes griffes dehors vers les jambes granitées, sans y laisser une seule marque.

Brusquement, au voile rouge, se mêla un nuage cendré, qui grossit, et grossit encore, pour ensuite prendre la forme vaporeuse d'un nain doté de longs bras, dont les mains touchaient pratiquement le sol, avec un faciès de chat ou de tigre (Isabelle ne parvint pas à décider), une barbe broussailleuse, des cheveux hérissés tels des épis de paille, et qui possédait une interminable queue sortant d'une sorte de pagne couleur ocre.

— Mais... qu'est-ce... que c'est... que ça ? bafouilla-t-elle, tout en sachant pertinemment au fond d'elle-même que l'apparition n'était autre qu'Ardör, tandis que les Égyptiens s'agenouillaient devant ce dernier.

En quoi ou en qui s'était-il à nouveau grimé ?

— Bès ! Bès ! Bès ! clamaient les gardes, prêtres, scribes et serviteurs avec dévotion.

— Je serai toujours votre protecteur ! annonça le nain à grand fracas et d'une voix rocailleuse, avant de jeter un coup d'œil rapide par-delà le dos d'Isabelle.

Puis il s'exclama derechef, et d'un ton précipité :

— Voici ce que méritent les meurtriers !

Tandis que Bès-Ardör se volatilisait en un nuage évanescent, la statue de l'assaillant explosa en milliers de petits fragments de pierre et de grains de sable ! La jeune femme en suffoqua à nouveau, tout en se préservant le visage d'une main contre les éclats qui fusaient dans sa direction.

Non ! Ardör n'avait pas pu faire ça ! Il ne pouvait pas utiliser sa magie ! Isabelle, effarée, tourna lentement sur ses talons, et retint sa respiration en apercevant Dorian à l'entrée des jardins. Mais était-ce vraiment lui ? Il était à proprement parler terrifiant, ses tatouages se mouvaient sur sa peau tendue, ses yeux contenaient d'infimes étincelles orangées, et dans ses mains, crépitaient encore des sortes de flammèches rougeoyantes.

— Dorian… appela-t-elle doucement.

Un appel du cœur et de l'âme, pour retrouver l'homme qu'elle aimait, et qu'elle ne reconnaissait plus.

Personne dans la foule autour d'elle ne l'avait remarqué, et l'enfant des dieux parut sortir de sa transe démoniaque au son ténu de la voix d'Isabelle. Il observa rapidement la poussière grise et les morceaux de pierre répandus sur le sable beige, haussa les sourcils comme s'il était étonné, puis croisa vraiment le regard de la jeune femme.

Que crut lire Dorian dans les yeux de celle-ci ? Qu'est-ce qui le poussa à tourner les talons pour disparaître derrière les hauts treillis des jardins ? Elle ne le sut pas, et ne comprit pas non plus. Son visage avait brusquement paru ravagé, dur, mais il avait également exprimé… une infinie tristesse.

Elle allait s'élancer à sa poursuite, mais les trompettes annonçant l'arrivée de la reine la figèrent sur place par leur son tonitruant, tout comme elle le fut par le mur constitué de la foule qui s'amassa soudain à ses côtés. Tous murmuraient le nom de Bès, et semblaient le chercher des yeux, mais la divinité évanescente avait disparu...

Pour se cacher dans son chaudron en cuivre, se dit Isabelle.

Elle venait de comprendre qu'Ardör avait pris la forme de cette déité, Bès, dans le but de couvrir la magie de Dorian, et pour que les pouvoirs de ce dernier ne soient pas dévoilés à la face de tous. L'aîné des enfants des dieux avait pris soin de son cadet en détournant l'attention sur lui-même, et la jeune femme ne l'en remercierait jamais assez.

Dans son dos, le guépard tournait toujours en rond en feulant et en grognant, puis il s'arrêta subitement pour venir s'asseoir tout près d'Isabelle en émettant de longs geignements émouvants, et coucher sa lourde tête sur ses pieds nus.

Elle se baissa pour caresser le félin, qui poussa une nouvelle fois des sortes de plaintes légères, puis elle redressa la tête pour noter la présence de Néférourê et Chésemtet, un peu plus loin, près de Sénènmout qui venait apparemment d'arriver. Il écoutait sa fille avec concentration, les sourcils froncés et l'air grave.

Soudain, l'assistance se scinda pour laisser passer la reine-pharaon en personne, et le guépard se remit sur ses pattes pour aller à sa rencontre. Il était plus que visible qu'Hatchepsout cherchait à masquer toute émotion, sans y parvenir, car elle était trop ébranlée. Elle jeta un œil sur l'animal, sur la poussière grise éparpillée sur le sable blanc-beige, puis vers Isabelle, avant de porter son attention sur la foule.

— Celui que le dieu Bès, protecteur du peuple,

vient de réduire en miettes... a essayé de m'assassiner dans ma demeure ! annonça-t-elle à l'assemblée d'une voix forte, mais légèrement tremblante. Il a échoué grâce à mon guépard Djaa... qui a été tué par une fléchette empoisonnée en voulant me sauver. Le meurtrier aurait recommencé, si Diounout ne l'avait pas attaqué et mis en fuite ! Un être immonde a foulé le sol sacré de mon palais, et celui du temple d'Amon-Rê ! reprit la souveraine d'un ton rude pour s'adresser à la multitude. Je ne peux l'accepter ! La surveillance sera renforcée, et toute personne circulant en ces lieux devra se faire connaître à chaque passage, entrée, et endroit où elle se rendra ! Quant à ceux qui complotent contre moi, ou les miens, qu'ils sachent que les dieux s'occuperont d'eux et qu'ils trépasseront dans d'atroces souffrances, sans possibilité de renaissance ni d'accès au royaume des morts et au repos éternel !

Sur ces mots, la reine-pharaon Hatchepsout retourna au palais, talonnée de près par son dernier guépard, comme par les membres de sa garde d'élite qui n'avaient pu la protéger correctement, ainsi que par Sénènmout, Hapouseneb, le grand prêtre d'Amon-Rê, et Néférourê. Celle-ci fit un léger geste d'au revoir en direction d'Isabelle, puis baissa la tête en suivant le cortège de sa mère.

La jeune femme écrasa une larme qui s'était échappée et qui glissait sur sa joue. Elle ressentait une immense peine pour la perte du guépard, et elle était bouleversée pour celui qui restait.

Ces animaux extraordinaires avaient payé un lourd tribut pour protéger la reine.

Comme Dorian l'avait fait pour elle, au risque de se faire repérer ! Isabelle releva brusquement la tête, et s'élança enfin dans la direction que le jeune homme avait

prise un peu plus tôt. Il fallait qu'elle le retrouve, qu'elle lui parle.
　Par les dieux, il lui avait sauvé la vie !

Chapitre 19

Mutine Isabelle

Isabelle se fia à son instinct et sa logique, et profita de la confusion générale pour passer par l'intérieur du temple d'Amon-Rê. Elle prit ensuite la direction des ateliers des artisans du palais et de la forge de Bâsim, le grand gaillard qu'elle avait combattu pour obtenir la fabrication de son épée.
Elle ne fut donc guère étonnée de croiser celui-ci à quelques pas de son lieu de travail.

— Oh ! C'est vous, l'élite ! s'exclama-t-il en venant à sa rencontre. Vous pourrez peut-être me raconter ce qu'il se trafique de l'autre côté du temple ?

Elle le salua en masquant un long soupir d'impatience. Faire la conversation avec Bâsim allait la retarder dans sa quête pour retrouver Dorian. Néanmoins, elle lui relata toute l'histoire et en profita pour lui demander s'il avait aperçu le jeune homme.

— Bien sûr ! Il est passé par ici tout à l'heure. Il semblait très contrarié, ajouta-t-il d'un ton bourru, tout en secouant la tête.

— Savez-vous quelle direction il a prise ?

— Comme d'habitude, il a emprunté la porte nord pour se rendre dans le village des pêcheurs, près du Nil.

— D'habitude ? Parce qu'il fait ça souvent ? s'étonna-t-elle en écarquillant les yeux.

— À chaque fois que Dorian a fini de me donner un coup de main à la forge, il part ensuite là-bas avec un sac chargé de victuailles. Mais il revient toujours, ne vous en faites pas ! Euh... dites... vous êtes amis, non ? Parce que je n'aimerais pas qu'il ait des ennuis suite à ce que je viens de vous rapporter...

— Oui, nous le sommes, confirma Isabelle dans un murmure.

Elle était soudain très émue d'apprendre que Dorian prenait soin de certains habitants de Karnak, les plus pauvres, et qu'en plus il travaillait avec Bâsim quand il n'était pas à l'épier, elle.

Elle prit congé du forgeron, le salua d'un geste de la main et d'un sourire, puis se dirigea vers la porte nord des remparts, s'apprêtant à devoir batailler ferme avec les gardes en faction pour quitter la place. Quelle ne fut pas sa surprise quand ils s'écartèrent d'un même mouvement pour lui laisser le passage.

— Ne devriez-vous pas contrôler qui entre et qui sort ? gronda-t-elle, exaspérée par leur irresponsabilité, surtout après ce qu'il venait de se produire au palais.

— Nous le faisons, assura l'un d'eux. Nous sommes informés de qui vous êtes, l'élite, et pharaon nous a donné ordre de vous permettre d'agir à votre guise, que ce soit à l'intérieur ou à l'extérieur du temple, comme du per-aâ.

La jeune femme en resta bouche bée. Depuis combien de temps avaient-ils, elle et les siens, carte blanche ? Si elle l'avait su un peu plus tôt, elle en aurait profité pour visiter les cités et leurs environs !

— Bien, merci... à plus tard, baragouina-t-elle alors, gênée de leur avoir fait la morale, tout en se faufilant vers l'immense rue pavée qui séparait les remparts du temple d'Amon-Rê, du palais de la souveraine, et des grandes demeures à étages appartenant aux nobles.

Isabelle leva la main pour abriter ses yeux du soleil omniprésent et fit une pause, quelque peu désorientée de se retrouver ailleurs que dans le cocon royal des jardins d'Hatchepsout qu'elle connaissait désormais par cœur. Ici, à l'extérieur, la vie reprenait ses droits, et il y avait partout du monde qui se déplaçait à l'aide de chaises à porteurs, à cheval, ou tout simplement à pied. L'avenue était saturée par le va-et-vient de nombreuses charrettes tractées par des ânes ou par d'autres convois plus importants, et la jeune femme fut tout aussi étourdie par le brouhaha des voix où se mêlaient des cris et des rires qui l'atteignirent de plein fouet. Ses oreilles en bourdonnaient !

Elle s'obligea à se ressaisir et se focalisa sur son but : Dorian. Il fallait tout d'abord découvrir la direction qu'il avait prise, et comme Bâsim lui avait parlé d'un village de pêcheurs, elle se dit qu'elle devait s'éloigner des beaux quartiers, pour s'orienter ensuite vers le fleuve. Elle s'élança donc dès qu'elle le put entre les charrettes et s'engagea dans une minuscule ruelle droite qui donnait sur une zone verdoyante et ombragée par de hauts palmiers.

Au fur et à mesure qu'elle avançait, les maisons se faisaient plus distantes les unes des autres, plus petites et modestes, et en arrivant près du Nil, Isabelle se retrouva à parcourir des sentiers cernés de roseaux. Ceux-ci étaient si grands, qu'elle ne savait plus du tout où elle se situait. Une chose était sûre, le fleuve était sur sa gauche, car elle percevait le clapotis de l'eau et parfois, le bruit typique d'éclaboussures qui suivaient le plongeon d'une perche du Nil dans son élément.

Brusquement, son horizon s'éclaircit sur d'immenses champs d'orge, d'avoine et de blé qui avaient été ensemencés lors de la décrue à la fin de la saison d'Akhet. Elle sourit jusqu'aux oreilles en songeant à cela, car là encore, elle se rendait compte avec quelle facilité elle s'était faite aux us et coutumes du pays et de l'époque, le calendrier nilotique[34] ayant totalement supplanté dans son esprit le calendrier grégorien ! Elle pouvait même dire avec certitude qu'elle se trouvait au début de la saison de Shemou, en pleine période de chaleur, et que les récoltes se feraient d'ici à deux mois. Toute guillerette, elle se mit à siffloter et se dépêcha de rejoindre l'ombre des arbres à l'orée du fameux village des pêcheurs, tout en suivant des sillons sablonneux pour ne pas marcher sur les céréales. Là, elle héla joyeusement un groupe de bambins qui jouait à proximité.

— Bonjour, les enfants !

Elle resta coite quand la plupart des marmots se dispersèrent en courant pour aller se cacher dans leurs maisons en briques rouges. Mais enfin ! Elle ne s'était tout de même pas transformée en vilaine sorcière des contes de fées, si ? Un seul demeura sur place... une, plutôt, car il s'agissait d'une charmante fillette de sept ou huit ans, aux cheveux longs et noirs.

— Coucou, petite puce, tu n'as pas à avoir peur de moi et je ne te ferai aucun mal. Je suis simplement à la recherche d'un camarade, fit-elle d'une voix douce, tout en restant à distance pour ne pas effaroucher l'enfant.

— Tu es toute pâle, marmonna cette dernière. Et tes

---

34 *Calendrier nilotique : Calendrier de l'Égypte antique se divisant en trois grandes saisons : Akhet « l'inondation » de mi-juin à mi-octobre, Peret « l'émergence, la germination » de mi-octobre à mi-février, et Shemou « la chaleur » de mi-février à mi-juin.*

cheveux ont des reflets dorés.

— Hum... oui. Je sais que ce n'est pas très commun par ici. Je ne peux rien faire pour la couleur de ma chevelure, à part porter une perruque, mais en ce qui concerne ma peau, je suis déjà beaucoup plus hâlée qu'à mon arrivée. Et bientôt, j'aurai peut-être une jolie teinte caramel comme toi.

La petite eut une moue dubitative et pencha la tête sur le côté, tout en continuant de détailler Isabelle.

— Tes yeux sont bizarres...

— Ils sont juste vert ambré et non marron ou noirs comme les tiens, et on m'a mis beaucoup trop de khôl aujourd'hui.

— Tu as des vêtements de noble.

Que pouvait ajouter la jeune femme à cela ?

— C'est exact, car je viens du palais.

— Hum...

— Je cherche donc mon ami, Dorian. Il est très grand, muscl... euh... fort, se reprit-elle vivement, car que pouvait comprendre la fillette si elle parlait de « muscles » ? Il a des tatouages sur la peau, les cheveux mi-longs et noirs...

— Oh ! L'homme aux crocodiles ? s'anima l'enfant, avec un brusque et immense sourire sur les lèvres.

— Pa... pardon ? bafouilla Isabelle.

— Viens, la blanche, je vais te conduire à lui ! s'écria de nouveau la petite en saisissant sa main et en la forçant à la suivre.

La blanche ? Mais elle n'était plus si blanche que ça ! D'accord, elle avait d'abord eu de sérieux et méchants coups de soleil, mais maintenant, au bout de presque trois semaines en Égypte, sa peau arborait une belle teinte dorée. Enfin, c'est ce qu'elle croyait !

Sous les regards appuyés et curieux des villageois,

l'étrange duo coupa à travers le bourg au pas de charge, avant d'arriver dans une sorte de minuscule forêt de type tropical constituée d'un mélange d'acacias, de palmiers et de figuiers. La jeune femme et la fillette la traversèrent, pour finir par déboucher sur une coudée du Nil qui formait comme un lagon aux eaux turquoise, niché dans une crique verdoyante.

— Il est là ! indiqua la petite en pointant son doigt.

— Oui, je l'aperçois, murmura Isabelle avec un trémolo dans la voix, le cœur soudain palpitant en découvrant la haute silhouette de Dorian qui se découpait sur le paysage environnant, à une bonne dizaine de mètres d'elles.

Il se tenait de dos, les bras croisés et les pieds dans l'eau, et ne paraissait pas les avoir entendues arriver.

— Ta femme est là ! cria l'enfant en plaçant ses mains de part et d'autre de sa bouche pour faire porte-voix, faisant méchamment sursauter Isabelle.

Comment un corps si minuscule pouvait-il posséder un tel organe ? Et qu'avait-elle hurlé ? Ta... « femme » ?

— Je sais, Nit ! répondit Dorian de loin et sans faire un seul mouvement vers elles. Merci !

La petite chipie du nom de Nit, donc, s'en fut en direction du village en sautillant d'un pied sur l'autre, tout heureuse d'avoir réuni le couple, et Isabelle ne put s'empêcher de sourire tendrement en la regardant disparaître dans la forêt. Nit la faisait penser à elle au même âge.

La jeune femme se tourna alors en direction de Dorian, souffla doucement pour se donner du courage, puis avança vers lui à pas comptés. Il ne bougeait toujours pas, et elle se décida à ôter ses sandalettes pour le rejoindre dans l'eau, pour ensuite adopter une posture identique à la sienne.

— L'eau est assez fraîche ! lança-t-elle pour rompre le silence.
— Hum...
— C'est agréable.
— Hum...
— Oh, Dorian ! Regarde tous ces beaux oiseaux ! chantonna-t-elle en désignant la berge sablonneuse où des volatiles se cachaient des rayons du soleil sous les roseaux et picoraient à même le limon.
— Les plus grands sont des aigrettes blanches, les moyens des cailles, et les plus petits... les moins couards, sont des pies-grièches rousses.
— Ils n'ont pas du tout peur de nous, s'amusa la jeune femme.
— Parce qu'ils ne sont pas encore chassés en masse comme dans le futur, marmonna le Saint Clare, qui s'entêtait à garder son masque impénétrable sur le visage, mais s'était enfin décidé à parler.
— En tous les cas, cet endroit est absolument magnifique, bien plus beau que les jardins d'Hatchepsout ! s'extasia sincèrement Isabelle.

Oui, elle avait réellement la sensation d'être au paradis, entourée de sa flore merveilleuse et de ses oiseaux féeriques, avec une option en sus... il se trouvait là un fauve à dompter.

— Et si nous allions nous baigner ? proposa-t-elle d'un air enjoué.

Mauvaise pioche, car Dorian parut s'assombrir plus encore.

— Je ne sais pas nager, marmonna-t-il entre ses dents.

Elle avait totalement oublié ce détail ! Pourtant, Kalaan lui avait dit sur l'île de Croz que son camarade « Salam » n'aimait pas la pluie ni l'eau, surtout salée et froide, et qu'en plus il en avait peur.

— Je vais t'apprendre ! fit-elle en s'avançant plus encore dans le lagon, le sable et le limon sous ses pieds formant des volutes brunâtres dans son sillage.

— Pas question, grommela Dorian.

Bon, Ève au paradis avait été aidée par la pomme pour conquérir Adam. Isabelle n'en possédait pas... mais elle avait d'autres atouts, et savait comment s'en servir. En fait oui, les femmes pouvaient devenir de véritables diablesses pour parvenir à leurs fins, mais de gentilles diablesses, qui ne méritaient aucunement la colère et la punition d'un dieu !

La jeune femme soupira de délice alors que l'eau lui arrivait tout doucement aux genoux, puis aux fesses, et elle poussa volontairement un petit cri de plaisir... avant de s'enfoncer plus encore dans le lagon, jusqu'à se retrouver immergée jusqu'à la taille.

— Que c'est bon ! lança-t-elle d'une voix langoureuse en se tournant vers Dorian, qui déglutissait visiblement, et qui avait bien du mal à garder sa froide attitude.

Bien, la glace était en train de fondre, et Isabelle décida de porter le coup de grâce : elle se laissa sombrer et perça à nouveau la surface en rejetant la tête en arrière dans une magnifique gerbe d'eau, tout en faisant ressortir son buste. Elle était au fait que sa tunique de lin fin mouillée devait coller comme une seconde peau sur ses seins, et savait pertinemment que ses bijoux à tétons, dont le jeune homme raffolait, étaient également discernables. C'était comme d'agiter un foulard rouge devant un taureau. Enfin... normalement.

— Isabelle ! gronda Dorian qui était entré dans le lagon jusqu'aux cuisses et avait stoppé son avancée en s'en rendant compte.

Il fallait l'aider, encore un petit peu.

— Mes pauvres habits, minauda-t-elle en se contorsionnant sous l'eau pour se débarrasser de son pagne et de sa tunique. Les voilà tout trempés !

L'instant suivant, elle les lançait en boule sur les roseaux les plus proches, provoquant l'envol d'une flopée de pies-grièches.

Debout, le haut de son corps offert au regard ardent de Dorian, elle serra les poings pour tenir son rôle de mutine jusqu'au bout. Mais au fait… que cherchait-elle à faire au juste ? Lui apprendre à nager, ou le faire sortir de sa sombre torpeur ?

Apparemment, ce serait d'abord la première solution, apprendre à nager, car Dorian se jeta brusquement à l'eau pour la rejoindre, et elle en lâcha un cri d'étonnement tant il la prit par surprise. Surprise qui fit vite place à l'amusement, et Isabelle s'éloigna un peu plus vers les profondeurs pour poursuivre le jeu.

— Isabelle ! Viens ici ! aboya le jeune homme qui s'arrêta à nouveau, l'eau lui arrivant juste sous les épaules.

— Il faut dire, gentiment, « chère Isabelle, pourrais-tu m'apprendre à nager ? »… et, « s'il te plaît », chantonna-t-elle en poussant le vice jusqu'à faire la planche tout en laissant échapper un autre soupir de plaisir.

Au bruit de fortes éclaboussures qui suivit, elle se retourna vivement vers lui, et prit encore davantage le large en se rendant compte qu'il s'approchait d'elle en s'aidant de la nage du chien. Elle en aurait ri aux éclats, surtout en le voyant froncer le nez et grimacer comme des gouttes d'eau jaillissaient sur son visage. Cependant, elle se retint de se moquer en respectant le colossal effort qu'il faisait pour la rejoindre.

— Bien ! l'encouragea-t-elle en nageant doucement en arrière pour l'attirer vers elle et qu'il continue sa progression. Viens vers moi !

— Attends... un peu... gloups...

Oups, s'il buvait la tasse, il risquait de paniquer et de couler.

— La tête hors de l'eau, Dorian !

— C'est... ce que je... gloups...

— Garde la bouche fermée ! Respire par le nez !

— Tu vas voir... gloups...

— Par le nez, je t'ai dit !

Mais il ne pouvait plus l'entendre, il avait sombré, et de nombreuses bulles d'air éclataient à la surface, pile à l'endroit où il avait disparu.

— Nom d'une pipe ! s'écria Isabelle dont le sang se glaça subitement.

Le jeu était allé trop loin et, tout gaillard et robuste qu'il fût, le Saint Clare était en train de couler comme une pierre.

— Dorian ! cria-t-elle encore avant de plonger, pour se retrouver prisonnière des bras de ce dernier, puis propulsée hors de l'eau par une formidable énergie.

Nue comme un ver, plaquée contre le torse musclé du jeune homme, Isabelle ne put que bafouiller d'incompréhension, avant de pencher la tête vers la surface du lagon, où « monsieur l'enfant des dieux » marchait comme s'il avait été sur la terre ferme !

— Ce n'est pas correct d'utiliser ta magie ! l'admonesta-t-elle en fronçant les sourcils et en essayant de se dégager de son emprise.

Dorian se mit à rire et resserra ses bras autour d'elle tout en se dirigeant vers la plage de sable d'un gris sombre.

— Ce n'est pas correct d'utiliser tes charmes pour

me noyer, s'amusa-t-il à son tour, tout en lui posant un baiser sur le bout du nez, ce qui agaça encore plus Isabelle.

— Je voulais t'apprendre à ne plus avoir peur de l'eau ! s'indigna-t-elle.

— C'est réussi.

— Vrai... vraiment ? bégaya-t-elle d'étonnement.

— Vraiment, murmura-t-il d'une voix rauque, pleine de douceur, en arrivant sur la rive et en plongeant ses yeux bleu nuit dans les siens. Tu es ma sirène, Isabelle. Tu m'as capturé et je dépose les armes à tes pieds.

Pour une fois, la jeune femme se retrouva privée de la faculté de parler. À la force des bras, elle se hissa à la hauteur de sa bouche pour l'embrasser.

— À ma queue... murmura-t-elle alors, avant d'être prise d'un fou rire.

— Pardon ? s'exclama Dorian en reculant la tête et en ouvrant de grands yeux.

— Eh bien... si je suis ta sirène, ce n'est pas à mes pieds que tu déposes les armes, mais à ma queue !

— Mademoiselle de Croz... vous êtes vraiment impossible ! lança-t-il avant de joindre son rire au sien, tout en se baissant pour qu'ils puissent s'allonger tous les deux sur le sable, tendrement serrés l'un contre l'autre.

— Que j'aime t'entendre rire, Dorian, finit par souffler Isabelle dans le creux de son cou. Tu m'as fait si peur tout à l'heure, quand tu es parti du per-aâ, je me suis beaucoup inquiétée !

Elle redressa brusquement la tête en le sentant se raidir, et s'aperçut que ses paroles l'avaient rembruni.

— Souris ! Nom de nom, espèce de garnement ! Je sais que j'ai un caractère infernal et que je suis soupe au lait, mais je puis t'affirmer qu'en ce moment tu l'es bien plus que moi !

Les lèvres charnues du jeune homme tremblèrent, avant d'esquisser un rictus.

— Isabelle, ton regard reflétait tant d'horreur, quand tu as compris que c'était moi qui avais transformé en pierre l'homme qui souhaitait ta mort, avant de le faire exploser ! Je n'ai pas pu le supporter. Mais... si je n'avais pas agi, tu ne serais plus là à l'heure qu'il est !

— Dorian, encore une fois, tu t'es trompé sur mon compte. Si mes yeux exprimaient l'effroi, ce n'était pas par rapport à tes actes, mais à cause de l'ensemble des choses que je venais de vivre. C'est aussi... la première fois que je voyais un homme trépasser, et... je ne te remercierai jamais assez de m'avoir sauvée au risque de te faire démasquer. Tu es, en quelque sorte, mon ange gardien. Un peu sciant[35], mais je vais bien finir par te supporter ! s'esclaffa la jeune femme qui ne pouvait, et ne voulait pas, garder son sérieux trop longtemps avec lui.

Il la repoussa sur le dos avec tendresse et prit sa bouche avec une infinie douceur. Les paroles laissèrent bientôt place aux soupirs de plaisir et Isabelle noua ses bras autour du cou de son amant pour l'attirer plus encore contre elle. Il ne devait plus y avoir un seul espace de libre entre eux.

— Les enfants... quelqu'un peut nous voir... chuchota-t-elle néanmoins tandis qu'il lui mordillait le lobe de l'oreille.

— Ils ne viennent jamais ici. Ils ont trop peur des crocodiles.

— Des *quoihaaaa* ? s'étrangla-t-elle à moitié avant que le souffle ne vienne à lui manquer sous l'assaut d'un nouveau baiser ardent, et de perdre également toute

---

35 *Sciant (vieux terme) : Insupportable.*

faculté de penser quand les mains du jeune homme partirent à la conquête des courbes de son corps.

La passion les emporta alors. Tous deux cherchaient à rattraper le temps passé loin l'un de l'autre, par des caresses de plus en plus osées, et des baisers de plus en plus fiévreux. Mais cette fois-ci, Isabelle voulait dominer Dorian, et réussit à le repousser sur le dos pour le débarrasser de son propre pagne, puis elle entreprit de le chevaucher comme elle rêvait de le faire depuis de nombreuses nuits.

Au diable les préliminaires dont elle n'avait que faire ! Elle désirait tout de suite le sentir entrer en elle, qu'il l'emplisse de son ardeur, et qu'il s'enfonce loin dans son corps en feu. Rien que d'y songer, elle en frissonna de la tête aux pieds et se pencha pour happer ses lèvres avec avidité, avant de glisser sa langue à la rencontre de la sienne. Cela faisait des nuits et des nuits qu'elle se contorsionnait toute seule dans son lit, en rêvassant à tout ce que Dorian pourrait lui faire. Mais ici, au moment présent et près du lagon aux eaux turquoise, il était bien réel et tout à elle. Tous les fantasmes pouvaient se concrétiser !

Isabelle lui maintint les mains au-dessus de la tête, et pour une fois, il se laissa faire en émettant des grognements qui attisèrent le besoin de la jeune femme de le faire sien. Tandis que leurs langues s'engageaient dans un duel sensuel et farouche, elle souleva le bassin pour ensuite s'abaisser doucement et s'empaler sur le membre épais de Dorian, tout en poussant un gémissement de pur plaisir. Oui elle était plus que prête à l'accueillir, mais elle était toujours plus petite que lui, et il l'aida en élevant brusquement les hanches pour s'enfoncer plus loin dans son ventre.

Isabelle en suffoqua et se mit à bouger

langoureusement pour le prendre plus profondément en elle. Néanmoins, si elle avait cru diriger leur joute amoureuse en le chevauchant, elle se rendit bien vite compte qu'elle se trompait, et que c'était lui qui menait la danse. Il la maintenait aux cuisses et plongeait en elle en puissants coups de boutoir de plus en plus rapides. La jeune femme s'appuya sur ses larges épaules, et Dorian leva la tête vers l'un de ses seins pour aspirer dans sa bouche son téton en or, avant de le lécher et de le sucer avec gourmandise. Une sorte de folie s'empara d'eux, les guidant ainsi vers les cimes d'une félicité absolue. Entre cris d'extase et gémissements de volupté, le jeune homme emporta Isabelle aux portes d'un fabuleux orgasme qu'ils franchirent en hurlant leur plaisir mutuel, sans jamais vouloir stopper le rythme de la fusion furieuse de leurs corps.

Le monde qui avait explosé autour d'eux comme dans un gigantesque feu d'artifice, reprit peu à peu son aspect de douce quiétude et enfin repus, les amants se désunirent pour ensuite se blottir tendrement l'un contre l'autre. Isabelle s'endormit, la tête posée dans le creux de l'épaule de Dorian et la main sur son cœur qu'elle sentait encore battre à une cadence effrénée, preuve manifeste de l'exceptionnel moment passionnel qu'ils venaient de vivre.

— Dorian… mon amour, chuchota-t-elle en fermant les yeux, si épuisée qu'elle ne se rendit pas compte du sursaut du jeune homme.

Chapitre 20

À la hauteur d'une guerrière

Une forte exhalaison fétide, proche de celle de la putréfaction, fit grimacer Isabelle tandis qu'elle sortait d'un sommeil peuplé de rêves délicieusement érotiques. Instinctivement, elle porta les doigts à son nez, et se frotta vivement, comme si ce geste pouvait supprimer toute odeur, puis elle battit des cils et ouvrit les paupières... avant de se figer d'horreur.

Elle avait encore la joue posée sur l'épaule de Dorian, mais pouvait voir ce qui se trouvait à toucher le côté gauche du corps du jeune homme : un crocodile ! Tout en retenant son souffle, et le plus lentement possible, elle leva un peu la tête pour se faire une idée du spécimen, et constata que ce dernier était tout bonnement gigantesque. Il possédait une épaisse peau composée de squames de différentes tailles, avec des taches et fossettes de couleur marron vert sur le bord des nervures, et l'ensemble de son dos, jusqu'à sa queue, était recouvert par des centaines d'écailles cornées ! Même si leur vue, comme celle de l'intégralité de son corps, était déjà terrifiante en soi, ce n'était rien en comparaison de l'épouvante que la jeune femme éprouva en voyant sa grande gueule aux mâchoires longues et puissantes, ouvertes sur des dents pointues aux racines verdâtres et aux extrémités d'une étonnante blancheur.

Un morceau de chair putride, qui avait certainement appartenu à l'une des précédentes proies du reptile, était encore visible entre deux crocs ! C'était donc de cette immondice béante que provenait la pestilentielle odeur !

Isabelle déglutit péniblement, le cœur au bord des lèvres, et ce dernier battant à un rythme des plus irréguliers. Toujours avec des gestes calculés, elle secoua le torse de Dorian qui se réveilla en poussant un long soupir de contentement.

— *Chutttt...* glissa-t-elle dans le creux de son oreille, tout en portant vivement la main sur sa bouche, dans le but dérisoire de masquer le son de sa voix. Ne bouge pas ! Un crocodile est à l'affût sur ton bâbord.

— Nous ne sommes pas sur un bateau, Isabelle, marmonna-t-il d'un ton ensommeillé.

Puis il ouvrit les yeux qu'il fixa tout d'abord au firmament, avant de tourner lentement la tête à gauche, là où se trouvait l'animal, et au plus grand ahurissement de la jeune femme... il se mit à rire doucement.

— Dorian, es-tu devenu fou ? s'agita-t-elle, tout en s'efforçant de maîtriser ses nerfs pour ne pas basculer dans l'hystérie, et en essayant de parler le plus bas possible pour ne pas attirer l'attention du monstre.

Malgré cela, et sans qu'elle s'en rende compte dans la panique, elle s'était redressée presque à s'asseoir. Brusquement, son regard fut capté par d'autres formes oblongues munies de courtes pattes griffues, allongées sur le sable tout autour de Dorian et elle.

En fait... le couple était cerné par un escadron de crocodiles ! Le plus grand (le pot de colle) devait bien faire sept mètres, tandis que le plus petit n'en faisait « que » quatre.

— Oh... mon... Dieu ! se mit-elle à bafouiller.

C'était l'horreur absolue ! Ils n'avaient pas affaire à un seul monstre, mais à cinq ou six, tous gueule ouverte et crocs saillants ! Pour l'instant, aucun d'eux ne bougeait ou ne donnait signe d'une imminente attaque, mais cela ne rassura en rien Isabelle, qui se retrouvait dans l'incapacité d'agir, car elle était tétanisée par la peur... et sans armes.

Effroi visiblement peu partagé par son compagnon, qui se mit à tapoter le nez du gros prédateur qui le touchait presque.

— Tu pues, mon ami à écailles. Pourtant, je t'ai fortement conseillé d'éviter de manger des proies trop faisandées.

— Dorian ! s'étrangla-t-elle, ses ongles s'enfonçant dans la peau du bras du jeune homme, tandis qu'elle essayait désespérément d'attirer son grand corps vers elle, dans le vain espoir de le protéger.

Et comment pouvait-elle y parvenir, si ce nigaud s'entêtait à chahuter avec le crocodile ? D'ici peu, l'animal allait l'attraper entre ses crocs, et le déchiqueter devant elle ! Isabelle en eut les larmes aux yeux et se mit à trembler de manière convulsive.

Le jeune homme lui lança alors un regard curieux, et se redressa vivement pour la prendre tout contre lui.

— Ma douce ! N'aie crainte ! Ils ne nous feront aucun mal, et j'ajouterais qu'ils sont là pour veiller sur nous !

— Hein, hein, hein... ricana-t-elle nerveusement. Ils veillent sur nous avec leurs gueules ouvertes, leurs crocs pourris, tout en nous épiant de leurs gros globes oculaires vicieux ?

Dorian pinça les lèvres pour ne pas rire et ne pas contrarier plus encore sa belle, puis se mit en devoir de lui caresser sensuellement les bras pour la détendre.

— Ce n'est point l'instant de folâtrer ! Mais celui de sortir nos fesses de ce traquenard à écailles ! De plus, qui te dit qu'ils n'attendent pas le bon moment pour nous dévorer ?

— Isabelle, essaya-t-il de la rassurer, en adoptant pour cela un ton rauque et bas. S'ils avaient voulu nous manger, ils l'auraient fait depuis des lustres. En fait, ils nous auraient d'abord attrapés au bord de l'eau, puis traînés sous la surface du lagon, ils nous auraient ensuite noyés au fond du Nil, laissés nous décomposer un temps, et nous auraient démembrés pour finir par nous gober.

La jeune femme roula des yeux fous et se mit à claquer des dents sans pouvoir se contenir. Une chose était certaine : Dorian Saint Clare ne possédait aucun talent pour calmer la gent féminine ! Il ne pouvait s'empêcher de dire la vérité, sans jamais la détourner, l'embellir, ou mentir par omission, car pour lui, cela n'avait aucun sens. Un peu comme le jour où sur l'île de Croz, Amélie, la mère d'Isabelle, lui avait demandé s'il avait bien dormi dans le lit-clos breton qu'on lui avait alloué, et qu'il avait répondu : « Je n'ai pu me résigner à m'assoupir dans l'armoire, Madame, mais vos tapis sont d'excellente qualité et font de bonnes paillasses ».

D'accord, à l'époque, à sa décharge, il ne savait pas ce qu'était un lit-clos. Mais là, aujourd'hui, alors que lui et Isabelle étaient cernés par des crocodiles, n'aurait-il pas pu simplement être un peu moins sincère et dire quelque chose du genre : « Ces reptiles sont macrobiotes et se nourrissent uniquement de racines de roseaux », ou « ils n'apprécient guère la chair humaine, trop peu goûteuse pour eux, et de ce fait, nous sommes hors de danger » ? Non... bien sûr que non.

— Sors... moi... de cet endroit, marmonna-t-elle en

le fusillant du regard.

Il ne l'avait pas rassurée, mais avait réussi à la mettre en colère. Et une Isabelle en furie était une Isabelle sauvée !

— Je vais faire bien mieux que nous sortir d'ici. Je vais simplement leur demander de partir ; ensuite nous nous rhabillerons, et nous regagnerons le pavillon des invités pour nous sustenter, bien que l'heure du dîner en compagnie de Jaouen et Clovis soit largement dépassée.

— Ne me parle surtout pas de manger !

— À moins que tu ne souhaites rester au lagon ? Toi qui voulais tellement voir de près un crocodile ! susurra-t-il encore, taquin, et les yeux pétillants d'amusement.

— Hors de question ! hurla-t-elle sans le vouloir, et prête à tout céder à Dorian pour qu'ils s'en aillent le plus rapidement possible.

Ce paradis était tout bonnement devenu pour elle un enfer !

À ce moment-là, « Gueule qui pue » comme elle avait secrètement appelé l'animal à l'haleine putride, siffla bruyamment avant de claquer avec force ses mâchoires. Seules ses deux dents pointues du bas ressortaient désormais de chaque côté de son museau, tandis qu'il semblait faire non de sa grosse tête.

— Retournez au Nil, murmura Dorian, tandis que ses congénères imitaient « Gueule qui pue ».

Petit à petit, les reptiles se mirent en mouvement et rampèrent vers le lagon, pour ensuite disparaître à une vitesse des plus surprenantes au vu de leur impressionnante constitution.

— Ils ont mangé les oiseaux, il n'y en a plus un à la ronde, balbutia Isabelle, un trémolo de tristesse dans la voix, avant de se diriger d'un pas hésitant vers le tas que formaient ses habits et de se vêtir rapidement.

— Non, ma douce. Les oiseaux sont bien trop agiles pour les crocodiles, et sont trop petits pour rassasier leurs énormes estomacs. Ne t'en fais pas, ils sont sains et saufs.

— Comment peux-tu affirmer cela ?

— Aurais-tu oublié le fait que j'ai grandi ici, en Égypte ?

La jeune femme sursauta, car oui... elle l'avait oublié. Dorian avait remplacé Salam depuis bien longtemps dans son esprit. Il était désormais, pour elle, l'enfant des dieux d'origine écossaise et non plus l'homme bleu que Kalaan lui avait présenté il y avait de cela une éternité.

— Tu... as toujours communiqué avec ces... bêtes ?

— Non. J'ai découvert ce pouvoir, certainement lié à ma magie des Éléments, le jour où je me suis endormi en ce lieu, pour m'éveiller au son de hurlements. J'étais entouré de crocodiles, néanmoins ils ne s'en sont pas pris à moi, mais plutôt à un individu venu pour me tuer dans mon sommeil. Le plus gros qui veillait sur nous...

— Qui a infecté notre air et m'a terrorisée, oui !

— Celui-là même, confirma Dorian, patient. Il a entraîné mon assaillant dans le Nil, tandis que les autres formaient une sorte de rempart autour de moi. J'ai instinctivement su que j'étais sous leur protection. Quelque chose dans mon esprit me l'a assuré. Depuis ce jour, il y a deux semaines, je reviens régulièrement, et je mets en pratique ma magie pour communiquer avec les crocodiles. Mais pas seulement.

— Un meurtrier... et qui t'aurait attaqué alors que je récupérais à peine de mon coup de chaleur ? Pourquoi ne nous en as-tu jamais fait part ?

— Je ne voulais pas vous inquiéter inutilement, toi et les frères Guivarch. En toute logique, j'ai pensé que c'était un rôdeur ou un voleur qui avait souhaité s'en prendre à moi. Mais avec ce qui s'est passé ce matin au palais, j'ai acquis la certitude que nous sommes des cibles à éliminer, et ce, depuis notre arrivée.

La jeune femme afficha sa contrariété et se tourna une nouvelle fois en direction du lagon et du Nil qui se profilait derrière les arbres et les roseaux.

— Nous devons en parler à Hatchepsout.

— J'aurais dû le faire, ce qui aurait éventuellement évité l'attaque d'aujourd'hui, dont je suis du coup responsable. Cela n'est dorénavant plus nécessaire, car nous assurerons notre défense. Quant au collier ensorcelé, j'ai mené également mon enquête, je suis allé d'une orfèvrerie à une autre, et je n'ai rien découvert de suspect, ni trouvé une parure ressemblant de près ou de loin à celle d'Amenty. Il semblerait que cette histoire de bijou ne puisse plus nous porter préjudice. Et j'en remercie les dieux !

— Tu as effectué tout cela en solo, alors que je m'ennuyais et tournais en rond dans les jardins royaux ? maugréa Isabelle. Sacrebleu, je serais venue avec toi !

— Ah bon ? Mademoiselle de Croz, n'est-ce pas toi qui, depuis un certain soir dans ma Khaïma, ne voulais plus me parler ni me voir ?

Elle haussa le menton d'un air revanchard, avant de soupirer et de rendre les armes. Elle était fatiguée et assoiffée, et ne souhaitait plus partir en guerre contre Dorian. De plus, il fallait bien se l'avouer, après avoir connu la passion dans ses bras pour la première fois, elle avait volontairement pris la mouche pour le fuir.

— Tu as raison, je me suis comportée comme une idiote. Néanmoins, je t'aurais apporté mon aide si tu me l'avais demandée.

— Avec la discrétion qui te sied ? Ah, ça non !

lança-t-il avant de partir d'un rire de stentor devant son air offusqué et ses lèvres arrondies sur un « oh » muet.

— Toi, tu ne perds rien pour attendre !

— Attention, les crocodiles reviennent ! s'écria-t-il soudain alors qu'elle faisait mine de se jeter sur lui.

Cette plaisanterie se retourna vite contre lui, car poussée par l'effroi, elle entreprit de grimper sur lui comme s'il n'avait été qu'un simple cocotier dont elle devait absolument atteindre rapidement le point culminant pour se placer hors de danger.

— Isabelle, marmonna-t-il en cherchant à récupérer sa vision que des mains menues occultaient. Crois-tu qu'en te juchant sur mon dos, voire au sommet de mon crâne, tu seras protégée de ces bêtes ? Mais bon, qui suis-je pour te détromper ? Alors fort bien, puisque tu as décidé de jouer au singe, je veux bien te porter jusqu'au village. Car nous allons certainement croiser mes autres amis, les lézards, et pourquoi pas... les serpents ?

— Dorian ! ! Je hais les reptiles, tous les reptiles ! s'égosilla Isabelle en lui arrachant une touffe de cheveux dans la panique.

— Aïe ! Promis, je m'en souviendrai, grommela-t-il de douleur, avant de flanquer une claque sonore sur son postérieur qui reposait en partie sur ses larges épaules.

— Bien, maintenant que nous avons passé le village, les champs cultivés et que nous arrivons non loin des premières habitations de Karnak... pourrais-tu, s'il te plaît, descendre de ton perchoir ? sollicita Dorian, d'un ton à la fois moqueur et désabusé.

Isabelle n'était pas lourde, mais qu'est-ce qu'elle pouvait bouger ! À chaque fois qu'elle apercevait un oiseau, ou entendait un bruit suspect, ou encore s'ébahissait à la vue d'une felouque sur le Nil, elle se contorsionnait, sautillait sur son assise, et ses cuisses athlétiques agissaient comme une clef à vis sur le cou du jeune homme.

Il n'en pouvait plus !

— Désolée, mais c'est impossible !

— Qu'est-ce qui t'en empêche ?

— J'ai laissé mes sandales au lagon et tu ne voudrais certainement pas que je me blesse les pieds ! chantonna-t-elle, finaude.

— Crois-tu qu'une guerrière d'exception comme toi puisse donner une bonne image d'elle-même en étant juchée sur les épaules d'un autre combattant, telle une enfant de trois ans ?

— Ce que pensent les gens de moi ne m'atteint plus ! D'autant que dans cette époque, je trouve qu'ils ont une grande largesse d'esprit, et cela me convient ô combien !

Dorian ne savait plus que faire ou dire pour avoir gain de cause. Il aurait très bien pu basculer le torse pour la faire tomber à la renverse sur le sol, et il était sur le point de mettre son plan à exécution, quand il songea à une autre idée :

— Ne m'as-tu pas appelé « mon amour » tout à l'heure, avant de t'endormir dans mes bras à la suite de nos ébats passionnés ?

Il émit un croassement de douleur et écarquilla les yeux de surprise, quand les cuisses d'Isabelle se resserrèrent brusquement, et méchamment, autour de son cou. Néanmoins, l'instant d'après, elle se séparait de lui pour sauter sur le sentier sablonneux entouré de roseaux. Puis, elle fila tout droit pour mettre le plus de distance possible entre elle et lui. Ah non ! Cette fois-ci, il n'allait pas la laisser prendre la tangente !

— Isabelle !

— Je ne m'en souviens pas !

— Je me disais bien... que tu avais la mémoire aussi courte qu'une vieille perche du Nil ! Tu goberais un nouvel hameçon à peine libérée d'un autre !

— Que veux-tu insinuer ? siffla-t-elle en plissant les paupières, tout en faisant demi-tour pour se planter à deux mètres de distance, face à lui.

Il ne s'en laissa pas compter et avança de quelques pas nonchalants, avant de baisser la tête pour plonger son regard bleu nuit dans le sien.

— Seulement ce que je viens de dire, martela-t-il en détachant chaque syllabe.

— Je ne suis pas vieille ! lança-t-elle en redressant le menton.

— Là encore, tu ne tiens compte, dans mes propos, que de ce qui t'arrange ! Je faisais référence à ta mémoire.

— Ne t'en déplaise, elle est d'une incroyable acuité !

Dorian faillit s'étouffer de rire ! Bon sang, Isabelle avait un de ces foutus toupets !

— Quand cela te sied, sale gamine !

— Cite-moi un exemple, vaurien !

Il ne s'en priva pas :

— Quand tu m'as soupiré « mon amour » ? Le lendemain de beuverie chez Inerkhaouy et l'histoire de la cordelette attachée à nos poignets (là, il évita de justesse de lui parler de leur union officielle devant les dieux) ? Le collier ? La fois où tu t'es fait poser des bijoux à tétons, suite à une autre soûlerie ? Et...

— Comment sais-tu cela ? s'écria-t-elle, outrée. Je ne t'en ai jamais fait le récit !

— J'ai dû percevoir, par inadvertance, ta discussion avec Néférourê...

— Tu m'épiais ?

Le jeune homme redressa la tête et se mit, l'air de rien, à admirer le panorama. Il venait de se faire prendre à son propre jeu, et la donzelle en profitait.

— Comment ne pas vous entendre, alors que je me lavais de l'autre côté du paravent ?

— Bien sûr ! Et moi, je suis la reine de Saba ! Oh ! Mais alors, c'est pour ne pas te faire repérer que tu as plongé le buste dans une barrique d'huile de sésame quand je suis passée non loin de toi ! Quel filou ! Quel gredin ! Quel...

— Il y a des situations qui portent à quiproquo ! Celle-ci en était une, mentit effrontément Dorian pour lui clouer le bec.

Comme quoi, il possédait tout de même la capacité de mentir... quand ça l'arrangeait. Ou bien, il apprenait très vite !

La jeune femme poussa un long soupir de lassitude.

— Pourquoi nous disputons-nous encore ?

— Une nouvelle perte de mémoire ? s'enquit-il du tac au tac, avant de lui jeter un clin d'œil, et d'afficher un sourire canaille en lui ouvrant grand les bras.

Isabelle fit la grimace, puis à son tour sourit jusqu'aux oreilles, et s'élança pour se couler contre son torse, avant qu'il ne la serre amoureusement.

— Que vais-je faire de toi, petite effrontée, chuchota-t-il avec tendresse dans le creux de son oreille, avant de caresser de ses lèvres son front velouté, pour un doux baiser.

— Me porter jusqu'aux remparts ? jeta-t-elle, la mine innocente, en levant ses beaux yeux vert ambré vers lui, et en papillotant des cils.

— Ma sirène, soupira-t-il avec emphase comme il cédait à sa demande, avant de lui indiquer son dos.

Grimpe ici, car mes épaules et mon cou ne supporteront plus tes incessants trépignements.

— Dis tout de suite que je suis grosse !

— Je n'ai rien affirmé de tel !

C'est ainsi qu'ils terminèrent leur chemin vers la haute muraille d'enceinte, côté nord, du temple d'Amon-Rê, et passèrent devant des gardes estomaqués par leur attitude. Oui, car enfin, Isabelle et Dorian étaient censés être les élites de la reine-pharaon Hatchepsout ! Ils se devaient d'avoir de la prestance, du charisme, d'en imposer, quoi ! Et de ne surtout pas ressembler à un duo de baladins !

— Le pavillon des invités est au sud, tout comme les fabuleuses boissons qui nous attendent ! pesta la jeune femme en jouant du genou contre le flanc de Dorian, pour qu'il s'engage dans la direction qu'elle indiquait.

— Arrête de me prendre pour une monture ! Nous devons d'abord passer par la forge !

— Pas la peine de me houspiller ! Il suffisait de m'en faire part !

— M'en as-tu seulement donné l'occasion ?

— Hum...

Arrivé devant l'atelier et les fourneaux, il la laissa pratiquement tomber par terre en lui lâchant les cuisses, pour ensuite faire signe à Bâsim. Ce dernier leva la main en retour et fit un geste affirmatif de la tête avant de disparaître. L'instant d'après, il réapparaissait en portant à bout de bras un grand et long objet emballé d'un épais tissu de lin.

— C'est pour toi, murmura tendrement Dorian en désignant l'ensemble.

Isabelle haussa ses sourcils d'étonnement, et fit quelques pas hésitants vers le forgeron. Elle était soudain très émue, même sans savoir ce qu'elle allait trouver sous le drap. Le simple fait que le jeune homme ait songé à lui faire une surprise la bouleversait.

Doucement, avec des gestes enfantins qui amusèrent Bâsim et Dorian, elle écarta le lin avant de hoqueter de stupeur.

— C'est... mais... comment ?

Elle venait de découvrir deux beaux étuis en cuir tanné, un très long et courbé, ainsi qu'un autre bien plus petit. Elle saisit le plus grand avec beaucoup de délicatesse, et retint son souffle en avisant la poignée d'une épée. Mais pas n'importe quelle épée... quand elle la tira hors de sa housse de protection, la jeune femme put constater que c'était un authentique katana qu'elle tenait entre ses mains.

— Par quel... prodige ? murmura-t-elle avec effort, tant son émotion était forte.

— J'ai suivi vos instructions, répondit alors Bâsim, d'un ton à la fois d'excuse et bourru. Mais votre ami a affiné et travaillé le métal durant des nuits pour obtenir ce résultat... quel gâchis ! C'est un bel ouvrage, mais la lame est toute courbée et se brisera comme du bois mort au premier choc !

Pauvre forgeron, si seulement Isabelle avait pu lui révéler à quel point un katana pouvait être redoutable ! Cette arme était unique et fabuleusement dangereuse ! Lui et le jeune homme avaient accompli un véritable exploit ! La lame sifflait joyeusement dans l'air à chaque mouvement qu'Isabelle lui faisait effectuer, et elle était d'une telle légèreté qu'elle aurait pu n'être tenue qu'à une seule main !

— Dorian ? Tu as la connaissance pour la fabrication des épées ?

— Je maîtrise l'art de la forge depuis mes dix ans,

je l'ai appris aux côtés de ma famille berbère et j'ai déjà eu l'honneur de croiser un guerrier japonais grâce à ton frère, Kalaan. Quant à l'affinage et à la rapidité de l'exécution, je les dois à… tu sais quoi.

— Oh !

— Regarde l'autre étui, l'incita-t-il, tandis qu'Isabelle rangeait cérémonieusement le katana dans sa protection en cuir, sans se rendre compte qu'une larme sillonnait sa joue.

— C'est également toi qui t'es occupé de la confection des peaux ?

— Non, ça, nous le devons aux excellents artisans de la reine.

Dorian essuya la goutte cristalline du bout des doigts, puis saisit l'arme pour lui libérer les mains, et une nouvelle fois, la jeune femme fut bouleversée en découvrant ce que l'autre housse dissimulait :

— C'est ma dague ! Celle que je croyais avoir perdue… mais, la lame est différente, récente et plus solide ! Vous l'avez entièrement retravaillée ! Ohhh ! Ce que je t'aime, Dorian Saint Clare ! hurla-t-elle d'émotion en se jetant dans ses bras et en faisant sursauter tous les ouvriers à la ronde.

L'enfant des dieux ne cacha pas sa propre affection, mais chercha à plaisanter :

— Tu me le répèteras quand ta lame sera placée, bien à l'abri, dans son fourreau ! J'ai cru que tu allais m'éborgner avec la pointe ! De plus, il te fallait des armes à la hauteur de la fabuleuse guerrière que tu es...

Il ne put en dire plus car Isabelle, qui avait passé un bras derrière son cou pour le forcer à se pencher, l'embrassait avidement, sous les rires et les sifflements des artisans attirés par la curiosité.

Bâsim, de son côté, se mit à gratter le sommet de

son crâne chauve, avant de marmonner :

— Par les dieux de la haute, moyenne, et basse Égypte, s'il faut donner des armes à nos femmes à la place de bijoux pour être aimés... nous allons droit à la catastrophe !

Mais après tout, pourquoi pas ? Ça coûterait beaucoup moins cher et ce serait plus utile !

Chapitre 21

Terrifiantes visions

Isabelle avait réussi à manger de bon appétit à son retour du lagon. En fait, elle avait fait une véritable orgie de tous les plats qu'on lui avait proposé et s'était gavée encore pire qu'une oie ! Comme quoi, à ce moment-là, l'odeur fétide de la gueule des crocodiles n'était plus qu'un lointain souvenir !

Jaouen et Clovis s'en étaient trouvés frappés de stupeur, tandis que Dorian riait sous cape à son coin de table.

— Vous étiez vraiment cernés par ces monstrueuses bêtes ? s'était enquis le vieux majordome, dont les bajoues avaient tremblé rien que d'y songer.

— Et comment ! avait crâné la jeune femme, avant de mordre voracement dans une partie charnue et grillée à point de la cuisse d'une grue. Et ils nous obéissaient au doigt et à l'œil ! avait-elle ajouté la bouche pleine.

Mais bien sûr ! Et où était passée sa compassion pour les pauvres volatiles, alors qu'elle était en train de dévorer l'un de leurs congénères ?

— Tu parles avec eux ? Tu as recouvré la faculté de communiquer par la pensée ? s'était informé le druide, en se tournant vers l'enfant des dieux.

— Honnêtement, je ne le crois pas. J'ai plutôt l'impression que les crocodiles captent mes volontés et intentions, et qu'ils m'ont pris pour l'un des leurs. En réalité, ils ne sont pas très malins et fonctionnent surtout à l'instinct. C'est peut-être ce qui me permet de les manipuler avec autant de facilité.

— Bien ! Je vous laisse bavasser ensemble, messieurs ! s'était exclamée Isabelle, avant de siffloter joyeusement, puis de s'essuyer rapidement la bouche et les doigts et de saisir son katana, dans le but évident de s'en aller.

— Dites, jeune fille ! Où sont donc passées les bonnes manières que je vous ai inculquées ? s'était indigné Clovis en fronçant les sourcils d'un air réprobateur.

D'accord, il lui avait souvent permis d'agir à sa guise, mais tout de même, il y avait des limites !

— Ma foi… quelque part dans le futur ? avait-elle chantonné, espiègle. Ou alors non, attends ! Peut-être se sont-elles perdues dans les limbes du vortex du temps ? Va savoir ! Bonne fin d'après-midi à tous, quant à moi, je m'en vais faire connaissance avec Seshiru !

Avant de prendre congé, elle s'était élancée vers Dorian pour lui voler un baiser ravageur, et l'avait laissé pantois sur sa chaise, les lèvres risiblement tendues dans le vide tandis qu'elle avait tourné les talons.

— Je te rejoindrai dans la Khaïma, mon chéri ! avait-elle encore jeté de loin avant de disparaître dans les jardins.

— Shéchi-quoi ? avait soufflé Clovis.

— Mon chéri ? s'était amusé à relever Jaouen, en même temps que son frère, et en haussant un sourcil grisonnant.

— Accordez-moi une seconde… et je vais tout vous

raconter, avait supplié Dorian dont le corps avait été porté à ébullition suite à un simple, mais terriblement sensuel, baiser.

C'est ainsi qu'Isabelle la terrible se retrouva dans son endroit préféré des jardins du palais, à faire « connaissance » avec son katana qu'elle avait baptisé du prénom féminin japonais de Seshiru. Elle ne vit pas les heures passer, et était toujours en train de danser avec son arme mortelle quand le soleil se mit à décliner à l'horizon.

Ce fut Néférourê qui la ramena au moment présent, en la sortant de sa transe guerrière. La princesse paraissait dévastée, et ses beaux yeux sombres étaient soulignés par de grands cernes mauves.

— Amenty ? s'inquiéta brusquement Isabelle en l'appelant involontairement par son prénom des Origines, et en venant la rejoindre alors que la fille de la reine-pharaon s'était lourdement assise sur un banc, non loin du bassin aux lotus bleus.

— Très intéressante cette... quoi, en fait ? baragouina cette dernière en reniflant bruyamment, et en passant le dos de sa main sur sa joue afin d'écraser quelques larmes, pour ensuite pointer du menton l'épée courbée.

— C'est un sabre japonais, un katana pour être précise, lui répondit son amie en s'agenouillant près d'elle et en lui saisissant les doigts. Mais laissons cela de côté pour le moment, car je vois bien que vous n'êtes pas dans votre état normal, et quoi de plus normal après cette funeste journée !

— Vous m'avez nommée Amenty, et vous avez bien fait. Car ce soir, je suis cette enfant des Origines, dans la mesure où... je viens d'avoir des visions. D'horribles visions !

La princesse se mit à trembler de la tête aux pieds et Isabelle s'assit vivement à ses côtés avant de la serrer dans ses bras, telle une mère consolant son tout-petit.

— Je suis là, dites-moi tout si cela peut vous soulager.

Néférourê soupira longuement et reprit plusieurs fois sa respiration avant de pouvoir articuler :

— Vous êtes au courant du fait que je possède un don de divination, n'est-ce pas ?

La jeune femme fit un simple mouvement affirmatif.

— Heu... je... ne sais par où commencer... Isabelle, les images qui hantent mon esprit sont si horribles et... il y avait tellement de sang !

— Princesse, je suis là, ne soyez plus apeurée ! Libérez-vous et laissez-moi vous aider, murmura avec douceur son amie.

La pauvre hocha piteusement la tête, avant de manifestement chercher du courage pour poursuivre son récit :

— J'ai vu le feu, la terreur et le sang. Un serpent se transformait en Apophis, qui est l'incarnation des forces du chaos et du mal, tout comme l'ennemi du dieu Rê. Dans ma vision, il s'en prenait à ma mère ainsi qu'à mon père et les assassinait, pour ensuite effacer toute trace de leur passage sur terre en détruisant les hiéroglyphes, comme les inscriptions se rapportant à eux, sur les remparts et dans les temples. Loin que ce soit suffisant, il a en second lieu réduit en poussière tous les papyri relatant leur histoire et les grands évènements de leur vie. Toutes les personnes qui se soulevaient contre Apophis finissaient dans un immense brasier, ou étaient décapitées d'un simple geste de ses griffes acérées. Et j'ai vu... Mérytrê, ma sœur cadette... rire de tout cela, tandis qu'elle était assise sur le trône de ma mère, Thoutmôsis à ses côtés, et tous deux buvaient dans une coupe pleine de sang.

— Je n'étais pas au courant que vous aviez une sœur, chuchota Isabelle en essayant de masquer son effroi suite au récit de la princesse, tandis que cette dernière se tordait nerveusement les mains en retombant dans le silence.

— Mérytrê, bien que de quatre ans plus jeune que moi, est née de l'union sacrée d'Hatchepsout et de son demi-frère, l'ancien roi Horus, alors que mon père, comme vous le savez déjà, est Sénènmout. Personne n'est présumé être au fait de cela au palais, mais nombreux sont ceux qui s'en doutent, étant donné que je lui ressemble beaucoup. Quant à ma demi-sœur, si vous ne l'avez pas aperçue, c'est parce qu'elle se tient le plus souvent à l'écart du peuple et ne se présente à lui que lors de grands évènements. Elle abhorre notre mère et me voue une haine farouche, car je suis censée me marier avec celui dont elle est amoureuse : Thoutmôsis le troisième. Mérytrê se voit comme la future reine d'Égypte, mais sait que son rêve est impossible à réaliser à cause de moi. De son côté, Thoutmôsis n'a que faire d'elle et l'ignore totalement : il veut épouser la princesse aînée, ce qui consacrerait son accès au trône, au moment de succéder à la reine-pharaon. Dans ma vision, tout était si clair, et ma sœur... participait au massacre pour parvenir à ses fins.

— Amour, haine et coups bas..., voici ce que nous retrouvons à la tête de tous les empires et royaumes, marmonna Isabelle en pinçant les lèvres d'amertume. Malheureusement, mon amie, vous n'êtes en aucun cas épargnée et vous devrez vous battre pour conserver votre liberté ; mais je sens au fond de moi que vous trouverez la force d'emprunter le bon chemin, celui qui vous libérera de vos chaînes ! Quant à cet Apophis, c'est un dieu imaginaire des puissances maléfiques, non ? Un de ceux qui ont été inventés pour remplacer les vraies déités ?

— Certes, opina Néférourê en posant un regard intrigué sur la jeune femme, soudain curieuse de savoir où celle-ci souhaitait en venir.

— Il n'est donc pas réel, mais représente certainement un évènement sombre à venir ! De ce fait, votre vision est à prendre en grande considération, car elle nous prévient d'un potentiel danger. Une lourde menace plane sur le trône et sa reine, il vous faut en parler avec elle, comme avec Sénènmout, et ne surtout rien leur dissimuler ! Quant à moi, je vais faire de même avec mes amis, et nous protégerons vos parents. Souvenez-vous, l'avenir est malléable et nous pouvons, grâce à votre don, changer les choses avant qu'elles n'adviennent. L'histoire de ce collier ensorcelé n'en est-elle pas une preuve ? Rien ne s'est passé depuis notre arrivée.

— Vous avez raison. Discuter avec vous a permis de m'éclaircir les idées. Merci, fit-elle en serrant chaleureusement la main de son amie, avant de se relever dans le but de rejoindre au plus vite le per-aâ.

— Princesse ?

— Oui, guerrière ?

— Dans votre vision, auriez-vous tout de même aperçu le bijou maudit ?

— Non, il n'y avait nulle trace de lui.

Isabelle se sentit quelque peu soulagée, mais pas totalement. Car, malgré ses paroles réconfortantes à l'intention de Néférourê, tout ce qui tournait autour de ce joyau l'oppressait plus que de mesure. Dans son esprit, cette parure était comme un monstre qui les suivait depuis le début de cette aventure, en se tapissant dans le noir et les ombres, prêt à surgir à tout moment pour semer le chaos. Un démon bien plus terrifiant, de par son silence, que l'Apophis des visions de la princesse.

    Elle redressa la tête, et se rendit compte que cette dernière avait disparu et que la nuit s'était installée, tandis que des serviteurs embrasaient les torches çà et là dans les jardins. Pensive, Isabelle replaça son katana dans son étui et glissa le tout dans une large ceinture qu'elle avait à la taille, à la manière des samouraïs. Puis elle se dirigea vers la tente de Dorian, où elle était assurée de le trouver à cette heure tardive. Elle accéléra le pas pour le rejoindre, mais fit tout d'abord un détour par le pavillon des invités pour quérir les frères Guivarch. Elle devait réunir ses compagnons de voyage, y compris Ardör, qui leur apporterait certainement ses lumières quant aux visions de Néférourê. Ensemble, avec de la volonté et une bonne part de chance, ils découvriraient une solution pour résoudre le problème « Apophis ».

    Nous y parviendrons, se promit Isabelle en serrant les poings.

Chapitre 22
L'appel de la reine-pharaon

Dorian et Isabelle furent réveillés aux aurores par l'arrivée, devant leur tente, de gardes dépêchés par la souveraine :

— La reine-pharaon souhaite la présence de ses élites à ses côtés, vous êtes instamment priés de la rejoindre dans le Saint des Saints du temple d'Amon-Rê !

Puis ils disparurent aussi rapidement qu'ils étaient apparus à l'entrée de la Khaïma.

— Cela leur aurait écorché la bouche de nous en informer avec plus de politesse ? bougonna la jeune femme avant de bâiller et de s'étirer comme un chat sur les coussins de sa couche moelleuse.

Dorian en profita pour aspirer la pointe en or d'un de ses seins entre ses lèvres et le taquiner du bout de la langue.

— Voyou, soupira-t-elle langoureusement en lui caressant les cheveux et en le maintenant contre son buste. Comme nous l'avions escompté, Hatchepsout nous attend, et nous n'avons plus le temps de folâtrer !

Il capitula en gémissant, repoussa le drap en lin qui recouvrait leurs corps dénudés, et se redressa vivement pour se diriger vers la pile de ses habits. Tout avait été préparé à peine deux heures plus tôt, alors qu'ils avaient veillé une grande partie de la nuit en compagnie d'Ardör, de Jaouen et de Clovis afin de mettre au point un plan de défense. Les deux jeunes gens, pour se détendre, s'étaient ensuite offert une baignade au lac sacré, sous un ciel nocturne magnifié par des milliers d'étoiles scintillantes, avant de s'octroyer un court repos.

— Ton pagne est là ! l'informa-t-elle en le lui jetant au visage, avant d'éclater de rire.

— Non, ça, c'est le tien, petite peste ! Je préfère mes vêtements de Touareg pour rencontrer la reine, et cela me permettra de dissimuler mes armes sous les manches longues.

Elle rit à nouveau et songea soudain, avec beaucoup d'émotion, à cette forte complicité qui s'était instaurée entre eux comme s'ils se connaissaient depuis des années, alors que cela ne faisait que peu de temps qu'ils s'étaient vraiment trouvés. Pour rien au monde elle n'aurait voulu perdre cela, et dans sa tête, un projet était en train de se former : rester dans cette époque, en Égypte, avec Dorian à ses côtés.

Jamais Isabelle ne s'était sentie aussi vivante qu'en cet instant ! Ici, ils étaient libres de toute convenance et pouvaient presque agir comme ils l'entendaient, sans peur du qu'en-dira-t-on. Néanmoins, est-ce que Dorian serait prêt, comme elle l'était, à abandonner ses proches et le futur, pour poursuivre cette nouvelle existence ? Bien sûr, elle aimait sa famille, mais… elle n'était qu'une simple présence pour eux, parfois un boulet, ou, dans le meilleur des cas, une douce compagnie.

— Sais-tu que tes tatouages sillonnent à nouveau ta peau comme s'ils étaient vivants ? s'enquit-elle brusquement, après avoir posé les yeux sur son corps musculeux.

Il pencha vivement la tête vers son large torse et contempla ensuite ses épaules. Quand il replongea son regard dans celui de la jeune femme, une ombre d'inquiétude le voilait.

— Ce n'est pas bon signe, dépêchons-nous ! lui lança-t-il d'une voix grave et rauque.

Elle frissonna de la tête aux pieds et, malgré le peu de sommeil, se releva avec vivacité pour s'habiller rapidement de son pagne, de sa tunique, et de son ample ceinture. Ses longs cheveux étaient toujours coiffés en une natte épi, ce qui lui permit de gagner un temps précieux dans ses préparatifs. Des scènes nées du récit de la vision de Néférourê emplirent brutalement son esprit, et une sourde angoisse lui étreignit le cœur.

— Cette fois-ci, nous partons à la guerre ! assura-t-elle froidement. Un je ne sais quoi me dit que l'assassin d'hier n'était que du menu fretin et que nous allons devoir affronter quelque chose de bien plus menaçant.

— Il est toujours bon de se fier à son instinct, mais pas quand il est occulté par la frayeur, coupa calmement Dorian qui finissait d'attacher ses propres dagues à ses poignets et de vérifier le mécanisme automatique d'extraction de la lame. Nous agirons comme nous l'avons prévu : les frères Guivarch cacheront une grande partie des documents royaux retraçant les campagnes d'Hatchepsout dans le sous-sol du pavillon des invités, et Ardör, toi et moi resterons près de la reine et de l'enfant des Origines pour assurer leur protection. En nous divisant en deux groupes, nous serons plus efficaces et redoutables. Point par point, nous allons tout mettre en œuvre pour contrecarrer ce que la vision de Néférourê annonçait.

Elle approuva d'un signe de tête, puis posa son

regard admiratif sur les deux longues dagues, maintenues dans les attaches en cuir, qu'il avait terminé de fixer sur ses avant-bras.

— J'en suis encore à me demander comment tu as pu fabriquer toutes ces armes en si peu de temps !

— Magique ! essaya-t-il de plaisanter pour détendre l'atmosphère, tout en achevant de vêtir sa tunique bleue, puis en torsadant le pan de son chèche sur sa chevelure, tandis que la jeune femme glissait son katana dans sa propre ceinture.

— Prends ça ! cria-t-elle soudain, en lui jetant une pomme qu'il saisit au vol, pour ensuite la croquer à pleines dents. J'emporte la gourde cette fois-ci, car il est hors de question de mourir de soif ! fit-elle encore en enfilant sur son dos la bandoulière de l'outre en cuir tanné, avant de mordre dans un pain aux figues, et de s'élancer vers la sortie de leur tente.

— Parce que tu crois que nous manquerons de boissons dans le temple d'Amon-Rê ? s'esclaffa Dorian.

— On ne sait jamais !

Une brume épaisse et scintillante qui évoluait mollement au-dessus du sol semblait les attendre à l'extérieur. En une fraction de seconde, Ardör reprit sa forme de guerrier antique, et leur emboîta le pas en survolant le sentier dallé.

— Vous en avez mis du temps, grommela-t-il de sa voix rocailleuse.

— Nous n'avons pas votre propension à tout faire en un instant, lui retourna Isabelle du tac au tac. Mais nous, au moins, sommes de meilleure humeur au réveil ! Comptez-vous nous suivre sous cette apparence ? Est-ce vraiment judicieux ?

— Avant que nous ne passions les treillis de jasmin, j'aurai disparu dans les airs et vous surveillerai d'en haut.

— Et les frères Guivarch ? demanda Dorian.

— Ils viennent de repartir jouer les voleurs de papyri. J'ai l'impression que malgré la fatigue, cela les amuse beaucoup ! pouffa enfin le Naohïm, en se déridant un peu.

— J'espère qu'ils ne se feront pas attraper, et qu'ils se ménageront un peu ! Il faut qu'ils n'oublient pas leur grand âge, s'inquiéta Isabelle. Sans compter que Jaouen a encore trop fumé de sa nouvelle herbe spéciale. Croyez-vous qu'il ait réellement vu des lucioles rouges la nuit dernière ?

— Si ce n'étaient que des lucioles ! s'esclaffa Dorian.

— Oui, il est vrai que le coup des vers grouillant sur le crâne de Clovis n'était pas mal non plus, ajouta Ardör. Heureusement que vous avez retenu le druide, il aurait fini par assommer son frère avec le flabellum[36] !

Ils rirent de concert en arrivant près des dernières canisses des jardins qui masquaient encore le sentier dallé menant au temple.

— Lequel de vous deux a songé à apporter ma demeure avec lui ? demanda soudain Ardör, avec beaucoup plus de sérieux, et en coulant un regard de Dorian à Isabelle.

Ceux-ci se dévisagèrent avec étonnement, avant de hausser les épaules.

— Ni l'un ni l'autre, répondit le jeune homme. Ce sujet n'a jamais été abordé cette nuit, lors de la mise en place de notre plan, et d'habitude, vous vous passez très bien de nous !

L'antique enfant des dieux fit la grimace.

— Ce n'est pas grave et, oui, je ferai comme à mon

---

36 *Flabellum : Grand éventail monté sur hampe.*

ordinaire, je regagnerai mon chaudron quand je sentirai que ma magie s'épuise.

— D'ailleurs, en parlant de votre « demeure », intervint Isabelle en plissant les paupières d'un air suspicieux. Où l'avez-vous mise ? Je ne vois plus jamais Jaouen la porter !

— Hum... le vieux druide m'espionnait un peu trop à mon goût, marmonna Ardör. Du coup, j'ai demandé à Clovis de la cacher dans votre... tente.

— Pardon ? Et qui se fait épier maintenant ? couina la jeune femme en ouvrant de grands yeux mécontents.

— Gente dame, cela s'est produit avant que vous ne vous installiez dans la couche de mon cadet de magie ! s'amusa-t-il.

— Il n'y a là rien de burlesque ! gronda à son tour Dorian.

— Écoutez, les tourtereaux, je n'ai rien entendu ni vu de vos... hum... câlineries. Comme je ne me sentais pas assez en sécurité avec Jaouen, trop souvent drogué à mon goût, j'ai passé un accord avec le majordome : je veillais sur vous, Isabelle, et en échange de cela, ma demeure était cachée sous la Khaïma. C'était un parfait arrangement ! N'auriez-vous pas fait de même ?

— Non ! s'écrièrent les amants, outrés, et d'un bel ensemble.

— Le voilà qui disparaît encore ! s'indigna Isabelle alors que l'enfant des dieux se matérialisait en brume et s'envolait vers le ciel qui était maintenant d'un magnifique bleu azuré.

— Nous réglerons cela ultérieurement, coupa Dorian en saisissant son coude et en la poussant vers le temple.

— Ah, ça oui ! Il ne perd rien pour attendre !

Quelques minutes plus tard, ils se présentèrent sous

la haute voûte d'entrée de l'imposant édifice d'Amon-Rê, et suivirent les gardes qui les menèrent jusqu'aux portes en or de la salle du trône où Hapouseneb, le grand-prêtre, faisait les cent pas en patientant.

— Vous en avez mis du temps ! vitupéra ce dernier, ses bajoues tremblant d'énervement.

— Pas tellement ! protesta la jeune femme en levant le menton. Nous nous sommes tant dépêchés, que nous n'avons même pas eu le loisir de prendre un copieux petit déjeuner !

— Isabelle, essaya de la calmer Dorian.

— Non, mais c'est vrai ! Comment pouvons-nous être d'excellentes élites avec un estomac qui crie famine ?

Les deux hommes échangèrent un regard entendu. Cette femme était capable de se transformer en un véritable démon dès qu'elle avait le ventre vide ! Puis, Hapouseneb haussa les sourcils, avant de sourire de satisfaction. Ma foi, c'était en réalité un mal pour un bien d'avoir un démon affamé en ce moment précis, alors que des assassins guettaient peut-être la souveraine !

— Le cortège ne va pas tarder à se mettre en route. Votre rôle est d'assurer la sécurité de la reine jusqu'au *Djeser-Djeserou*. Vous la protègerez, elle, comme les deux princesses qui l'accompagnent.

— Jusqu'au... quoi ? s'étonna Isabelle qui avait déjà entendu cette appellation, mais ne se remémorait ni quand ni où.

— Le *Djeser-Djeserou* ou *Sublime des Sublimes*. C'est le temple funéraire de la reine-pharaon ! la renseigna Hapouseneb.

— Mais... pourquoi veut-elle visiter son caveau ? baragouina la jeune femme qui n'y comprenait plus rien, mais qui se souvenait soudain que c'était Néférourê qui lui en avait parlé, alors qu'ils quittaient la cité des artisans, au début de leur aventure.

Quelle drôle d'idée ! Jamais elle, Isabelle, n'aurait eu envie de se promener là où serait creusée sa tombe ! Ah, non alors ! Jamais ! Ils étaient un peu dérangés ces Égyptiens !

— Oh... souffla-t-elle à nouveau comme une terrible pensée venait de lui traverser l'esprit et en écarquillant les yeux d'effroi. Ne me dites pas que vous allez l'enterrer vivante ? Jamais nous ne vous laisserons faire !

— Mais que raconte cette petite folle ? coassa le prêtre en secouant la tête de droite à gauche. Mais personne ne veut ensevelir la reine !

— Permettez-moi de lui expliquer les choses, coupa calmement Dorian. Ma douce, je pense qu'Hatchepsout souhaite simplement se rendre compte de l'avancée des travaux de son temple et y prier ses dieux. Rien de plus, rien de moins.

— Ce n'est pas tout, intervint encore l'homme. Le *Djeser-Djeserou* est bien plus qu'un tombeau, c'est un palais construit pour l'au-delà et qui assurera la vie éternelle au pharaon ! Mais... vous vous en apercevrez très bientôt, finit-il par grommeler, avant de faire signe d'approcher au domestique qui tenait une coupe emplie d'une pâte charbonneuse.

— Laisse-toi faire, supplia Dorian entre ses dents, avant de baisser le buste pour que le serviteur, affublé d'un simple pagne et d'une perruque tressée noire, puisse lui appliquer la sombre bouillie d'une tempe à l'autre, sans oublier les paupières.

Isabelle obéit sagement, les lèvres pincées... avant de lancer :

— En quoi cette pâte est-elle utile ? De plus, ça

empeste !

— Les yeux des élites doivent absolument être protégés des maladies et infections ! répondit Hapouseneb, avant de leur enjoindre de le suivre d'un geste de la main, une fois que l'exercice fut terminé.

— Que devons-nous faire maintenant ? ne put-elle se retenir de demander, en clignant méchamment des paupières tant la texture épaisse et poisseuse la dérangeait.

— Vous taire ! jeta le grand-prêtre par-dessus son épaule et d'un air sévère.

— Quand même, permettez-moi de vous signaler que votre bouillie noire, c'est de la crotte ! Vous parlez d'une protection ! Sacrebleu, je n'y vois goutte !

— Isabelle… gronda tout bas Dorian, mais qui ne put s'empêcher immédiatement après de se mettre à rire.

Ce qu'il pouvait aimer cette terrible peste ! En tous les cas, avec elle, il était tout bonnement impossible de s'ennuyer !

Chapitre 23

Le Djeser-Djeserou

La salle du trône du temple d'Amon-Rê était très différente de celle du per-aâ. Même si ses portes d'entrée étaient similairement constituées d'or, de lapis-lazuli, et de pierres précieuses, l'endroit était nettement plus exigu, peu lumineux à hauteur d'homme, et tout le contraire dans sa partie haute. En ce lieu richement décoré, bien qu'extrêmement spartiate, également nommé le Saint des Saints, les colonnes papyriformes colorées s'élevaient à plus de quinze mètres pour soutenir le plafond, ce qui donnait une impression de gigantisme.

Là encore, Isabelle eut l'étrange sentiment de s'être transformée en lilliputienne ! Mais par quel miracle d'ingéniosité ces Égyptiens, d'une époque aussi archaïque, avaient-ils pu construire un édifice aussi démesuré, sans parler de ses colossaux remparts ?

Près du trône – plus dépouillé de fioritures que celui du palais – sur lequel était installée la souveraine, immuablement grimée en homme avec sa barbe postiche noire et sa double couronne vissée sur la tête, se tenaient debout Néférourê et une autre jeune femme au visage austère, dont les yeux surlignés de khôl étaient plus froids que la glace.

— Ce doit être Mérytrê, chuchota Isabelle à l'attention de Dorian, qui s'était légèrement penché vers elle pour l'écouter.

Comme il fronçait les sourcils en signe d'incompréhension, elle reprit en pointant l'intéressée du menton :

— C'est la sœur cadette de Néférourê, tu as oublié ce que je t'ai raconté la nuit dernière ?

— Tu me dis tellement de choses, s'amusa-t-il, avant de mettre l'index sur sa bouche, pour lui faire signe de se taire.

Le mufle ! Il savait que ça l'agaçait prodigieusement de ne pouvoir répondre à ses provocations !

Non loin du trône, et un peu à l'écart se trouvait Sénènmout, qui avait revêtu ses habits d'apparat et portait sur la tête un némès blanc. Il semblait à la fois très songeur et contrarié, tandis qu'au centre de la salle, Hapouseneb dirigeait les prêtres et vizirs d'une main de fer pour leur faire former une sorte de cortège. Quand il fut satisfait du résultat, il fit signe à Isabelle et Dorian d'approcher, et leur indiqua de se poster de part et d'autre de la reine et de ses filles. La jeune femme se retrouva à quelques pas de Mérytrê, et se retint de ronchonner comme celle-ci la dévisageait avec hauteur de la tête aux pieds. C'était le portrait type de la pimbêche finie ! De celles que l'on a envie de remettre à leur place au premier regard ! Oui, mais dans ce cas précis, c'était impossible, car... il s'agissait d'une princesse.

Hapouseneb frappa dans ses mains et au même moment, les grandes portes en or s'effacèrent pour ouvrir la voie à la procession qui s'avança en cadence vers l'extérieur du Saint des Saints, toujours en silence.

Il faut que j'imagine que je suis à un enterrement, au vu de l'ambiance générale et des prêtres qui nous enfument avec de l'encens, et que je dois simplement suivre le mouvement pour coller aux pas de la famille royale, se dit Isabelle pour ne pas s'affoler face à son absence d'expérience, comme c'était au tour d'Hatchepsout de se lever et d'avancer.

C'était un grand honneur pour elle d'être une élite, mais dans le cas présent, cette consécration était assombrie par un manque cruel d'informations sur l'attitude à avoir ! Il ne lui restait plus qu'à prier pour ne pas commettre d'impair !

D'autres élites, dont la jeune femme avait fait la connaissance à *La Cime*, Chésemtet à leur tête, se joignirent à eux pour fermer la marche dès que le cortège quitta l'endroit. Elle en poussa un discret soupir de soulagement, car en un instant, grâce à eux, elle se sentit nettement plus rassurée ! Elle était certaine que ces guerriers, habitués aux cérémonies comme à leur rôle, la guideraient sans problème !

Ils traversèrent une fastueuse salle hypostyle, puis une sublime cour à ciel ouvert, coupèrent ensuite par un couloir qu'Isabelle connaissait très bien pour l'avoir emprunté à de nombreuses reprises dans le but de se rendre à la forge de Bâsim, et ils débouchèrent au seuil du spectaculaire portique côté ouest avec, comme silencieux gardiens, ses deux ahurissants obélisques aux sommets pointant vers l'empyrée.

Peu à peu, la procession abandonna l'ombre de l'édifice pour avancer dans la clarté solaire, et Isabelle dut plisser les paupières quand ce fut à elle de sortir, pour accommoder sa vue au brusque changement de luminosité, avant de retenir son souffle devant le panorama qu'elle découvrait.

Face à elle en effet, s'étendait une immense et large allée pavée ocre, encadrée d'arbres et de verdure, qui menait directement à un grand lac rectangulaire où était amarré un splendide navire. Celui-ci, long de plus d'une trentaine de mètres, était recourbé à la proue et à la poupe, et son bois d'acacia comme ses rebords cordés étaient intégralement recouverts d'or, ce qui faisait ressortir la blancheur du dais royal, dont les tentures en lin d'une extrême finesse dansaient dans l'air, bercées par un léger vent aux senteurs odorantes.

— C'est... absolument... féerique, ne put s'empêcher de murmurer Isabelle, enivrée par tant de beauté.

Elle sursauta brusquement quand du mouvement se fit à quelques pas d'elle, et la main de Chésemtet sur son épaule la retint de tirer précipitamment Seshiru de son étui. La jeune femme se sermonna intérieurement, elle n'avait pas le droit à la distraction, surtout lorsque la vie de la souveraine et de ses filles dépendait d'elle ! Heureusement, nul danger à l'horizon, l'agitation avait seulement été provoquée par l'arrivée d'autres prêtres tenant des ombrelles comme de gigantesques flabellums aux extrémités constituées de larges plumes opalescentes et duveteuses, qu'ils utilisèrent pour ventiler doucement Hatchepsout et ses proches.

La procession continua sa route en direction du lac où une partie des religieux, dont Hapouseneb, montèrent à bord du navire, avant de se placer en retrait pour laisser passer les personnages royaux qui s'installèrent sous le dais aménagé.

Sénènmout se posta à leur gauche et le grand-prêtre à leur droite ; quant à Dorian et Isabelle, ils prirent place derrière la tente blanche, au niveau de la poupe, comme le leur avait discrètement indiqué Chésemtet.

Le signal de départ fut donné et la grande voile carrée fut hissée pour capter le vent. Néanmoins, pour que le somptueux bateau gagne encore en rapidité, de nombreux rameurs se mirent en mouvement le long des deux bords cordés.

Ils quittèrent le lac pour s'engager dans un étroit canal, traversèrent le Nil pour suivre un autre canal face à la montagne thébaine, puis accostèrent sur « la rive des morts ». Là, les attendaient des serviteurs du village d'Inerkhaouy, avec des chaises à porteurs, surmontées d'un baldaquin pour la reine-pharaon et les princesses, et la procession reprit sous un soleil ardent sur une longue allée encadrée par une centaine de sphinx, bordés eux-mêmes par des murs peu élevés.

— Un dromos, murmura tout bas Dorian, fasciné.

Au loin, se dessinait déjà le *Djeser-Djeserou*, qui donnait l'impression saisissante de surgir des pans de la montagne. En fait, l'imposant édifice ocre et beige, bâti sur trois niveaux que reliaient deux immenses rampes, fusionnait avec les parois thébaines et magnifiait l'ensemble !

— Inerkhaouy et ses artisans ont accompli des prodiges ! s'écria Isabelle en se moquant totalement de rompre le silence.

De toute manière, ils avaient été relégués à l'arrière du cortège, comme si ici, sur la rive des morts, la souveraine n'avait plus à craindre de danger.

— J'ai appris que c'était Sénènmout qui était le créateur et l'ingénieur de ce temple, fit son compagnon en l'imitant.

— Réellement ? s'étonna-t-elle. Mais... je croyais qu'il était le « père nourricier » de Néférourê !

— Sais-tu, ma belle, que les hommes peuvent avoir plusieurs cordes à leur arc ? s'esclaffa Dorian en appuyant gentiment de ses doigts sous le menton d'Isabelle pour lui fermer la bouche qu'elle avait grande ouverte.

— Tout comme les femmes ! s'insurgea-t-elle tout de suite.

— C'est un fait, lui concéda-t-il, beau joueur. Néanmoins, je sais que Sénènmout, en sus d'être un père nourricier, est également grand guerrier, architecte, intendant en chef de la Maison d'Hatchepsout…

— Et amant de la reine, coupa-t-elle, en souriant telle une chipie.

— *« Je suis un noble, aimé de son seigneur, et je suis entré dans les vues du maître des Deux Pays. Il m'a fait devenir Grand Administrateur de sa Maison et Juge du pays tout entier. J'ai été au-dessus des plus grands, Directeur des directeurs de travaux. J'ai agi, dans ce pays, sous son ordre jusqu'au moment où la mort arriva devant lui. Maintenant, je vis sous l'autorité de la maîtresse des Deux Pays, Maâtkarê, qu'elle vive éternellement ! »*[37], récita Chésemtet qui s'était portée à leur hauteur sans qu'ils s'en aperçoivent.

Après un moment de silence, son amie demanda :
— Qui a dit cela ?

— Sénènmout, murmura la guerrière. C'est son éloge funèbre, les mots qu'il a fait graver sur les murs de son tombeau, que nous dépassons actuellement sur notre droite.

Les deux jeunes gens, pendant qu'ils discutaient, n'avaient pas réalisé qu'ils étaient entrés dans la gigantesque enceinte du Djeser-Djeserou, et qu'ils foulaient désormais le sol de ce que l'on nommait

---

37 *Texte original de Sénènmout.*

« temple de la vallée » ou première terrasse. Un havre de paix et de verdure, avec de nombreux bassins où flottaient des lotus, et entourés de touffes de papyrus. Dans la direction indiquée par Chésemtet, se trouvait effectivement un petit édifice, qui devait à n'en pas douter être plus important dans sa partie souterraine.

— Son amour pour Maâtkarê est si pur et profond, qu'il a lui-même décidé de résider à ses côtés pour l'éternité, fit encore la guerrière, avec une émotion non dissimulée.

Émotion que partagea instantanément Isabelle en songeant à ces deux êtres hors du commun, qui avaient bravé les interdits pour s'aimer, et souhaitaient prolonger leur liaison au-delà de la mort. Mais en même temps, de la tristesse gagna son cœur, car en réalité, cette histoire sonnait faux… Sénènmout demeurait désespérément dans l'ombre de son grand amour, et même ici, sa tombe se situait au pied du temple d'Hatchepsout… une nouvelle fois dans son ombre. Les sentiments semblaient plus puissants d'un côté que de l'autre.

— Pourquoi Maâtkarê ? s'enquit-elle.

— C'est le nom divin d'Hatchepsout. De cette partie du monde, le défunt renaît et accède au « royaume des morts », et Hatchepsout est « le dieu parfait Maâtkarê, aimée d'Amon qui règne dans Djeser-Djeserou ».

Pauvre Sénènmout, soupira intérieurement la jeune femme, car les paroles de Chésemtet venaient de confirmer ses dernières pensées.

Cette reine était en fait égoïste, insensible, indifférente… Tout ce qui lui importait était de retrouver « ses déités » dans l'au-delà, et son grand intendant était prêt à rester à ses côtés, même après son trépas, en tournant le dos à son pays magique de Pount et aux

Origines.

— Je connais ce regard et cette mimique. Toi, tu es contrariée, dit doucement Dorian tandis que l'Égyptienne les avait quittés pour rejoindre le cortège qui s'était réuni au pied de la première rampe d'accès du temple.

— Comment ne pas l'être devant tant d'individualisme de la part de la souveraine ? Songe à cet homme qui lui a tout donné, et qui ne reçoit en retour que des miettes !

— Ne te fie pas à ce que tu vois, et encore moins à ton seul jugement, la gronda-t-il gentiment. C'est une reine, et en tant que telle, elle ne peut afficher ostentatoirement ses sentiments.

— Je veux bien le comprendre, mais enfin, regarde où se trouve le tombeau de Sénènmout, et note où est celui d'Hatchepsout ! Même dans la mort, je ne souhaiterais pas être séparée de celui que j'aime ! Il serait mon égal en tous points !

Dorian plongea ses iris bleu nuit dans les siens en saisissant ses épaules pour l'arrêter dans sa marche et la garder face à lui.

— Qui est ton amour, Isabelle ?

Cette dernière se sentit prise au dépourvu, et en même temps, elle éprouva un soudain sentiment d'affolement. Le moment était-il arrivé de lui ouvrir son cœur ? En ce lieu, au milieu des arbres d'encens venus du pays de Pount, des fontaines joyeuses, des statues à l'effigie de la reine-pharaon, et des magnifiques reliefs colorés dessinés sur les portiques et colonnes carrelés ?

— Sache que même si nous découvrons le moyen de revenir chez nous, je souhaite rester ici, dans cette époque ! lança-t-elle finalement, d'une traite, et en le faisant sursauter.

Il fronça les sourcils sous son chèche, tandis que ses

lèvres sensuelles s'ourlaient d'un pli amer, et que ses doigts se refermaient sur sa peau telles des serres.

— Je n'approuve guère cette fanfaronnade, grommela-t-il d'une voix grave.

Elle lui retourna un regard suppliant.

— Dorian, je ne plaisante pas ! Je ne souhaite pas rentrer pour retrouver mon existence monotone, alors qu'ici, j'ai enfin l'impression de vivre ! Je voudrais... enfin... j'avais l'espoir... que tu resterais avec moi. Car, mon amour... c'est toi.

— Si tu m'aimais réellement, tu ne me dirais pas cela ! J'ai dans les Highlands une famille que je veux connaître, comme tu as la tienne qui t'attend sur l'île de Croz !

Le cœur d'Isabelle se déchira.

— Voilà... nous y sommes, murmura-t-elle tristement. Je t'offre mon amour, et toi, tu me parles d'une séparation dès notre retour.

— Non ! L'élément essentiel est que nos proches sont certainement dans l'angoisse depuis notre disparition et que notre retour est indispensable ! Nous devons repartir, notre avenir est avec eux !

— Oui, cela, je l'ai compris ! Mais toi, tu rejoindras les Highlands, et moi... je serai à Croz. Il n'y a plus rien à ajouter ! s'écria-t-elle enfin les larmes aux yeux, en échappant à la poigne de Dorian pour s'élancer ensuite vers le cortège, indifférent au drame qui se jouait entre les amants.

— Isabelle ! l'appela-t-il sans pouvoir la retenir. Je t'aime ! cria-t-il encore, mais trop tardivement pour qu'elle puisse l'entendre.

Cela faisait presque une heure qu'Isabelle déambulait sous le portique de la deuxième terrasse, dédiée aux cérémonies comme aux célébrations rituelles, telle que la « Belle fête de la vallée ». Ici s'arrêtait son rôle d'élite car Hatchepsout avait gagné le troisième niveau, également nommé « temple du haut », avec ses filles, Hapouseneb et Sénènmout. Mais cette heure lui avait paru durer une éternité ! C'était horrible !

Plus rien de la magnificence de l'endroit ne semblait la toucher, et dès que Dorian faisait mine de s'approcher d'elle, elle posait la main sur la poignée de son katana, et le fusillait du regard pour le tenir à distance.

Rien ! Ils n'avaient plus rien à se dire ! Sa colère était à la hauteur de sa peine, et le monde s'était brusquement obscurci autour d'elle. Même les superbes dessins retraçant le voyage de la souveraine au pays de Pount, sur les murs des portiques, n'arrivaient pas à l'apaiser. Elle s'en voulait tellement de s'être ouverte à Dorian, et de lui avoir révélé qu'elle l'aimait !

Idiote ! s'insulta-t-elle in petto.

Cependant, en elle, une petite voix lui serinait constamment : « Tu ne vaux pas mieux qu'Hatchepsout ». Pourquoi ? Parce qu'elle désirait rester ici avec l'homme qu'elle aimait ? Qu'elle avait rêvé qu'il accepterait sa proposition avant de l'embrasser passionnément ? Mais enfin, il avait tout de même bien dit qu'ils se sépareraient dès leur retour dans le futur !

Il pouvait les garder, ses baisers !

Tu n'es pas juste, Dorian doit faire connaissance avec les siens, affirma encore cette voix horripilante dans sa tête.

Oui ! Et il ne souhaite pas ma présence à ses côtés pour cette occasion ! lui rétorqua-t-elle intérieurement à nouveau.

Elle eut un hoquet de chagrin et se cacha dans la

chapelle d'Hator, déesse de la beauté et de l'amour – c'était le pire des endroits où se réfugier, comme si le destin s'acharnait à lui piétiner le cœur !

— Je sais, murmura-t-elle en se parlant toujours à elle-même. Je ne peux exiger de lui un tel sacrifice. Il doit rentrer dans les Highlands. Mais moi, je refuse de retourner à Croz... Dès le début de notre rencontre, nos chemins étaient de toute façon amenés à se séparer. C'est ainsi, et il faut que je l'admette. Alors, oui, quitte à être malheureuse, je préfère que ce soit dans cette époque, plutôt que sous la houlette de Kalaan ou de mère, qui se chargera de me marier à un bon parti pour que j'aie des enfants, dont je m'occuperai jusqu'à épuisement, avant de vieillir... ou de m'éteindre sans avoir pu atteindre un âge avancé. Je ne serai toujours qu'une fille, une sœur, une épouse, une mère... mais jamais moi, Isabelle ! Est-ce si égoïste, étrange, ou absurde que de vouloir vivre pleinement et jouer un réel rôle dans l'existence ?

— À qui parles-tu ? fit soudain la voix grave de Dorian, la faisant sursauter.

Pour le coup, elle saisit réellement son katana dont elle brandit la lame sous le nez du jeune homme.

Ce dernier la fusilla du regard et croisa les bras sans bouger d'un pas.

— Je parle à la vache ! se moqua-t-elle en faisant un signe de tête vers le dessin de l'animal sur le mur, qui représentait la déesse Hathor, alors qu'un petit personnage semblait boire à son pis.

Vraiment... une vache, en divinité de l'amour ! Elle était peinte en blanc avec des étoiles sur le corps, avait de longues cornes entre lesquelles reposait un disque rouge, des yeux largement maquillés avec du khôl, et elle portait autour du cou une sorte de large collier vert. Un bovin... Les Égyptiens auraient pu trouver mieux !

Dorian profita du fait qu'Isabelle soit perdue dans sa contemplation rageuse, pour s'élancer sur elle et il la délesta prestement de son katana qu'elle avait dans les mains, avant de la plaquer contre la paroi et… la vache.

— Lâche-moi ! hurla-t-elle en se trémoussant et en essayant de se défaire de lui par des prises de karaté.

Mais rien n'y fit, il était lui-même un excellent combattant, et contrait le moindre de ses mouvements. Dans ce simulacre de bataille, son chèche chuta au sol, et la jeune femme libéra ses mains pour tirer à pleines poignées sur ses longues mèches noires. Il poussa un profond feulement de douleur et l'embrassa durement, comme pour la punir, mais elle réussit à se dérober et détourna la tête sur le côté.

Cependant, le corps d'Isabelle réagissait déjà traîtreusement sous les assauts passionnés de Dorian, tandis qu'il lui mordillait la base du cou et que ses doigts rugueux lui caressaient l'intérieur de la cuisse en remontant plus haut. Un violent désir l'embrasa de la tête aux pieds, elle se mit à trembler nerveusement, et sa respiration se fit aussi saccadée que celle de son compagnon.

— Isabelle, marmonna-t-il tout contre son oreille, en la pressant entre son corps dur et puissant et la paroi de la chapelle. Pourquoi tout doit-il être si compliqué entre nous ?

Cette question formulée avec tant d'émotion, presque douloureusement, la toucha en plein cœur, alors que son esprit balançait entre la colère et les brumes d'une appétence toujours plus envoûtante.

— Parce que nos univers sont trop différents, répondit-elle dans un chuchotement, tout en levant vers lui ses yeux vert ambré voilés de larmes. Mais puisqu'il en est ainsi, avant de nous séparer, aimons-nous encore une fois… une dernière fois ! ajouta-t-elle avec un trémolo dans la voix.

Le regard de Dorian se fit sombre et interrogateur, avant qu'elle ne fasse pression de ses mains sur son visage pour qu'il se penche sur elle, et qu'elle ne l'embrasse ardemment. Oui, ils allaient s'unir une dernière fois, ici, dans la chapelle d'Hator. Quoi de plus symbolique, pour mettre fin à leur relation, que de le faire sous l'œil d'une déité de l'amour ? Après cela, ils iraient chacun de leur côté.

Elle plongea avidement sa langue dans sa bouche, à la rencontre de la sienne, et passa les mains derrière son dos pour le griffer à travers le tissu de sa tunique, allant de ses robustes épaules à ses reins, qui se contractèrent brusquement sous le geste. À partir de cet instant, elle ne fut plus la maîtresse de la danse, car elle venait de lâcher le fauve enfoui en lui.

Il se mit à l'embrasser plus farouchement et ses doigts semblèrent être partout à la fois : sur la peau veloutée de ses cuisses, sur son ventre libéré de son vêtement qu'il venait de déchirer, sur ses seins durs et tendus aux tétons d'or. Il ne lui laissait aucune échappatoire, bien qu'elle n'en souhaitât guère à ce moment précis, la privait de son souffle sans jamais quitter ses lèvres meurtries par ses assauts, et il lui souleva les jambes pour les enrouler autour de ses hanches avant d'appuyer son membre orgueilleusement dressé contre son sexe.

Isabelle se colla plus fortement contre lui et balança son bassin à sa rencontre, au moment même où il s'enfonçait sauvagement en elle, d'une forte poussée, l'empalant virilement, et lui ôtant le peu d'air qu'elle avait encore dans les poumons.

Il était si imposant qu'elle eut l'impression d'être

écartelée et se mit à gémir de délice à chaque va-et-vient qu'il lui infligeait. Ses muscles intimes se contractaient de plus en plus fort autour de son membre, propageant des ondes ardentes dans tout son être, en même temps qu'une houle vorace prenait naissance à l'endroit exact où leurs corps étaient soudés.

— Ce n'est... pas... la dernière... fois ! martelait-il contre sa bouche, à chaque fois qu'il replongeait en elle et la pénétrait de plus en plus fort, de plus en plus rapidement.

— Si ! hurlait-elle en basculant la tête en arrière tandis que sous ses coups de boutoir puissants, elle remontait contre le mur à une cadence infernale.

Il glissa fermement ses mains sous ses fesses et adopta un rythme furieux, comme pour la marquer à vie et lui démontrer qu'ils étaient faits l'un pour l'autre à tout jamais. Après quoi, ses poussées s'accélérèrent derechef, et il serra les mâchoires en immergeant son regard sombre dans le sien. Pour un peu, Isabelle aurait capitulé, lui aurait promis de le suivre n'importe où..., mais elle tint bon et se laissa emporter par la vague d'extase qui la submergea.

La jouissance fut telle qu'elle en perdit presque connaissance après avoir crié de volupté, mais lui n'en avait pas fini avec elle et il plongea encore plus profondément dans son fourreau contracté par l'intensité de l'orgasme qu'elle venait de vivre. Il gronda sourdement, et se mit à la pénétrer de plus belle, à un rythme effréné, tandis qu'elle se cambrait à nouveau à sa rencontre, et une deuxième petite mort la balaya tout entière, comme il s'arc-boutait une ultime fois en elle en frissonnant violemment et en rugissant de plaisir. Il était enfoui si loin en elle, qu'elle sentit les secousses de son membre brûlant alors qu'il se libérait de sa semence.

Lentement, ils essayèrent de recouvrer leur souffle. Dorian avait posé le front sur l'épaule d'Isabelle, la maintenant contre lui, puis il se retira de son corps et enleva ses mains pour la laisser se remettre sur ses jambes.

Elle tremblait toujours en posant les pieds au sol. Ce qu'ils venaient de vivre avait été plus ravageur que les nombreuses fois où ils avaient fait l'amour. Jamais elle n'avait été emportée au point de se sentir vidée de toute énergie, proche du coma.

Et... c'était la dernière fois.

— Nous devons parler, Isabelle, chuchota-t-il en lui baisant tendrement les lèvres et en l'aidant fébrilement à réajuster sa tunique, puis son pagne.

— Non.

Il soupira et passa les doigts dans ses cheveux sombres, en mettant pareillement de l'ordre dans sa tenue, puis ramassa son chèche tombé par terre, comme le katana de la jeune femme, avant de le lui tendre.

— Isabelle...

Il s'apprêtait à lui dire qu'elle n'avait pas le choix, que grâce à elle, ils étaient unis devant les dieux, les vrais dieux, et qu'ils étaient également des « Prédestinés », quand une forte déflagration le frappa et le projeta dans les airs contre le mur opposé.

Quelque peu sonné, soudain allongé sur le sol dallé de la chapelle d'Hator, il leva ses yeux voilés d'une totale incompréhension sur Isabelle qui se précipitait déjà sur lui, le visage ravagé par l'inquiétude.

— Dorian ! Que s'est-il passé ? Que t'arrive-t-il ?

Il voulut lui répondre, mais une seconde onde de choc l'atteignit de plein fouet en l'écrasant de tout son poids, et il perdit connaissance sous le regard paniqué de la jeune femme.

Il avait été le seul à ressentir les deux foudroyants impacts, elle n'avait pu qu'assister, impuissante, à ce phénomène incroyable, sans saisir le sens de ce qu'il se produisait, ni pourquoi Dorian paraissait subir des coups invisibles.

Quelque chose de terrible venait de se produire. Quelque chose qui s'apparentait certainement à de la magie !

Chapitre 24

Apophis

— Dorian ! Dorian ! Réveille-toi ! s'écria Isabelle en le secouant fortement par les épaules.

Elle n'avait trouvé ni plaie ni sang qui auraient démontré qu'il était gravement blessé, seulement une bosse qui commençait à se former à l'arrière du crâne. Pourtant, il ne reprenait pas conscience, et des larmes de peur sillonnaient les joues de la jeune femme.

Comment en étaient-ils arrivés là ? Quel terrible sortilège pouvait s'être abattu sur lui ?

— Oh, mon Dieu ! s'étrangla-t-elle soudainement, avant de tourner son attention vers l'effigie d'Hator... la vache. Serait-ce moi, qui involontairement, aurais demandé à cette déesse de le punir ?

— Ben voyons ! Comme si des pantins forgés de toutes pièces pouvaient réellement jeter des charmes ! gronda la voix reconnaissable entre toutes d'Ardör, lequel se matérialisa à ses côtés. Réveillez-le ! lui ordonna-t-il brusquement.

— Crénom d'une pipe ! vociféra-t-elle. C'est ce que je m'évertue à faire depuis un moment !

— Le temps nous est compté, comme pour Sa

Majesté, il va falloir le sortir de cet endroit, dussiez-vous le tirer par les pieds !

Une femme hurla de terreur à l'extérieur de la chapelle, ce qui fit dresser les poils sur les bras d'Isabelle. Mais que se passait-il donc encore ? Autour d'elle, tout paraissait subitement basculer dans le chaos !

— Je vais voir, occupez-vous de lui en attendant ! lança le Naohïm avant de se muer en brume et de disparaître en un clignement de paupières.

— Le sortir d'ici, grommela-t-elle, en prenant sur elle pour ne pas céder à la panique, et en saisissant Dorian sous les aisselles, la tête de celui-ci rebondissant méchamment sur ses genoux à chaque fois qu'elle faisait un mouvement pour le tirer. Désolée, marmonna-t-elle encore, même s'il ne paraissait pas l'entendre.

Centimètre par centimètre, elle parvint enfin sous les colonnes carrelées du portique, et traîna vaillamment son corps vers une fontaine où elle prit de l'eau, qu'elle jeta ensuite plusieurs fois et peu délicatement sur le visage du jeune homme. Elle héla le premier prêtre qui passait par là et qui, bien sûr, l'ignora superbement ! Ce dernier se dépêchait de rejoindre un attroupement qui s'était formé au pied de la deuxième rampe du *Djeser-Djeserou*.

— Par les cornes de la vache d'Hator ! jura Isabelle toujours à bout de souffle sous un soleil devenu cuisant. J'ai besoin d'aide ! appela-t-elle en plaçant ses mains en porte-voix.

Au même moment, Dorian dodelina de la tête tout en poussant des geignements plaintifs, puis se releva sur les coudes, avant de tâter de ses doigts son visage ruisselant, puis de grimacer de douleur en les passant à l'arrière de son crâne.

— Que... ?

— Dorian ! lança-t-elle en s'agenouillant près de lui. Tu m'as fait tellement peur !

Un étrange sourire béat se peignit sur les lèvres du jeune homme et elle se redressa aussitôt pour reculer vivement d'un pas, avant de croiser les bras sur sa poitrine et d'afficher un masque de feinte froideur. Maintenant qu'il avait repris connaissance, elle devait s'en tenir à sa décision qui était de s'éloigner de lui.

Soudain, le sourire s'effaça en même temps qu'il récupérait totalement ses esprits, et il se releva en chancelant avant de porter son regard sur le groupe de prêtres. Lentement, il se dirigea vers ceux-ci en titubant, avant d'acquérir plus d'assurance dans son allure au fur et à mesure qu'il se rapprochait d'eux. Isabelle le suivit de près.

Par pure curiosité, se dit-elle.

Mais en réalité, c'était plus par peur de le voir à nouveau défaillir.

— Mademoiselle, la princesse Néférourê ne veut parler qu'à vous, annonça un serviteur de la place en surgissant de nulle part. Suivez-moi, vite !

Elle contourna l'attroupement, le dépassa, puis dédaigna Dorian avec hauteur quand celui-ci fit mine de lui emboîter le pas.

— Non, pas vous, uniquement elle ! fit encore l'homme en lui bloquant le passage et en la désignant. Dépêchons-nous, ajouta-t-il avec nervosité.

Elle commença à gravir la large rampe menant à l'ultime terrasse, mais jeta tout de même un coup d'œil par-dessus son épaule en direction de son amant qui était plus sombre que jamais. Il lui sembla même déceler dans ses yeux quelques étincelles annonciatrices de magie des Éléments.

— Il nous accompagne ! ordonna-t-elle à l'individu

de petite taille et au crâne rasé. C'est à prendre ou à laisser !

Celui-ci acquiesça en affichant un rictus d'agacement, avant de faire un geste vif pour qu'ils le suivent. Dorian fut près d'elle en un instant et tous deux gravirent la pente vers le troisième niveau du temple.

— Merci, fit-il simplement.

Elle opina du chef en retour, son regard braqué droit devant elle, et sans prononcer une parole, puis ils passèrent le dernier portique avant d'arriver au centre d'une somptueuse petite cour fermée. On avait couché Néférourê sur une sorte d'autel à oblations et quand elle se trouva près d'elle, Isabelle put constater sa pâleur.

— Nous étions en train de disposer les offrandes aux dieux… quand elle a hurlé de douleur avant de s'évanouir, raconta Hatchepsout, d'une voix altérée par la peur. Puis elle a été prise de soubresauts et nous avons dû la maintenir pour qu'elle ne se blesse pas.

Pour la première fois, la jeune femme remarqua la grande inquiétude toute maternelle de la reine, penchée sur son enfant malade. Sénènmout, à ses côtés, l'avait enlacée par la taille et tenait la main délicate de sa fille. Seule, Mérytrê, postée à l'écart, regardait la scène avec un profond dégoût.

— Dès qu'elle reprend conscience, et avant de s'évanouir à nouveau, c'est vous qu'elle demande, intervint Hapouseneb en désignant Isabelle.

— C'est une petite nature, le soleil lui aura tourné les sangs. Elle n'est pas digne du divin Rê ! cracha Mérytrê.

— Sors d'ici, et rejoins les prêtres dans le temple de la vallée. Ta présence en ce lieu sacré n'est plus souhaitée ! ordonna sourdement Hatchepsout, sans la regarder, son attention étant tout acquise à sa fille aînée.

La cadette, couverte de bijoux en or du haut de sa perruque noire à ses fines chevilles, et aux yeux lourdement maquillés, fit un pas en avant comme pour défier la souveraine, mais se contint en serrant les poings, sourit perfidement, avant de s'en aller la tête haute, bousculant Isabelle au passage.

La prochaine fois qu'elle me fera ça, je la cueillerai d'un bon croche-pied, se promit celle-ci en son for intérieur.

L'instant d'après, son amie revenait à elle en papillotant des paupières.

— Isabelle... je l'ai revu tout à l'heure, articula-t-elle difficilement. Nous... préparions les dons, et quelque chose... m'a frappée violemment. C'était invisible. Et je l'ai aperçu, répéta-t-elle en fermant les yeux, ses longs cils noirs frissonnant sous l'effet de l'émotion. Apophis ! Le serpent est sorti de sa ténébreuse cachette, et il... vient... pour nous... tuer !

— J'ai subi une agression identique dans la chapelle d'Hator, intervint sombrement Dorian. À deux reprises avant que je ne perde connaissance.

— Mais pourquoi cette attaque vous a-t-elle touchés tous les deux, et pourquoi n'avons-nous pas été atteints ? s'exclama Sénènmout en fronçant les sourcils.

Il avait posé tout haut la question qu'Isabelle se faisait in petto, et c'est le Naohïm qui leur apporta la réponse, en se matérialisant à leurs côtés :

— La princesse ne parle pas de visions, mais de la réalité, annonça-t-il d'une voix d'outre-tombe. Cependant, ce n'est pas Apophis, le serpent, qui sort de sa sombre demeure, mais le prêtre Anty qui vient d'anéantir le cercle sacré au cœur de *La Cime*. Il devait chercher le sanctuaire céleste depuis notre arrivée et l'a trouvé, après quoi, il a néantisé le cromlech des déités en usant des mots du Pouvoir et de la magie noire. Il s'y est repris à deux fois, je n'ai rien pu faire pour l'en empêcher, privé comme je le suis de mon corps réel, et ce sont les ondes de cette destruction qui ont frappé de plein fouet les enfants des dieux aux dons les plus développés. J'aurais certainement fait partie du nombre des blessés si je n'avais pas été sous cette forme éthérée.

Isabelle avait écarquillé les yeux d'horreur au fur et à mesure que le Naohïm relatait les faits. Puis elle songea à Dorian, aux frères Guivarch, et à tous ses nouveaux amis des Origines, avant qu'une forte douleur n'étreigne son cœur ; il n'y avait désormais plus de retour possible dans le futur pour ses compagnons et leurs craintes, suite aux visions d'Amenty, étaient avérées !

— Est-ce que Thoutmôsis était auprès d'Anty ? s'empressa de demander Hatchepsout.

— Non.

— Il n'est plus temps de parlementer, nous devons agir, maintenant ! décida Dorian en soulevant d'autorité Néférourê dans ses bras et en l'emportant vers la sortie de la cour. Rentrons au palais tout de suite, et organisons notre défense ! ajouta-t-il en prenant clairement la direction des opérations, au grand soulagement de la reine, de Sénènmout, et d'Hapouseneb, visiblement dépassés par les évènements.

— Je m'y rendrai plus rapidement que vous ! lança Ardör. Anty et ses sous-fifres doivent encore se trouver à *La Cime* et nous ne savons pas ce que ce félon a en tête, ni Thoutmôsis d'ailleurs. Cela me laisse le temps d'informer les frères Guivarch de la situation et de réunir des hommes d'armes pour assurer votre retour en toute sécurité !

Il avait à peine terminé de parler, qu'il disparut à la

vue de tous en se transformant en brume filante.

— Nous sommes des enfants des dieux, gronda Dorian dont le regard s'illumina derechef de flammèches. Que représente donc ce simulacre d'Apophis, un simple prêtre féru de magie noire, face à nous ?

Tu ne devrais pas le sous-estimer, se dit intérieurement Isabelle en le talonnant de près, tandis qu'une sourde appréhension l'envahissait.

Le retour à Karnak se déroula dans une forte agitation nerveuse, pourtant, le voyage fut tout aussi calme qu'à l'aller. Trop calme peut-être. Néanmoins, ce moment de répit permit à Dorian comme à Néférourê de se remettre des coups invisibles qu'ils avaient subis, et d'arriver au temple d'Amon-Rê en pleine possession de leurs moyens.

De son côté, Isabelle restait sur le qui-vive, ses yeux scrutant chaque détail du paysage autour d'elle. Vraiment, tout était trop paisible et cela ne lui disait rien qui vaille ! Il n'y avait même plus un oiseau pour voler dans le ciel ou picorer près des bassins comme à l'habitude !

Elle coula un regard vers Dorian, puis Chésemtet, et se rendit compte de l'extrême tension qui habitait leurs corps. Elle n'était donc pas la seule à pressentir que quelque chose ne tournait pas rond. Et où étaient Ardör, et les frères Guivarch ? Bientôt, une profonde inquiétude pour ses amis se mêla au trouble qui l'avait gagnée, et l'unique chose qui la rassurait en ce moment était la présence de Seshiru dont elle étreignait la poignée, presque à tétaniser ses doigts.

Souffle, vide ton esprit, et agis en harmonie avec tes sens, se conseilla-t-elle intérieurement, comme Val'Aka le lui aurait dit.

Une nouvelle fois, la tête du cortège, où se trouvait Hapouseneb, franchit les grandes portes en or du Saint des Saints et s'arrêta brusquement, tandis que des murmures alarmés s'élevaient en vagues de plus en plus fortes jusqu'à la fin de la procession, là où se tenaient la reine et ses filles. Mérytrê affichait un étrange air narquois qui déplut fortement à Isabelle. Finalement, la souveraine décida de bousculer tout le monde pour parvenir à la salle du trône.

— Place ! ordonnait-elle d'une voix dure au fur et à mesure qu'elle progressait, suivie de près par Isabelle, Dorian, Sénènmout, Néférourê et les autres élites.

Lorsqu'ils débouchèrent enfin dans le cœur du temple, ce fut pour se retrouver face à un groupe d'une trentaine d'individus, nobles, prêtres et soldats confondus, ayant à leur tête Thoutmôsis... et Anty.

— Comment a-t-il pu parvenir en ce lieu aussi rapidement depuis *La Cime* ? ne put s'empêcher de demander la jeune femme en sortant involontairement de son étui le haut de la lame de son katana.

L'odieux personnage, pourtant à bonne distance d'elle, se mit à sourire méchamment, comme s'il l'avait entendue, avant de poser la main sur l'épaule de Thoutmôsis.

— Chère belle-mère ! lança soudain ce dernier de manière théâtrale. Nous vous attendions ! Je souhaite faire la paix ! L'exil dans lequel vous m'avez envoyé m'a permis d'y voir plus clair, et pour me faire pardonner, je suis venu vous faire don d'un présent.

Il claqua dans ses doigts, et l'un de ses soldats sortit du rang pour s'avancer. L'homme tenait devant lui, bien à plat sur ses mains, un épais coussin sur lequel reposait un large objet brillant qui attira instantanément le regard d'Isabelle. Elle crut que son cœur allait défaillir quand elle identifia la parure égyptienne composée de fines perles colorées, de lapis-lazuli et d'or, que Kalaan lui avait offerte le jour de son mariage : le fameux collier ensorcelé !

— Non, souffla-t-elle, avant de pousser un gémissement angoissé et de faire un pas en avant, comme malgré elle.

— C'est un piège, chuchota Néférourê qui avait elle aussi reconnu le bijou et retint la jeune femme par le coude. Si ma mère refuse ce présent, cela sera considéré comme un affront et cela permettra à Thoutmôsis de la renverser du trône.

— Mais... c'est le collier... maudit, bafouilla Isabelle qui n'arrivait plus à réfléchir avec cohérence, tant la situation était désastreuse.

— Nous le savons tous, approuva son amie d'une voix ténue. Et il souhaite assassiner ma mère par le biais de ce joyau au pouvoir destructeur.

Ils avaient cru parvenir à protéger le royaume de ce que les visions d'Apophis prédisaient, ils avaient également pensé être libérés de cette histoire de parure égyptienne, et en un instant, leurs pires cauchemars fusionnaient en une funeste réalité !

Avant que quiconque n'ait pu le prévoir ni même bouger, Néférourê partit à la rencontre du soldat.

— Ce présent ne t'est pas destiné ! jeta nerveusement Thoutmôsis en s'avançant légèrement, tandis que Dorian l'imitait, à quelques mètres sur la droite d'Isabelle.

— Certes, je le sais, répondit la princesse d'une voix calme et cristalline, tout en souriant avec détachement. Néanmoins, la reine-pharaon est un peu fatiguée, et je vais me charger de lui porter ton cadeau de… paix.

Elle leva les mains vers le coussin et le soldat fit un pas en arrière pour se soustraire à son geste, avant de lancer un coup d'œil vers son chef. Ou, aurait-il mieux valu dire… ses chefs ? Car ce fut Anty qui acquiesça le premier, bien avant Thoutmôsis, pour signifier au militaire qu'il pouvait transmettre son maudit fardeau.

Le coussin changea de mains, et Néférourê fit volte-face dans un mouvement gracieux, le voile blanc tissé d'or de sa longue robe dansant légèrement derrière elle, pour ensuite se diriger lentement vers Hatchepsout. Leurs regards se soudèrent et une sorte de message poignant et silencieux circula entre elles. Puis, brusquement, la souveraine poussa un cri de détresse, tandis que sa fille se saisissait promptement du collier et le fixait autour de son cou, avant de tomber à genoux sur le sol dallé, les doigts crispés sur la parure et les yeux écarquillés de douleur.

— *Nonnn !* hurla Thoutmôsis, en écho à l'expression ravagée de sa belle-mère, alors qu'il tendait la main dans le vide, comme s'il cherchait à reprendre le bijou à Néférourê. Elle devait être ma grande épouse royale ! tonna-t-il encore.

— Tais-toi, imbécile ! vociféra Anty. Elle n'est pas la seule à être du sang des pharaons ! Mérytrê fera très bien l'affaire ! Toi, appela-t-il à l'intention de celle-ci, rejoins-nous !

Ce qu'elle s'empressa de faire en riant comme une possédée, et en affichant une euphorie ostentatoire, car celle qui l'empêchait jusqu'à présent de se marier avec l'homme qu'elle aimait venait d'être éliminée.

Dans le même temps, Isabelle s'était jetée au sol

près de Néférourê dont le pauvre corps toujours agenouillé se tordait de souffrance, tandis que des sillons carmin se formaient à la lisière inférieure du collier, puis s'écoulaient sur sa peau d'albâtre avant de tacher de rouge le magnifique bustier de sa robe d'apparat blanche.

— Gardes ! Saisissez-vous de ces traîtres ! hurla Hatchepsout à l'adresse de ses soldats et de ses élites les plus proches.

Seulement, tout ne se passa pas comme l'avait escompté la souveraine, et la plus grande partie de ses hommes d'armes se retournèrent contre elle et ses vaillantes élites, en brandissant la pointe aiguisée de leurs lances dans leur direction.

— Êtes-vous devenus fous ? s'enflamma Hapouseneb en s'avançant pesamment vers les chefs des assaillants.

Mais soudain, son corps massif sursauta violemment, alors que ses deux larges mains se resserraient spasmodiquement sur le manche noir d'un javelot qu'Anty venait de projeter sur lui. Le grand-prêtre tourna lentement sur lui-même, emporté par son poids, et Isabelle s'aperçut avec horreur que la longue pointe triangulaire de l'arme lui avait perforé le torse et certainement transpercé le cœur. Le pauvre homme tomba ensuite à la renverse, le visage figé par un douloureux rictus d'étonnement, tandis qu'un filet de sang s'écoulait du coin de sa bouche, et qu'il rendait son dernier souffle dans un râle affreux.

La terrible fin d'Hapouseneb mit le feu aux poudres et donna le signal des hostilités. Soudain, le Saint des Saints se transforma en enfer. Il devint un champ de bataille où très vite les cris de haine, d'ardeur, comme de souffrance se mélangèrent, alors que déjà, l'air empestait l'odeur cuivrée du sang qui s'échappait des corps mutilés, et que résonnait le terrifiant son métallique des armes qui s'entrechoquaient pour la survie… ou la mort.

Chapitre 25

La fuite

— Par ici ! Isabelle, Dorian ! Dépêchez-vous ! exhortait fiévreusement le vieux druide Jaouen, en guidant une partie du groupe des rescapés de l'attaque du Saint des Saints vers la place des artisans où se trouvait la forge de Bâsim.

Ils n'étaient qu'une quinzaine à être parvenus à s'extraire du secteur du combat, et Isabelle marchait telle une somnambule, en évitant de regarder ses mains et la lame de Seshiru... couvertes de sang. Celui des ennemis... celui des personnes qu'elle avait dû abattre pour survivre.

Autour d'elle, dans une atmosphère apocalyptique, des fumées âcres se mélangeaient à des cendres incandescentes en provenance de certains ateliers en flammes. Alors que tout paraissait bouger à une vitesse incroyable, de son côté, la jeune femme avait l'impression d'être prisonnière d'une spirale de lenteur où seuls résonnaient les furieux battements de son cœur ; elle voyait également ses amis courir, s'agiter, ouvrir la bouche pour crier... mais ne les entendait pas.

Dans son dos, Dorian propulsait toujours de

foudroyants éclairs de magie à l'aide de ses mains en direction du couloir de l'édifice, afin que les piliers de soutien s'effondrent. Il avait auparavant obstrué la porte de la salle où se trouvaient les assaillants, en faisant fusionner l'or de ses vantaux pour qu'ils se soudent en un unique bloc infranchissable.

Désormais, la place des artisans à l'est du temple d'Amon-Rê – que les frères Guivarch, aidés des ouvriers et du Naohïm, étaient parvenus à fortifier – était devenue leur seul et dernier refuge. Mais l'endroit ne résisterait pas longtemps. Car, à l'extérieur de cette enceinte, au-delà des majestueux remparts qui avaient été nettoyés de toute présence d'archers corrompus, les attendaient d'autres ennemis ! Thoutmôsis et Anty avaient en effet, depuis des mois et en toute discrétion, réussi à fédérer à leur cause la grande armée, une bonne partie de la noblesse, et les trois quarts des prêtres du royaume.

— Cela ne les retiendra guère ! hurla Dorian, cerné par un nuage de poussière qui s'élevait suite à la chute des piliers, et alors que l'éthéré Ardör apparaissait à ses côtés. Cet Anty est bien plus redoutable qu'on ne le croyait !

— Et je sais pourquoi, gronda le Naohïm. Il a recueilli le *Lïmbuée*, le sang des pierres sacrées, avant de les détruire, et il se sert de leur puissante magie contre nous ! Nous n'avons plus le choix, nous devons fuir ! annonça-t-il encore, désespéré de voir tant d'excellentes personnes périr sous les assauts des individus à l'origine de ce coup d'État, et intensément frustré de ne pouvoir leur venir en aide directement.

Ardör s'envolait déjà vers ses autres compagnons, quand il pointa le doigt :

— Occupe-toi de ta femme ! fit-il en désignant Isabelle qui était figée au milieu du chaos, telle une statue. Elle s'est battue vaillamment, mais elle est désormais en état de choc !

Ce que put effectivement constater le jeune homme en se portant près d'elle, et en s'emparant délicatement du pommeau de son katana qu'elle retenait mollement. Elle avait les yeux hagards, des sillons carmin lui barraient le visage, le buste, les bras et les mains. Mais ce n'était pas son sang qui l'avait éclaboussée ainsi. Elle était désormais l'égale des grands guerriers, et tout comme eux, elle en payait le prix fort : celui de voir assombrie à tout jamais une partie de son âme. Car pour la survie des leurs... ils devaient donner la mort.

— Viens, ma douce, lui murmura-t-il en la prenant par la main pour ne pas l'effaroucher ou la plonger dans une crise de délire, comme cela arrivait souvent à ceux qui avaient dû affronter, pour la première fois, des choses auxquelles ils étaient loin d'être préparés.

— Dorian, Isabelle ! Montez sur vos chevaux, et vite ! Les barricades vont tomber, tout est perdu ! s'égosillait Jaouen un peu plus loin, tandis que Bâsim et quelques artisans, fortement armés, s'activaient pour aider les derniers retardataires à grimper en selle.

— Mademoiselle de Croz ! supplia également Clovis, déjà installé à califourchon sur son destrier et très inquiet pour sa protégée.

Finalement il ne resta plus que quelques élites, dont Chésemtet, à se diriger vers les montures. Pour sa part, Sénènmout tenait les rênes de son animal d'une main, tandis que de son autre bras, il enserrait le corps de sa fille inconsciente contre lui.

— Hatchepsout ! appela-t-il mêmement, alors que la reine se trouvait toujours au centre de la place enfumée, et ne paraissait pas vouloir bouger, à l'instar d'Isabelle.

Néanmoins, et au contraire de cette dernière, la

souveraine avait gardé une partie de sa lucidité et ne cessait de murmurer :

— Je reste, je suis la grande reine-pharaon ! Mon peuple a besoin de moi, mon pays aussi. Je reste...

— Oui, vous étiez l'Horus d'Égypte, et votre peuple se remettra de ce bouleversement comme il l'a toujours fait, assura Bâsim en lui coupant la parole et après s'être approché d'elle. Mais votre règne s'achève, et pour votre propre survie, permettez-moi de commettre un acte que vous me pardonnerez peut-être un jour.

— Que... ?

Du plat de la main droite il envoya valser la double couronne de la tête d'Hatchepsout dans les airs, et de son poing gauche... il l'assomma, purement et simplement. La seconde d'après, et malgré le désolant contexte, il lançait un regard amusé sur Dorian en lui jetant d'une voix tonitruante :

— Il serait peut-être temps de faire de même avec la vôtre pour que nous puissions nous sauver d'ici ?

Judicieux conseil que suivit le jeune homme sans ciller, avant de placer sur son épaule son précieux fardeau, de le coucher de travers au bord de la selle de son animal qui piaffait, et de monter rapidement à son tour.

— Nous allons piquer droit vers l'est pour contourner Karnak, et plus tard bifurquer vers le nord, où nous longerons la rive du Nil jusqu'à Gebtyou ! les informa succinctement Sénènmout, avant de donner du talon sur le flanc de son cheval blanc qui s'élança rageusement vers l'issue des monumentaux remparts. Puis, affolé en voyant que leur groupe se rapprochait dangereusement des hautes barricades, il hurla de nouveau :

— Dorian !

L'écho du cri de Sénènmout résonnait encore, quand l'enfant des dieux fit appel à la puissance des Éléments, et en un instant, une prodigieuse tornade surgit de nulle part pour ensuite propulser dans les airs, tels des fétus de paille, les obstacles amassés par les artisans, ainsi que les adversaires postés derrière.

Sur la quarantaine de leurs partisans qui réussirent à s'échapper à cheval du bastion, quelques-uns tombèrent à terre, mortellement touchés par des flèches ennemies traîtreusement lancées dans leur dos.

Puis, ils fuirent en une chevauchée interminable à travers les ruelles des proches demeures majestueuses, coupèrent ensuite par les champs aux céréales dorées par le soleil, et dépassèrent le village aux crocodiles, où la petite Nit eut juste le temps de faire un signe à Dorian, avant que ses parents ne l'attrapent pour la mettre en sécurité derrière les murs de leur humble habitation.

Isabelle reprit connaissance au creux des bras de Dorian, tandis qu'ils galopaient à bride abattue sur une route de terre beige qui serpentait à quelque distance du Nil.

Droit devant elle, un grand nombre de cavaliers qu'elle reconnut pour la plupart, et parmi lesquels figuraient Clovis et Jaouen, ouvrait la marche dans un furieux bruit de sabots martelant le sol, à l'instar de celui du tonnerre.

— Où sommes-nous ? réussit-elle à demander, tandis que son corps se mettait à trembler nerveusement, malgré la forte chaleur environnante.

Le jeune homme avait-il au moins perçu sa voix dans tout ce vacarme ?

— Cela fait bientôt une heure que nous nous sommes sauvés de Karnak, et nous nous approchons de la cité de Gebtyou, que je connais sous le nom de Coptos, l'informa-t-il en haussant le ton pour qu'elle puisse l'entendre, avant de raffermir la pression de ses bras autour d'elle, pour qu'elle soit bien à l'abri contre lui.

— Que… m'est-il arrivé ?

— Tu en as trop vu, mon amour. Ton esprit s'est fermé au monde pour te procurer un instant de paix, lui chuchota-t-il dans le creux de l'oreille, avant d'embrasser tendrement le côté de son front.

Si tel avait été effectivement le cas durant leur échappée, les scènes atroces de ce qui s'était déroulé dans le Saint des Saints jaillirent à nouveau dans la tête d'Isabelle, et elle étouffa un cri d'horreur contre son poing serré. Elle avait participé à la bataille, avait porté des coups funestes en maniant son katana pour survivre et sauver les siens, mais c'est surtout la vision d'Anty, ainsi que celle de son maudit javelot, qui l'assaillirent tout entière.

— Son arme… la lance d'Anty… elle transperçait les corps sans qu'il la jette ! s'écria-t-elle avec effroi. Je l'ai vue, elle était comme animée d'une vie propre !

— Il a utilisé le sang des pierres sacrées pour l'ensorceler. N'y pense plus pour le moment, repose-toi. Nous sommes à l'abri, bien que les troupes et les chars du nouveau pharaon Thoutmôsis soient à notre poursuite. Ils auront à affronter certains de nos alliés, des plus surprenants, avant de parvenir à nous atteindre. S'ils le peuvent encore !

Isabelle tourna la tête en direction de Dorian, et croisa son regard sibyllin, avant d'apercevoir l'énigmatique sourire qui ourlait ses lèvres.

— Qu'as-tu fait ?

— J'ai simplement demandé à un grand nombre de

nos amis crocodiles, aux plus gros spécimens en fait, de quitter le Nil pour les attendre et se charger d'eux !

— Tu es machiavélique, souffla-t-elle, alors qu'un sourire ténu se dessinait également sur son visage.

— Seulement quand il le faut.

— Crois-tu que nous trouverons du secours à... comment dis-tu ?

— Coptos !

— Oui, c'est ça.

— Je ne le pense guère. Le trône est tombé, la souveraine n'aura désormais plus aucun allié en son royaume, fit sombrement Dorian.

— Mais alors... nous sommes tous condamnés à toujours fuir ?

— Non. J'ai cru comprendre que nous allons essayer de rejoindre le pays de Pount.

— Celui du peuple des Origines, l'endroit où se trouverait peut-être un autre Cercle des dieux ?

— Exactement !

— Mais... qui nous conduira là-bas ? Il me semble que peu de personnes savent comment s'y rendre et où se trouve ce lieu !

— N'oublie pas que nous avons des enfants des Origines comme compagnons de voyage. De plus, nous sommes accompagnés du meilleur des guides !

— De qui parles-tu ?

Le jeune homme jeta un bref coup d'œil au bas de sa monture toujours lancée au galop, et Isabelle suivit son regard, avant d'émettre un hoquet de surprise et de s'exclamer :

— Diounout ! Le dernier guépard de la reine ! Je le croyais mort lui aussi !

— Non, il, ou plutôt elle devrais-je dire, puisque c'est une femelle, était sous la garde de Bâsim ; il en a toujours été ainsi à chaque fois que la reine se rendait au *Djeser-Djeserou*. Et c'est Diounout qui va se charger de nous conduire à Pount, assura-t-il, avant de se concentrer à nouveau sur sa route et de tenir fermement les brides de son fougueux destrier blanc.

Tous deux retournèrent au mutisme, et de toute manière, parler – ou plutôt crier – pour pouvoir continuer la conversation était devenu impossible, du fait de l'incessant bruit des sabots frappant le sol.

Isabelle se laissa alors aller à la chevauchée, ses yeux vert ambré ne quittant plus la féline Diounout, toute-puissante à la course, et qui semblait presque frétiller d'impatience à devoir attendre les chevaux qui peinaient à suivre son rythme. D'ailleurs, il était étonnant de constater à quel point ces deux espèces, aux antipodes l'une de l'autre, s'entendaient bien ! Les destriers ne montraient aucune peur du guépard !

Ainsi donc, ils se rendaient au pays de Pount.

Si seulement ils y parvenaient…

Chapitre 26

Ouadi Hammamat

— Nous allons vraiment dormir à la belle étoile ? s'inquiéta Clovis pour la énième fois, tandis que çà et là, des hommes s'activaient à ramasser de quoi faire du feu avant la nuit.

— Mon frère, s'agaça Jaouen, qui lui aussi semblait chercher quelque chose près de leur campement. As-tu songé à emporter des tentes ?

— Bien sûr que non ! s'écria le majordome, visiblement outré par la question. Tu sais bien que je n'en ai pas eu le temps, puisqu'il a fallu monter à la hâte un plan de secours ! C'est tout juste si tu m'as accordé une minute pour remettre la main sur le chaudron d'Ardör ! Tout ça à cause de ce « Toumoisi » qui a brusquement fait irruption au per-aâ !

— Thoutmôsis, maugréa Isabelle, en reprenant son vieil ami et en crachant presque le nom honni.

— C'est du pareil au même ! lui retourna celui-ci en fronçant ses sourcils gris.

— J'en conviens, souffla-t-elle en fermant les yeux de fatigue, et en s'adossant à la selle que Dorian avait déposée pour elle sur un large tapis de cuir.

Au moins, ainsi, était-elle à l'abri des pierres et des

cailloux aiguisés qui abondaient sur le terrain. Mais ce n'était pas le cas pour la fraîcheur que le vent du soir charriait vers eux en vagues incessantes. Certes, il y avait bien ces nombreux tamaris aux fleurs roses, aux racines ancrées dans le sol aride, et sur lesquels le sable s'était accumulé en dunes pour former une sorte de barrière naturelle, mais l'ensemble n'était pas assez efficace pour bloquer l'air froid qui faisait frissonner nerveusement la jeune femme.

Le secteur où ils avaient dressé le camp se trouvait dans le renfoncement d'une colline qui, en sus de donner refuge aux hommes, avait la particularité d'abriter une source d'eau pure et quelques palmiers. Cette petite oasis, tache de verdure perdue dans le « grand nulle part », et qui leur avait à tous permis de se désaltérer, se situait dans la première partie de ce que Dorian avait nommé le *Ouadi Hammamat*.

Il avait également appris à sa bien-aimée que ce qu'elle prenait pour une large route de caravaniers, depuis leur départ des plaines agricoles succédant à la cité de Coptos, et qui serpentait entre des montagnes de calcaire et des plaques noires de cendres volcaniques solidifiées, était en réalité le lit gravillonné et asséché d'une rivière !

En cette saison chaude de Shemou, il n'y aurait aucun danger à l'emprunter, avait assuré Dorian, mais il en aurait été tout différemment à la saison des inondations, Akhet, où l'endroit se transformait un véritable maelström d'eau tourbillonnante et rugissante, charriant des tonnes de pierres et de sable dans son puissant courant, jusqu'au Nil.

Dès le lendemain matin, ils reprendraient la route vers ce que leurs amis de l'Égypte antique nommaient « *La grande verte* », la mer Rouge, en quittant l'oasis et les bienfaits de sa source cristalline, pour trouver un bateau qui les conduirait non loin du pays de Pount.

— Quelle horrible contrée ! se remit à se plaindre le majordome. Étouffant le jour et presque glacial la nuit !

— Si tu as tellement froid, aide-nous donc à amasser tout ce qui peut brûler ! le gourmanda son frère. Il y a du petit bois mort partout à tes pieds ! Oh, tiens ! Ça, c'est un acacia ! s'écria-t-il encore en se désintéressant totalement de Clovis et en souriant de contentement, tout en ouvrant sa besace pour y chercher sa serpe de druide.

— Monsieur veut du bois, mais Monsieur part à la cueillette de feuillages pour son propre emploi ! se mit à cancaner le vieux serviteur en haussant le menton.

Pour le coup, Isabelle préféra les laisser se chamailler et se redressa en emportant sur son épaule la lourde selle de sa monture. Elle avait besoin de se trouver un coin plus isolé, et elle se dirigea tout de suite vers une sombre arête du renfoncement de la colline, à quelques mètres du lieu où les chevaux s'abreuvaient en toute sérénité.

Elle était en train de réinstaller le tapis de cuir, et d'ajuster la selle à un monticule de terre, quand Dorian la rejoignit en lui tendant une outre et un pain aux dattes.

— Mange et bois avec parcimonie, nous n'avons que peu de réserves ; quant à l'eau que nous récupèrerons ici, il faudra qu'elle tienne jusqu'à la prochaine oasis, l'informa-t-il avec douceur.

— Merci, lui répondit-elle simplement, son joli minois ne parvenant pas à afficher une quelconque émotion.

D'ailleurs... pourrai-je à nouveau ressentir quelque chose, après ce qui s'est passé aujourd'hui ? se demanda-t-elle, tandis qu'une troublante lassitude envahissait son être.

— Hum... je suis désolé, je n'ai rien trouvé pour que tu puisses te changer, lui annonça-t-il encore, en pointant du doigt ses habits tachés de sang.

— Ce n'est pas important, lui retourna-t-elle laconiquement avant de se laisser tomber sur le tapis, derechef dos à la selle.

— Isabelle...

Le jeune homme, qui s'inquiétait fortement pour elle, fut brusquement interrompu par l'arrivée fantomatique du Naohïm :

— Rien à signaler à des kilomètres à la ronde... quant aux crocodiles, ils se sont bel et bien régalés de nos ennemis après avoir fracassé quelques chars, mais ils n'ont pas pu goûter de l'Anty truffé au *Lïmbuée,* ni du Thoutmôsis confit aux cèpes des bois ! essaya-t-il de plaisanter, avant de reprendre avec plus de gravité : Les deux meneurs ont réussi à échapper à ton judicieux piège !

Dorian opina gravement du chef, ses yeux sombres ne quittant pas le pâle et impassible visage d'Isabelle, tandis qu'il croisait les bras sur son large torse.

— Comment se porte la princesse ? s'enquit à nouveau Ardör.

Néférourê ! s'exclama intérieurement la jeune femme, un infime éclair de vie passant vivement sur son regard.

Elle l'avait totalement oubliée, ne s'était pas préoccupée de sa santé ni même n'avait cherché à savoir si son amie était encore de ce monde ! Mais qu'était-elle donc devenue depuis qu'elle avait dû terrasser tous ces hommes dans le temple ? Un monstre d'indifférence ? Il lui paraissait soudain plus juste de s'avouer qu'elle avait perdu son innocence, et qu'elle avait brusquement vieilli de plus de cent ans, tant le poids de son existence se faisait écrasant.

— Amenty a repris connaissance et a pu se désaltérer, dit Dorian à Ardör, tandis qu'ils avaient repris leur discussion, et alors qu'elle s'était égarée dans ses songes tourmentés. J'aimerais que vous alliez la voir, car ce collier me pose problème.

— Comment cela ? s'étonna le Naohïm.

— J'ai l'intime conviction que la parure ensorcelée se nourrit d'elle ; d'ailleurs, des filaments d'or se sont infiltrés sous sa peau pour ensuite s'y enfoncer profondément. Je m'en suis rendu compte en cherchant à lui retirer le bijou. Ce dernier et la princesse ont... littéralement fusionné.

Isabelle porta involontairement la main à son cou en se remettant à frissonner nerveusement. Ce maudit collier ensorcelé avait également reposé sur sa propre poitrine... mais jamais il ne l'avait blessée... Enfin, il les avait quand même tous envoyés dans le passé, mais il ne l'avait pas... mangée !

— Si seulement elle l'avait jeté par terre, je l'aurais broyé sous mes talons, pourfendu de ma dague, découpé en morceaux avec mon katana ! se mit-elle soudain à crier, puis à hurler, d'une voix de plus en plus forte, au fur et à mesure qu'une insoutenable tension cherchait à se libérer de son corps. Pourquoi, mais pourquoi l'a-t-elle attaché autour de son cou ? Quelle folie s'est emparée de son esprit à ce moment-là ? À quoi a-t-elle donc songé ? Il était inutile qu'elle se sacrifie ! Nous étions de toute façon condamnés à nous battre pour vivre ou mourir ! Ce répugnant Anty et son sous-fifre « Toumoisi » avaient déjà décidé de notre fin à tous ! Alors, pourquoi a-t-elle donné l'opportunité à cette *sacrebleu-de-malédiction* de se réaliser ?

Tout en fulminant, Isabelle s'était redressée, et frappait désormais des deux poings le torse de Dorian qui la maintenait aux épaules de ses larges mains chaudes, sans faire le moindre geste pour se dérober à ses violents coups.

— *Pourquoi ? Pourquoi ? Pourquoi ?* hurlait-elle en litanie, des larmes jaillissant sans discontinuer de ses yeux comme si une digue venait de céder. Oh, mon Dieu ! Dorian, j'ai tué… j'ai tué tellement... d'hommes ! Je revois leurs visages, j'entends leurs cris d'agonie ! J'ai… tué ! hoqueta-t-elle encore, en cherchant son air.

Le jeune homme glissa une main derrière sa nuque et attira sa compagne vers lui en un vif geste de tendresse, avant de la bercer, et de la soutenir tout contre lui, tandis que son pauvre corps secoué de sanglots s'affaissait, soudainement privé de forces, et que le chagrin dû à toute cette horreur s'évacuait enfin.

— Mon amour, c'étaient eux ou toi, chuchota-t-il après un long moment et alors qu'elle paraissait s'être un peu calmée. J'ai également pris des vies aujourd'hui, pour te sauver, pour que tu vives, et qu'un jour, tu puisses réaliser tous tes rêves ! Je ne pensais qu'à toi, je ne me battais que pour toi ! Et je le referais mille fois s'il le fallait, car ce n'étaient plus des hommes, mais des monstres avides de destruction, qui t'auraient arrachée à moi, à l'existence, sans aucune hésitation ! Ton chagrin et ta peine sont légitimes, mais ne les offre pas à ces misérables ! La guerre n'a jamais rendu les gens heureux, bien au contraire, mais les beaux jours reviennent toujours ! Tu es vivante, c'est tout ce qui importe, et grâce à ton combat, ton avenir pourra être comblé de mille et un magnifiques évènements qui occulteront définitivement toutes ces abominations de ton esprit !

Ardör, qui était resté silencieux et en retrait, hocha la tête avec douceur. Ce couple l'émouvait profondément et il souhaitait plus que tout qu'ils se retrouvent enfin. Que ces deux-là puissent effacer tous les quiproquos qu'ils avaient stupidement dressés entre eux, tels des murs. Ces « Prédestinés » méritaient un avenir heureux, une vie éternelle à deux. Sur cette terre, pour leur existence de mortels, et dans les Sidhes par la suite, auprès des vraies déités. À jamais réunis.

Et ils le seraient, le Naohïm s'en fit le serment !

— Nos ennemis nous ont retrouvés, leurs chars approchent ! Ils seront sur nous avant que vous ne terminiez de lever le camp ! tonna Ardör, en se matérialisant près du bivouac, tandis que les premiers rayons du soleil paraient d'un somptueux rouge orangé, et de façon parfaitement parallèle, le lit de la rivière asséchée.

— Tuons les chars ! Et écrasons les mites ! s'égosilla soudain le druide Jaouen en se relevant de sa couche et en titubant dangereusement, comme s'il était sur le pont d'un navire en pleine tempête.

Il apparaissait très clairement que le pauvre homme ne s'était pas remis de sa nuit passée, durant laquelle il avait fumé des feuilles d'acacia fanées, avant d'être pris de crises hallucinatoires sévères. Après quoi, il était parti faire la causette à un cheval qui, d'épuisement, avait fini par s'endormir debout, puis il était allé se battre contre un malheureux tamaris qui n'avait rien demandé à personne, et avait perdu contre lui en s'écroulant dans ses branchages. Clovis s'était alors dévoué pour tirer son frère de cette litière incongrue, en pestant après lui, pour ensuite le coucher sur un tapis de selle plus adapté au repos.

— Brûlons ces lardons souffrants et empilons-les dans des caisses à sardines ! éructa de nouveau le druide, tandis que sur sa tête, se dressait une énorme boule de cheveux gris mêlés à des brindilles, où étaient encore accrochées quelques petites fleurs roses de tamaris.

Ses compagnons les plus proches se regardèrent avec des yeux ronds comme des soucoupes, tandis que d'autres éclataient de rire malgré le danger qui rôdait.

— Euh... je voulais dire... mettons les sardines dans les lardons, et brûlons-les dans les caisses à savon... euh... non, c'est pas ça ! baragouina-t-il, avant que Clovis ne le rattrape, comme il s'en allait en guerre dans la mauvaise direction.

— Il faut lui interdire de fumer tout et n'importe quoi, grommela Isabelle qui se préparait à devoir une nouvelle fois affronter ses ennemis, et non des sardines ou du savon lardé.

Elle glissa son katana dans sa ceinture et vérifia l'attache de sa dague sur sa cuisse.

— Tu pars en avant avec les frères Guivarch, Sénènmout, la reine et sa fille. Bâsim et quelques artisans guerriers vous serviront d'escorte ! lui ordonna Dorian en se plantant devant elle. Moi je reste ici avec Chésemtet et les élites, pour vous donner le temps de vous enfuir et de rejoindre la mer Rouge.

La jeune femme redressa vivement la tête et plongea son regard dans le sien.

— Hors de question ! assura-t-elle. Je me battrai à tes côtés !

— Et moi aussi ! gronda la voix rocailleuse du Naohïm. Je ne puis vous épauler physiquement, mais je peux te souffler les Mots du Pouvoir pour activer ta magie !

L'enfant des dieux acquiesça d'un signe du menton en direction de son aîné, mais afficha une attitude inflexible concernant Isabelle.

— Tu pars ! répéta-t-il plus durement.

— Tu m'as dit que les jours heureux reviendraient et que mon avenir verrait surgir de merveilleux évènements qui effaceront les atrocités de mon esprit ! Et cela ne sera possible que quand cet Anty et son pantin de Thoutmôsis seront morts ! Je reste !

— À moi, les lardons ! hurla Jaouen, non loin du couple, en chargeant un autre tamaris à l'aide du chaudron magique d'Ardör, qu'il faisait férocement tournoyer au-dessus de sa tête.

Dorian profita de ce carnavalesque instant de distraction pour plaquer la jeune femme contre son corps puissant, et l'embrasser passionnément.

— D'accord, se résigna-t-il ensuite en posant son front contre le sien. Mais place-toi derrière moi, et laisse-moi agir en priorité.

— Je saurai quoi faire, ne t'inquiète pas. N'oublie pas que j'ai été formée par le meilleur des maîtres en arts martiaux. Quant à toi, ajouta-t-elle alors qu'il s'éloignait déjà, ne meurs pas, promets-le moi !

Il sourit en penchant la tête sur le côté, ses longues mèches noires accrochant le feu du soleil levant, puis il se détourna pour se diriger vers les élites qui se positionnaient en ligne avec leurs lances et leurs arcs, sur toute la largeur de l'*ouadi*[38]. Dans leur dos, le groupe constitué pour sauver la souveraine et sa famille, mené par Bâsim ainsi que les frères Guivarch, s'élançait au galop pour mettre le plus de distance possible entre eux et leurs ennemis. Diounout le guépard hésita une

---

38 Ouadi ou oued : Cours d'eau asséché.

seconde, avant de s'élancer pour les suivre.

Isabelle répondit de la main, et de loin, au signe inquiet de Clovis, dont les larmes de tristesse l'avaient profondément touchée au moment de la séparation, et il disparut de son champ de vision, tandis que résonnait l'écho du dernier cri de Jaouen :

— À l'attaque !

Oui, à l'attaque... songea-t-elle, tandis qu'une bile amère remontait au fond de sa gorge alors qu'elle réalisait qu'elle devrait certainement à nouveau ôter la vie à d'autres hommes.

Puis, son regard glissa sur le feu de camp toujours fumant, avant de se porter sur les nombreux acacias présents près des tamaris, et une prodigieuse idée jaillit dans son esprit.

— Jaouen, je vous adore ! s'écria-t-elle soudain. Dorian, j'ai besoin de ta magie ! lança-t-elle alors en se dirigeant vers lui, tandis que résonnait déjà dans la vallée le bruit des roues des chars et des chevaux de leurs adversaires.

Chapitre 27

Adieu

— Qu'as-tu derrière la tête ? s'enquit vivement Dorian, alors qu'Isabelle trépignait sur place.

Le bruit annonciateur de l'arrivée des cavaliers adverses était de plus en plus fort, et à leur vue, de part et d'autre du couple, les élites bandaient leurs arcs et ajustaient la direction de leurs flèches.

— Nous allons faire comme Jaouen ! rit-elle, parce que cela paraissait tout simple, et prodigieusement fou.

— Attaquer des lardons, ou des sardines ? ricana le Naohïm qui allait et venait en survolant la voie.

— Je parle des acacias ! Ce sont des plantes hallucinogènes ! Nous allons enfumer nos ennemis et les droguer ! Ainsi, il n'y aura ni combat ni morts, aujourd'hui !

Pendant quelques secondes, les enfants des dieux la dévisagèrent comme si elle avait perdu l'esprit, puis haussèrent en chœur les sourcils avant de sourire aux anges.

— Si vous devez agir, faites-le maintenant, car ils sont désormais dans mon champ de vision ! cria Chésemtet à quelques pas sur leur droite, prête à lâcher sa flèche sur le conducteur du premier char.

— À toi de jouer, petit ! lança gaiement Ardör, avant que Dorian ne déracine puis n'attire vers lui, par un sort de lévitation, l'intégralité des arbustes d'acacias qui se trouvaient dans cette partie de la vallée.

L'ensemble fut disposé avec célérité en une imposante barricade, qui obstrua le passage aux adversaires et à leurs chevaux qui hennirent furieusement, stoppés dans leur course au pied de l'obstacle.

— Plus vite ! s'exclama Isabelle, gagnée par une intense fébrilité.

Le jeune homme ne perdit pas de temps, et propulsa de nombreuses boules incandescentes sur les branchages feuillus, avant de projeter des rafales de vent pour éteindre le tout et créer une épaisse fumée grisâtre. Car c'était l'effet provoqué par la fumée qui était désiré, et non celui du feu !

Durant plusieurs longues minutes, il ne se passa rien, et puis soudain :

— Écoutez-les, on dirait qu'en plus de tousser… ils rient, marmonna Chésemtet après un moment d'attente, et en baissant lentement son arc, pour ensuite jeter des coups d'œil abasourdis sur ses compagnons.

— Voyez cet homme ! s'exclama avec ahurissement une autre élite. Celui qui s'est juché sur la corniche ! Il nous montre ses fesses !

Dorian lui envoya une pichenette imaginaire, et l'imprudent cul nu tomba de son perchoir dans un hurlement de rire.

— Pas de mort, s'esclaffa-t-il, en tournant son regard espiègle vers sa dulcinée.

— C'est bien, soupira-t-elle de contentement, avant que son visage ne se tétanise en un masque d'horreur, ses yeux fixés en face d'elle.

Là, de leur côté et devant la barricade enfumée, à une dizaine de mètres d'eux, venaient d'apparaître le prêtre Anty, sa lance noire au poing, ainsi que Thoutmôsis, vêtu de sa tenue de combat en épais cuir couvert de plaques de bronze.

— À l'attaque ! hurla alors Chésemtet en galvanisant ses élites, qui braquèrent leurs armes ou lâchèrent leurs flèches.

Mais ce fut en pure perte, car Anty leva son javelot à l'instar d'une baguette magique et créa une sorte de bouclier invisible qui renvoya les projectiles, et catapulta dans les airs le groupe d'Isabelle et de Dorian. Ce dernier se ressaisit rapidement, se releva en position de combat, et jeta sur le duo de mortels filaments d'énergie, mais qui se fracassèrent à leur tour sur un nouveau charme de protection.

Le prêtre de magie noire profita de l'ahurissement de l'enfant des dieux pour lui expédier son javelot, que ce dernier évita de justesse grâce à l'intervention d'Isabelle qui s'était élancée d'un bond, et avait dévié d'un coup de pied la trajectoire de l'arme.

— Ça suffit ! hurla-t-elle en se repositionnant, tandis que l'immonde personnage récupérait la lance à l'instar d'un boomerang.

Dans le même temps, la jeune femme avait saisi le pommeau de sa dague, et avait envoyé la lame de toutes ses forces sur Anty, tandis que Thoutmôsis s'élançait sur la gauche pour attaquer des élites prises au dépourvu. L'arme celte atteignit bien l'horrible individu, mais à la cuisse, et rageant de douleur, celui-ci propulsa derechef son maudit javelot dans sa direction.

Cela s'était déroulé si rapidement qu'Isabelle ne put se mettre à l'abri, et sut avec certitude que le projectile arrivait déjà sur elle. Cependant, ce ne fut pas son buste qu'il transperça, mais celui de Chésemtet qui, pour faire rempart de son corps, s'était courageusement jetée entre l'arme et son amie.

— Non ! cria celle-ci en réceptionnant l'Égyptienne dans ses bras, alors que cette dernière maintenait vaillamment le manche de la lance qui cherchait à revenir à son maître.

— Ne permettez pas... à cet objet... de retourner... à Anty, supplia-t-elle en se laissant glisser sur le lit de graviers, Isabelle la soutenant toujours de son mieux, tandis qu'un puissant rugissement résonnait non loin de là.

Il venait d'Ardör, fou de douleur devant la vision de son âme-sœur mortellement blessée et agonisante. Ce même rugissement avait comme tétanisé Anty et Thoutmôsis, qui dardaient des yeux effrayés sur l'antique et éthéré enfant des dieux rendu terrifiant par le chagrin.

— Chésemtet ! l'appela-t-il en se portant près d'elle mais sans pouvoir la toucher de ses doigts vaporeux, et encore moins la guérir par la magie qui lui faisait défaut.

Dorian essaya de toutes ses forces d'utiliser ses propres dons, après avoir retiré le javelot et sans le relâcher pour autant, mais rien n'y fit.

— Je suis désolé, Ardör... je ne peux la sauver ! s'excusa-t-il d'un ton désespéré.

— Tout va... bien... souffla la mourante, ses beaux yeux sombres cherchant ceux de son bien-aimé. On... se... retrouvera, mon... Naohïm. Je... t'aime, chuchota-t-elle dans un dernier soupir avant que ses paupières ne se referment doucement.

De son côté, Dorian s'était brusquement redressé, car la lance d'Anty venait de se transformer en un cobra royal noir, dont il dut bloquer la tête sous son pied.

Une ultime fois, Ardör se releva et sembla déployer une brume rougeoyante et non argentée autour de lui ; ses yeux lumineux de haine se braquèrent sur Anty désormais terrifié, puisque privé du pouvoir de son arme magique.

— C'est donc en utilisant le pouvoir du *Lïmbuée*, sorcier de pacotille, que tu es parvenu au palais d'Hatchepsout avant nous, et que tu as pu apparaître dans *l'ouadi* pour tenter d'achever ta macabre entreprise, tonna-t-il en avançant d'un pas, puis d'un autre. Tu as utilisé le sang des pierres sacrées pour ensorceler cette lance, comme le collier. Tu as profané le sanctuaire des déités pour assouvir ton ambition, celle de gouverner l'Égypte. Car Thoutmôsis, en réalité, n'est qu'un minable petit pion pour toi ! Mais il est temps de payer le prix pour tes crimes, et pour le meurtre de ma « Prédestinée » !

Malgré sa peur visible, l'abominable Anty se mit à ricaner, tandis qu'il cherchait toujours et vainement à attirer son arme-serpent à lui.

— Tu n'es rien, Naohïm ! cracha-t-il de sa voix horripilante et éraillée. Tu n'as aucun pouvoir sur cette terre, je le sais ! Et l'autre n'est qu'un novice qui ne peut se servir correctement de ses dons découlant de son lignage avec les déités ! gouailla-t-il encore.

— Dorian, Isabelle, murmura tout bas Ardör. Prenez soin de mon amour, qu'elle soit incinérée pour que son âme puisse me retrouver ailleurs. Je vous promets de ne pas vous abandonner, ayez confiance en moi.

Et sur ces derniers mots, il rugit une nouvelle fois de colère en laissant tomber la magie qui lui permettait de rester un être éthéré, redevint un puissant guerrier de chair et de sang, et projeta son épée de diamant sur Anty, qui fut tué sur le coup, la lame l'ayant transpercé de part en part. La seconde suivante, le Naohïm se volatilisait définitivement dans un ultime cri, de douleur cette fois, pour fusionner avec son double de l'époque, prisonnier quelque part... dans une geôle de glace.

Isabelle, des larmes sillonnant ses joues, tenait en respect Thoutmôsis au moyen de son katana. L'homme semblait désorienté et dardait un regard halluciné sur tout ce qui l'entourait.
— Je suis libre, souffla-t-il en jetant au sol sa lance et en contemplant avec haine le corps d'Anty, alors que l'épée de diamant d'Ardör avait disparu en même temps que ce dernier.
Soudain, un bruit de galop résonna dans le creux de la vallée, mais pas du côté de la barricade qui n'émettait plus de fumée et où les adversaires riaient toujours comme des benêts. Non, cela provenait du chemin menant vers la mer Rouge où apparut, au détour d'une avancée rocheuse, un groupe dirigé par Hatchepsout en personne, suivie de près par Diounout son guépard, de Bâsim et de quelques artisans guerriers. Puis, surgirent deux nouvelles silhouettes ayant du mal à réfréner la nervosité de leurs montures : Clovis et Jaouen !
— Ma reine ! s'exclama encore Thoutmôsis qui esquissa un pas en avant, puis se figea comme la lame aiguisée de Seshiru se posait contre la base de son cou.
— Votre reine ? siffla rageusement Isabelle en appuyant sur le pommeau de son katana, et qui ne sourcilla aucunement quand un filet carmin se mit à couler sur la peau de son ennemi.
— Isabelle, recule-toi ! ordonna Dorian, en utilisant pour la première fois le pouvoir des mille voix, pour la forcer à agir contre sa volonté et éviter un énième bain de sang.

Dans la main du jeune homme, le cobra royal était redevenu un javelot, puis avait perdu sa couleur charbonneuse pour se muer en or, car le *Lïmbuée* présent dans l'objet avait reconnu la magie bienfaitrice de son nouveau maître.

— Thoutmôsis ! appela avec âpreté Hatchepsout, qui ne ressemblait vraiment plus à la reine-pharaon des jours fastes, mais à une simple femme aux longs cheveux noirs striés de fils blancs et aux habits en haillons.

Elle faisait face à son beau-fils, quand une chose incroyable se produisit : Diounout vint ronronner aux pieds de l'Égyptien et celui-ci s'agenouilla pour la câliner, comme il le faisait souvent lorsqu'il était plus jeune.

— Oh, ma Diounout ! Je suis tellement désolé pour Djaa et pour tout ce que j'ai pu te faire ces derniers temps !

Isabelle hoqueta et laissa tomber son katana, tandis que Dorian lançait un regard étrange sur la souveraine, avant de se tourner à nouveau vers Thoutmôsis.

— Vous étiez également sous sa coupe, énonça-t-il comme une vérité plutôt que sous la forme d'une question, pour ensuite désigner le prêtre.

— Oui. Mais même si Anty m'a manipulé et que je n'ai pas agi de mon plein gré, très certainement grâce à un sortilège, je suis tout de même responsable de… tout ça, répondit le prince en faisant un geste tremblant en direction de sa tante comme de Chésemtet. J'étais là, à l'intérieur de mon corps, mais c'est un autre qui intervenait et qui parlait. Cependant, je le répète, je suis coupable.

— Le seul coupable en ces lieux est mort ! affirma enfin Hatchepsout, le visage las. Il a payé pour ses crimes, et continuera de le faire dans un monde d'éternelles ténèbres. Sa dépouille sera livrée en pâture aux rapaces et aux charognards de l'*Ouadi Hammamat*. Quant à toi, Thoutmôsis... je te confie notre peuple, ma fille cadette, et l'Égypte. Retourne au per-aâ, reconstruis le temple d'Amon-Rê, et deviens un bon pharaon en mémoire de tout ce qui vient de se passer.

— Ma tante ! se récria le jeune homme en se relevant vivement. Il n'en est pas question ! Vous devez recouvrer votre place légitime !

— Je t'ai élevé et aimé comme un fils, Thoutmôsis. Je n'ai gardé le trône que dans l'attente de te voir prêt à prendre ma succession. Désormais, tu l'es, puisque tu as également payé le prix du sang. Retourne à Karnak, fais-nous passer pour morts, Sénènmout, Néférourê, et moi, offre-nous une belle cérémonie, mais change les évènements pour effacer les méfaits d'Anty. Va, car ce sont là mes dernières volontés.

L'Égyptien finit par hocher la tête et posa son poing sur sa poitrine :

— Je ferai selon vos désirs, et pour vous honorer... je vous promets de devenir l'un des plus grands pharaons de tous les temps.

Il se détournait déjà pour rejoindre ses soldats de l'autre côté de la barricade, quand il sursauta violemment, avant de faire volte-face !

— Néférourê ?

— Nous la sauverons, certifia encore sa tante, en portant tout de même un vif regard interrogateur vers Dorian, mouvement que suivit Thoutmôsis.

— Me l'assurez-vous ? s'enquit ce dernier en direction de l'enfant des dieux.

— Oui, confirma celui-ci d'une voix rauque et ses yeux s'illuminant de petites flammèches orangées.

Le futur pharaon parut immensément troublé par ce

phénomène, puis s'en alla à nouveau, pour disparaître derrière les branchages à moitié calcinés.

— C'est... fini ? Il n'y aura... plus de morts ? bafouilla Isabelle vers qui Diounout s'était dirigée pour lui lécher les doigts, et dont les pensées déchirantes étaient entièrement tournées vers ses amies ; Chésemtet qui avait perdu la vie, et la princesse... qui allait peut-être la suivre dans l'autre monde.

— Il n'y en aura plus, si nous arrivons à Pount pour sauver Néférourê, lui dit doucement Dorian en s'approchant pour la prendre dans ses bras. Mais avant, nous allons faire nos adieux à Chésemtet et lui offrir la possibilité de retrouver Ardör dans une autre vie.

La jeune femme haussa les sourcils d'étonnement, tout en essuyant ses larmes.

— Le moment venu, bientôt je l'espère, je te raconterai l'histoire des « Prédestinés ».

Durant l'heure suivante, tout le monde s'activa, dans un silence révérencieux, à préparer le dernier voyage de la fière et farouche Chésemtet, comme de deux autres élites tombées au combat. Isabelle lava et coiffa la guerrière, puis Hatchepsout et elle lui accrochèrent des fleurs de tamaris dans les cheveux, tandis que les hommes montaient une sorte de bûcher avec le reste des barricades d'acacias.

Quand tout fut prêt, on installa les corps sur le sommet de l'amas de branches, et ce fut Jaouen qui récita une prière druidique en gaélique breton. Dorian ouvrit la main, fît naître une petite flamme et la propulsa sur le bois qui prit feu en un instant.

— Adieu, ma chère amie, et adieu, Ardör, souffla Isabelle tandis que la voix de Jaouen résonnait en écho au crépitement du brasier. J'espère qu'un jour, dans un monde moins cruel, nous nous retrouverons.

Chapitre 28

Une silhouette sur la colline

Highlands, fin avril 1829

Kalaan s'était à nouveau levé aux aurores, et avait laissé sa tendre épouse dormir comme une bienheureuse dans leur chambre du château des Saint Clare, pour se diriger comme à son habitude vers le chemin de ronde sur les hauteurs des remparts.

Il était très nerveux depuis quelques jours et son humeur s'était soudainement assombrie quand le lien invisible qui le reliait à sa sœur, et qui l'assurait qu'elle était toujours vivante, s'était brutalement rompu. Était-elle morte ? Le corsaire rejeta vivement cette horrible idée dans un coin de son esprit tout en marchant à vive allure le long des parapets en pierre de granit, pour ensuite s'arrêter face à la majestueuse colline et son fascinant cromlech qui se découpaient dans le ciel rougeoyant du soleil levant.

— Je pensais bien vous avoir aperçu de loin, fit la voix rocailleuse de Keir dans son dos, avant que ce dernier ne vienne se poster à ses côtés pour mêmement porter son regard vers la colline. Le sommeil vous fuit-il aussi ?

— Il m'a totalement déserté depuis quelques nuits, grommela le comte de Croz en passant nerveusement la main dans ses cheveux dorés.

— Hum... Nous allons encore avoir une belle journée, lança plus gaiement l'Écossais, sans pouvoir réellement tromper son nouvel ami quant à son but : il cherchait surtout à détendre l'atmosphère. L'air est chargé du parfum des bruyères, ce qui nous annonce que ce printemps sera des plus exceptionnels !

Kalaan fronça le nez après avoir reniflé, car lui ne percevait pas l'odeur des bruyères, mais plutôt celles de la paille légèrement moisie et du crottin de cheval. Mais bon ! Si le laird se sentait l'âme d'un poète en ce tout début de matinée, qui était-il, lui, pour le dissuader ?

Soudain, il cilla et affûta son regard vers le sommet de la colline. Tout d'abord, il crut à une hallucination due à la fatigue, mais non ! Là-haut, près d'une des pierres levées, se tenait réellement une imposante silhouette noire, dont les pans de la longue cape volaient au vent.

— Keir !

— J'ai vu ! Allons-y !

Les deux grands gaillards se télescopèrent sur le chemin de ronde dans leur hâte à vouloir quitter les lieux, se reprirent en lâchant des jurons écossais et bretons, puis se mirent à courir le plus rapidement possible vers l'entrée de la forteresse qu'ils traversèrent comme des dératés.

— Non, mais ! Savent plus quoi inventer pour s'amuser dans c'te château ! Faire la course, maint'nant ! grommela un serviteur en se baissant pour ramasser son plateau et les victuailles qu'il avait laissé tomber sur le sol dallé au passage tonitruant des deux hommes.

Ces derniers ne mirent guère de temps pour passer le pont-levis, couper à travers une prairie encore baignée d'une brume venant du loch, pour ensuite grimper le sentier pentu de la colline qui serpentait entre de la rocaille couverte de bruyères et de genêts. Néanmoins, c'est le souffle haché, le torse plié en deux, et les mains sur les genoux, qu'ils arrivèrent au sommet, avant de s'arrêter à quelque distance de la silhouette sombre qui se découpait plus haut en ombre chinoise.

— *Cò... thu... ?[39]* demanda difficilement Keir, entre deux respirations laborieuses.

— Français ? Anglais… ? questionna à son tour le comte de Croz, comme l'individu ne répondait pas au gaélique.

— Argh ! gronda le laird en frappant fortement et méchamment de son poing l'épaule de son nouvel ami. *Naye* ! Il n'y a pas de *sassenach*[40] sur mes terres !

À ces mots, Kalaan ouvrit de grands yeux ronds car un élément important s'était fait jour dans son esprit. Son acolyte avait certainement songé à la même chose que lui car il reprit d'un ton rude.

— Mes terres sont protégées par les Runes du Pouvoir, personnes ne peut y venir sans y être invité, et avant que le voile de magie ne soit levé ! *Cò thu ?*

Il se passa encore un moment, où seul le bruit de la cape claquant au vent leur répondit, avant que l'inconnu ne décide enfin de dire, d'une voix éminemment rauque :

— Vous lui ressemblez, vous avez, tous les deux, les mêmes yeux vert ambré.

Le corsaire se figea instantanément, privé une nouvelle fois de son souffle, tandis que son cœur avait un violent soubresaut.

---

39 *Cò thu : Qui êtes-vous, en gaélique écossais.*
40 *Sassenach : Sassenach est un terme utilisé principalement par les Écossais pour désigner un Anglais. Il s'agit d'un dérivé du gaélique Sasunnach qui signifie à l'origine « Saxon ». L'orthographe écossaise moderne est Sasannach.*

— Que raconte-t-il, mes iris ne sont pas du tout de la même couleur que les vôtres ! gronda Keir avec un fort accent gaélique.

Mais Kalaan ne prêta aucune attention à cette remarque bourrue, et s'adressa avec beaucoup d'émotion à la silhouette enténébrée :

— Vous... parlez... de ma sœur ? s'enquit-il alors en bégayant, tant il était bouleversé.

— Isabelle, oui, confirma l'homme en s'avançant vers eux pour descendre de quelques mètres le sentier, et en les contournant pour qu'ils puissent enfin apercevoir ses traits.

L'individu, une sorte de chevalier d'un autre âge, se pencha pour les saluer. Il semblait âgé d'une trentaine d'années tout au plus et avait de longs cheveux très noirs, sur lesquels ressortait la teinte argentée d'une mèche qui balayait son front. Sous son ample cape sombre, apparaissaient de riches habits à la coupe désuète ; aux pieds il portait des bottes cavalières à larges revers, et à la ceinture une surprenante épée, dont la lame ne paraissait pas de fer... mais de cristal.

— Je ne me suis pas présenté, veuillez m'en excuser : je suis Ardör, du clan des Muiredach, et enfant des dieux de la première lignée des Origines, ce qui m'a permis de passer les protections magiques de ces terres. Vous, vous êtes de toute évidence Kalaan, comte de Croz, le frère d'Isabelle la guerrière, ajouta-t-il en désignant celui-ci du menton. Et quant à vous, vous êtes un Saint Clare !

Pour le coup, le jeune laird parut se pétrifier sur place, bien plus que son ami corsaire, mais tous deux affichaient un stupide air ébahi, tandis qu'ils restaient bouche bée et les yeux écarquillés.

— Les... Origines... ?

— Isabelle... la guerrière ?

Ils avaient couiné en chœur, sous le regard soudain fortement amusé du Naohïm.

— Je crois que le moment est venu de tout vous raconter. Mais sachez avant toute chose que je vis là ma deuxième courbe du temps, que je suis revenu pour vous aider à rapatrier mes compagnons dans cette époque, et... que mon histoire risque d'être très compliquée !

Ce fut effectivement très compliqué à suivre, à l'évidence plus pour le Breton que pour l'Écossais. Car Ardör se plongea dans un long récit fastidieux comme il l'avait fait avec Isabelle et son groupe, la toute première fois où ils s'étaient vus dans la grotte de *La Cime* !

Cela débuta par sa vie à l'époque où les dieux habitaient encore sur Terre, puis il continua avec les différents clans qui peuplaient alors la cité de Galéa, ceux qui avaient été bannis, sa rencontre avec une Saint Clare nommée Eloïra et qui avait la faculté de se métamorphoser en louve rouge, pour finir par son emprisonnement dans le souffle glacé d'un dragon noir.

Kalaan masqua plusieurs fois un bâillement d'ennui, avant que tout doucement et insidieusement, l'impatience ne prenne le relais. À ses côtés, Keir ne cessait au contraire de lancer des exclamations exaltées et coupait régulièrement la parole à Ardör en posant mille et une questions sur les Origines et le clan dont lui-même était le descendant.

Bien sûr, ils eurent droit à l'histoire de sa transformation en Naohïm, aux explications de ce qu'était un Naohïm, puis à sa vie d'errant, jusqu'à ce qu'il se retrouve en Bretagne. Les ondes de magie du cercle des déités de l'île de Croz l'avaient alors atteint, et il avait suivi le groupe dans le vortex du temps.

Là, ce fut le jeune comte qui tendit l'oreille et se mit

à interroger avidement le nouveau venu :

— Où êtes-vous allés ? Comment se fait-il que vous soyez ici maintenant ? Où est ma sœur ?

Ardör leva les mains en l'air, en un geste d'apaisement pour le faire taire, et réitéra son mouvement en direction de Keir qui n'avait cessé d'ouvrir la bouche pour parler, mais n'avait pu placer un mot, tant le corsaire avait été plus rapide que lui.

— Ils sont toujours en Égypte, et quand j'ai été obligé de partir, ils allaient bien.

— Je le savais ! Je savais qu'ils étaient en Égypte ! cria soudain Kalaan tout excité et riant en même temps, immensément soulagé d'apprendre qu'Isabelle était en vie. Mais oui, voyons, à cause de la provenance de la parure ! insista-t-il comme le laird affichait un air à la fois moqueur et sceptique.

Cependant, l'hilarité de Kalaan s'estompa rapidement, quand il vit les traits du visage du Naohïm s'assombrir.

— Vous ne nous avez pas tout dit, murmura-t-il comme une nouvelle tension gagnait son corps.

— Non, et je n'en étais même pas à la moitié de mon histoire quand vous m'avez abreuvé de questions ! pesta Ardör.

— Vous aurez le temps de tout nous raconter sur le chemin du château, lui proposa le comte. Et nous allons nous dépêcher de monter une expédition pour rejoindre l'Égypte. D'ailleurs, comment avez-vous fait pour revenir ici, et pourquoi…

— Cela suffit ! le coupa le Naohïm. Vos parents à tous les deux se trouvent bien en Égypte, mais 3187 ans dans le passé ! Et si vous me laissiez terminer, vous sauriez pourquoi je suis ici, et comment !

La nouvelle priva effectivement les deux amis de la

parole, ce qui permit enfin à l'antique enfant des dieux de poursuivre son récit, jusqu'à la bataille dans l'*Ouadi Hammamat*, après qu'il eut tué Anty, et qu'il se fut à nouveau retrouvé prisonnier de la glace en fusionnant avec son double du temps.

— Mais... alors... Sans cromlech sacré pour revenir, puisque ce fou de prêtre l'a détruit... ils sont à tout jamais prisonniers de cette époque éloignée, murmura Kalaan en vacillant sur ses jambes.

— Non, car il en existe un autre, au pays de Pount, là où nous nous dirigions avant que je ne doive les quitter.

— C'est ce pays qu'étaient partis trouver les parents de Dorian. C'est en effectuant le voyage en bateau vers Alexandrie que les pirates barbaresques les ont... attaqués et ont kidnappé mon cousin, alors qu'il n'était qu'un tout petit garçon, leur révéla Keir. Si Dorian, votre sœur et leurs compagnons y parviennent, et maintenant que nous connaissons l'époque où ils ont échoué, nous pourrons les rapatrier ici, dans notre Cercle des dieux ! reprit-il avec plus de force.

— C'est le but de ma présence, fit Ardör dans un hochement de tête. Désormais, je suis en pleine possession de tous mes pouvoirs et j'ai bien l'intention de tenir la promesse que je leur ai faite.

Les trois hommes se lancèrent soudain des œillades ragaillardies, et des sourires confiants apparurent sur leurs fiers visages. Mais brusquement, le Naohïm cilla, et se mit à tournoyer lentement sur lui-même. Il paraissait chercher quelque chose dans le ciel, ou à l'horizon. Il se comportait à l'instar d'un fauve ayant senti du danger, ou la présence d'une proie.

Puis, ce fut au tour de Keir Saint Clare de se conduire tout aussi étrangement, sous le regard ahuri de

Kalaan. Mais qu'est-ce qui leur prenait ?

— Quelque chose s'est réveillé, je ressens dans tout mon être une forte magie se déployer tout autour de nous, murmura Ardör. D'une puissance telle que je ne l'avais plus éprouvée depuis... les Origines ! s'exclama-t-il encore, ses yeux fouillant derechef le ciel.

— Et pour cause, lâcha le laird dans un souffle ténu, toute son attention tournée vers l'orée de la forêt où se trouvait la Cascade des Faës. « *An chridhe fior-ghlan* » – le cœur pur –... elle s'est réveillée, et elle approche de nous, suivie par ses Protecteurs !

Kalaan fit volte-face vers le bas de la colline, imité par Ardör, et tous deux purent apercevoir plusieurs silhouettes sortir de l'ombre des arbres et marcher dans leur direction. En tête, se trouvait la magnifique jeune femme aux longs cheveux noirs que le corsaire avait vue dormir dans son lit de glace, et dans ses pas avançaient d'autres personnes camouflées sous des capes sombres à amples capuches qui dissimulaient les visages.

— Amis ou ennemis ? s'enquit vivement l'enfant des dieux en grondant tel un félin et en saisissant le pommeau de son épée de diamant.

— Amis, et même en ce qui concerne les personnes encapuchonnées, je pense... famille ! lui répondit Keir dont l'esprit oscillait entre l'euphorie de l'instant et la peur de ne pas pouvoir sauver le « cœur pur »... Aerin.

— Vous avez des nains dans votre parenté ? ne put s'empêcher de demander Kalaan en fronçant les sourcils d'étonnement.

— Des nains ? se récria l'Écossais, l'air ahuri.

— Ben oui ! Le nanisme peut toucher toutes les familles, ce n'est pas une honte ! voulut se défendre son compagnon en haussant les épaules. Ou alors... sous ces capes et capuches, se trouvent des enfants, au vu de leur petite taille !

— Des trousse-pets ! Les Protecteurs ! *A bheil thu air a dhol cuthach ?* vociféra encore le laird tandis qu'Ardör partait d'un rire tonitruant.

— Qu'a-t-il dit ? s'enquit Kalaan en direction du Naohïm.

— Je crois qu'il vient de vous traiter de fou !

— Si ce n'est que ça, c'est bon, car j'ai déjà eu pire comme sobriquet depuis que je suis ici, s'amusa le comte en croisant nonchalamment les bras sur son large torse. N'empêche... ce sont soit des nains, soit des enfants... vos Protecteurs !

Un hurlement de rage résonna dans la vallée, quand le highlander fit comprendre son exaspération au Breton, provoquant l'envol et le caquètement de quelques coqs de bruyère apeurés, avant que les rires d'Ardör et du corsaire ne se mêlent au concert. Mais bientôt, par-dessus cette cacophonie, un autre puissant son se fit entendre, une sorte de rugissement venu des cieux, puis un second, suivi de forts claquements.

Kalaan leva les yeux et crut s'étrangler d'effroi, quand apparut dans son champ de vision, à plus d'une centaine de mètres d'altitude, un gigantesque dragon blanc qui tournoyait, les ailes déployées, pour descendre lentement sur eux.

— Oh... bo... bo... bordel ! se mit-il à bafouiller de peur tandis que ses compagnons hurlaient presque de joie à l'apparition du colossal reptile.

— Le Gardien des Éléments est également arrivé ! chantait Keir d'une voix puissante en se dandinant grotesquement dans son kilt.

Comment un être aussi charismatique que lui peut-il se ridiculiser ainsi ? se demanda encore Kalaan, avant de sombrer dans un trou noir. Le voilà qui venait de s'évanouir, pour la deuxième fois de sa vie !

— Bah, c'est mieux qu'il dorme pour le moment ! lança le laird en jetant un clin d'œil à Ardör qui lui sourit en retour.

— C'est un magnifique jour, murmura ce dernier avec une profonde émotion. Je n'avais plus revu de dragon, ni ressenti une telle magie, depuis le temps des Origines. Je suis au comble du bonheur !

— Aye ! C'est un grand jour, comme vous le dites. Car enfin, toutes les conditions sont réunies pour sauver Aerin.

— Sauver qui ?

— Le cœur pur ! s'exclama l'Écossais comme si c'était une évidence. C'est aussi pour cela que vous êtes là, naye ?

— Non ! articula le Naohïm en fronçant les sourcils. Je crois que c'est à votre tour de me parler de… tout ça, ajouta-t-il encore en faisant un geste vers le groupe qui était à mi-chemin de la colline et après vers le dragon rugissant.

Keir afficha une mine contrariée, et entreprit de lui narrer toute l'histoire d'Aerin et du sort noir qui l'avait atteinte, quelques siècles auparavant, par le biais du *Livre du temps*. Comment elle avait dormi depuis dans le souffle magique et glacé du Gardien des Éléments, seul un grand guérisseur pouvant la sauver. Il expliqua enfin la présence des cinq « Protecteurs » qui avaient été désignés pour veiller sur elle jusqu'à ce jour.

— Eh bien ! jeta enfin Ardör, un sourire en coin se dessinant sur son visage. Il se pourrait que je puisse l'aider, en effet, et en retour, nous lui demanderons à elle, comme à ses Protecteurs, de nous seconder pour faire revenir Isabelle, Dorian, Jaouen et Clovis.

— *Aye* ! approuva chaudement le laird avant de se

tourner vers le sentier pour accueillir dignement... Aerin Saint Clare.

Chapitre 29

Le voyage vers l'inconnu

Égypte, Qoseir, mer Rouge

— Par les affreux tentacules du Kraken ! Mais comment font les malheureux habitants de ces lieux pour survivre ? jura Isabelle avec consternation, tandis qu'ils arrivaient enfin en vue de Qoseir[41], et que même de loin, ils pouvaient se rendre compte de l'état déplorable des maisons.

Elle s'était attendue à trouver au bord de la mer Rouge un village de pêcheurs perdu dans une végétation luxuriante, comme celle qui foisonnait sur les berges du Nil, mais il n'en était rien, bien au contraire ! Les quelques demeures aux murs blancs craquelés, ou en ruines, étaient construites sur un sol tout aussi aride que celui du désert qu'ils avaient traversé, et le sable et les pierres crayeuses paraissaient être cuits par le soleil omniprésent.

Seule la mer qui se profilait à l'horizon, et qui portait en fait très bien son nom égyptien de « *La grande verte* », compte tenu de sa couleur d'un intense bleu vert,

---

41 *Qoseir : Al-Qusair de nos jours.*

apportait un peu de vie à cet attristant paysage.

— Où est le navire d'Hatchepsout ? demanda-t-elle encore à Dorian qui avait chevauché à ses côtés depuis trois jours, et dont le regard sombre allait et venait au loin, tandis qu'un muscle nerveux battait sur sa mâchoire.

— Je ne sais pas, grommela-t-il d'un air contrarié, et en tirant brusquement sur les brides de son destrier, qu'il dirigea d'un coup de talon dans les flancs vers Sénènmout qui descendait de sa propre monture, à une dizaine de mètres du couple.

Isabelle ouvrit la bouche pour rappeler le jeune homme, et réalisa qu'elle était en définitive trop épuisée pour articuler ne serait-ce qu'un seul mot de plus. Puis, elle remonta sur ses lèvres le pan du chèche qu'il lui avait donné pour se protéger du soleil et se laissa également glisser de sa selle, pour ensuite chercher du regard un puits ou une zone d'ombre, avant de soupirer de lassitude, comme elle n'en trouvait pas.

Alors, c'est ainsi que s'achève cette partie exténuante de notre voyage, ou peut-être bien, sa totalité ! Puisqu'apparemment, il n'existe aucun bateau pour nous conduire à Pount ! se fit-elle amèrement la remarque, tout en détachant l'outre d'eau de sa ceinture, et en pestant encore plus dans sa tête quand elle se rendit compte que celle-ci était presque vide.

Elle but une petite gorgée désagréablement chaude, puis fit couler le reste dans le creux de sa paume avant de la tendre à son cheval.

— Oui, mon beau, toi aussi tu as soif ! Attends, voilà... c'est tout ce qu'il reste, et c'est pour toi, murmura-t-elle en offrant les dernières gouttes à son vaillant compagnon, qui hennit de plaisir avant de secouer sa crinière blanche.

Bon sang ! Cette situation était bien trop injuste, surtout après tout ce qu'ils avaient dû endurer depuis la première attaque au temple d'Amon-Rê, puis la seconde aux barricades où Chésemtet avait été tuée par Anty !

Les jours qui avaient succédé à ces tragiques évènements avaient été tout aussi pénibles, mis à part le moment où ils avaient retrouvé avec joie le groupe de Sénènmout, plus en aval sur la route. Ce dernier avait dressé un camp près d'une autre oasis de l'*Ouadi Hammamat*, qui en fait était plutôt un misérable point d'eau, et qui leur avait à peine permis de faire des réserves du précieux liquide, et à leurs bêtes de se désaltérer. À nouveau réunis, ils avaient derechef dormi à la belle étoile, en grelottant sous des rafales glaciales, avant de se remettre en selle pour Qoseir sous le soleil du petit matin.

Ils avaient encore passé trois éprouvantes journées à suivre le lit de la rivière asséchée qui sillonnait au pied des collines de calcaire, puis avaient traversé des déserts que les Égyptiens nommaient *Desheret*[42], pour poursuivre leur route le long de monts rocheux, et enfin parvenir à quelque distance du village de pêcheurs.

Isabelle était désormais très fatiguée et inquiète, car en sus du laborieux voyage, la santé de la princesse se détériorait à vue d'œil !

— Les maisons sont à l'abandon depuis longtemps, fit Dorian qui s'était rapproché d'elle sans qu'elle ne l'entende, la faisant sursauter méchamment.

— Je peux le comprendre, grommela-t-elle sous le pan du chèche. Pas d'eau, pas de végétation, rien que le désert, le soleil, et la mer... quel fou aimerait vivre ici ? C'est tout à fait impossible ! D'ailleurs... et nous ? Qu'allons-nous faire désormais ? Nous n'avons plus

---

42 *Desheret : Terre rouge, en égyptien.*

assez de vivres pour revenir en arrière ! Nous sommes...

— Il y a une source assez profonde, dans un puits dissimulé à l'intérieur d'une ruine, coupa Dorian en souriant lentement, après avoir croisé les bras et posé un regard hilare sur sa bien-aimée.

— Mais, c'est une excellente nouvelle ! s'écria-t-elle sans avoir remarqué son expression, tout occupée qu'elle était à énoncer ses évidences en promenant un œil noir sur le paysage asséché.

— Et après... je monterai le navire, continua le jeune homme en se retenant de rire quand Isabelle pirouetta vers lui en fronçant les sourcils, et en baissant vivement le tissu de sa bouche.

— Quel navire ? Et comment ça « tu le monteras » ? Est-il également dissimulé au fond d'un puits ?

— Tu as trouvé toute seule la réponse à ta question ! s'esclaffa-t-il.

— Mais bon sang, pourquoi ris-tu ?

— Parce que même éreintée, assoiffée, et prodigieusement sale, tu arrives toujours à rouspéter pour tout et n'importe quoi ! Y compris quand je t'annonce une merveilleuse nouvelle !

— Je ne suis pas sale ! s'offusqua-t-elle.

— Si, et tu empestes !

— Je te retourne le compliment ! D'ailleurs, aucun dromadaire ne voudrait de toi comme compagnon ! continua-t-elle sur sa lancée, avant de reprendre d'un ton étonné : Au fait... ils sont où ces fameux animaux à bosse dont Kalaan me parlait si souvent ?

— C'est seulement maintenant que ma lady de Croz remarque leur absence ? s'amusa-t-il encore en saisissant les rênes du cheval d'Isabelle, pour ensuite marcher vers l'une des premières maisons de Qoseir.

— Dorian !

— Oui, Isabelle ! Disons qu'ils n'arriveront en Égypte... que dans quelques siècles, après la conquête par les Assyriens ! Donc, si tu pouvais tenir ta langue, pour une fois, et ne pas parler de ces bêtes à nos amis actuels !

Déjà il ne l'écoutait plus, tandis qu'elle le suivait tout en pestant contre ses insinuations déplacées, et il se mit à rire tout bas.

Non, mais ! Elle n'avait commis aucune bourde depuis son arrivée dans ce pays ! Enfin... elle en était à peu près sûre !

— Oh, mademoiselle ! s'écria Clovis tout excité en venant à son tour vers elle. Si vous saviez !

— Il y a de l'eau douce au fond d'un puits, et dans un autre, un bateau que Dorian va « monter » ! coupa-t-elle en s'adossant au mur d'une maison en ruines, pour s'y abriter sous le peu d'ombre qu'elle dispensait.

— Oui, c'est cela ! Mais il y a mieux ! chantonna-t-il en pointant la plage. Grâce à Bâsim et ses amis, nous allons pouvoir nous offrir un vrai repas !

— Ne me parle plus de serpents ou de scorpions grillés, et encore moins de...

— Du poisson ! On va manger du poisson ! Comme chez nous, à Croz !

Isabelle ne comprit pas pourquoi, mais cette idée de repas déclencha en elle une forte vague de nostalgie, et en un instant, elle se revit enfant sur la modeste barque de P'tit Loïk, en train de remonter sa ligne à maquereaux, puis plus tard, au moment de les déguster auprès du feu de cheminée de la cuisine du château, toujours en compagnie du vieux marin.

Et alors, une prodigieuse boule de chagrin vint lui bloquer la respiration, tandis que des larmes brûlantes envahissaient ses yeux.

— Ne pleurez pas, mademoiselle ! s'inquiéta le majordome en saisissant le mouchoir qui ne quittait plus son crâne chauve, pour ensuite lui tamponner affectueusement les cils. Je vous le promets, il n'y aura pas de serpent au menu !

Pauvre Clovis ! Il n'y comprenait plus rien car cette dernière remarque accentua la soudaine tristesse de la jeune femme... Ne sachant plus quoi faire, il finit par la bercer dans ses bras frêles tout en lui tapotant le dos.

— Là, là... il va passer le gros chagrin...

Ce fut pire, et le brave serviteur afficha une moue dépitée devant Dorian qui, alerté par le bruit des sanglots, s'était élancé vers eux.

— Que lui arrive-t-il ? s'alarma-t-il.

— Je ne sais guère ! Je pensais être agréable à mademoiselle en lui parlant d'un bon repas comme chez nous, mais je crois qu'elle n'apprécie plus le poisson.

— Mais... bien sûr... que si ! hoqueta celle-ci, le front posé sur l'épaule du majordome. J'aimerais... manger... des maquereaux !

— D'après ce que j'ai pu voir, ils n'ont attrapé que des raies, mon ange, murmura le jeune homme d'un ton dépité, et mourant d'envie de l'arracher aux bras de Clovis pour la serrer contre lui.

Il aurait désiré lui faire plaisir, lui offrir tous les maquereaux de la mer Rouge s'il l'avait pu, mais pour ce faire, il aurait fallu partir au large et pêcher plus loin que dans les hauts fonds ! Mais... il pouvait peut-être employer la magie dans ce but ? Après tout, pourquoi pas ?

— Je veux... rentrer... à la... maison, baragouina-t-elle encore, déstabilisant les deux hommes, surtout Dorian à qui elle avait assuré désirer vivre dans cette époque.

— Mais oui, mademoiselle, vous allez rentrer avec votre mari dans votre nouvelle demeure, c'est certain ! Vous devez garder espoir, comme nous tous !

Clovis, qui avait coupé l'herbe sous le pied du Saint Clare en prenant la parole avant lui, et qui avait cru réconforter sa maîtresse par ces mots confiants, fut fortement troublé par le pesant silence qui suivit.

Dorian le fusillait d'ailleurs des yeux, en faisant non de la tête. Oups ! Il semblait bien que le vieil homme eût commis une bourde !

— Mon mari ? lâcha-t-elle soudain en redressant la tête, avant de se moucher dans le carré de tissu du majordome qui grimaça de dépit (tant pis pour son seul couvre-chef). Mais... enfin... Clovis ! Je ne suis... pas mariée ? Et de quelle demeure... parles-tu ?

— Euh... celle qui se trouve dans les Highlands ! jeta-t-il vivement, avant de se séparer de la jeune femme et de prendre la poudre d'escampette pour rejoindre son frère près d'une autre maison.

— Clovis ! l'appela durement le jeune homme en faisant mine de le suivre, avant qu'un doigt ne fasse « toc-toc » sur son épaule, et qu'il se retourne pour faire face à sa petite furie d'Isabelle.

— Tu m'expliques ? grommela-t-elle entre ses dents serrées, avant d'émettre un hoquet, et d'essuyer rageusement du poing une dernière larme.

— Ces deux-là s'aiment ! lança Bâsim entre deux bouchées de poisson, alors qu'il était assis près des frères Guivarch et de leurs autres compagnons, le long du mur ombré d'une grande maison en ruines.

Jaouen afficha un air amusé, puis porta son attention au loin, vers Isabelle et Dorian dont les voix furieuses parvenaient jusqu'à eux depuis bientôt une heure. Il était même très étrange qu'ils ne se soient pas écroulés de soif à force d'user leur salive comme ils le faisaient.

— Ils se chamaillent, c'est tout !

— C'est bien ce que je dis : se disputer, c'est s'aimer ! affirma encore Bâsim, avant de se mettre à rire alors qu'un nouveau hurlement retentissait.

— C'est entièrement de ma faute, se lamenta Clovis en picorant du bout des dents. Mademoiselle ne savait rien de cette histoire d'union devant les déités ; pourtant, j'étais persuadé du contraire !

— Il était temps que quelqu'un le lui apprenne, grommela son frère. De plus, elle aurait pu s'en douter, puisque nous l'avons laissé folâtrer avec Dorian sous sa *Khaïma* !

— Ce n'est pas une raison... chuchota le majordome, avant de grimacer en percevant un autre juron qui lui écorcha les oreilles. Je savais qu'elle avait parfois un vocabulaire grossier, mais là, c'est toute une encyclopédie qu'elle lui débite !

— Ça ne peut pas faire de mal à Dorian, il faut qu'il apprenne à se désinhiber un peu ! s'esclaffa Jaouen. Oh... misère, les voilà qui approchent ! reprit-il soudain en baissant vivement la tête pour que la jeune femme ne remarque pas son hilarité.

— Jaouen, Clovis ! Puisque je suis baptisée et catholique, je ne peux concrètement pas être unie à ce... cet... énergumène ! N'est-ce pas ?

— Bien sûr que si ! Sans compter que l'union, qui est sacrée, a été consommée ! se récria le vieux druide, en relevant le menton et en faisant les gros yeux.

Isabelle ouvrit la bouche comme pour parler, puis secoua la tête, et s'en fut vers la plage en donnant des coups de pied dans chaque petit caillou qu'elle trouvait sur son chemin. Dorian allait la suivre, quand Bâsim le retint de sa voix bourrue :

— « Femme en colère, terreur sur la terre », me disait souvent mon père ! N'y va pas maintenant, mon ami, lui conseilla-t-il encore. Ignore-la, et viens te sustenter pour acquérir des forces, car nous aurons besoin de ton aide pour sortir le navire de sa fosse.

— Fort bien, accepta le jeune homme en se penchant pour prendre un morceau de poisson, avant de s'éloigner vers la maison où se trouvait la famille royale.

Sénènmout et Hatchepsout se tenaient au chevet de leur fille qui avait une respiration rapide et sifflante. De nombreux sillons sombres couraient sous sa peau presque grisâtre, tout autour du collier ensorcelé, et Dorian sut instantanément que c'étaient ses veines qui ressortaient ainsi, chargées d'un sang noirâtre, vicié.

— Avez-vous mangé ? s'inquiéta-t-il auprès des parents.

— Oui, souffla la souveraine. Enfant des dieux, le temps presse. Il faut que nous puissions prendre la mer au plus vite. Nous avons pu la faire boire, mais elle refuse tout aliment. Nous devons rejoindre le pays de Pount avant qu'il ne soit trop tard. Là-bas, se trouvent des anciens qui pourront la sauver.

Diounout poussa un feulement ténu, comme pour appuyer les propos de sa maîtresse.

— Nous ne pouvons pas la perdre elle aussi, chuchota Sénènmout, défiguré par le chagrin.

Dorian serra les poings et acquiesça en silence. Puisqu'il ne pouvait pas utiliser un don de guérison, alors oui, il allait remettre en état ce navire démantelé et enseveli dans une fosse. Ensuite, il déchaînerait le vent pour qu'il s'engouffre dans les voiles, et emploierait sa magie jusqu'à ses dernières forces s'il le fallait pour parvenir à destination.

— Je m'en occupe tout de suite ! lança-t-il avant de tourner les talons, Diounout lui emboîtant le pas.

Le guépard le dépassa en trottinant, puis se mit à gratter un endroit sur le sol d'une longue zone de sable blanc, et l'enfant des dieux ferma les yeux pour se connecter aux Éléments. Si l'embarcation était sous cette dune de la plage, il allait falloir l'en sortir coûte que coûte !

Des picotements s'emparèrent de son corps, alors qu'une énergie enflait de plus en plus fort en lui, à la suite de quoi la terre se mit à vibrer sous ses pieds puis à gronder, tandis qu'un monticule s'élevait rapidement de plus en plus haut devant lui.

Bientôt apparurent plusieurs fragments de taille impressionnante de l'armature du navire, des cordages, des vergues, des mâts, des rames, ainsi que des voiles emmaillotées, tandis que le sable s'écoulait, tel de l'eau, de part et d'autre de l'ensemble.

Le front en sueur, Dorian serra à nouveau les poings, puis ferma encore les paupières pour mieux visionner dans son esprit une image de ce à quoi devait ressembler le bateau une fois toutes les pièces réunifiées. Après quoi, il laissa une nouvelle fois la magie des Éléments s'emparer de son être et propulsa psychiquement toute son énergie sur les différents morceaux devant lui. Les pièces en bois se plaignirent et s'entrechoquèrent avant de s'imbriquer correctement, les cordages sifflèrent tels des serpents puis s'enroulèrent sur les rebords ou relièrent les vergues, et enfin... les voiles se mirent à claquer dans l'air une fois qu'elles furent hissées et déployées sur les mâts.

Le jeune homme rouvrit lentement les yeux tandis qu'il percevait des murmures et des exclamations ahuris dans son dos. Lui-même n'en revenait pas d'avoir réussi le prodige, même aidé par un charme, de monter en si peu de temps un bâtiment d'une telle envergure !

Une immense fierté se mêla à la puissante magie qu'il sentait encore crépiter sous sa peau, mais désormais, il allait avoir besoin de ses amis pour pousser l'embarcation à fond plat à la mer. Car il devait garder des forces pour appeler le vent dans les voiles de ce mastodonte en bois.

— Il me faut les chevaux et d'autres cordages, pour tracter le navire jusqu'à la plage ! lança-t-il avant de faire volte-face et de se retrouver devant une trentaine d'Égyptiens tétanisés par ce qu'ils venaient de voir, tandis que les frères Guivarch s'empressaient de faire ce qu'il avait demandé.

— Quand... je parlais... d'aider... bafouilla l'imposant Bâsim. Je ne voulais pas... te dire... de le faire... seul... enfant des Origines, murmura-t-il encore, d'un ton révérencieux.

Il ne fut guère aisé de tirer le bateau sur le sol sablonneux vers la rive, mais ce fut fait, avec la participation des hommes, de même que celle d'Isabelle qui ne ménagea pas ses efforts pour mener la tâche à bien. Comme elle le fit à nouveau un peu plus tard, en puisant de l'eau et en remplissant les réserves, avant de les porter à bord du navire.

Le plus délicat fut de faire monter les chevaux qui hennissaient de peur, avant que la jeune femme ne leur bande les yeux pour les aveugler, ce qui permit par la suite de les diriger plus facilement sur une passerelle aménagée.

— Même un enfant saurait accomplir cela ! jeta-t-elle froidement en bousculant Dorian au passage.

« L'ignorer »... lui avait conseillé Bâsim, et c'est ce

qu'il fit, même s'il avait brusquement envie de l'étrangler... ou de l'embrasser ? Non ! L'étrangler d'abord !

Pouvait-elle, elle, bâtir un bateau aussi imposant en à peine une demi-heure ?

Un dais fut aménagé pour mettre la princesse et ses parents à l'abri du soleil, et quand tout le monde fut embarqué, l'enfant des dieux fit appel au vent qui vint en un instant gonfler les voiles et pousser la majestueuse embarcation sur les flots. Quant aux rames... elles furent utilisées par Isabelle, Clovis et quelques artisans, pour former un enclos pour les chevaux.

En réalité, l'ingéniosité de la jeune femme couplée à la magie de Dorian faisait des miracles.

Le voyage vers l'inconnu pouvait enfin se poursuivre...

Chapitre 30

Sur les flots

— Avant que vous ne soyez parmi nous, Isabelle, ainsi que vos compagnons, murmurait Hatchepsout, je n'accordais foi aux paroles de Sénènmout que par amour pour lui. Quand il me relatait l'histoire des Origines, des vrais dieux, de leurs immenses pouvoirs, ainsi que celle d'enfants nés de l'union de ces derniers avec de simples mortels... je me mordais les lèvres pour ne pas rire de dérision. Je me retenais également de lui faire comprendre qu'il avait tort, que seules existaient réellement nos déités égyptiennes, et que le cœur du monde était, à n'en pas douter, l'Égypte, et non une fantastique cité opalescente très éloignée vers le nord, et perdue au pied de montagnes glacées.

— Vous parlez de Galéa ? s'enquit la jeune femme, à voix basse.

— Oui, confirma la souveraine déchue en hochant la tête, avant de pousser un profond soupir.

Toutes deux se tenaient sous le dais royal du navire pour veiller sur la princesse endormie, Isabelle ayant rejoint Hatchepsout à sa demande quelques instants plus tôt, à la tombée de la nuit.

Elle avait été rassurée de découvrir son amie si sereine dans le sommeil, comme si le sort néfaste du collier lui accordait un moment de répit. Mais elle savait que ce n'était qu'une trêve illusoire, car le mal, toujours présent, continuait d'empoisonner son être, comme le démontrait la noirceur de ses fines veines qui sillonnaient sa peau tels les entrelacs complexes d'une toile d'araignée.

La reine-pharaon rompit à nouveau le silence, tout en caressant le bras de son enfant d'une main tremblante :

— J'aimais tellement Sénènmout que plutôt que de le perdre en me raillant de lui ouvertement, ou en le dénonçant aux religieux, je me suis contentée de songer pour moi-même qu'il n'était qu'un doux et pacifique fou. Même quand mon grand-prêtre, feu Hapouseneb, m'a dévoilé son appartenance à cette même croyance... je n'ai rien dit, j'ai accepté. Après tout, lui et mon aimé, comme d'autres personnes qui se disaient des Origines, ne faisaient de mal à personne ! Ils n'imposaient aucune de leurs idées, et ne souhaitaient rien changer au mode de vie de ceux qu'ils appelaient les Egapp – les bannis –, dont je fais partie. Ils désiraient simplement nous aider à nous élever vers une existence plus harmonieuse et pacifiste, et sur ce point, oui, ils m'ont infiniment bien guidée ! Puis, de notre liaison secrète à Sénènmout et moi, et après mon mariage avec mon demi-frère, Néférourê est née. Pour que l'homme que j'aimais puisse rester auprès de nous, je l'ai fait instituer « Père Nourricier », et avec mon accord, Hapouseneb et lui ont présenté notre fille à leurs dieux des Origines puis l'ont renommée Amenty. Celle-ci a grandi et un jour, elle a eu ses premières visions... Là encore, je ne les ai pas crus quand ils m'ont révélé que son don divinatoire découlait de sa lignée céleste, que la magie était dans son sang : je préférais simplement me dire que le tout-puissant Rê parlait au travers d'elle. Comme je me suis trompée... Comme j'ai été stupide de ne pas leur avoir prêté plus d'attention ! Nous n'en serions peut-être pas là en cet instant, si je l'avais fait ! s'écria-t-elle encore avec une infinie tristesse, son visage aux traits torturés et dépourvus de tout maquillage apparaissant par intermittence à la lueur des flammes d'une petite coupe à huile.

Néférourê bougea mollement sur l'épaisse litière constituée de tissu en lin et de roseaux tressés, qu'ils avaient acquise le lendemain de leur départ de Qoseir, au marché du port d'un autre village côtier qui, lui, grouillait de vie et d'animation. Ils avaient également pu faire leur toilette, s'étaient changés, et s'étaient procuré de nombreuses provisions auprès des marchands, en échange de quelques chevaux de race. Hatchepsout ayant voulu rester discrète, elle n'avait pas usé de son autorité de souveraine et ne s'était pas présentée comme telle – d'ailleurs elle ne l'était plus, chose que ces gens ne devaient pas encore savoir –, pour saisir de droit des vivres. Devoir laisser des destriers aussi magnifiques que ces pur-sang Al Khamsa était cher payé, s'était dit Isabelle, mais sans victuailles, il leur aurait été impossible de poursuivre leur voyage, d'autant qu'il allait durer une dizaine de jours, navigation et route terrestre vers Pount y compris.

Pour l'heure, la majestueuse embarcation royale voguait sur les flots sous la clarté argentée des rayons de la pleine lune, dont le voile laiteux faisait ressortir la longue ligne blanchâtre des côtes égyptiennes sur leur droite, et tranchait nettement avec le miroir sombre de la mer les entourant.

De son côté, Isabelle, assise sous le dais, ne percevait plus que le bruit du sifflement du vent dans les cordages et celui du roulement des vagues que la proue fendait en deux, les hommes et les chevaux paraissant s'être assoupis en cette heure tardive. Sauf Dorian et Jaouen... car c'étaient eux qui étaient à la manœuvre du navire et qui le propulsaient à une vitesse inimaginable grâce à la puissante magie de l'enfant des dieux, cumulée à celle du druide, qui avait eu en outre l'ingénieuse idée d'utiliser les pouvoirs désormais bienfaiteurs du javelot enchanté.

— C'est la deuxième fois que je me rends au pays de Pount, lui-même situé en plein royaume de Koush[43], peu après la cinquième cataracte, reprit soudain Hatchepsout en sortant la jeune femme de ses songes.

— C'est bien ce que je me disais, chuchota celle-ci. J'ai lu le récit de cette aventure, relatée en dessins et hiéroglyphes sur les parois des portiques et des rampes du *Djeser-Djeserou*.

Un éclair de tristesse balaya le regard de l'Égyptienne au nom de son temple funéraire... qu'elle ne reverrait certainement plus jamais, et où son corps ne pourrait reposer pour son sommeil éternel.

— J'avais monté cette expédition pour détromper Sénènmout. Pour le mettre au pied du mur face à ce que je considérais être les élucubrations d'un rêveur. Nous avons emprunté le même chemin que celui de notre fuite actuelle, en passant par *l'Ouadi Hammamat*, reprit-elle. Nous avions emporté avec nous cinq immenses embarcations, dont celle-ci faisait partie, à Qoseir. Puis nous avons pris la mer pour un long voyage et avons accosté au port de la Ronde des roches[44] sur les rives de

---

43 *Koush : Haute-Nubie, nom au temps de l'Égypte antique.*
44 *Ronde des roches : Port de Suakin au Soudan.*

Wawat[45], la terre des hommes noirs. Là-bas, nous nous sommes enfoncés dans des plaines de plus en plus verdoyantes et sommes arrivés à ce que Sénènmout disait être le pays de Pount. Nous avons été accueillis par un peuple des plus primitifs et nous sommes établis dans un village dont les habitations n'étaient que de simples huttes sur pilotis. Il n'y avait là, en vérité, rien de très fastueux, mais nous sommes tout de même repartis avec des arbres à encens, des singes, mes deux guépards, des métaux précieux, du bois d'ébène, comme d'autres présents offerts par le roi Parahou et sa reine Aty, qui ne semblaient pas du tout se rendre compte de la valeur de ces biens. Au retour, et à ma demande, mes scribes et peintres ont réalisé les fresques que vous avez aperçues sur les murs de la deuxième terrasse du *Djeser-Djeserou*, en se moquant de façon ostentatoire du physique de la souveraine de Pount, et de ce pays peu civilisé.

— Pourquoi avez-vous agi ainsi ? souffla Isabelle avec effarement.

— Parce que je pense qu'à un moment donné, j'avais vraiment voulu donner foi aux histoires de Sénènmout, mais que je me suis sentie trahie par lui après avoir vu cet insignifiant village, car il n'y avait là-bas rien qui puisse faire songer à une toute-puissance divine. Absolument rien ! répéta-t-elle encore.

— Mais..., c'est incompréhensible ! Pourquoi nous autorisez-vous donc à nous rendre à Pount, pour sauver votre fille qui plus est, si vous croyez que tout cela n'est que chimère ?

— Parce que vous m'avez ouvert les yeux ! s'écria Hatchepsout. J'ai vu par moi-même de quoi vous êtes capables, vos compagnons et vous, j'ai réellement découvert la magie des enfants des Origines avec Ardör

---

45 *Wawat* : Basse-Nubie, nom au temps de l'*Égypte antique.*

et Dorian, et j'ai également constaté tout le mal que pouvaient faire certains bannis détenteurs des Mots du Pouvoir. Je suis dorénavant certaine que lors de mon premier voyage, j'ai été testée par le peuple de Pount ! Ils ont su que je ne croyais pas en eux ni en leurs dieux, et ils m'ont volontairement masqué la vérité, pour se protéger de moi et de l'Égypte ! Ils ne m'estimaient pas digne de confiance, et comme ils avaient raison ! Désormais, tous mes espoirs reposent sur eux, et je leur prouverai ma sincérité comme mon repentir ; ils pourront les lire dans mon cœur et mon âme.

— Qui suis-je pour vous jeter la pierre ? murmura Isabelle en baissant la tête, avant de glisser son regard vers les silhouettes de Dorian et Jaouen, debout sur la plateforme surélevée de la poupe, Sénènmout s'étant assoupi sur une paillasse à leurs pieds. Tout comme vous, je suis quelqu'un qui ne croyait qu'en son monde bien construit et codifié. Je ne soupçonnais même pas qu'il puisse exister autre chose que ce que l'on m'avait inculqué depuis ma naissance et j'aurais ri au nez de quiconque aurait voulu m'affirmer le contraire. D'ailleurs, je pense bien l'avoir fait. Puis un jour, tout cela a été remis en question suite à des circonstances inimaginables ; mon frère a été victime d'une antique malédiction et se métamorphosait en une vraie femme la nuit, jusqu'à ce que l'on puisse le délivrer de ce sortilège. Celui... que j'aime... et que je croyais être un Berbère du nom de Salam, est en réalité un mage de sang d'origine écossaise s'appelant Dorian. Et n'oublions pas notre Ardör, le Naohïm, qui est à l'heure actuelle figé dans le souffle glacé d'un dragon noir, et qui est un enfant des dieux de la première lignée. Il a même connu ces derniers alors qu'ils évoluaient encore dans notre monde ! Désormais oui, je sais que la magie existe et qu'elle est partout, les malédictions aussi ! Des êtres exceptionnels pourvus de pouvoirs phénoménaux nous côtoient tous les jours, et il n'y a pas une seule déité, mais plusieurs, et qui vivent dans une sorte d'univers parallèle nommé les Sidhes !

Au fur et à mesure qu'elle parlait, sa voix était montée dans les aigus, comme si, malgré elle, tout ce qu'elle énonçait et qu'elle tenait dorénavant pour vrai, restait encore trop difficile à admettre.

— Votre frère... se transformait en... femme ? chuchota alors Hatchepsout, incrédule, en se penchant vers elle par dessus Néférourê.

Isabelle s'esclaffa soudain. Elles avaient beau discuter de magie, de dieux, du réel ou de l'imaginaire... au final, c'était la malédiction de Kalaan qui retenait le plus l'attention !

— Oui !

Elle se mit en devoir de raconter toute l'histoire de sa tête de mule de frère à la souveraine, ce qui provoqua l'intérêt et l'amusement de cette dernière, avant qu'un léger son ne se fasse entendre près d'elles. Il provenait de Néférourê, qui riait doucement à les écouter, les paupières closes.

— Tu ne dors plus ? s'enquit vivement Isabelle en se penchant sur son amie et en évitant de toucher sa peau marbrée, non par peur d'être contaminée par le sort, mais plutôt pour ne pas réveiller le mal dont la princesse souffrait.

— Non... puisque... je ris. J'apprécie... toujours autant... d'entendre l'histoire de ton... frère.

De son côté, Hatchepsout imbibait d'eau un tissu, pour ensuite le placer au-dessus des lèvres parcheminées de sa fille, et faire couler quelques gouttes du précieux liquide dans sa bouche.

— C'est bon... mère, remercia-t-elle faiblement. Où... sommes-nous ?

— D'après Dorian, nous arriverons d'ici deux jours à la Ronde des roches où nous laisserons le bateau pour plus tard nous enfoncer dans les terres de Wawat. Nous devrons encore voyager quelques jours à cheval, et nous parviendrons enfin à Pount.

— Dans mon esprit, ce pays... est si vert, et ses... cinq grandes montagnes sont... si majestueuses, souffla Néférourê. Nous sommes sur... la bonne voie. Mais... mère, les messagers... ne sont jamais... arrivés là-bas, ils ont été... tués non loin de Karnak... c'était dans mon... rêve.

L'instant d'après, la jeune femme replongeait dans un profond sommeil. Elle avait puisé dans le peu de forces qu'elle possédait encore pour leur délivrer ces quelques paroles.

— Voilà pourquoi nous n'avions pas de leurs nouvelles, fit Isabelle en songeant aux pauvres messagers qui n'étaient jamais revenus.

— Je m'en doutais, mais je préférais garder cette crainte pour moi, murmura Hatchepsout. Je ne comprends pas..., reprit-elle. Je n'ai jamais vu ces cinq montagnes à Pount ! Ce pays se situe dans une sorte d'immense forêt qui nous empêchait d'apercevoir l'horizon !

— Néférourê est souffrante, cela interfère possiblement sur ses visions. Nous verrons bien sur place ce qu'il en est réellement, avança sagement Isabelle, avant de lever les yeux vers Dorian, comme si le regard de ce dernier, effectivement posé sur elle, l'avait aimantée.

Elle frissonna involontairement sous cette silencieuse et ardente caresse, chose qui n'échappa guère à la souveraine.

— Ne reproduisez pas avec lui les mêmes erreurs que j'ai commises avec Sénènmout. Vous vous aimez, alors ne laissez pas vos différences, si nombreuses soient-elles, s'ériger en barrières insurmontables entre vous.

Se pouvait-il que la reine-pharaon ait raison ? Bien sûr que oui ! Et Isabelle le savait. Mais justement, ces barrières n'étaient-elles pas déjà devenues insurmontables ? Il y avait eu tellement de quiproquos, de non-dits, entre elle et Dorian, que l'avenir... s'il en existait un pour eux... paraissait des plus incertains.

Chapitre 31

Et si Pount n'existait pas...

L'inquiétude d'Isabelle était allée grandissant au fur et à mesure qu'ils s'étaient enfoncés dans les terres du royaume de Koush. Car, à part leur arrivée à la Ronde des roches – une sorte d'imposante baie naturelle de forme circulaire et pierreuse –, puis la mangrove qu'ils avaient dû traverser, leur voyage ne ressemblait en rien à l'expédition d'Hatchepsout quelques années auparavant.

Ah, cette fichue forêt de palétuviers ! s'exclama intérieurement la jeune femme, tout en grimaçant à ce souvenir, avant de se tourner et retourner nerveusement sur sa natte de roseaux, placée à même un sol sec et caillouteux.

Puis, elle se replongea dans ses réminiscences des trois jours passés...

La mangrove... jamais elle n'avait connu une telle étouffante moiteur, si intense que ses vêtements en lin avaient désagréablement adhéré à sa peau en sueur ! Sans compter la difficulté qu'ils avaient rencontrée, des kilomètres durant, à se frayer un chemin dans l'entrelacs des racines des arbustes, dont une bonne partie s'enfonçait dans de l'eau saumâtre, et sans pouvoir à un seul moment monter à cheval ! Et que dire également des ampoules aux mains qu'elle avait attrapées à force de manier son katana de droite et de gauche, à l'instar d'autres élites munies de leurs lourds khépesh[46], pour ouvrir une voie au convoi ?

— Le bagne doit ressembler à ça ! marmonna-t-elle à voix basse, dans le silence de la nuit.

Cela aurait été tellement plus simple, si Dorian ou Jaouen avaient pu les aider grâce à la magie..., mais à ce moment-là, ceux-ci s'étaient trouvés à bout de forces après avoir dépensé toute leur énergie dans le voyage en mer. De plus, les deux hommes, secondés par Sénènmout et Bâsim, avaient ensuite dû porter à tour de rôle la civière de Néférourê, tant le trajet s'était fait éreintant.

Quant à pouvoir se reposer dans un tel enfer de chaleur et d'humidité, cela s'était révélé utopique, étant donné qu'ils avaient à tous moments été attaqués par des moustiques voraces, et avaient dû rester sur leur garde face au danger que représentaient les serpents, araignées et bêtes sauvages, qui pullulaient dans cette contrée peu accueillante.

Après deux jours et deux nuits de galère, avec l'impression d'être constamment épiés, ils étaient enfin sortis de la mangrove... pour se retrouver à nouveau à chevaucher une journée complète sous un soleil ardent, dans des endroits de plus en plus montagneux et absolument désertiques !

— Cette histoire est insensée ! D'après Hatchepsout, nous devrions déjà être à Pount ! grommela-t-elle encore, avant de pousser un petit cri de douleur.

---

46 *Khépesh : Sorte de longue et épaisse épée-serpe tout en bronze, Égypte antique.*

Elle se releva vivement, saisit sa paillasse et ses affaires au passage, et donna un coup de pied vengeur dans le caillou qui venait de lui blesser la fesse droite.

— Aïe ! vociféra Clovis un peu plus loin, en se redressant à moitié sur sa couche près du feu de camp, tout en se frottant le front. Si mademoiselle pouvait passer ses nerfs ailleurs, et si mademoiselle pouvait laisser dormir son vieux serviteur en paix, je ne l'en remercierais jamais assez !

— Je suis désolée ! T'ai-je sérieusement blessé ? s'inquiéta-t-elle en faisant mine d'aller vers lui, pour ensuite s'immobiliser comme il levait la main pour l'arrêter.

— Ne vous en faites pas pour lui, il a le crâne dur, et joliment décoré qui plus est ! lança la voix nasillarde de Jaouen, qui était couché à proximité de son frère, avant qu'il ne se mette à ricaner tout bas.

— Comment cela « joliment décoré » ? s'indigna le majordome piqué au vif, tandis que la jeune femme faisait doucement marche arrière, pas à pas, cherchant à fuir une nouvelle dispute des deux vieux ronchons qui ne se quittaient pourtant jamais, en se dissimulant dans l'ombre, loin de l'éclairage dispensé par le feu.

— Tu as le cuir chevelu aussi blanc qu'une coquille d'œuf, à l'inverse du reste de ta peau qui est tannée par le soleil, tout ça à cause de ce stupide mouchoir que tu portes en guise de chapeau ! Tu es devenu une véritable cible ambulante, et de ce fait ne t'étonne pas si tu te prends des projectiles à tout va, c'est vraiment trop tentant ! Tsss... tsss... Tu n'étais déjà pas le plus beau de nous deux avant, mais alors maintenant...

— Parle pour toi, Sa Majesté à trois nattes ! Si le ridicule ne te tue pas, c'est moi qui le...

Isabelle ne perçut pas le reste de leurs diatribes, le

son de leurs voix s'atténuant au fur et à mesure qu'elle établissait une bonne distance entre elle et eux. Les connaissant, elle s'imaginait très bien la suite de leur altercation, et elle savait également que si personne ne les arrêtait, les frères Guivarch allaient finir par se taper dessus. Mais ce serait sans elle ! Elle n'en avait ni la force ni la volonté !

Tout ce qu'elle souhaitait pour le moment, c'était trouver un coin tranquille, avec davantage de sable sur le sol pour ne plus se blesser en se couchant, et avec un peu de chance... s'endormir rapidement !

Soudain, un étrange bruit se fit tout près d'elle, et elle laissa tomber son paquetage pour aussitôt se mettre en position de combat.

— Ce n'est que moi, Dorian, chuchota une voix rauque qui la fit frissonner de la tête aux pieds.

Petit à petit, ses yeux s'habituant à l'obscurité et au clair de lune, elle put effectivement apercevoir sa haute et charismatique silhouette droit devant elle.

— Que fais-tu dans le noir ? s'enquit-elle en se baissant pour ramasser ses affaires.

— Je pourrais te demander la même chose.

— Euh... je cherche un meilleur endroit pour dormir.

— En t'écartant du groupe, tu deviens une cible facile pour des assaillants et une proie pour des bêtes sauvages, gronda-t-il en se rapprochant d'un pas.

— Je sais me défendre, marmonna-t-elle encore en essayant de le contourner, puis en s'arrêtant de nouveau, comme il se plaçait devant elle, un peu plus près.

Elle écarquilla les yeux ; Dorian n'était vêtu que de son sarong noir, et grâce à la lueur blafarde de la lune, la jeune femme put constater que ses cheveux comme sa peau dégoulinaient d'eau !

— Tu as trouvé une oasis ? s'écria-t-elle avant de meumeumer[47] sous la main chaude qu'il venait de poser sur ses lèvres, puis d'être attirée tout contre son corps puissant par son autre bras musclé.

— Si tu me promets de ne faire aucun bruit, je t'y emmène, chuchota-t-il dans le creux de son oreille, la faisant frissonner une nouvelle fois.

Elle ne put qu'opiner du chef pour acquiescer, car tout son être était chaviré par sa présence, son toucher... comme par son odeur unique et épicée. Il la relâcha lentement, tout en laissant glisser ses doigts sur sa peau en une douce caresse. Il lui prit ensuite la main et la guida à une centaine de mètres du bivouac, tandis que le point scintillant et lointain du feu de camp disparaissait au détour d'une courbe rocheuse.

— Dorian, je n'y vois goutte !

— Aie confiance en moi, nous y sommes presque.

— Tu peux voir dans le noir complet ? Parce que là, même les rayons de la lune sont occultés !

— Isabelle...

— Dorian ?

— Tais-toi !

— Mais...

— Plus un mot !

Quelques instants plus tard, et par une pression sur son poignet, il lui fit comprendre de s'arrêter avant de s'évanouir dans les ténèbres. Isabelle n'aimait pas du tout ça ! Que mijotait-il encore ? Et pourquoi ne revenait-il pas ?

— Dorian ? fit-elle le plus bas possible.

Elle allait réitérer son appel quand tout doucement, une lumière apparut droit devant elle, éclairant en ombre chinoise la haute carrure athlétique du jeune homme.

---

[47] *Meumeumer : Clin d'œil à Shrek.*

— Ardör est de retour ? demanda-t-elle alors en haussant le ton, le cœur palpitant, et en laissant à nouveau tomber ses affaires pour s'élancer vers la clarté.

Puis elle se figea en arrivant près de Dorian, et retint son souffle devant le phénomène qui naissait sous ses yeux. Non, il ne s'agissait pas du tout du Naohïm. Le halo provenait d'une sorte de petit lac scintillant couvert de feuilles et fleurs de lotus bleus et blancs, et plus la luminosité grandissait en son sein pour éclairer ensuite les alentours, plus le décor changeait et se transformait : la terre aride laissait place à de l'herbe bien grasse, comme à des touffes de roseaux et de papyrus. Un peu plus loin se révélaient des sycomores, ainsi que des troncs d'arbres à encens, ou encore de palmiers doum aux gros fruits rouges ou orangés et dont les hautes frondaisons semblaient être englouties dans la nuit.

— Que fais-tu ? souffla Isabelle, totalement émerveillée par tout ce qu'elle contemplait. Est-ce... réel ?

— Je n'ai rien fait, lui répondit-il en posant son beau regard sombre sur elle et en affichant un doux sourire. Et oui, tout est bien réel, je me suis même baigné dans cette oasis pour être certain que je ne rêvais pas.

— Oui... bien sûr ! Voilà l'explication de l'eau qui dégoulinait sur ta peau et tes cheveux ! Mais Dorian... tout cela est à caractère... magique ! Vois ce rocher qui se couvre en un instant de mousse ! Et ces fleurs qui apparaissent là où il n'y avait que du gravier, et qui éclosent dès que la lumière les touche ! Si ce n'est pas toi qui es à l'origine de tout cela... alors qui ?

— Je n'en sais rien pour le moment, murmura-t-il avant de rire.

— Qu'est-ce qui t'amuse ? s'étonna la jeune femme qui céda à son envie de tremper ses pieds dans le lac photogène. Dieu, que c'est bon ! s'écria-t-elle de plaisir en s'avançant plus encore.

— Au moins, grâce à cet épisode féerique, tu ne me fais plus la tête !

Ah, oui ! Isabelle avait oublié ce menu détail.

— Je ne te faisais pas la tête, j'ai simplement pris mes distances avec toi, et avec cette histoire de mariage devant tes déités, marmonna-t-elle en lui tournant volontairement le dos, pour se laisser glisser dans l'eau jusqu'au cou.

— Ce n'est pas une histoire, mais je ne compte pas revenir sur notre dernière dispute. Néanmoins, mes dieux sont mêmement les tiens, et nous sommes... des Prédestinés, Isabelle.

— Qu'est-ce donc encore que cette affabulation ? baragouina-t-elle en pirouettant sur elle-même, pour ensuite afficher clairement son scepticisme.

— Ardör m'a parlé des Prédestinés, que l'on nomme également « âmes-sœurs ». Lui et Chésemtet en étaient, tout comme toi et moi le sommes. Des êtres qui vivent pour se rencontrer dans une vie ou meurent pour se retrouver dans une autre, inlassablement, jusqu'à ce que leurs chemins se croisent enfin. Leurs auras sont liées par des fils de destinée, et le Naohïm a vu les nôtres. Cette fusion des âmes, nous la ressentons au plus profond de nous, elle est tout aussi tangible que l'amour que l'on éprouve.

— Parce que... tu m'aimes vraiment ? haleta Isabelle dont le cœur battait la chamade, car elle était terriblement émue par tout ce qu'il venait de lui rapporter.

— Je te l'ai déjà assuré et montré de plusieurs

façons, *taqa n'tiwalinou*[48]. *Takh ser chem*[49], Isabelle.

En prononçant ces paroles, Dorian s'était avancé dans le petit lac, le regard ardent et les traits virils de son visage magnifiés par la lueur opalescente du lieu. La jeune femme déglutit, car elle savait que s'il la touchait, elle céderait aussitôt.

— Je n'ai rien compris de ce que tu as dit, murmura-t-elle en nageant à reculons entre les lotus. De plus, et c'est étrange, ton accent berbère est de nouveau perceptible, alors qu'il avait complètement disparu depuis notre arrivée en Égypte.

— C'est à ton tour de me dire les mots que j'attends, coupa-t-il de sa voix rauque, sans tenir compte de ses propos.

— Je l'ai déjà fait ! s'écria-t-elle dans un cri du cœur. Mais nous deux, c'est impossible !

Brusquement, il plongea et resurgit tout aussi rapidement devant elle, avant de l'enlacer et de l'embrasser passionnément. Instinctivement, elle noua ses jambes autour de ses hanches et plaqua son buste contre son puissant torse dans lequel son cœur battait aussi fort que celui de sa bien-aimée.

— Dorian... souffla-t-elle contre ses lèvres chaudes et sensuelles. Je t'ai aimé dès le premier regard et, oui... je crois aux âmes-sœurs. Mais tout n'est pas si simple.

— Ça l'est ! Je souhaitais me rendre dans les Highlands sans toi, dans un premier temps, car je ne savais pas ce qui m'attendait là-bas. Je serais revenu te chercher, n'en doute plus un seul instant ! Je t'aime, espèce de bourrique !

Isabelle sentit une douce euphorie la gagner et se mit à sourire jusqu'aux oreilles, ses beaux yeux vert

---

48 *Taqa n'tiwalinou : Prunelle de mes yeux, en berbère.*
49 *Takh ser chem : Je t'aime, en berbère.*

ambré s'illuminant de joie.

— Par contre, si nous le pouvons, nous rentrons ! gronda soudain Dorian.

Après tout ce qui s'était passé en Égypte, les tueries, les complots, les fuites incessantes... oui, la jeune femme était plus que prête à rejoindre sa véritable époque ! Mais sa façon de la commander la fit tiquer.

— Nous restons, chantonna-t-elle pour le plaisir de le contredire.

Ce qu'elle pouvait aimer l'enquiquiner, sans compter qu'il ne marchait pas... il courait !

— Non !

— Si !

— Non !

— Dorian, mon amour, fit-elle plus sérieusement en prenant son beau visage en coupe dans ses mains. Sois réaliste, nous ne trouverons jamais ce pays de Pount ni cet autre cromlech magique qui pourrait nous renvoyer chez nous. Nous avons largement dépassé l'endroit où Hatchepsout avait rencontré le roi Parahou et sa reine Aty. De plus, nous ne bénéficions plus de l'aide d'Ardör, ni de ses connaissances fondamentales, et je suis peinée de dire... que nous allons perdre Néférourê... comme nous avons déjà perdu Chésemtet.

Le jeune homme fronça les sourcils, tandis qu'un muscle nerveux se mettait à battre sur sa mâchoire. Oui, il le savait également, et bien malgré elle, Isabelle le poussait à prendre conscience de l'intolérable vérité. Elle ferma les paupières sur ses larmes de tristesse et se racla la gorge qui se serrait de chagrin.

Un doux ronronnement de félin attira leur attention vers la zone sombre, hors du cercle éclairé du lac. Deux points scintillants étaient braqués sur eux, et se mouvaient lentement dans le noir, et bientôt, au grand soulagement du couple, le guépard bien reconnaissable d'Hatchepsout apparut dans le halo de lumière bleutée.

Diounout s'approcha de la rive de son allure chaloupée, renifla au passage quelques herbes et feuilles d'arbre à encens, puis leva sa belle tête tachetée vers eux, avant de baisser le museau pour laper un peu d'eau de sa langue rose.

— En voilà une qui, tout comme nous, a trouvé son paradis ! chuchota Isabelle en posant la joue contre le torse de Dorian et en lui caressant tendrement le dos.

Mais soudain, elle le griffa en se crispant, les yeux écarquillés.

— Dorian !

— Oui, je vois…

La peau du guépard s'était mise à onduler sous sa fourrure soyeuse, et tout son corps se déformait petit à petit. Cela devait être horriblement douloureux pour la pauvre bête qui feula, puis cracha en se laissant brusquement tomber sur la berge. Diounout se convulsait désormais de souffrance et les deux jeune gens se portèrent à son secours en s'agenouillant près d'elle.

— L'eau est peut-être empoisonnée ? suggéra Isabelle, affolée, tout en caressant le dos de plus en plus distordu du félin. Là, là, ma belle…

— Si c'était le cas, je serais certainement mort à l'heure qu'il est ! fit Dorian avec justesse. Et le poison n'expliquerait pas les déformations de son corps !

— Elle souffre tant ! s'écria la jeune femme dans un sanglot. Dorian, sauve-la ! Je crois en toi !

Il était hors de question que Diounout s'en aille également, et il hocha la tête avant de poser ses doigts écartés sur le flanc de la bête.

— Je crois en toi, répéta-t-elle dans un souffle. Puise en nous, en notre amour, dans l'énergie mêlée de nos auras, reprit-elle en couvrant ses mains des siennes.

Dans un premier temps, il ne se passa rien, et les plaintes de douleur de l'animal allèrent en s'amplifiant. Puis, doucement, une chaleur de plus en plus intense circula de peau à peau, les battements de leurs cœurs s'accrurent et se firent perceptibles, comme si quelqu'un jouait du tambour à leurs côtés, tandis que sous les paumes de Dorian, se déployait une lueur orangée qui sembla ensuite être absorbée par l'organisme du guépard.

Néanmoins, ce dernier souffrait toujours, et de plus en plus au vu de ses soubresauts nerveux. Pourtant, la magie de Dorian, fortifiée grâce à l'amour de sa bien-aimée, était bel et bien en action ! Puis brusquement, tout évolua très rapidement : la bête parut gagner en taille et volume, ses membres se déformèrent puis s'allongèrent, ses griffes se rétractèrent, et peu à peu, sa fourrure disparut... Diounout se métamorphosait sous le regard ahuri du couple, sans que le jeune homme ne cesse d'appliquer sa magie.

— Dorian... bredouilla soudain Isabelle, alors que le bruit des tam-tams de leurs cœurs s'évanouissait dans le lourd silence de la nuit. Qu'as-tu fait ? Tu devais la soigner ! Pas... la transformer !

Il releva les mains à une dizaine de centimètres au-dessus de Diounout, tout en écarquillant les yeux d'incrédulité. Lui non plus ne comprenait pas ce qu'il venait de se produire.

— J'ai vraiment senti le pouvoir de la guérison couler dans mes veines, chuchota-t-il en secouant lentement la tête. Isabelle, je t'assure que je l'ai soignée !

— Mais... Dorian ! Ce n'est plus un guépard que nous avons là... c'est... une humaine !

Allongé entre eux, se trouvait effectivement le corps nu et délié d'une jolie femme aux longs cheveux roux et à la peau d'un blanc presque ivoirin. Elle était vivante, et ses membres tremblaient doucement. Ses cils tressaillirent plusieurs fois, avant qu'elle n'ouvre ses paupières sur de magnifiques yeux d'un vert intense et lumineux.

— Merci... mes amis, fit-elle d'une voix ténue et éraillée.

— Diounout ? s'étrangla Isabelle en reculant légèrement sur ses talons.

— Oui... et non, souffla l'apparition. Je suis la... princesse Jwan. Bienvenue... à Pount.

L'instant d'après, elle perdait connaissance en les laissant bouche bée, toujours agenouillés près d'elle, et statufiés par l'incroyable métamorphose de Diounout en femme, comme par ce que celle-ci venait de leur dire.

Ils se trouvaient au pays de Pount... et certainement avec la fille des souverains de ce royaume !

Chapitre 32

Pour que tu ne meures pas

— Je crois qu'elle reprend conscience, murmura Isabelle en direction de Dorian qui revenait du campement, en compagnie de Jaouen et de Sénènmout.

Elle avait recouvert le corps de Jwan par plusieurs épaisseurs de feuilles en lames de sabre d'un palmier doum, et avait ensuite veillé sur elle tout en la contemplant avec beaucoup de curiosité.

Elle avait toujours du mal à accepter le fait que le guépard était en réalité une humaine ! Comment était-ce possible ? Néanmoins, elle se souvenait bien de l'histoire du Naohïm, concernant une des aïeules de Dorian, une magicienne qui pouvait se métamorphoser en une louve rouge...

Jwan possédait-elle la même capacité extraordinaire ?

Alors qu'elle se perdait à nouveau dans ses songes, ses amis s'étaient approchés avant de s'agenouiller.

— Je la reconnais ! fit Sénènmout avec ébahissement. C'est la fille du roi Parahou et de la reine Aty ! Elle sortait à peine de l'enfance quand je l'ai rencontrée à Pount, lors de l'expédition d'Hatchepsout. C'est désormais une jeune femme d'une grande beauté, tout comme sa mère.

— Cette dernière est pourtant représentée sur les murs du *Djeser-Djeserou* avec un corps énorme, des bourrelets partout, et le visage défiguré par un tatouage, fit remarquer Isabelle avant de croiser le regard fuyant de l'Égyptien. Hatchepsout m'a raconté pourquoi elle l'avait fait peindre ainsi, reprit-elle avec gentillesse. Je pense qu'elle ne devrait plus tarder à vous le dire également.

Sénènmout sembla interloqué, avant d'afficher un vif espoir.

— Cette princesse possède le don de la métamorphose... souffla alors Jaouen. Comme les déités au temps des Origines, ainsi qu'Ardör et Eloïra Saint Clare, ton aïeule, Dorian.

Ce dernier paraissait fasciné et très ému. Mais il fronça brusquement les sourcils, leva les yeux et fixa un à un ses compagnons :

— Et Djaa, le guépard mâle ?

— C'était... mon frère, Faiz, révéla Jwan qui s'était éveillée en les entendant parler. Mon double. Que les déités veillent à ce que son âme rejoigne le *Chant*[50], ajouta-t-elle encore d'une voix cristalline.

— *Awen*[51], fit respectueusement Jaouen.

— Il était donc votre jumeau ? s'enquit Isabelle avec émotion en songeant à la fin tragique de l'autre guépard.

---

50 *Le Chant : Là où se retrouvent toutes les âmes des défunts et des créatures. Chacune d'elles forme des notes et mises ensemble, elles deviennent un chant, premier lien entre les mondes des hommes et des Dieux, celui qui assure l'harmonie et la vie.*

51 *Awen : « Le tout » chez les druides. Awen est aussi dit à la fin de chaque prière druidique.*

— Oui.

— Mais... pourquoi avez-vous, tous deux, suivi Hatchepsout en Égypte, et sous la forme de ces félins ? voulut savoir le vieux druide.

— Faiz et moi devions retrouver l'autre Cercle des dieux, nous assurer qu'il était toujours dissimulé et sous protection, puis apprendre ce qu'étaient devenus les membres de notre clan, que l'on nomme également « enfants des Origines ». Comme vous, Sénènmout, ainsi qu'Hapouseneb, ou encore Bâsim. Vos familles, qui étaient de même que nous parties en éclaireurs de Pount vers l'Égypte, depuis fort longtemps, ne nous donnaient presque plus de nouvelles. Nous nous inquiétions. Seulement voilà, nous sommes à notre tour restés bloqués... sur la terre des Egapp. On ne sait comment, mais il nous a été impossible, à Faiz et moi-même, de retrouver nos corps humains...

— Mais enfin ! s'écria Sénènmout en cillant. Vos parents ont été irresponsables de vous envoyer à Ouaset alors que vous n'étiez que des enfants ! Que leur est-il donc passé par la tête de décider ainsi de votre sort ?

Jwan se redressa sur les coudes et haussa le menton d'un geste fier, ses yeux verts lumineux semblant les défier.

— Nous étions des jeunes gens et c'était notre rite initiatique ! Nous devions prouver notre valeur pour devenir de vrais adultes !

— Et vous l'avez fait ! coupa Hatchepsout. Je vous ai suivis, ajouta-t-elle à la ronde en apparaissant dans le halo. Je m'interrogeais sur ce que vous faisiez et je vous ai écoutés. Je vous dois beaucoup, princesse, ainsi qu'à votre frère, Faiz, et je vous serai à jamais reconnaissante pour tout. Mais... qu'est donc cet endroit ?

— C'est justement ce que l'on se demandait,

Isabelle et moi, dit Dorian en se mettant debout pour fixer son regard sur le point d'eau scintillant, puis sur la flore qui l'environnait.

— Vous n'en avez aucune idée ? jeta Jwan, incrédule. Mais... c'est la porte du pays de Pount ! Vous l'avez ouverte, car vous êtes un enfant des dieux ! La magie est dans votre sang, c'est la clef, et ainsi l'invisible devient visible ! Sous mon apparence de guépard, je ne pouvais pas l'activer !

— C'est aussi simple que cela ! s'esclaffa Isabelle dans son coin avant de se relever également.

— Nous y sommes enfin, soupira l'ex-reine-pharaon dont les épaules s'affaissèrent sous l'effet du soulagement. Nous allons pouvoir sauver Néférourê. Quand nous sera-t-il possible de reprendre la route ? Où se trouve le village avec les maisons sur pilotis ?

— Ma reine, la coupa Jwan en restant sagement dissimulée sous le branchage de palmes. Nous y sommes presque, mais il vaudrait mieux attendre le petit matin pour repartir. Ce n'est pas un village qui vous attend, mais une grande cité. Ce que vous avez connu, lors de votre expédition, n'était qu'une illusion. Mais n'ayez crainte, mon peuple sait que vous êtes là, et des éclaireurs nous suivent depuis notre arrivée à la Ronde des roches du pays de Koush.

— J'en étais sûre ! s'exclama Isabelle. Je sentais que nous étions épiés ! Eh bien, il ne nous reste plus qu'à dormir un peu pour recouvrer des forces ! Vous nous accompagnez au bivouac ? questionna-t-elle ensuite en direction de la princesse.

— Oui... mais, euh... quelqu'un pourrait-il me donner une tunique ou un vêtement, car... je n'ai plus de fourrure... et je ne peux pas me balader toute nue !

— Prenez cela, mon enfant, dit Hatchepsout en lui

tendant son ample manteau de lin. Maintenant, si vous voulez bien m'excuser, je retourne auprès de ma fille.

Sénènmout lui emboîta le pas, non sans avoir jeté un dernier coup d'œil intrigué vers l'oasis enchantée, puis un autre sévère en direction de Jwan.

— Hum, hum ! fit Isabelle en se raclant la gorge, et en lançant un regard appuyé sur Jaouen et Dorian. Messieurs, la demoiselle a besoin d'un peu d'intimité pour s'habiller !

— Oh ! Oui... viens *mab*, retournons près du feu !

Le jeune homme sourit en penchant la tête sur le côté, ses longues mèches noires lui masquant la moitié du visage. Ensuite, le vieux druide et lui quittèrent à leur tour l'endroit.

— Je vais vous attendre et monter la garde, proposa Isabelle à la princesse, tout en se dirigeant vers ses propres affaires et son katana abandonnés sur l'herbe verte.

— Ici, désormais, plus personne ne nous fera du mal, l'informa tranquillement Jwan. Mais si vous tenez à patienter, pendant que j'enfile cette... chose ! Ma foi, cela fait si longtemps que je ne me suis pas vêtue, et que je n'ai pas marché autrement qu'à quatre pattes, que je ne sais pas si j'en serai à nouveau capable ! Je suis déjà très étonnée de pouvoir parler aussi facilement, sans rugir, feuler, ou... ronronner.

Isabelle éclata de rire, avant de reprendre son sérieux quelques instants plus tard en l'aidant à se relever après qu'elle se fut habillée.

— Je suis sincèrement désolée pour votre frère, chuchota-t-elle, avant de se porter au secours de la jeune femme qui tanguait dangereusement sur ses jambes.

— Merci, fit simplement celle-ci en retour. J'ai perçu votre peine pour lui et pour moi, le jour où... il a perdu la vie. Mais il est dans mon cœur, et il fait partie de moi. Tant que je respire, il vit aussi. Ce que je vois, il le voit, ce que je sens, il le sent... Il était mon double, et il le sera pour toujours.

— C'est... si beau ce que vous dites, souffla Isabelle en songeant brusquement à Kalaan.

Elle ne savait pas si elle serait aussi forte que Jwan, si par malheur son frère venait à disparaître avant elle. Le chagrin l'emporterait certainement. Et en cet instant plus que jamais, elle avait vraiment besoin de se dire qu'elle allait le revoir, lui comme Amélie, sa mère. Dieu... qu'elle avait été bête ! Ils lui manquaient terriblement ! Jamais elle ne pourrait vivre sans les savoir proches d'elle !

— Aidez-moi à me diriger vers le bivouac, s'il vous plaît, l'appela la princesse en la sortant de sa tourmente intérieure.

— Bien sûr !

Les jeunes femmes quittèrent l'endroit enchanté, qui peu à peu redevint un chemin de caillasse et de terre asséchée, loin des auras magiques des enfants des dieux. La porte du pays de Pount avait retrouvé son invisibilité.

— Où allons-nous ? Et qui est cette jolie rousse ? Pourquoi tout le monde rit-il comme ça ? demandait Clovis en rafale, tout en bougeant la tête de droite à gauche au fur et à mesure qu'il avançait à la suite de ses compagnons dans le fond du canyon rendu rougeâtre par le soleil levant.

— Nous allons à Pount, la jolie rousse se trouve être le guépard de la reine, et tous se gaussent de toi, parce que Jaouen t'a dessiné au charbon de bois une véritable cible sur le sommet du crâne ! lui répondit sa jeune maîtresse qui le dépassa en marchant à vive allure, tout en tirant sur les brides de son cheval où était montée Jwan.

La pauvre n'avait pas tout à fait recouvré sa capacité à se tenir sur ses deux jambes et elle salua le majordome d'un signe de la main en passant. Celui-ci lui retourna le geste en souriant d'un air béat, avant de se figer et d'éructer :

— Jaouen, sapristi ! Qu'as-tu fait ?

Et voilà ! C'était reparti ! Les frères Guivarch avaient-ils toujours été infernaux ? Clovis n'avait même pas tenu compte du fait que le guépard était en fait une femme ! Seule, cette fichue histoire de cible dessinée sur son cuir chevelu avait retenu son attention !

— Je les aime bien, s'esclaffa la princesse de Pount en faisant rire Isabelle.

— Moi aussi, énormément ! répondit celle-ci avec tendresse.

Le convoi s'engagea lentement en direction de la « porte » de Pount ; Dorian marchait en tête dans le but de l'ouvrir. Ce qu'il fit sous les yeux effarés des élites et des artisans qui assistaient une nouvelle fois à sa puissante magie : la magnifique oasis apparut, entourée de sa verdure comme de ses arbres, et sur des centaines de mètres à la ronde, le décor changea également pour qu'au final, les montagnes au pied desquelles ils cheminaient soient totalement couvertes d'une dense flore tropicale.

L'atmosphère se chargea instantanément d'effluves capiteux, la lourde moiteur en moins, tandis que des oiseaux aux plumes multicolores s'envolaient de-ci de-là sur leur passage. Non loin, des singes gris perchés sur de hautes branches d'ébéniers poussaient des cris répétitifs en battant des bras, comme pour les saluer... ou leur signifier qu'ils n'appréciaient pas du tout le dérangement provoqué par ces intrus.

— Ils sont heureux de nous voir ! s'amusa Jwan, avant de lancer quelques petits couinements stridents, en réponse aux animaux.

Isabelle haussa les sourcils et leva son visage vers elle.

— Comment le savez-vous ?

— Je les connais bien ! De plus, s'ils n'avaient pas été contents, nous aurions eu droit à une pluie d'excréments !

— Beurk... grimaça la jeune femme. Puis-je vous poser une question, voire plusieurs ?

— Bien sûr !

— Je croyais que vos parents avaient accompagné Hatchepsout lors de son retour à Ouaset, mais il n'en est rien, n'est-ce pas ?

— Non, ils n'ont jamais quitté Pount. Ce n'est qu'un ajout erroné de plus dans le récit de l'expédition de la souveraine, qui a toujours aimé parader, marmonna Jwan.

— Hum... et savait-elle pour vous et votre jumeau ?

— Non plus. Nous avons officiellement été offerts comme présents, sous notre forme de guépards. Néanmoins, et officieusement, nous partions en reconnaissance, et dans le même temps, nous pratiquions ainsi notre rite initiatique.

— Pourquoi ne pas avoir cherché à rentrer plus tôt à Pount ?

— Premièrement parce que nous ne pouvions pas redevenir humains, et en félins, nous risquions de nous faire tuer ou capturer. Et deuxièmement... pour la bonne et simple raison que mon frère est tombé amoureux de

Néférourê et ne voulait plus la quitter, chuchota la princesse, si bas qu'Isabelle dut tendre l'oreille pour l'entendre. Mais aussi parce que, malgré ses nombreux défauts, Hatchepsout était devenue pour nous une sorte de seconde mère. Elle nous aimait.

— En tant qu'animaux de compagnie, oui, grommela Isabelle entre ses dents.

— Peut-être, mais c'était tout de même de l'affection et nous en manquions cruellement, lui retourna Jwan qui avait une ouïe très fine.

Toutes deux se turent, et peu à peu se retranchèrent dans un silence contemplatif. Bientôt, Isabelle put également monter à cheval, et le cortège se mit au galop sur un chemin de terre rouge en quittant le fond d'une vallée, pour s'enfoncer ensuite dans une vaste plaine verdoyante truffée de nombreux points d'eau. Quel plaisir ce fut, pour la jeune femme, de pouvoir également apercevoir des lions, ou des girafes, comme d'autres magnifiques spécimens d'animaux qu'elle n'avait jamais vus ailleurs que dans des livres assez récents.

Vers le début d'après-midi, sur l'horizon, un immense monticule sombre et d'apparence dentelée se dessina, puis grandit, encore et encore, pour enfin se révéler au fur et à mesure que le groupe se rapprochait : il s'agissait d'une sorte de chaîne constituée de cinq montagnes très élevées d'un ocre orangé, aux formes ramassées, et ayant l'étrange particularité d'avoir leurs sommets fortement arrondis. Elles semblaient jaillir de nulle part dans une gigantesque zone désespérément plate et végétale, sur des centaines de kilomètres de circonférence.

— Nous arrivons aux monts Taka, c'est le cœur du royaume de Pount ! cria Jwan, avant de donner un coup de talon dans le flanc de sa monture, et de partir au galop pour prendre la tête de la colonne.

Isabelle allait l'imiter, quand son attention fut attirée par du mouvement tout autour d'eux dans les hautes herbes. En très peu de temps, le convoi fut quasiment cerné par des hommes et des femmes à la peau caramel entièrement bariolée de tatouages, munis de lances ou d'arcs, et vêtus de tuniques et pagnes en cuir. Certains étaient roux comme Jwan, d'autres, moins nombreux, blonds, mais pour la grande majorité, ils avaient les cheveux aussi noirs que les ailes d'un corbeau. Ils ne montrèrent aucun signe belliqueux, se contentant de les escorter en silence, tout en lançant des regards curieux notamment sur Clovis, Jaouen et ses trois stupides nattes, ou Isabelle.

Celle-ci décida de gagner l'avant du cortège, mais arrêta tout d'abord son cheval au niveau de Sénènmout qui tenait dans ses bras Néférourê, abritée du soleil par un voile de lin fin.

— Nous y sommes presque ! Comment va-t-elle ?

L'homme ne répondit pas tout de suite, et écarta un pan de tissu du visage de sa fille. La jeune femme retint alors un cri horrifié, mais ne put masquer sa frayeur. Dieu ! Son amie était méconnaissable : sa peau était pratiquement noircie par des lignes sombres qui couraient sous son épiderme, ses lèvres mauves étaient desséchées et craquelées, et elle respirait difficilement par à-coup en émettant des sifflements.

— Je crois... qu'il est trop tard... pour la... sauver, bafouilla l'Égyptien, la voix étranglée par le chagrin et les larmes aux yeux. Son état a empiré depuis peu. Mais de grâce, ne le dites pas à Hatchepsout.

Isabelle porta le regard vers l'avant du groupe où se trouvait Dorian, et s'arrêta sur la silhouette altière de la souveraine qui chevauchait à ses côtés. Elle détourna le visage au moment même où celle-ci, se sentant observée, pivotait la tête vers elle.

— Je vais rester avec vous, et prier.

Oui, mais prier qui ? Un ou plusieurs dieux ? Lequel pourrait répondre à son appel pour donner une chance de survie à son amie ? Elle eut envie de pleurer, puis de crier de rage face à une telle injustice, car arriver si près du but et perdre Néférourê était tout bonnement insupportable à imaginer !

— Sénènmout, tenez bien votre enfant, et surtout, suivez-moi ! articula-t-elle soudain d'un ton rauque et décidé.

Il n'était plus question de patience, et le message muet dans son regard fut parfaitement compris par le père meurtri. En un instant, ils poussèrent tous deux leurs montures au galop, dépassèrent le convoi qui avançait au pas en direction des monts Taka, et gagnèrent encore en allure au fur et à mesure que les montagnes grandissaient devant eux.

Dans le dos d'Isabelle, d'autres chevaux s'étaient élancés, mais elle n'avait pas le temps de se retourner pour savoir quels cavaliers avaient pris la décision de les suivre. C'est tout juste si elle prêta attention à la grande cité blanche qui apparut dans son champ de vision, et elle fonctionna à l'instinct en s'engageant dans une large avenue pavée, pour après obliquer vers le pied de la hauteur la plus importante. Elle avait l'impression qu'une voix lui soufflait de se diriger à cet endroit précis, et c'est ce qu'elle fit sans plus se poser de questions.

Elle ne s'arrêta qu'après avoir longé les rives d'un lac et passé un pont menant au pied des monts Taka... là où se dressait un cromlech de même gabarit que celui qui s'était tenu dans la grotte de *La Cime*. Elle sauta de sa selle et s'élança vers Sénènmout qui était déjà descendu de cheval et s'attelait avec beaucoup de douceur à reprendre sa fille dans ses bras.

— Et maintenant ? lança-t-elle dans un appel vibrant vers le firmament, comme si quelqu'un, là-haut, pouvait lui répondre. Que devons-nous faire ?

— Posez-la au cœur du cercle, ordonna une voix grave, tandis qu'apparaissait un individu d'une cinquantaine d'années, ses cheveux gris conservant un vestige de rousseur, et le regard vert chargé de bienveillance, même si les traits de son visage restaient impassibles.

— Père ! cria brusquement Jwan en dépassant Isabelle pour courir maladroitement vers le roi Parahou, tandis qu'arrivaient également Dorian, Sénènmout et le reste du groupe.

Néanmoins, elle se figea dans son élan quand celui-ci leva la main pour la stopper, sans même lui accorder un coup d'œil ou un mot.

— Posez-la dans le cœur, répéta-t-il en direction de Sénènmout, et ce dernier alla allonger sa fille sur la dalle centrale. Toi, enfant des dieux, approche, ordonna-t-il à Dorian qui s'était posté dans le dos d'Isabelle.

— Vous me connaissez ? demanda le jeune homme en avançant.

— Oui. Ma femme, Aty, vous suit grâce à ses visions depuis votre arrivée dans cette époque. Nous savons tout de vous tous et de ce que vous avez enduré. De plus, nous vous avons vus à la « Porte » que seul un magicien de sang peut ouvrir. Vous avez également libéré ma fille de son corps de guépard. Sa métamorphose avait duré trop longtemps, et de ce fait, elle avait peu de chances de redevenir humaine. Mais grâce à vos pouvoirs, elle peut à nouveau être elle-même.

— Savez-vous comment je peux briser le sort qui

est en train de tuer mon amie ? s'enquit soudain Isabelle, affolée par le temps qu'ils perdaient à palabrer, alors que Néférourê se mourait.

Là encore, Parahou se conduisit comme il l'avait fait pour sa propre fille : il ne daigna même pas la dévisager ou lui parler. Seul comptait Dorian !

— Tu la sauveras, les pierres et les dieux t'aideront. Ce cercle est en interaction avec eux, car il a été érigé sur une ligne sacrée d'énergie pure.

Le jeune homme lança à Isabelle un regard sombre, chargé d'incertitude, puis s'avança pour aller s'agenouiller près du corps de Néférourê. Comme il l'avait fait pour Jwan, il appliqua ses mains à plat sur son ventre strié de noir. Mais rien ne se passa. Alors sa bien-aimée le rejoignit, et réitéra son geste de la veille, en plaçant ses doigts sur les siens.

Mais non... la magie n'opérait toujours pas, et le souffle de la princesse se fit de plus en plus erratique, tandis que les fils d'or ensorcelés du collier paraissaient vouloir s'enfoncer toujours plus sous sa peau pour aspirer les ultimes parcelles de vie.

— La force des Prédestinés est efficace, mais ne l'est pas assez pour détruire la barrière qui te sépare encore de tes puissants pouvoirs, annonça Parahou d'un ton neutre, avant de pointer le doigt vers Jaouen qui tenait le javelot doré. Toi, le natté, apporte-moi cette arme !

Ce que fit ce dernier, tout en grommelant et en fusillant du regard ce Parahou de malheur. Roi et enfant des Origines, il l'était certainement, mais cela ne lui conférait en rien le droit d'afficher un tel dédain vis-à-vis des nouveaux arrivants !

À peine le souverain de Pount avait-il l'objet enchanté dans ses mains qu'il le brisa en deux sur son genou, pour ensuite placer les parties cassées au-dessus d'une coupe, et y recueillir le *Lïmbuée* qu'elles contenaient.

— Le sang des pierres sacrifiées à *La Cime* libérera tes forces... ou provoquera ton trépas. À toi de décider si tu veux le boire... ou pas, annonça-t-il gravement en tendant le récipient à Dorian et en jetant au sol les restes du javelot redevenu simple bois.

— Dorian... non, supplia Isabelle avec effroi.

— Je n'ai pas le choix, murmura-t-il avant de lui sourire avec tendresse et de lui caresser la joue du bout des doigts. Je t'aime.

— *Da garan*[52], *gwalc'h am galon*[53], lui chuchota-t-elle, les larmes aux yeux, et le cœur prêt à se briser.

Puis elle se jeta à son cou et ils s'embrassèrent passionnément comme si ce baiser devait être le dernier, ce qui pouvait très bien être le cas, si le *Lïmbuée* le tuait. Tremblante et morte de peur, la jeune femme se releva pour reculer d'un pas. Un seul, car elle voulait se tenir à ses côtés pour l'assister le plus longtemps possible.

Dorian, agenouillé, leva les mains vers la coupe toujours tendue, la prit, et la porta ensuite à sa bouche sans aucune hésitation. En une seconde, les tatouages sur son corps s'animèrent furieusement, se déployèrent, tandis qu'il rejetait la tête en arrière, les paupières fermées, tout en grimaçant de douleur et en écartant les bras. Il lâcha le récipient qui rebondit sinistrement sur le sol, et fut subitement saisi de violents soubresauts, alors que sa peau tannée resplendissait peu à peu d'un éclat doré, intense, juste avant qu'il ne pousse un hurlement presque inhumain et n'ouvre à nouveau les yeux.

Des yeux qui n'étaient plus d'un beau bleu nuit,

---

52 *Da garan* : *Je t'aime*, en breton.
53 *Gwalc'h am galon* : *De tout mon cœur*, en breton.

mais... constitués de flammèches orangées et scintillantes. Alors il repositionna ses mains au-dessus du collier et se mit à parler dans un dialecte inconnu, qui sembla enfler, encore et encore, et résonner de mille échos éminemment douloureux pour les tympans de tous ceux qui l'entouraient.

— C'est... la langue... ancestrale ! Le langage... des dieux ! hurla Jaouen. Surtout, ne l'écoutez pas ! Ou... cela vous tuera !

Tous, y compris Parahou, durent tant bien que mal se protéger les oreilles contre l'action néfaste des mots immémoriaux. Néfaste pour eux, mais apparemment libératrice en ce qui concernait la magie de Dorian, car petit à petit, la noirceur du sortilège quitta les veines de Néférourê pour gagner son corps à lui. L'enfant des dieux aspirait littéralement le mal, tout en continuant de prononcer inlassablement des paroles chargées d'une pure énergie divine. Les fils en or du collier sortirent peu à peu de sous la peau de l'Égyptienne, puis cherchèrent ensuite à s'enrouler sur les avant-bras du jeune homme, mais ils rencontrèrent les lignes de ses tatouages tribaux qui les repoussèrent en les empêchant de s'infiltrer dans la chair quasiment lumineuse de Dorian.

Soudain, celui-ci ouvrit la bouche, et souffla un panache composé d'une sorte de cendre noire qui, par la suite, se distilla peu à peu dans l'air pour disparaître totalement. Néanmoins, le combat pour la survie de la princesse ne semblait pas terminé, même si sa peau n'était plus sillonnée de veines sombres et que ses lèvres avaient presque repris une couleur rosée. Elle devait encore souffrir de blessures internes, qui avaient été infligées par les monstrueux fils en or du collier ensorcelé. Quant à ce dernier, il semblait... pourrir et se ratatiner autour du cou de Néférourê, comme l'aurait fait un fruit avarié.

De son côté, Isabelle ne savait plus que faire ! Car, contempler l'être aimé, dont le corps émettait toujours un rayonnement quasi solaire était devenu une véritable torture, ses yeux en souffraient horriblement ! Mais elle ne voulait pas le quitter du regard, car elle avait peur qu'en se détournant de lui, il ne perde la vie. Ce lien unique qui reliait les « Prédestinés » était, au moment présent, des plus tangibles, et elle était certaine que la puissance de leur amour était essentielle à la survie de Dorian, tout comme à celle de Néférourê.

Alors, avec courage, elle resta face à lui, les mains sur les oreilles pour se protéger du langage qu'il s'était remis à prononcer, et pleurant de souffrance, tandis que ses rétines brûlaient peu à peu et que sa vue s'assombrissait pour finir par ne rencontrer que le noir absolu.

Tel était le prix du sacrifice pour qu'il ne meure pas.

Chapitre 33

Mon Isabelle

Isabelle, qui avait perdu connaissance de douleur, revenait peu à peu à elle et sentait de l'eau agréablement fraîche couler sur sa peau. Elle essaya d'ouvrir les yeux, mais un bandeau l'en empêcha, ainsi que le vif élancement qui irradia sous son front.

— Sois sage, ma douce, susurra la voix de Dorian dans le creux de son oreille, avant qu'il ne la soulève du sol molletonneux où elle se trouvait, pour ensuite la porter.

— Dorian ? Je ne te vois pas et... Oh, mon Dieu ! J'ai eu si peur pour toi !

— Petite sotte, souffla-t-il avec amour. Peur au point d'en perdre la vue et de risquer ta propre vie pour moi ? Jamais plus tu ne dois agir ainsi, promets-le-moi !

— Je ne peux pas prononcer un tel serment, murmura-t-elle.

— Pourtant, je le veux !

— Non, ce n'est pas ainsi que cela se passe avec moi !

— Je commence à le comprendre, maugréa-t-il. Attention, ça risque d'être froid ! lança-t-il encore, tandis que la jeune femme percevait le bruit d'un clapotis et le vrombissement d'une chute d'eau.

— De... ? Ouh ! C'est glacé ! s'écria-t-elle alors qu'il l'immergeait dans...

Dans quoi, au fait ?

— Où sommes-nous ? demanda-t-elle ensuite d'une voix ténue, tout en cherchant à se débarrasser du bandeau, les doigts tremblants de peur.

Avait-elle à tout jamais perdu la vue ?

— Ne touche pas à ça ! la houspilla-t-il en lui tapant sur la main, et en la soutenant de son autre bras à la surface de ce qui semblait être un lac. Nous nous trouvons dans le bassin d'une source d'un des monts Taka. D'après Parahou, il aurait la particularité de soigner... et de rendre fertiles les femmes.

— Tu te moques de moi ? Il n'est pas l'heure de faire un bébé !

— Non, je ne me moque pas ; quant au bébé... il est plausiblement déjà en route, et de ce fait, je n'ai tenu compte que des possibles pouvoirs de guérison de cette eau.

Isabelle resta bouche bée une seconde, sans plus penser à son éventuel handicap. Enceinte ? Elle ? Franchement... quelle sotte elle avait été, bien sûr que cela était tout à fait possible ! Ils n'avaient pris aucune précaution ni l'un ni l'autre. Bon sang ! Il existait pourtant des tisanes contraceptives à base de plantes, telle que la dentelle de la Reine Anne, encore appelée carotte sauvage ! Oui, mais bon... il aurait été très difficile d'en trouver en Égypte, et de plus... elle ne savait pas du tout à quoi ça ressemblait !

— Rien qu'à voir ta jolie bouche pincée, j'imagine le tourbillon qui agite tes pensées. Ce serait si atroce de porter mon enfant ?

— Au contraire ! lança-t-elle spontanément, tandis qu'une forte émotion s'emparait d'elle à cette idée. C'est juste... que je n'y avais pas songé et que tu me prends au dépourvu. Dorian... enlève-moi ce bandeau, s'il te plaît ! J'ai besoin de savoir si j'ai perdu la vue !

Ce qu'il fit avec des gestes précautionneux avant de retenir sa respiration.

— C'est... si moche que ça ? essaya-t-elle de plaisanter pour éviter de paniquer.

— Tu m'as sauvé, mon amour..., j'ai ressenti la force du lien qui nous unit et me suis accroché mentalement à lui pour ne pas être balayé par la puissance du sang des pierres sacrées. Cependant, tu en as payé le prix, murmura-t-il. Tu t'es brûlé les paupières et certainement les rétines, mais je vais te soigner.

L'instant suivant, il appliquait doucement ses lèvres sur sa peau tuméfiée, déposant un léger baiser sur chaque œil, et Isabelle sentit la sourde douleur refluer lentement, avant que sa chair ne se mette à picoter.

— Il semblerait que ça désenfle, lui annonça-t-il.

— Oui, j'en ai l'impression, chuchota-t-elle en ouvrant prudemment les yeux, et en papillotant des paupières, pour ne voir au bout du compte que des ombres.

— Je... il fait si sombre ! Je ne vois rien !

— Mon Isabelle, il fait nuit, et je n'ai apporté qu'une misérable lampe à huile, s'amusa le jeune homme en lui embrassant le bout du nez. Essaie encore !

Petit à petit, les traits flous de Dorian percèrent le voile opaque et gagnèrent en précision, éclairés comme ils l'étaient par un léger halo orangé.

— Je te vois ! déclara-t-elle en se mettant à rire de soulagement. Je te vois ! cria-t-elle derechef en se jetant à son cou pour l'entraîner sous l'eau, sans l'avoir réellement cherché.

Tous deux percèrent à nouveau la surface du petit bassin, éclatants de joie, avant de s'enlacer et de s'embrasser tendrement.

— Laisse-moi te regarder ! ordonna-t-elle en s'écartant un peu de lui, tandis que ses mains la soutenaient sous les cuisses, et alors qu'elle avait enroulé ses jambes autour de ses hanches.

Elle dégagea quelques longues mèches sombres et mouillées de son visage, et le contempla un moment.

— Plus de flammèches orangées ni scintillantes, constata-t-elle. Ta peau n'est plus lumineuse non plus... par contre, tes tatouages sont... Dorian ? Ils sont tracés avec de l'or ?

— Non, c'est le *Lïmbuée* qui a remplacé les dessins à l'encre noire et qui leur donne cet aspect-là. Il semblerait que le sang des pierres sacrées ait fusionné avec moi.

— Ce qui signifie quoi ?

Dorian rit en secouant la tête.

— Ah... toi ! Quelle curieuse tu fais ! Disons que j'ai désormais des pouvoirs, comme qui dirait..., infinis, et que j'en ai une totale connaissance.

— Ohhh... souffla Isabelle en écarquillant les yeux. En fait... tu n'avais pas besoin de ce bassin pour soigner mes brûlures et me rendre la vue !

— Non.

— Alors... pourquoi sommes-nous là ? Et... totalement nus ? questionna-t-elle.

— Nous sommes ici pour enfin avoir un moment de paix, rien qu'à nous, après tous ces instants à combattre, à fuir, à supporter tes bouderies, et le reste. Et nus, parce que j'en avais assez de porter des habits mouillés à force de batifoler avec toi dans des points d'eau !

— Je ne boude jamais ! choisit-elle de ronchonner.

— Tout le temps ! La preuve, c'est ce que tu fais à l'instant !

La jeune femme se rendit compte qu'en effet, elle devait afficher une belle mine renfrognée, et se dit qu'elle n'était en fait qu'une sale gamine, avant de pouffer et de s'écrier :

— Je t'aime !

— Je t'aime aussi, mon Isabelle, murmura-t-il en approchant ses lèvres des siennes, avant de l'embrasser avec une infinie sensualité.

Elle se cramponna plus encore contre lui et resserra son emprise autour de ses hanches en le faisant gronder de plaisir contre sa bouche. Il plongea sa langue à la rencontre de la sienne et s'imposa en elle de plus en plus avidement.

Lentement, il se déplaça dans le point d'eau, pour plaquer sa bien-aimée contre une paroi lisse de la montagne et appuya son bassin pour la maintenir tout en libérant ses mains qu'il fit remonter le long de ses flancs, jusqu'à la pointe érigée et chapeautée d'or de ses seins.

— Ces bijoux me rendent fou, soupira-t-il en délaissant ses lèvres pour la soulever par les aisselles, se pencher, et ensuite porter un globe à sa bouche, avant de l'aspirer goulûment en arrachant à Isabelle un gémissement de pure volupté.

Elle planta les ongles dans la peau de ses larges épaules, puis elle griffa ses biceps gonflés, tout en se trémoussant contre son sexe considérablement tendu contre le sien.

Il releva la tête en feulant tel un lion et l'embrassa plus sauvagement. Peu à peu la douce tendresse et les caresses légères avaient cédé le pas au feu et à l'ardeur. Tous deux souhaitaient désormais ne faire qu'un, fusionner dans une parfaite harmonie des corps et des sens.

Dorian glissa à nouveau ses mains sous ses cuisses tout en la collant contre la paroi et se mit à bouger fortement des hanches contre son intimité. La jeune femme lui mordilla l'épaule et se colla à lui pour affermir la pression de son membre qui déclencha en elle, par ses mouvements d'allées et venues, une fulgurante excitation. Elle voulait le sentir en elle, qu'il la prenne, l'envahisse tout entière. Rien que d'y songer, elle en devenait impatiente. Son ventre n'était plus que contractions et spasmes, une houle se formait au creux d'elle-même, et des ondes brûlantes se propageaient à tout son être en faisant furieusement battre son cœur et accélérer son souffle.

— C'est bon, c'est si bon, hoqueta-t-elle en chavirant la tête en arrière, tout en offrant son cou à ses morsures, comme à la caresse de sa langue.

— J'ai cru mourir à l'idée de ne plus jamais pouvoir te prendre, comme maintenant, gronda-t-il en la soulevant, puis en basculant les hanches pour la pénétrer presque brutalement en une seule grande poussée qui la propulsa en hauteur.

Elle se mordit la lèvre en retenant un cri de délice quand il l'empala et elle sentit le goût cuivré de son sang couler dans sa bouche, tandis que Dorian ressortait, pour revenir aussi fougueusement au plus profond de son fourreau qui se contractait par saccades.

Tous deux perdirent la tête sous le joug de la passion torride. Il se mit à la pilonner en serrant les dents et en plongeant son regard de braise dans le sien. Chaque coup de reins le rendait encore plus sauvage, avide, son désir de la prendre paraissant grandir toujours plus, alors que l'orgasme approchait en les faisant haleter et crier de plaisir. Et Isabelle était au paradis, elle le sentait si gros, si impressionnant en elle, si loin aussi quand il s'enfonçait dans son ventre en feulant sourdement. Il était à elle, son dieu, son lion, son démon.

— Viens, mon amour, grommela-t-il en lui mordillant les lèvres, avant d'aspirer sa langue dans sa bouche, la possédant ainsi entièrement tout en accélérant ses assauts.

Puis il glissa ses doigts entre eux et la caressa agilement tout en poussant et en la prenant comme un beau diable. La jeune femme sentit son souffle lui manquer. La houle puissante de l'orgasme s'abattit sur elle en un instant, tandis que son corps était saisi de mille soubresauts, et que son fourreau se contractait violemment autour du sexe de son amant qui se mit à gémir, encore et encore, sans jamais s'arrêter de s'enfouir en elle à un rythme effréné. Puis soudain, après l'avoir pénétrée de toutes ses forces en une dernière terrible poussée, il s'arc-bouta une ultime fois, et laissa fuser sa jouissance en elle en longs jets salvateurs.

Tout doucement, leurs respirations confondues et hachées, ils reprirent conscience de l'endroit où ils se trouvaient et se lovèrent avec tendresse l'un contre l'autre. Isabelle posa la tête contre l'épaule de Dorian tandis qu'il se dégageait, pour ensuite l'emporter dans ses bras musclés jusqu'au bord du bassin, où les attendaient des couvertures et la petite lampe à huile.

Ils échangèrent encore des baisers, des sourires complices, mangèrent quelques fruits et burent de l'eau fraîche, avant de se réfugier sous les draps, puis ils se laissèrent happer par un profond sommeil.

Le chant des oiseaux et une douce lumière diffuse réveillèrent Isabelle. Elle ouvrit les yeux et s'émerveilla immédiatement de la beauté du décor où Dorian et elle se trouvaient. Lentement, elle s'assit et remonta le tissu en lin sur le sculptural torse du jeune homme, puis s'enroula dans une autre couverture légère, avant d'entourer ses genoux de ses bras.

Ils avaient passé la nuit sur une sorte d'immense plateforme-reposoir engoncée entre trois pans irréguliers de falaise ocre, et dont la plus grande partie était creusée par un bassin à l'eau turquoise presque laiteuse. Ce dernier était lui-même alimenté par plusieurs gours en escaliers qui descendaient du sommet de la montagne et sillonnaient ensuite la paroi du fond.

Ce n'était donc pas le bruit chantonnant d'une seule chute d'eau que la jeune femme avait perçu la veille, mais celui de plusieurs minuscules cascades, qui magnifiaient d'autant plus l'emplacement par leur beauté naturelle et scintillante. De-ci de-là, de verts arbustes aux fleurs ressemblant étrangement à des papillons aux ailes bleu mauve déployées, avaient réussi à planter leurs racines dans des crevasses pleines de terre rouge, et leur présence renforçait encore l'aspect paradisiaque du lieu.

Tout doucement, en évitant de réveiller Dorian, Isabelle se leva, et une fois de plus, sa respiration se coupa quand elle découvrit l'impressionnante vue panoramique droit devant elle, au-delà du point d'eau qui s'écoulait vers le bas, en une nouvelle chute, juste au bord du promontoire.

— C'est… magnifique, souffla-t-elle avec émotion en longeant la ceinture rocheuse entourant les deux tiers du bassin, pour s'approcher du précipice.

Aussi loin que pouvait porter son regard, s'étendait une immense savane de type tropical, agrémentée de centaines d'oasis miroitantes, ainsi que de milliers d'arbres majestueux semblant vouloir toucher l'empyrée de leurs branches. Il y avait également de nombreuses espèces d'animaux sauvages, mais les plus observables pour Isabelle restaient les girafes au long cou qui avançaient lentement vers d'autres congénères pour brouter quelques feuilles d'arbres ou encore des fruits.

— Ne bouge pas, murmura Dorian en la faisant sursauter tandis qu'il l'enserrait de ses bras robustes pour qu'elle recule. Mon Isabelle, ta curiosité risque de te perdre un jour, et cela m'effraie ! Tu n'es qu'à quelques centimètres du gouffre.

— Je faisais attention, mon amour, lui assura-t-elle en basculant la tête en arrière, pour ensuite le regarder tendrement. De plus, je n'éprouve aucune peur du vide.

— Tu devrais, la gronda-t-il, les yeux sombres, avant d'incliner le visage et de céder à son besoin de l'embrasser.

Puis ils se laissèrent aller à la contemplation du panorama, avant qu'il ne tende le doigt vers le pied de la montagne.

— As-tu vu la cité de Pount ?

— Non, j'étais bien trop occupée à regarder l'horizon, ainsi que cette plateforme paradisiaque.

— Alors je vais te tenir, et tu pourras t'approcher du bord pour l'apercevoir. Tu ne dois pas manquer ça !

Une légère brise chaude souleva la chevelure détachée d'Isabelle quand elle se pencha vers le bas, tandis que Dorian lui maintenait le bras d'une poigne sûre.

— Oh ! Elle a la forme d'une gigantesque coquille Saint-Jacques blanche ! Le cercle des dieux est juste en dessous de nous, et les habitations aux toits plats partent de là pour s'étaler en éventail… C'est somptueux ! Mais, il n'y a nulle part quelque chose qui ressemblerait au palais des souverains !

— Ils n'en ont pas ! lui répondit-il, avant de l'attirer contre lui, tant il avait le ventre noué de la voir se balancer au-dessus du vide. Ils vivent dans une belle maison, à l'instar de leurs sujets. D'ailleurs, il est plus que temps de redescendre pour rejoindre les nôtres.

— Oui, tu as raison, chuchota-t-elle, avant de poser un regard triste sur le magnifique promontoire. Nous reviendrons ici ?

— Non, car si tout se passe bien, et dès que nous serons à la cité, nous rejoindrons notre époque.

Isabelle éprouva un véritable choc. Cela faisait presque trois mois qu'ils étaient arrivés en Égypte, et ils avaient vécu tant d'aventures dans ce laps de temps, qu'apprendre l'imminence de leur retour… en devenait presque traumatisant.

— Voilà que tu fronces à nouveau les sourcils et que tes jolies lèvres se pincent. N'es-tu point heureuse de repartir ? Ou… souhaites-tu… à nouveau rester ici ?

Dorian était soudain tendu et ses doigts sur le bras de la jeune femme s'étaient resserrés nerveusement.

— Nigaud ! Où tu iras, j'irai ! L'Égypte m'a apporté énormément de choses, bonnes ou mauvaises. Quant à ce royaume, il est magnifique… mais je veux être avec toi, pour toujours. De plus… Kalaan et mère me manquent cruellement. Je n'étais qu'une sotte de croire le contraire. Tant pis s'ils continuent à ne pas voir qui je suis réellement. Toi… tu sais ce dont je suis capable.

— Oh, oui ! s'esclaffa-t-il autant de soulagement que de joie. Alors, viens, rentrons chez nous, mon Isabelle.

Chapitre 34

Et si...

Isabelle et Dorian ne mirent guère de temps à chausser leurs sandalettes, puis à se vêtir – d'une robe en lin pour elle, et d'un simple pagne en cuir pour lui –, et ils descendirent ensuite à cheval de leur promontoire, en prenant par des chemins étroits serpentant des hauteurs au pied des somptueuses montagnes.

À peine arrivaient-ils non loin du Cercle des dieux, et du lac alimenté par la chute d'eau du bassin où ils avaient passé la nuit, qu'ils furent joyeusement accueillis par les frères Guivarch. Ces derniers avaient troqué leurs habits de voyage contre une nouvelle toge en lin pour Jaouen, et une tunique doublée d'un pagne en cuir pour Clovis. La jeune femme, subitement prise d'un fou rire, dut tourner le dos à son majordome, puis mettre la main devant sa bouche : le pauvre ressemblait plus à un homme des cavernes aux genoux osseux, qu'à un noble habitant du pays de Pount !

— Oh, mademoiselle est guérie ! Quel bonheur ! Vos si beaux yeux des Croz ! J'ai eu tellement peur que vous les perdiez !

— Tout va bien, Clovis, Dorian m'a... bien

soignée ! lança-t-elle en faisant à nouveau face au vieux serviteur, tout en se raclant la gorge, avant de rougir en songeant aux « soins » de son bien-aimé.

— Que fumes-tu donc encore ? questionnait Dorian de son côté, en foudroyant Jaouen du regard. Je vais peut-être avoir besoin des connaissances d'un druide pour ouvrir la porte du temps, et non de celles d'un drogué !

— Bien dit ! Sans compter qu'on risque de se retrouver dans une mauvaise époque avec ses bêtises ! renchérit Clovis.

— Au moins, on aura vu du pays ! aboya son frère, sa barbe nattée tressautant ridiculement à chaque mot.

— Misère… c'est reparti, murmura Isabelle en s'éloignant des trois hommes et en se dirigeant lentement vers le cromlech de Pount.

— Étiez-vous au courant, qu'en réalité, une seule de ces hauteurs se nomme Taka ? s'enquit Clovis qui la rattrapa, tout en ignorant royalement les injures que lui lançait Jaouen. Les trois autres sont Totil, Moukram et Awetila ! ajouta-t-il d'un ton docte, tout heureux de lui faire part de son nouveau savoir. Et de loin, on pourrait presque croire que les monts Taka sont quatre pyramides érodées collées ensemble !

— Devons-nous réellement quitter ce royaume aujourd'hui, là, maintenant, à la minute ? se lamentait le druide dans leur dos, en suivant Dorian d'un air boudeur.

— Oui !

— Mais, *mab* ! Nous sommes au pays de Pount ! Avec à sa tête une lignée puissante d'enfants des dieux ! J'ai tellement besoin d'en apprendre plus sur les Origines !

— Ce que tu feras grâce à mon clan ! gronda le jeune Saint Clare.

— Mais…

— Non ! Nous partons !

— De toute façon, notre temps ici est compté, baragouina alors Jaouen avant de tirer sur sa pipe et d'exhaler un épais panache de fumée verte.

— Comment cela ? Et... mais que pétunes-tu donc, à la fin, c'est... vert ? souffla Isabelle en cillant, tandis que Dorian croisait les bras pour poser un regard pénétrant sur le vieil homme.

— Ce n'est que de la molène ! C'est incroyable, ils en cultivent également sur leurs terres pour soigner les personnes fragiles des poumons, ou celles qui ont des problèmes respiratoires chroniques !

— Idiot ! La molène se boit en tisane, elle ne se fume pas ! le houspilla Clovis.

— La preuve que si ! Abruti !

— Ça suffit tous les deux, ou je vous prive de la parole ! Je peux utiliser ma magie pour le faire si c'est nécessaire ! les menaça l'enfant des dieux qui se contenait pour ne pas hurler. Aurais-tu omis de partager avec nous une information importante ? demanda-t-il encore en s'adressant au druide, après une longue pause pour retrouver son calme.

— La molène doit…

— Non… pas ça, grommela Dorian entre ses dents serrées. Que voulais-tu dire par « notre temps ici est compté » ?

— Oh ! Bah… je faisais référence à la maladie du temps, tout simplement !

— Jaouen…, intervint gentiment Isabelle en se plaçant entre lui et son bien-aimé qui était sur le point d'étrangler le vieil homme. Explique-nous de quoi tu parles, s'il te plaît.

— Je vais faire court, fit ce dernier en pinçant les

lèvres et en cherchant visiblement à rassembler ses idées. Les gens qui voyagent vers le futur ne développent aucun mal du temps, par contre, tous ceux qui ont voyagé dans le passé, et y sont restés un long moment... en souffrent !

— Tu n'as rien fait de court du tout ! s'emporta à son tour la jeune femme. Tu viens de tout embrouiller dans mon esprit ! Ces personnes qui comme nous voyagent dans le passé souffrent d'un mal du temps, mais quels en sont les symptômes ?

— Perte de mémoire, état comateux voire végétatif, et puis la mort, énuméra-t-il en comptant sur ses doigts, après avoir coincé le bout de sa pipe entre ses dents.

— Et tu avais l'intention de nous en informer quand ? fit-elle à nouveau, totalement effarée, et les jambes soudain flageolantes. Jaouen ! Quand je pense que je souhaitais vivre en cette époque, et que jamais tu ne m'as mise en garde contre ce mal funeste !

— Bah... ! Je savais bien que vous changeriez d'avis !

Isabelle secoua la tête en écarquillant les yeux..., et dire qu'il se prétendait le plus réfléchi du groupe !

— Mais pour l'instant, personne ne semble atteint, donc... nous pourrions rester un petit peu ? Juste le temps que j'apprenne certaines choses...

— Non ! le coupa durement Dorian.

— L'enfant des dieux a raison de vouloir partir en ce jour, intervint Parahou en arrivant près d'eux, escorté par la magnifique reine Aty, qui ressemblait presque trait pour trait à Jwan, mais qui demeura en retrait, sans prendre la parole, ni même les saluer.

Hatchepsout, Sénènmout et Néférourê les suivaient de près, et Isabelle s'élança alors vers cette dernière en hurlant d'allégresse dès qu'elle l'aperçut. Toutes deux se jetèrent dans les bras l'une de l'autre, en riant et en pleurant de joie, avant qu'Isabelle ne la tienne à bout de bras pour être certaine de sa bonne santé :

— Couleur de peau, normale. Plus de veines noires..., et respiration, correcte ! Même pas une seule cicatrice autour du cou ! Tout va bien ?

— Oui ! s'esclaffa la princesse.

— Qu'est devenu ce collier ensorcelé ? s'étonna brusquement son amie.

— Il s'est littéralement désagrégé et a fini par se consumer en une poussière si fine qu'elle a disparu dans le vent, intervint Dorian en s'approchant, et en souriant gentiment à Néférourê, tout en passant un bras autour de la taille de son âme-sœur.

— Tout est donc bien fini ? s'enquit encore celle-ci avec une pointe d'appréhension.

— Oui, affirma le jeune homme, tandis que ses tatouages dorés se mettaient à scintiller.

— Je tenais à vous remercier, Dorian, lui dit alors l'Égyptienne. Vous nous avez à tous sauvé la vie... vous, mais toi aussi, Isabelle, comme vos compagnons. Les déités savent où nous serions en ce moment, si vous n'aviez pas voyagé dans le temps pour nous secourir.

Isabelle essuya furtivement une larme traîtresse. Tout cela sentait la fin, les au revoir... les adieux. Car ils ne se reverraient certainement plus jamais, et cette idée lui déchirait le cœur.

— Qu'allez-vous faire maintenant, toi et tes parents ? s'enquit-elle.

— Le roi et la reine de Pount ont proposé de nous accueillir dans leur pays. Je crois... que nous allons surtout apprendre à vivre, tout simplement. Sans complots et sans menaces.

— Parfait, murmura Isabelle, avant de reprendre

son amie dans ses bras pour une ultime étreinte, car Dorian se dirigeait déjà vers le milieu du cromlech, donnant ainsi le signal du départ. Car départ il y aurait certainement, il n'y avait pas à en douter, les pouvoirs du jeune homme ayant été multipliés !

Il y eut encore d'autres au revoir, d'autres mots échangés avec Sénènmout, Hatchepsout, et le roi Parahou qui paraissait... inquiet, tandis que sa femme Aty restait retranchée dans un silence pesant.

Petit à petit, Clovis, Jaouen et Isabelle rejoignirent Dorian dans le cercle, tandis que ce dernier s'était agenouillé sur la dalle centrale et semblait s'être mis en transe.

Pourtant, au bout de quelques minutes, il fallut que tous admettent... qu'il ne se passait rien. Aucune ouverture de porte ou de vortex magique !

— Et si nous restions ? jeta à nouveau Jaouen qui en avait assez de faire le pied de grue.

— Non ! firent en chœur Clovis et Isabelle, en lançant ensuite un énième geste d'adieu à leurs amis et à leurs hôtes.

Quelques instants plus tard... Dorian sembla s'agacer.

— Et si nous allions manger un petit morceau ? proposa le vieux druide. Tu es peut-être trop fatigué, *mab*, et de ce fait, tu n'as pas assez de force pour ouvrir le puits du temps !

— Je vais l'assommer ! pesta son frère.

— Moi aussi ! renchérit la jeune femme, avant de rire comme elle se rendait compte de la bêtise de ses paroles.

— Quelque chose bloque mes pouvoirs, gronda Dorian. Une force incroyable me barre le passage. De plus, je ne trouve aucune ligne d'énergie divine menant sur l'île de Croz !

— N'oublie pas que le cercle a été brisé par les dieux, lui indiqua Jaouen. Pour cette raison, cette porte est condamnée, et n'a pu s'ouvrir que grâce à toi et à l'âme d'Amenty.

— Ce n'est pas logique, vociféra le jeune homme. Non... je sens qu'il y a autre chose !

— Attendez-moi ! S'il vous plaît ! Attendez-moi ! hurla soudain la voix de Jwan qui accourait vers eux depuis la cité, chargée d'un lourd bagage, d'un carquois rempli de flèches et de son arc, tout en bousculant volontairement ses parents au passage.

— Princesse ? s'étonna Isabelle, tandis qu'elle l'accueillait dans le cercle.

— Emmenez-moi avec vous ! supplia la jeune femme. Je vous promets de me tenir tranquille !

— J'ai déjà entendu ça quelque part, se moqua tout bas Clovis en fixant son attention sur sa jeune maîtresse qui l'ignora superbement.

— Vous devez rester à Pount ! tenta-t-elle pour calmer la princesse.

— Ah bon ? fit celle-ci, la voix cassée par le chagrin. Non, je ne crois pas ! Je n'ai plus rien à faire ici. Observez mes parents ! Ni l'un ni l'autre ne m'ont adressé un mot depuis mon retour, même pas un regard ! Je ne suis plus qu'une paria pour eux, comme pour mon peuple. Alors... laissez-moi venir avec vous ! S'il vous plaît... souffla-t-elle encore, dans un hoquet de tristesse.

Isabelle releva la tête et dévisagea les souverains de Pount qui se tenaient à une dizaine de mètres d'eux, totalement indifférents au fait que leur fille veuille les quitter. En fait... c'était comme si cette dernière n'existait pas.

— Dorian ? questionna-t-elle en le laissant décider

du sort de Jwan.

— Elle vient ! accorda-t-il.

— Et puis, elle ne souffrira d'aucun mal du temps, puisqu'elle part vers le futur, ajouta Jaouen après avoir exhalé sa fumée verte.

— Isabelle, j'ai gardé ceci pour vous, chuchota encore la princesse de Pount après les avoir chaudement remerciés, et avant de sortir le katana de son immense sac en cuir.

— Seshiru… murmura Isabelle avec beaucoup d'émotion. Merci, Jwan.

— Et si…

Tout d'un coup, un mouvement lumineux interrompit une énième proposition de Jaouen qui cherchait par tous les moyens à rester dans ce royaume. La jeune femme pirouetta instantanément vers Dorian, qui avait le visage baissé et couvert par ses longs cheveux, pour constater que ses tatouages se déployaient à nouveau… sur une peau brasillante, mais non douloureuse pour la vue.

Un autre effet photogène attira son attention : c'était à l'instar d'une flammèche de bougie qui se serait allumée spontanément. Mais là… il ne s'agissait pas de bougies, mais des pierres levées du cromlech ! Une à une, elles vibrèrent de clarté, et leurs veines de *Lïmbuée* se mirent également à scintiller à la manière des dessins tribaux de l'enfant des dieux.

— Do… Dorian ? bégaya-t-elle, le cœur battant la chamade.

— Le vortex se déploie, souffla celui-ci avec une voix rauque, presque méconnaissable tant elle était chargée en intensité. Je suis connecté à une autre porte qu'un mage vient d'ouvrir. Mais je ne peux apercevoir le visage de ce dernier, ni savoir si c'est la bonne époque

pour nous, et donc..., la bonne destination.
— Et si...

Là encore, Jaouen ne put émettre un mot de plus, pour la simple raison que tous furent instantanément aspirés dans un tourbillon étincelant, puis projetés dans le puits du temps, avant de disparaître en hurlant sous les yeux ahuris des amis qu'ils laissaient sur place !
— Mère ? souffla Néférourê d'une voix effrayée, en s'adressant à Hatchepsout. Est-ce... que... ?
— Ils vont bien, et sont en route pour rentrer chez eux ! coupa Parahou. N'ayez crainte ! les rasséréna-t-il sommairement, avant de les inviter à les précéder pour se rendre à la demeure royale, afin que ceux qui étaient restés y partagent un repas.

Les Égyptiens se dirigèrent lentement vers la maison des souverains de Pount, en affichant des mines inquiètes et en parlant tout bas : ils ne croyaient visiblement pas les paroles rassurantes de leur hôte.

Ce dernier et son épouse leur emboîtèrent le pas, après avoir jeté un ultime regard vers le cromlech à nouveau endormi.
— Nous... ne la... reverrons plus, hoqueta Aty en gardant le visage détourné pour que personne n'aperçoive sa détresse. Nous avons déjà perdu Faiz, et là... on nous enlève notre fille !
— Mon amour, implora Parahou. Le message des dieux dans tes visions était très clair ! Jwan devait suivre ce groupe de voyageurs. Un destin l'attend ailleurs, dans le futur. Nous n'avions pas le choix !
— Mais, Parahou... elle imagine qu'on ne l'aime plus ! J'en ai eu le cœur brisé !

— Moi aussi, murmura le roi, les paupières humides de chagrin. Il fallait qu'elle le croie, mais j'ai une idée… nous allons lui écrire un message, pour tout lui expliquer, et dans l'avenir, quelqu'un le trouvera et le lui remettra.

— On peut faire ça ? s'enquit sa femme, ses magnifiques yeux verts reprenant partiellement vie.

— Oui, on le peut ! Et on va tout raconter à nos nouveaux amis égyptiens qui nous prennent pour des scélérats.

— Elle est si jeune, soupira encore Aty, après avoir hoché la tête pour approuver les paroles de son mari.

— Certes, mais elle a réussi son rite initiatique haut la main ! Soyons fiers d'elle et ayons confiance en nos dieux. Ils savent ce qu'ils font.

— Si tu le dis...

Chapitre 35

Des silhouettes dans la brume

— Oh ! Oh ! Cette chose blanche sous mes pieds me brûle ! hurlait Jwan en sautillant sur place, tandis que le reste du groupe se relevait également, après avoir repris connaissance au milieu d'un cercle de pierres levées, recouvert de glace, de neige, et d'une brume compacte.

C'est tout juste s'il était possible, dans le mouvement lent de la mélasse collante, d'apercevoir les menhirs, immenses ceux-là, comparés à ceux des cromlechs qui se trouvaient en Égypte et au pays de Pount.

— Palsambleu, Dorian ! Mais où nous as-tu conduits ? En Antarctique ? s'écria Isabelle avec stupeur, en commençant à imiter l'horrible danse du froid de Jwan, et en serrant les bras sur son buste uniquement protégé par le tissu léger de sa robe en lin.

— Mademoiselle, je ne sens plus mes orteils, se lamentait également Clovis, qui avait eu le malheur de ne pas chausser ses sandales.

De toute façon, pour ce que ça aurait changé d'en avoir ! L'épaisseur de givre et de neige était si importante, qu'elle dépassait largement la hauteur des semelles en papyrus tressé.

— Fais comme moi, petit frère ! Enlève ta tunique et pose-la sur la glace ! lui conseilla alors Jaouen, qui avait effectivement ôté sa toge pour la placer sous ses pieds nus, en guise de tapis protecteur.

Oui, mais voilà, le pauvre était désormais en pagne... à l'instar de Dorian, mais il n'avait pas la robuste constitution du jeune homme qui ne souffrait visiblement pas du froid, et fouillait la brume du regard.

— Dorian ! Il nous faut partir d'ici, ou nous allons tous mourir gelés !

— Tout ceci n'est qu'un leurre ! gronda-t-il en agitant la main et en utilisant la magie pour faire circuler un tourbillon de vent tout autour d'eux.

Il dégagea un peu le voile glacial et chargé d'humidité qui les cernait, mais fit aussitôt hurler ses compagnons en les frigorifiant encore plus : leurs dents se mirent d'ailleurs à claquer telles des castagnettes.

— Si tu-tu... pou-pou... vais, plu-plu plutôt, nous-nous... fai... faire un... feu !

— Isabelle, laisse-moi me concentrer ! Je suis presque certain que nous sommes bien au bon endroit, dans les Highlands ! Cependant, une puissante magie nous entoure et perturbe mon esprit !

— Pfff... les Hi-Hig-Highlands ! Tu-tu... pa-pa parles ! rouspéta-t-elle encore tandis qu'elle rejoignait rapidement Clovis et Jwan pour les imiter, ces derniers ayant trouvé refuge sur la toge de Jaouen, et s'étant agglutinés contre lui pour trouver un peu de chaleur.

— Vous m'étouffez ! se mit-il à piailler, tandis que ses amis l'enserraient à l'instar d'un boa constrictor.

Un rire grave et rauque parut jaillir des profondeurs de la terre et les cloua tous sur place, en instaurant un subit silence dans leurs rangs. Néanmoins, les guerriers du groupe passèrent promptement à l'action en oubliant la douloureuse morsure du froid : Isabelle se jeta sur son katana puis le brandit lame en biais devant elle, Jwan se transforma en guépard pour se positionner en amont des frères Guivarch dans le but de protéger « les plus faibles », et Dorian fit surgir des boules de feu dans ses mains avant de faire volte-face en direction de la haute silhouette sombre qui s'approchait d'eux et qu'il venait de repérer. Tous affinèrent leur vue, mais se trouvèrent dans l'incapacité d'apercevoir les traits du visage de l'arrivant, tandis que la lourde cape de ce dernier claquait au rythme de ses foulées nonchalantes.

— C'est ainsi que l'on accueille un vieil ami ? Avec des armes, le chaton de la reine Hatchepsout, et de la magie ?

— Ardör ? s'écria Isabelle, stupéfaite, en baissant son épée, tandis que le Naohïm apparaissait enfin à quelques pas d'eux, dans les panaches grisâtres.

— Ne vous avais-je pas promis que l'on se retrouverait ?

Dorian fit disparaître les boules de feu, sourit franchement, et s'approcha de son aîné pour une franche et virile accolade.

— Que c'est bon de te revoir, qui plus est en chair et en os ! lança-t-il.

Clovis et Jaouen poussèrent des hurlements de joie, mais restèrent collés l'un à l'autre, tandis que Jwan – qu'Ardör ne connaissait pas encore sous son apparence de femme – s'avançait lentement dans la neige pour renifler ses pieds chaussés de bottes. Quant à Isabelle, passé l'instant de surprise, elle s'élança vers lui après avoir laissé tomber son katana, puis elle enroula les bras autour de sa taille, et posa tendrement la joue sur les nobles habits noirs qui recouvraient son large torse. Le Naohïm cacha son émotion en haussant les sourcils et en souriant jusqu'aux oreilles, tout en lançant un regard goguenard sur Dorian :

— Pas de jalousie ? Tu ne vas pas m'étriper parce que je serre contre moi ta dulcinée ? s'esclaffa-t-il dans sa direction.

— Elle ne fait que te dire bonjour à sa manière ! lui retourna le jeune homme, qui tiqua tout de même un peu de voir son âme-sœur plaquée contre le charismatique et somptueux enfant des dieux. C'est donc toi qui étais à l'autre bout du vortex ? reprit-il. Sommes-nous bien dans les Highlands ? Car, ne pouvant pas trouver dans un premier temps la porte de l'île de Croz, j'ai ensuite focalisé mon esprit vers la colline et son cromlech, qui figuraient dans les réminiscences de ma prime jeunesse.

— Oui, c'était moi et tu es bien sur les terres du clan Saint Clare, le rassura Ardör. Pour vous aider, j'ai dû traverser une seconde courbe du temps, et être à nouveau emprisonné dans le souffle du dragon noir. Ensuite, j'ai attendu le bon moment pour me rendre dans les Highlands. Il a fallu aussi compter avec la distorsion temporelle qui existe entre les époques, les heures et les jours passant plus rapidement en Égypte antique que dans le présent. Ce fut long, très long de revivre tout ça, mais je ne regrette absolument rien, car je suis le plus heureux des Naohïm's de pouvoir retrouver ma si fine et bruyante équipe ! Vous m'avez terriblement manqué !

— Mais alors, si nous sommes en Écosse, pourquoi fait-il si froid ? s'enquit Isabelle tout en se faufilant plus encore sous son lourd habit. Je croyais que ce pays avait un climat similaire à celui de la Bretagne, ou me serais-je trompée ?

— Ce froid est provoqué par la magie du Gardien

des Éléments, mais je vous en dirai davantage, plus tard, chuchota-t-il pour n'être entendu que du couple, comportement qui parut étrange aux jeunes gens. Quant au froid, je vais arranger ça, avant que ton bien-aimé ne me transforme en charpie ! rit-il ensuite en écartant la jeune femme de lui, puis en les vêtant tous de longues capes fourrées par un simple tour de magie.

Ce fut le moment que choisit Jwan pour reprendre son apparence de femme... totalement nue.

— Pourrais-je également avoir une de vos... tuniques ? quémanda-t-elle timidement en se cachant derrière Isabelle, mais en offrant son joli postérieur, ainsi que son dos tatoué d'un magnifique symbole représentant un guépard, à la vue des frères Guivarch qui en restèrent bouche bée, et les yeux écarquillés.

— Par les dieux... souffla Ardör, totalement estomaqué. Qui est-elle ? Comment se fait-il qu'elle possède le don suprême de la métamorphose, alors que ce dernier a été uniquement transmis aux enfants des dieux de la première lignée ? Enfin... mis à part la louve rouge, ton aïeule, Eloïra ! dit-il encore, après s'être vivement tourné vers Dorian.

— La tu-tu... ni-ni... que... ! ânonna la princesse.

— Oui, bien sûr, tout de suite ! s'excusa le Naohïm d'un air absent, toute son attention toujours focalisée sur le Saint Clare, et avant de la couvrir d'une cape à l'instar des autres. Qui est-elle ? redemanda-t-il avec impatience.

— Je suis Jwan, princesse du royaume de Pount, et enfant des Origines ! clama-t-elle avec hauteur, immédiatement réchauffée par le vêtement, et par l'agacement qui l'avait envahie en voyant qu'Ardör ne s'adressait pas directement à elle. Mon clan est encore très puissant, et la magie est partout dans notre royaume. De plus, nous sommes nombreux à pouvoir nous transformer en animaux ! Et je suis la fille de… plus personne, en fait ! finit-elle par dire sèchement, alors que les beaux traits fins de son visage affichaient une soudaine dureté.

Elle lui tourna le dos et alla ramasser son pagne et sa tunique de cuir qui étaient restés à l'endroit de sa métamorphose, non loin de son carquois et de son arc, puis elle se colla à nouveau à Clovis et Jaouen pour mettre ses pieds à l'abri du froid, et enfiler ses vêtements sous la cape.

— Je te félicite, Ardör, tu as réussi à la froisser, chuchota Dorian qui cilla brusquement, comme la brume épaisse se déplaçait en laissant voir d'autres silhouettes sombres et encapuchonnées, positionnées dans les intervalles des menhirs.

— Qui sont-ils ?

— Oh ! Je les avais presque oubliés avec tout ça ! marmonna le Naohïm, sans pouvoir quitter du regard Jwan qui lui tournait volontairement le dos. Ce sont les Protecteurs, et… hum… j'ai dû les statufier. Ne vous en faites pas, vous n'avez rien à craindre d'eux ! Ah oui, j'ai dû agir de la même façon avec le corsaire et ton cousin !

— Tu as fait quoi ? s'étrangla Isabelle, à nouveau agacée par les manières rustres du guerrier d'un autre âge. Où est mon frère ? aboya-t-elle encore en fouillant de ses yeux les alentours poisseux.

— Et mon cousin ? vociféra également le jeune Saint Clare, les souvenirs de Keir surgissant en flot dans son esprit.

Mais ils n'étaient que des marmousets au moment de leur séparation… alors, se reconnaîtraient-ils aujourd'hui qu'ils étaient devenus des hommes ?

— Voilà que vous êtes à nouveau ronchons ! Si vous me laissiez vous expliquer… En fait, non, car nous n'avons plus le temps ! Dorian, suis-moi ! Tout de suite ! Il y a désormais urgence, quelqu'un attend l'aide des deux enfants des dieux les plus puissants, à savoir toi et moi. Vous, les frères Guivarch et... la princesse, restez ici..., s'il vous plaît ! ajouta-t-il en forçant sur la politesse.

Les trois intéressés hochèrent de la tête, mais le Naohïm n'était pas certain du tout qu'ils lui obéiraient. Devait-il les pétrifier également ? Il allait le faire, quand Dorian s'approcha de lui, très en colère :

— Je sens que je vais te massacrer ! Tout est toujours si compliqué avec toi ! ragea-t-il, en se rendant soudain compte qu'il tutoyait son aîné et en décidant de continuer à le faire.

— Eh bien, adieu la chaleur de nos retrouvailles ! s'amusa Ardör. D'accord, je vous concède une unique réponse : je les ai tous figés dans le temps parce que nous devons avoir les mains libres pour ce qu'il nous faut accomplir, et que s'ils étaient éveillés, ils nous en empêcheraient ! Seul le Gardien des Éléments nous assistera. D'ailleurs, il l'a déjà fait, car comme je te l'ai précédemment annoncé, il a déployé son souffle de magie tout autour du Cercle des dieux pour que personne ne puisse interférer sur ce qui se déroule en ce lieu !

— Le Gardien... des Éléments ? s'écria Jaouen... qui fut statufié dans la seconde, comme son frère et Jwan.

— Désolé, je n'avais pas le choix, marmonna le Naohïm en faisant volte-face dans le but de sortir du cromlech. Isabelle, tu peux nous accompagner, ou alors, reste sagement où tu es !

— Je viens ! glapit-elle, folle d'inquiétude pour Kalaan, et certaine d'être pétrifiée comme les autres si elle restait dans le cercle sacré.

De plus, où étaient sa mère, et Virginie ? Avaient-elles fait le voyage avec son frère ?

— Elles sont au château des Saint Clare, lui retourna tranquillement Ardör. Elles ne savent rien de ce qui se passe ici, toujours grâce à la magie d'occultation du Gardien.

— Tu lis dans mes pensées, maintenant ? soupira-t-elle en secouant la tête et en emboîtant le pas des deux hommes.

— D'une certaine façon ! chantonna-t-il avant de reprendre son sérieux. Venez, et dépêchons-nous ! Aerin se trouve à l'extérieur du cercle !

De qui parle-t-il encore ? se demanda in petto la jeune femme.

Néanmoins, elle se hâta en remarquant l'expression brusquement tendue de son visage. L'instant semblait être réellement grave !

Tous trois passaient la circonférence du cromlech délimitée par les pierres levées, quand Dorian s'arrêta en percevant une voix étrange dans sa tête, terriblement rocailleuse. Puis il affina sa vision, et à travers la brume, il put enfin découvrir celui qui cherchait à communiquer avec lui par la pensée : le Gardien des Éléments. Qui n'était autre qu'un magnifique et gigantesque dragon blanc !

Nul effroi ne le saisit, seule une intense vague d'émotion déferla sur lui à sa vue. C'était comme s'ils se connaissaient depuis toujours, et une forte énergie circula instantanément entre eux.

— Par... tous... les krakens... des océans... s'étouffa Isabelle qui s'était également arrêtée en découvrant cette incroyable bête tout droit sortie des contes et légendes de son enfance.

— Je te félicite ! lui lança Ardör. Tu as plus de cran

que ton frère, qui lui, s'est évanoui à la vue du dragon !

Inutile de lui faire plaisir, en lui disant que je suis à deux doigts de perdre également connaissance ! songea misérablement la jeune femme, tout en contemplant l'immense reptile, avec une fascination grandissante, et le cœur battant à tout rompre.

La bête était couchée sur le flanc de ce qui devait être le sommet d'une colline, mais dissimulée aux deux tiers par le brouillard, et là, dans le creux de son aile recourbée aux écailles opalescentes, se trouvait allongée une somptueuse jeune femme aux longs cheveux noirs.

Les hommes s'approchèrent d'elle sans plus d'hésitation, tandis qu'Isabelle avançait comme une automate, en trébuchant à moitié ; puis, elle tourna son attention sur l'inconnue qui papillota des paupières pour poser sur eux son magnifique et très surprenant regard violet.

— Elle... est une de mes aïeules, et la fille d'une véritable déesse de sang pur, ainsi que celle d'un grand guerrier de mon clan... Cameron, murmura le Saint Clare. C'est... le Gardien qui vient de me l'apprendre.

— Han ! Il parle avec toi ? Fort bien ! Avec moi, il boude depuis des heures, parce qu'il ne voulait pas que je statufie les Protecteurs ! Mais si je ne l'avais pas fait, jamais ces derniers ne nous auraient laissé agir comme nous allons devoir le faire ! lança Ardör, visiblement piqué au vif.

Puis il jeta un regard hargneux vers le dragon, dont l'œil doré à la pupille en forme de fente verticale était braqué sur lui, avant que ce dernier ne crache un panache de glace par ses naseaux cornus.

Les Protecteurs... encore eux ! Mais, qui sont-ils ? se demanda intérieurement Dorian, en ressentant la contrariété du Gardien.

Il ouvrit la bouche pour poser la question, et la referma aussitôt quand la jeune femme lovée dans le cocon d'écailles prit la parole :

— Vous êtes enfin là..., Dorian et Isabelle, souffla-t-elle avec difficulté et d'une voix à la tonalité aussi douce que le miel. Oui, je sais qui vous êtes, Keir m'a parlé de vous... avant qu'Ardör... ne le statufie. Je suis Aerin... et je vous attendais... avec impatience, ajouta-t-elle encore, avant de déglutir et de grimacer de douleur.

C'est à cet instant que le couple aperçut sur son cou le vilain tracé noir de ses veines empoisonnées, à l'identique de celui qui avait sillonné le corps de Néférourê, et Isabelle en frissonna d'appréhension de la tête aux pieds. Le cauchemar recommençait !

— Souffre-t-elle du même sortilège que celui qui était contenu dans le collier égyptien ? s'enquit-elle en direction du Naohïm, après s'être agenouillée pour saisir délicatement la main d'Aerin dans un geste de réconfort.

Elle était très froide, et également marquée de lignes sombres !

— Était ? Vous êtes donc parvenus à secourir la princesse... ou... est-elle... ?

— Amenty-Néférourê se porte très bien, confirma Dorian. Et, oui, j'ai réussi à réduire à néant la parure après avoir bu le *Lïmbuée* que le prêtre noir Aty avait mis dans son javelot.

— Cela aurait pu te tuer ! se récria Ardör, visiblement impressionné cependant. Voici ce qui explique la phénoménale puissance qui se dégage de ton aura, et la dorure de tes tatouages ! Le *Lïmbuée* est désormais dans ton sang ! Quant à Néférourê, je suis heureux d'apprendre que tout s'est bien terminé pour elle ! Néanmoins, dans le cas d'Aerin, nous nous trouvons face à un charme bien pire, et plus destructeur !

Il s'agit là d'une contamination par la racine souche du sort des damnés, celle qui a souillé la Terre des Origines, et qui lui a été transmise par le roi des démons. Mais j'ai ce qu'il faut pour l'éradiquer, continua-t-il en sortant son épée de diamant de son étui et en la levant devant lui.

— Tu vas la tuer ! s'exclama le Saint Clare en fronçant les sourcils et en s'élançant pour s'interposer entre lui et Aerin, tandis qu'Isabelle se reculait d'effroi, ne sachant plus que faire.

— Oui, et toi... tu la ressusciteras ! Comme tu l'as fait avec Kalaan, lui assura-t-il en pointant son menton vers un corps allongé au sol, et à moitié dissimulé par la brume.

— Kalaan ? s'écria Isabelle, en tournant la tête afin d'apercevoir son frère, puis en courant pour ensuite s'agenouiller près de lui et le prendre dans ses bras, tout en pleurant à chaudes larmes.

Ainsi statufié, il paraissait... mort.

— Faites ce que vous avez à faire ! hurla-t-elle alors.

Ardör plongea son regard sombre et décidé dans celui de Dorian :

— Je dois ôter la vie d'Aerin pour aspirer le sort des damnés, et tu la ressusciteras ensuite ! Aie confiance, nous pouvons le faire ! J'ai de considérables pouvoirs, et je peux soigner, mais je n'ai pas le don suprême de restituer la vie. Et si nous n'agissons pas, elle connaîtra pis que la mort : elle deviendra une Ombre, une damnée, et pourra contaminer des centaines, puis des milliers d'autres personnes !

Le dragon blanc s'agita nerveusement, et Aerin se mit à respirer par saccades.

— C'est maintenant ou jamais ! jeta à nouveau le Naohïm, avant de contourner vivement Dorian et de planter la pointe de sa lame dans le cœur de la jeune femme.

Celle-ci écarquilla ses magnifiques yeux violets cernés de longs cils noirs, ouvrit la bouche sur un cri muet, et rendit son dernier souffle tandis que l'épée de diamant s'ennoircissait en aspirant l'antique sort.

— À toi ! tonna ensuite Ardör en retirant l'arme et en s'assurant que le sang de la belle était bien rouge, entièrement libéré du poison des damnés, puis en courant vers Isabelle pour la protéger de sa cape en vue des évènements qui allaient suivre.

Dorian apposa rapidement ses mains à l'endroit même où le sang d'Aerin s'écoulait à travers le tissu troué de sa robe. Il sentit le dragon lier sa prodigieuse magie à la sienne, et ferma les paupières pour laisser la déferlante de l'extraordinaire pouvoir l'envahir. Son propre sang se mit à bouillonner dans son corps, tandis que ses tatouages s'illuminaient et se mouvaient furieusement, et que sa peau donnait l'impression de prendre feu, car elle resplendissait tels des rayons solaires.

— Isabelle, protège tes oreilles et tes yeux, lui dit Ardör avant de faire de même.

— Oh misère, bredouilla la jeune femme en obéissant et en tremblant. Tout recommence !

Oui, car une nouvelle fois, comme au pays de Pount, Dorian se mit à parler dans la langue immémoriale des dieux, tandis que le dragon qui comprenait ce langage, et n'avait rien à en craindre, se mettait à pousser des sifflements aigus, à l'instar d'un chant, en communion totale avec les paroles du Saint Clare.

Un long moment passa, puis, petit à petit, celui-ci reprit conscience de ce qui l'entourait, le corps frissonnant violemment d'avoir puisé en lui une telle énergie, alors que sous ses doigts écartés, le buste menu d'Aerin recommençait à se soulever à un rythme de plus en plus régulier.

Elle respirait !

La blessure mortelle dans sa poitrine, comme la plaie ouverte que lui avait infligée l'épée de diamant, avaient totalement disparu, et le son merveilleux d'un battement de cœur monta aux oreilles des enfants des dieux comme du dragon blanc.

Brusquement, ce dernier rugit de contentement en levant son majestueux museau vers le ciel qui s'était dégagé, puis il bougea doucement son aile pour déposer Aerin aux pieds des deux hommes.

L'instant d'après, il se redressait et s'élançait vers les cieux en rugissant à nouveau, tout en donnant de vigoureux coups d'ailes.

— Il s'en va... chuchota Dorian sans pouvoir détourner son regard du magnifique reptile.

— C'est exact ! confirma Ardör qui s'était relevé après avoir constaté qu'Isabelle se portait bien, pour ensuite aller soulever Aerin dans ses bras, et la couvrir d'un pan de sa chaude cape. Nous avons réussi... souffla-t-il ensuite, avec beaucoup d'émotion.

— Oui, fit son cadet sur le même ton, en contemplant le beau visage de son aïeule.

— Aerin est guérie ? s'enquit Isabelle de loin, ne pouvant trouver la force de quitter son frère.

— Oui ! clama le Naohïm, avant de rire de joie. Quant au Gardien des Éléments, il retourne au cœur de la montagne des MacTulkien. Mais vous le reverrez un jour. Soyez-en certains ! C'est... vraiment déroutant... et j'ai encore du mal à m'y faire, murmura-t-il à nouveau, plus sérieusement et en dévisageant Aerin. Elle ressemble tellement à sa mère, la déesse Elenwë, fille du dieu de toutes les déités... Lug.

Dorian en eut derechef le souffle coupé. Car le dragon lui avait déjà révélé, lors de leur fusion d'énergie, qu'Aerin était fille de déesse de sang pur... Néanmoins, il avait omis de lui dire qu'elle était également la petite-fille du roi des déités !

— Tu les as tous bien connus, n'est-ce pas ? demanda-t-il en posant une main amicale sur l'épaule robuste de son aîné.

— Affirmatif... mais c'était il y a très longtemps, et désormais, avec cette nouvelle courbe du temps, tout se trouve dans une autre réalité.

Une nouvelle réalité, où une infime partie du passé venait d'être changée en sauvant Néférourê !

Le jeune homme perçut le chagrin d'Ardör, sa nostalgie poignante, et décida de faire diversion, car il n'y avait rien de tel que des chamailleries pour redonner le sourire à ce charismatique guerrier-mage !

— Bien ! Et si tu rendais leur liberté à Kalaan et Keir, avant qu'Isabelle ne t'étripe ?

— Le souhaites-tu réellement ? s'amusa à nouveau le Naohïm, au grand soulagement de son cadet. Parce que dès que le corsaire apprendra que tu es marié à sa sœur, c'est toi qui risques d'être étripé ! Mais non, jeune homme, nous allons en priorité déstatufier les Protecteurs ! Après quoi viendra le tour de nos compagnons, puis de Kalaan, et de ton cousin !

— Ardör, non ! cria Isabelle en revenant vers eux les poings serrés, prête à frapper. Libère mon frère tout de suite !

— Impossible, car les Protecteurs voudront s'assurer de la bonne santé d'Aerin en premier lieu, et je ne suis pas certain qu'ils souhaitent la présence d'une assemblée pour cela !

— Ardör ! le menaça-t-elle ensuite en se mettant en position de combat, mais en hésitant en apercevant le beau visage d'Aerin, lovée dans les bras du Naohïm.

— Isabelle, profite encore de quelques moments de paix avant que ton frère ne se réveille, lui susurra ce dernier avec un sourire canaille. Pense un peu à tout ce qu'il faudra que tu lui expliques... comme, par exemple, ton union avec Dorian !

Isabelle écarquilla les yeux et ouvrit la bouche sur un grand « O » muet, puis jeta un coup d'œil vers Kalaan qui paraissait heureux dans son sommeil, bien à l'aise dans son long manteau noir et ses bottes de pirate. D'accord, il avait une sorte de minuscule stalactite qui pendait au bout de son nez... mais à part cela, il semblait bien portant !

Bah ! Après tout, il ne faisait que dormir, et Ardör lui avait assuré qu'il ne pouvait souffrir du froid en étant statufié ! Sans compter que sous lui, comme sous l'autre homme en kilt – certainement le cousin de Dorian –, le sol se dégivrait lentement en laissant apparaître une herbe grasse, tout comme quelques fleurs sauvages.

Non, vraiment... Le Naohïm avait raison. Kalaan pouvait très bien attendre encore un moment.

Chapitre 36

Les Protecteurs

La brume se désagrégeait mollement, dissipée par une légère brise printanière, tandis que quelques rayons de soleil parvenaient à passer la muraille grisâtre, tel le chant lumineux qu'auraient dispensé les vitraux colorés d'une église, pour ensuite égayer le sommet de la colline, ainsi que son cromlech.

Le Naohïm, avec dans ses bras son précieux fardeau qui s'éveillait en poussant un doux soupir, ainsi que Dorian et Isabelle, se tenaient désormais au milieu du cercle sacré, debout sur une dalle centrale fissurée en deux. Autour d'eux les Protecteurs, postés entre les menhirs, et immuablement masqués par leurs capes, apparaissaient nettement à leur vue.

— Ils se sont placés de cette manière pour fusionner avec les cinq Éléments et m'ont ainsi secondé par leur magie afin que je puisse ouvrir le vortex du temps, expliqua Ardör au jeune couple. Au nord pour la Terre, à l'est pour l'Air, à l'ouest pour l'Eau, au sud pour le Feu, sans oublier l'Élément le plus important qui symbolise « Le Tout », et qui pourrait se positionner n'importe où dans le cromlech… pour l'Éther. Il me tarde d'apprendre qui se cache sous ces vêtements, termina-t-il.

— Ils ne se sont pas présentés à toi ? s'enquit le Saint Clare, stupéfait.

— Ils n'ont pas voulu m'adresser la parole... seul le Gardien me parlait et me communiquait leurs souhaits ! Ton cousin Keir a eu droit au même traitement de leur part. Quant à Kalaan... il a tout bonnement perdu connaissance à la vue du dragon.

Dorian ne put s'empêcher de sourire en songeant à son tempétueux ami breton, tombant dans les pommes comme une jeune donzelle effarouchée.

— Une aïeule d'une vingtaine d'années, des Protecteurs qui ne souhaitent pas être démasqués, de la magie partout... souffla soudain Isabelle, comme si elle se parlait à elle-même. Tout ça... n'a aucune logique.

— Je n'ai pas eu le temps de vous raconter leur histoire, s'excusa le Naohïm. Aerin est bien âgée d'une vingtaine d'années, et comme vous le savez, elle a été contaminée par le sort des damnés. Cela s'est produit il y a un peu plus de quatre cents ans, et à l'époque, aucun des mages qui l'entouraient n'était assez puissant pour la guérir. Il a donc été décidé de la figer dans un sommeil de glace, et cinq grands sorciers ont été choisis pour lui communiquer leurs pouvoirs et veiller sur elle jusqu'au jour où elle serait réveillée par l'aura de celui... ou ceux... qui seraient capables de la secourir.

— Toi et Dorian, chuchota la jeune femme, qui réussissait enfin à assembler les pièces du puzzle et y voyait plus clair.

— C'est cela, confirma l'enfant des dieux de la première lignée.

— Mais pourquoi avoir statufié ces mages, nos proches, ainsi que nos compagnons de voyage ? voulut-elle encore savoir.

— Les Protecteurs, parce qu'ils auraient été horrifiés par la méthode cruelle que nous avons dû employer pour sauver Aerin, reprit Ardör. Je craignais qu'ils ne nous empêchent de le faire. Quant à vos proches et compagnons, c'était pour qu'ils en apprennent le moins possible, afin de ne pas déséquilibrer la courbe du temps, et de ce fait, l'avenir.

— Mais… pourquoi ? s'étonna à nouveau Isabelle.

— Parce que l'une des aïeules de Dorian, la plus importante de toutes, et qui se prénomme Awena, arrive de l'an 2010 ! De ce fait, nous devons être très prudents, et peu nombreux à savoir ce qu'il se passe actuellement, pour ne pas perturber sa venue en l'an 1392 !

— C'est logique ! approuva le jeune homme qui connaissait l'histoire de cette aïeule grâce à Jaouen, et qui hocha la tête en comprenant enfin pourquoi son aîné avait agi comme il l'avait fait.

Ce dernier, pour leur bien, avait pensé à tout !

— 2010… le futur… bafouilla Isabelle avec stupeur, en se demandant à quoi pouvait bien ressembler cette Awena.

— Si vous pouviez libérer mes proches maintenant, j'ai hâte de les rasséréner, murmura de sa voix unique et douce Aerin, qui les avait écoutés sans les interrompre, respectant leur besoin de s'expliquer.

Ardör hocha la tête, puis la déposa au sol en s'assurant de son équilibre avant de lui lâcher le bras, pour ensuite baisser le visage et se concentrer sur son sort, sa mèche argentée lui balayant les traits au passage.

Suite à cela, les corps dissimulés par les capes se mirent enfin à se mouvoir, il y eut des bruits de bâillements, une quinte de toux, des raclements de gorge, et puis soudain, de sous le vêtement sombre du plus petit des Protecteurs, deux minuscules bras potelés sortirent à l'horizontale, les poings fermés, comme si leur propriétaire s'étirait au sortir d'un long sommeil.

— Mère, père, c'est moi, Aerin ! Je suis guérie ! lança celle-ci en s'adressant à une grande silhouette, ainsi qu'à la plus menue.

Isabelle, comme Dorian et Ardör, en ouvrirent des yeux interloqués, car l'un d'eux devait assurément être un nain, et l'autre... la fille du dieu Lug !

Les déités ressemblent-elles aux gnomes et korrigans de nos contes bretons ? se demanda intérieurement la jeune femme, avant de ressentir une vive impatience dans l'attente de le découvrir.

Les capuches tombèrent une à une, et les « parents » d'Aerin accoururent vers elle pour la prendre dans leurs bras en éclatant de joie.

En réalité, Isabelle ne savait plus quoi penser ! Car... la maman, et donc la déesse, semblait être la jumelle de sa fille en ce qui concernait leur physique, comme leur âge ; quant au père, le soi-disant grand guerrier... ce n'était qu'un tout petit bonhomme d'à peine cinq ans, aux yeux d'un bleu azur intense, et qui ne lui arrivait pas plus haut que les cuisses !

— Que c'est étrange de vous voir ainsi ! s'esclaffa Aerin. Je ne parviens toujours pas à me faire aux apparences que vous avez acquises après avoir passé tant de temps dans le souffle du Gardien ! Dorian et Ardör ont réussi, je suis libérée du sort des damnés. Je suis guérie ! répéta-t-elle, en riant de joie avec les siens.

— Ce sont... ses... parents ? bafouilla Isabelle, déconcertée, en direction de son bien-aimé, tandis qu'ils se tenaient en retrait.

Quant au Naohïm, il ne quittait plus des yeux la fille de Lug, qui s'approcha de lui avec un doux sourire, son magnifique regard améthyste braqué sur lui :

— Ardör du clan Muiredach ! le salua-t-elle. Je peux enfin te rendre hommage comme il se doit et je ne te cache pas mon étonnement de te revoir. Tu n'as pas changé depuis la dernière fois que nous nous sommes croisés, il y a de cela des millénaires.

— Je te retourne le compliment, Elenwë, fit-il d'une voix rauque chargée d'émotion. Je suppose que voici l'Élu, ton minuscule highlander ? ajouta-t-il en se moquant à moitié du garçonnet qui le défiait de son regard azur.

Mais soudain, il se mit à crier de douleur et à sautiller sur place en se tenant le tibia des deux mains, l'enfant venant de lui donner un violent coup de pied.

— Ne te gouaille pas de ma petite taille, gandin ! Quand tu auras passé comme nous plusieurs siècles, figé dans le souffle d'un dragon, tu pourras te gausser !

— Mon amour, intervint tranquillement Elenwë, en posant sa main fine sur l'épaule du bambin. Ardör a connu cela, et Tulatah l'en a délivré il y a seulement trois cents ans. Tu ne te souviens pas de son histoire ?

— Hum ! Vaguement, bougonna Cameron, mauvais joueur.

— Mamie, papi, et Larkin ! cria à nouveau Aerin, folle de bonheur, tandis que d'autres Protecteurs s'éveillaient et venaient à leur rencontre.

Là encore, Isabelle qui assistait à ces étranges retrouvailles pratiquement en spectatrice, eut l'impression de perdre la raison. Des grands-parents ? Mais où ça ? Car les personnes qui s'approchaient d'Aerin n'avaient rien de « vieux » !

Il se trouvait là une fillette de douze ans tout au plus, aux longs cheveux d'un beau roux doré, au visage constellé d'éphélides, et aux grands yeux verts. Près d'elle cheminait un jeune homme d'à peine une vingtaine d'années, qui aurait pu être un frère de Dorian tant ils se ressemblaient, mis à part les fossettes qui creusaient les joues de l'individu. Et enfin… il y avait un autre personnage d'environ quarante ans, qui portait les cheveux mi-longs, comme une barbe brune et nattée au menton, à l'instar de Jaouen, mais avec beaucoup plus de panache que le druide !

— Gidon Fëanturi ? souffla soudain Ardör, effaré, en arrêtant de se masser le tibia, pour ensuite s'avancer vers l'homme à la barbiche.

— Je suis très heureux de pouvoir t'adresser la parole, lui répondit ce dernier avec un franc sourire. Et je ne te parle pas du choc que j'ai également éprouvé à te revoir, il y a quelques heures, sur cette colline ! Il aura fallu tant de temps pour que deux enfants des dieux de la première lignée soient réunis, aux côtés de la déesse Elenwë et de sa famille ! s'amusa-t-il alors.

Le Naohïm ne put que hocher la tête, tant les mots lui manquaient.

— Mais je ne m'appelle plus Gidon depuis des siècles ! Désormais, et pour tout le monde, je suis Larkin, grand druide du clan Saint Clare ! ajouta encore le Fëanturi en bombant le torse. Et je te présente Awena ainsi que Darren, les parents d'Eloïra que tu as connue, ainsi que de Cameron, le mari d'Elenwë !

C'est donc cette petite puce qui vient de l'an 2010 ? s'étonna mentalement Isabelle, avant de décider de s'approcher d'eux d'un pas, et de lancer à haute voix :

— Bien le bonjour à tous ! Je suis Isabelle de Croz, et voici… Dorian Saint Clare, mon époux !

— Darren ! s'écria alors la fillette aux taches de rousseur à l'intention de son « mari ». Punaise ! Il est ton portrait tout craché de l'époque où nous nous sommes rencontrés pour la première fois ! Mais il a également de notre fils Cameron !

Punaise ? Qu'est-ce donc que cette expression ? s'étonna in petto la jeune femme.

— *Madainn mhath*[54], Dorian ! salua Darren Saint Clare, après avoir souri à Ardör puis à Isabelle. Je tiens à vous remercier d'avoir sauvé ma petiote. Nous direz-vous par quel moyen ?

— Non ! trancha le Naohïm, tout en gardant le sourire pour ne pas heurter le farouche « Loup noir des Highlands » dont il avait beaucoup entendu parler, même s'il n'était, à l'heure actuelle, qu'un jeune homme tout juste sorti de l'adolescence.

Celui-ci jeta un vif coup d'œil sur l'épée de diamant qui finissait d'assimiler le sort noir, puis sur le tissu troué de la robe d'Aerin, imbibé de sang presque coagulé. À la suite de quoi, il hocha simplement la tête, et couvrit le buste de sa petite-fille d'un pan de sa cape pour masquer aux autres ce qu'il venait de constater.

— Vous avez bien fait de nous statufier, murmura-t-il en s'adressant à Dorian et Ardör. Je vous aurais certainement tués si j'avais connu vos intentions.

— Euh... excusez-moi, balbutia Isabelle, un peu plus loin, tandis qu'elle se massait les tempes du bout des doigts. Je ne comprends plus rien, ou alors... je suis bloquée dans une boucle du temps qui me fait halluciner ! Car, comment une grand-mère peut-elle être âgée de douze ans, et être mariée à un grand-père d'une vingtaine d'années, qui auraient tous deux un enfant de cinq ans, et en même temps... une petite-fille... Aerin... du même âge que moi, c'est-à-dire dix-neuf ans ? Je pense... que je vais me trouver mal !

— Oh, la pauvre, elle est perdue ! la prit en pitié la jeune Awena en saisissant une de ses mains dans les

---

54 *Madainn mhath : Bonjour, en gaélique écossais.*

siennes, et en levant vers elle son joli minois. Nous sommes bien réels, et vous allez très bien ! Ce n'est pas de la science-fiction, et nous ne sommes pas dans *Star Trek*, avec des téléporteurs et tout ça !

— Awena, gronda Darren dans son dos. N'oublie pas que nous sommes en 1829, pas en 2010 ; de ce fait, ne parle pas…

— Oui, oui, oui ! le coupa-t-elle en grimaçant. Je ne dois pas parler de ce qui n'existe pas encore, et bla, bla, bla ! OK ! No problèmo ! Alors… Isabelle, voilà : nous avons tous subi une transformation à cause du souffle du dragon et de la magie que nous avons canalisée pour garder notre Aerin en vie durant quelques siècles en attendant un grand guérisseur. Mais, pas de bol, nous avons tous rajeuni ! Mon bien-aimé ressemble à quelque chose près à un ado attardé, mon fils, Cameron, est à deux doigts de se promener en couche-culotte, Larkin est moins perturbé par la distorsion du temps, car il vient des Origines, et Elenwë… comment dire, elle est née humaine sous la forme que vous voyez à l'instant !

— Mère, tu l'embrouilles ! s'énerva le petit Cameron, également piqué au vif par l'histoire de la « couche-culotte ».

Isabelle avait les jambes flageolantes et elle s'appuya contre le torse rassurant de Dorian. Mais celui-ci ne valait guère mieux qu'elle, et dardait un regard perdu sur les personnes qui les entouraient. C'était comme si un vent de folie venait de s'abattre dans ce Cercle des dieux. Pour un peu, il aurait supplié Ardör de tous les statufier à nouveau !

— Et moi qui croyais que ma famille était excentrique, je suis presque rassurée de savoir que la tienne est pire, chuchota son âme-sœur, plaquée contre lui.

— Nous devons repartir ! jeta celui qui s'appelait Larkin en rassemblant son groupe tel un maître d'école.

— Larkin ! Tu n'es qu'un rabat-joie ! s'exclama une nouvelle fois Awena. Nous n'avons même pas pu faire connaissance avec nos descendants ni dire au revoir à notre Aerin comme nous le souhaitons !

— Awena, grommela Darren. Plus nous restons ici, plus la courbe de temps risque de se modifier, mettant en péril notre rencontre dans le passé ! Ma mie, sache que nous trouverons le moyen de revoir notre petiote, j'en fais le serment !

La fillette se jeta dans les bras de son « mari », tandis que Cameron et son épouse faisaient de même avec Aerin. La séparation paraissait déchirante pour tous.

— Aerin ne repart pas avec eux ? s'étonna Isabelle, la larme à l'œil tant l'émotion autour d'elle était intense.

— Non, lui répondit le Naohïm qui s'était rapproché du couple pour laisser les Saint Clare faire leurs adieux à leur fille et petite-fille. Si elle retourne dans le passé avec eux, elle fusionnera avec son corps malade, et tout sera à refaire. Elle vivra désormais dans cette époque.

— Mon Dieu... que c'est triste, bafouilla la jeune femme.

— Ne t'en fais pas pour elle, mon amour, lui murmura Dorian en la serrant contre lui avec tendresse. Elle et moi apprendrons à connaître nos proches du présent, et nous trouverons notre place parmi eux. Cependant moi, j'ai un grand avantage...

— Lequel ? lui demanda-t-elle.

— Tu es près de moi.

Dorian aida Ardör et les autres magiciens à préparer

le Cercle des dieux et déplaça les corps statufiés de Clovis, Jaouen et Jwan à l'extérieur, près de ceux de Keir et Kalaan. Un puissant sort fut ensuite lancé sur Dorian, Isabelle, Ardör, et Aerin pour que le *Livre du temps* ne puisse jamais lire en eux l'identité des Protecteurs ni l'histoire qui venait de se dérouler.

— Nous avons été très heureux de faire ta connaissance ! affirma Darren en donnant une accolade à Dorian, tandis qu'Awena se jetait dans les bras de ce dernier avec chaleur, pour ensuite faire de même avec Isabelle.

— Aimez-vous ! clama-t-elle. Et faites-nous des tas de descendants ! Adieu, mes petits ! Allez, Darren ! Il est temps de rentrer au bercail ! Cameron ! Sors le doigt de ton nez !

— Mère ! protesta celui-ci, en traînant derrière lui le long katana d'Isabelle, qu'elle se dépêcha de saisir pour qu'il ne se blesse pas.

— Attention, bonhomme ! C'est coupant !

— Mais... je le sais ! rouspéta-t-il. Ce n'est pas la première fois que je tiens une épée dans les mains ! Bon... celle-ci est très étrange...

— Cameron ! En route ! l'interpella son père, avant de l'attraper par la peau du cou et de le placer près de lui au milieu du cromlech.

Isabelle rit franchement et sortit également du cercle. Les pierres magiques s'illuminèrent les unes après les autres, tandis que les sorciers se donnaient la main et entonnaient une prière sacrée. Puis peu à peu, un tourbillon intense et scintillant les entoura, et en un clin d'œil, tous disparurent avant qu'un silence pesant ne s'abatte sur l'endroit.

De son côté, Ardör consolait Aerin qui se retenait difficilement de pleurer, puis tous deux ainsi que Dorian et sa bien-aimée se tournèrent vers le reste de leur groupe, ainsi que vers Keir et Kalaan. La magie du dragon blanc s'effaçait totalement, et déjà, du village en contrebas, comme de l'imposant château médiéval, le son des cors résonnait pour prévenir le clan qu'il se passait quelque chose sur le haut de la colline.

— Dépêchons-nous de les réveiller, grommela le Naohïm, qui murmura ensuite quelques paroles inaudibles.

Et là, ce fut comme si un tableau prenait vie... le bruit en plus : les frères Guivarch se remirent à se disputer, et Jwan essaya de les séparer. De son côté, Isabelle s'élança une nouvelle fois auprès de Kalaan qui se redressait sur les coudes en posant un regard perdu sur tout ce qui l'entourait. Quant à Dorian, il alla aider son cousin Keir à se stabiliser sur ses jambes.

— Isabelle ? chuchota Kalaan, incrédule, avant de se mettre à hurler de joie et à l'entraîner sur le sol pour un roulé-boulé dans l'herbe mouillée, tous deux riant comme des enfants.

Voilà ce qu'étaient des retrouvailles chez les Croz ! Tandis que de leur côté, les deux Saint Clare se jaugeaient amicalement, leurs yeux parlant mieux que des mots.

— *Fàilte dhachaigh*[55], Dorian !

Puis il remarqua Aerin, et son souffle se coupa.

— Vous... comment... elle est...

— Aerin est sauvée, lui confirma Dorian en continuant à le soutenir. Nous vous raconterons tout, enfin... tout ce que nous pourrons, dès que nous nous serons un peu reposés, si tu le permets.

— *Gu dearbh*[56] ! s'exclama le laird. J'espère

---

55 *Fàilte dhachaigh : Bienvenue à la maison, en gaélique écossais.*
56 *Gu dearbh : Bien sûr, en gaélique écossais.*

également que tu m'apprendras qui étaient les Protecteurs ! Mais… allons d'abord retrouver la famille au château !

— Attends, cousin. Il faut que j'arrache ma femme des bras de son frère, marmonna l'enfant des dieux en se dirigeant vers ces derniers qui semblaient maintenant se chamailler.

— Ta… femme ? s'étonna Keir, avant de se mettre à rire de plus en plus fort, pour se calmer finalement en remarquant qu'Aerin s'était rendue au centre du cromlech, et avant de l'y rejoindre.

Dorian, quant à lui, fut accueilli par un formidable uppercut qu'il évita de justesse, mais sa furie de femme s'occupa de Kalaan avant que celui-ci ne puisse réitérer son geste : elle le propulsa au sol en le faisant basculer dans les airs, pour ensuite le bloquer en coinçant son bras dans une douloureuse position.

— Alors, premièrement, oui, je suis la femme de Dorian. Deuxièmement, tu arrêtes de jouer au coq de basse-cour, et troisièmement… je t'aime, et tu m'as terriblement manqué. Kalaan, s'il te plaît, fais que nos retrouvailles se passent bien. Nous avons tant de choses à te raconter !

— C'est bon, murmura-t-il avant qu'elle ne relâche sa prise et qu'il ne pose des yeux ébahis sur elle. Ardör m'a affirmé que tu savais combattre, mais où as-tu appris à faire ça ?

— Je me bats ainsi depuis mes treize ans, lui révéla-t-elle dans un sourire hésitant.

— Quelque chose ne va pas… ! clama soudain Aerin, en faisant surgir dans sa main une épée de glace, et en marquant ensuite la dalle centrale du Cercle des dieux de sa pointe, dans le but d'y dessiner des symboles magiques.

Tous allèrent à sa rencontre, y compris les frères Guivarch qui s'étaient enfin calmés, et Jwan qui reniflait l'air comme à l'affût d'une odeur.

— De quoi parles-tu ? s'enquit Ardör.

— Nous ne sommes pas au complet ici ? Avez-vous oublié quelqu'un dans le passé, en Égypte ? demanda-t-elle à nouveau en se tournant vers Dorian et Isabelle, puis vers Kalaan, qui la dévisageait sans plus rien comprendre.

— Non ! Nous sommes tous là ! rétorqua la jeune femme. Enfin, plus une personne, puisque Jwan est venue avec nous !

— Ce n'est pas ça, murmura Aerin en levant son regard violet sur un point invisible qui paraissait se tenir entre les deux Croz. Vos fils de filiation sont rompus, ils cherchent votre parent.

— Pardon ? souffla Kalaan. Vous faites peut-être référence à notre mère ? Elle ne devrait plus tarder à nous retrouver ici !

— Non, je parle d'un frère... ou d'une sœur ! Les fils des auras s'entrelacent quand les fratries sont réunies. Les vôtres sont comme... déchirés !

— Mais, nous n'avons pas de frère ou de sœur ! s'exclama Isabelle, avant de lancer un coup d'œil sur Kalaan qui confirma d'un mouvement du menton, aussi déconcerté qu'elle.

Un raclement de gorge attira leur attention du côté de Clovis, qui avait l'air très embarrassé, et penchait la tête vers ses pieds en évitant leurs regards.

— Ce n'est pas tout à fait vrai, chuchota-t-il enfin.

— Parle ! jeta durement le comte de Croz en serrant les poings, tandis qu'Isabelle lui saisissait le bras pour l'exhorter à plus de douceur.

— Clovis ? l'appela-t-elle avec plus d'aménité.

— C'était un secret, comprenez-vous ? C'est P'tit Loïk qui m'a tout raconté, il y a environ cinq ans, un soir où je l'ai trouvé aussi rond qu'une queue de pelle. Il m'a révélé que... votre père... Maden, avait eu un enfant d'une union illégitime.

— Quoi ! s'écrièrent en chœur le frère et la sœur.

— Ne me coupez pas, jeunes gens, s'il vous plaît ! supplia presque le vieux serviteur. Cet enfant est né bien avant le mariage de votre papa avec dame Amélie ! D'ailleurs, Maden n'a appris son existence qu'avant de partir en mer pour une bataille contre les Anglais... dont il n'est jamais revenu. P'tit Loïk était au courant, mais il a préféré ne rien dire pour préserver la paix dans votre famille.

— Mais enfin ! Nous étions en droit de le savoir ! gronda Kalaan. De qui s'agit-il ? Connais-tu le nom de cet enfant et de sa mère ?

— Sa mère se trouvait être une lady anglaise, et elle était mariée lors de sa liaison avec Maden ; du reste, il ne s'agissait que d'une aventure sans lendemain. Elle est désormais veuve, et l'enfant... est un fils, que vous avez tous deux rencontrés.

— Nous avons un frère aîné ? chuchota Isabelle, le cœur battant, tout en se réfugiant dans les bras accueillants de Dorian.

— Nous le connaissons ? fit Kalaan de son côté.

— Oui. Il s'agit de Valéry Fitzduncan. Sa mère est Amabel Fitzduncan qui avait épousé le comte russe Alexey Nabokou. Ce dernier s'est donné la mort il y a quelques années.

— Nom de Dieu ! jura lourdement le corsaire en jetant un coup d'œil vers Dorian. Tu le connais aussi, reprit-il. Nous l'avons rencontré en même temps que Champollion à la première exposition du Louvre ! Et...

c'est mon frère ?

— Oui, confirma à nouveau Clovis, avant de se tourner vers Isabelle. Vous aussi, vous le connaissez bien, mademoiselle ! Car… c'est Val'Aka !

La jeune femme crut qu'elle allait s'évanouir. Le monde se mit à tourner autour d'elle, et sans les bras robustes de son bien-aimé, elle se serait certainement écroulée par terre. Val'Aka… son frère ?

Plutôt, son demi-frère, et là encore, d'autres pièces d'un étrange puzzle se mirent en place dans son esprit.

Mais bien sûr ! Il ressemblait tant à Kalaan et elle s'était sentie tellement en confiance avec lui, son maître en arts martiaux, son ami et confident, qui s'était brusquement volatilisé il y avait plus d'un an !

— Sais-tu… où il est ? demanda-t-elle au majordome, d'un ton plein d'espoir.

— Non, mademoiselle, et j'ai été aussi attristé que vous de le voir disparaître de nos vies du jour au lendemain !

— Comment cela ? s'étonna Kalaan.

— C'est une longue histoire, murmura Isabelle. Je t'en parlerai plus tard.

Soudain, Keir Saint Clare s'invita dans leur conversation :

— Je connais ce nom, et j'ai de bien mauvaises nouvelles à vous apprendre, grommela-t-il.

Comme tout le monde dirigeait son regard sur lui, y compris Jwan et Aerin qui suivaient tout cela de loin, mais sentaient la forte émotion de tous, il reprit :

— Il est sur la liste.

— De quelle liste parles-tu, cousin ? s'enquit Dorian, le visage sombre.

— Il faut que vous sachiez qu'une petite partie des membres de notre clan sont des traqueurs de démons, cette sorte de confrérie existe depuis la guerre contre le roi des damnés. Ce... Valéry ou Val'Aka comme vous l'appelez, votre demi-frère, a été mordu par un lupus et est désormais sur la liste des contaminés à abattre. Les traqueurs sont à sa recherche !

— Un... lu... quoi ? hoqueta Isabelle qui avait l'impression de vivre un horrible cauchemar.

— Un loup-garou, si vous préférez ! la renseigna le laird.

Elle se mit à rire nerveusement. Elle avait envie de leur dire à tous qu'ils étaient fous, et que les loups-garous n'existaient pas et... mais c'était impossible. Pas après tout ce qu'elle avait vécu et vu !

— J'ai un demi-frère, qui était mon maître en arts martiaux, et il a été mordu par un loup-garou, ce qui fait qu'il... est également...

— Un loup-garou, termina Kalaan d'une voix blanche.

— Et les traqueurs sont à sa poursuite pour le tuer, ajouta Dorian d'un ton dur.

— *Aye* ! confirma Keir, qui était infiniment désolé pour eux, et ne savait plus quoi dire.

— Nous allons partir à sa recherche et le secourir ! tonna le corsaire en serrant les poings. Il est hors de question que l'on tue un Croz... pulus... lupus... enfin loup-garou ou pas ! Qui vient avec moi ?

Épilogue

— Lug, pourquoi a-t-il fallu que tu fasses venir cette jeune Jwan dans cette époque ? demanda Bride.

— Mon épouse, sache qu'elle aura un rôle important à jouer très bientôt, murmura le roi des déités, tandis que leurs deux silhouettes évanescentes s'enfonçaient à nouveau dans la forêt pour rejoindre la Cascade des Faës, qu'ils avaient quittée un peu plus tôt, dans le but d'assister au sauvetage de leur petite-fille Aerin.

— Tu t'ennuyais donc tant, pour compliquer leurs existences plus encore ?

— Disons que je n'ai pas apprécié le fait de me prendre sur la tête des galets, lancés par ce jeune coq de corsaire !

— Mais enfin, il ne t'a fait aucun mal !

— C'est un fait ! Mais, tout de même ! On ne pollue pas les Sidhes avec des pierres d'un autre monde, et on ne siffle pas les dieux comme de vulgaires petits chiens !

— Lug… je crois que tu es devenu trop humain à force de fréquenter le clan Saint Clare, ils ont déteint sur toi.

— Peut-être, sourit-il, tandis qu'ils passaient la porte magique entre deux pans de la chute d'eau, et arrivaient dans les Tertres enchantés.

— Tu es impossible, souffla encore Bride, qui

s'éloigna ensuite pour retourner chanter et danser sous les chênes avec les autres déités, ainsi que le petit peuple.

— Non… je m'ennuie, chuchota le dieu suprême, avant de lancer un coup d'œil sur le rideau mouvant et cristallin de la cascade qui le séparait du monde des humains, et de sourire avec malice.

Une histoire venait de se terminer, mais une autre allait commencer ! Et Lug avait hâte d'y assister !

Note de l'auteur

Nous voici déjà à la fin d'une énième histoire, et je vous exprime ma gratitude, à toutes et tous, d'avoir choisi de la partager avec moi.

Je remercie ma chère amie Solange Guilhamat, pour toutes les heures qu'elle a passées avec moi et les Croz 1 et 2. Grâce à elle et son soutien indéfectible, ce tome 2 est allé au bout de son aventure.

De même, je tiens à remercier ma sœur de cœur Isabelle Andrade, pour ses idées originales (les bijoux à tétons... c'est d'elle) et farfelues.

Cela a été long, ces nombreuses heures de recherches historiques à effectuer pour que ce récit soit fidèle à la réalité : les édifices et constructions de Karnak, Louxor (Ouaset en égyptien antique), et Deir el-Medineh devaient être identiques à ceux bâtis du temps d'Hatchepsout. Il a fallu éliminer un par un, ceux qui ont été exécutés par ses successeurs.

J'ai pris quelques libertés (tout en me tenant à des faits réels) avec la vie de cette extraordinaire reine-pharaon, comme avec celles de sa fille Néférourê et de Sénènmout, dont on n'a jamais retrouvé les momies (même si certains affirment que oui). J'ai voulu donner à leurs existences une fin heureuse au pays de Pount, c'est vraiment ainsi que je souhaite penser à eux.

J'ai volontairement omis de parler du tombeau de Montouhotep II, déjà édifié à l'époque d'Hatchepsout et attenant au Djeser-Djeserou, pour ne pas ajouter trop de descriptifs.

Le pays de Pount... là aussi, je me suis basée sur des recherches historiques pour le situer en Basse-Nubie (en ne faisant référence qu'à l'expédition d'Hatchepsout, alors qu'il y en a eu d'autres avant elle), et ai délibérément choisi les somptueux monts Taka comme cœur de ce royaume. Comment ne pas le faire et passer à côté de tant de beauté ?

À savoir également qu'à l'époque d'Hatchepsout, le climat était moins aride que de nos jours. La Basse-Nubie était un trésor de forêts et de végétation.

Ah, oui ! Les dromadaires ! Non, il n'y en avait pas à cette époque éloignée, donc... désolée, je n'ai pas pu les inclure comme je l'aurais aimé.

Encore une fois, merci à vous, et n'hésitez surtout pas à donner vos avis quant à votre lecture. Vos impressions sont importantes, elles construisent l'auteur tous les jours et le poussent à aller de l'avant. C'est pour vous, chers lecteurs, que j'écris, vous êtes ma force.

Avec toute ma tendresse,

Linda Saint Jalmes

www.ingramcontent.com/pod-product-compliance
Lightning Source LLC
LaVergne TN
LVHW040130080526
838202LV00042B/2858